The Blue Fairy Book

藍色童話

安德魯・蘭格　編著
曾育慧　譯

〈總序〉

海很大，魚很多

楊茂秀

講到童話，我們大部分的人腦海裡浮現的是格林童話、安徒生童話、貝洛童話，可是誰聽過「蘭格童話」呢？蘭格是英國人，一八四四年三月三十一日生。在那個時代，他是個著名的作家，也是詩人，還是古典文學的學者。可是他留給我們的，是他編選的童話集。有趣的是，在十幾本童話集裡面，在每一本的序中，他都不斷的提醒我們：他是編者。但是有好多好多的讀者都認為蘭格童話是蘭格的作品，怎麼會這樣呢？

其實，童話有的是長期在民間流傳、原作者難以指認的，有的是個人的創作。格林童話是前者的代表，而安徒生童話是後者的代表。但是認真來看，即使是安徒生童話，也有許多重述的作品。所以基本上，當我們說童話、聽童話的時候，等於進入了另外一個世界，而那另外一個世界，對於聽的人來說，是說的人把他帶進去的。我們很容易就把這說的人當成是作者了。

「從前從前」，孩子一聽到這一句話，就進入了一種不定位的時間座標裡面。「在很遠很遠的地方」，孩子一聽到這一句話，就進入了一種不定位的空間座標裡面。「有一個公主」，認同的問題就開始了。結束的時候，說公主與王子從此一起過著快樂的生活直到永遠，這是故事的結束，很多童話就是這樣結束的。魔戒的作者托爾金在《樹與樹葉》一書上面主張：童話世界是第二世界，我們現實生活的世界叫做初始世界，不管是誰，在欣賞或創造童話的時候，他的信念系統就跨越在這兩個世界之間流轉來回。小孩是文化系統裡的新成員，他不斷的想要知道剛剛聽到的應該把它放在哪一個世界裡去。所以他會問：「真的嗎？真的嗎？」

過去我常說一個故事：

「我家後院子的樹林裡有一隻大象，他住在樹上，樹上的大象窩是他自己做的。這隻大象會飛，是我教他飛的。我不會飛，但是我會教大象飛。我花了兩個禮拜又三天加上兩個半小時才把他教會飛。但是他飛的不太好，因為他的兩隻耳朵不一樣大。他的耳朵是香蕉的顏色，早晨綠綠的，中午變黃，下午就會起斑點，到了晚上就變黑了。第二天早晨起來又有一對翠綠色的耳朵。這隻大象最喜歡吹氣球，你要是送一個大氣球給他，他就會用鼻孔吹，要是氣球夠大，吹一吹、吹一吹，他的鼻子就會像橡皮圈一樣，綁住氣球，這個大象就飄在空中了。」

這個故事很長，每一個禮拜說一點，聽故事的小孩往往會問：「真的嗎？他真的會飛嗎？真的嗎？他的耳朵是香蕉的顏色嗎？他真的住在你家後院子的樹林裡嗎？」我總是很認真的說：「是真的。」有一次，有一個新來的小孩，又開始問：「真的嗎？真的嗎？」另外一個小孩就說了：「你很煩耶！一直問真的嗎、真的嗎，老師當然說是真的啊！這是故事，你知道嗎？真的假的有什麼關係？」還有一次，當我說是真的的時候，他就表示要到我家來看。星期天，我家門鈴響了，那個小孩帶著他的爸爸媽媽祖父祖母站在我家門口。我們就到後面的山林裡去找大象，當然是沒有找到囉。「大象哪裡去了？」他問我。我說：「他去玩了。」「到哪裡去玩？」「他沒告訴我。」孩子說他下一次來會打電話先來約。

美國幼教思想家薇薇安・裴利說：「大人不創造故事，大人重述故事或編寫故事。創造故事的是小孩。」我覺得小孩創造故事時，他們的時空定位是童話的世界。

最近，我在台東的一家石頭店認識了一位四歲的小女孩和她兩歲的妹妹。她們要我說故事，她們還要我說一個最短的故事。我把大拇指往自己的鼻頭一按，同時在嘴裡發出一聲怪響。小女孩奔去找她媽媽說：「媽媽，他是玩具耶。」她的妹妹也跟去說：「媽媽，他是玩具耶。」完全學她姐姐的口氣。

聽我說了幾個童話故事之後，姐姐說：「換我說了。」她說：「從前從前，我沒有哥哥。我的哥哥很胖，我的哥哥在減肥，他用小碗吃飯，所以越來越瘦。」聽到這，我覺得奇怪。她看我有驚訝的表情，就解釋說：「是表哥啦！」她兩歲的妹妹總是學她。她也說：「從前從前，我沒有哥哥。我的哥哥很胖，我的哥哥在減肥，他用小碗吃飯，所以越來越瘦。」姐姐聽到這裡就生氣的說：「不要學我啦。」妹妹連這一句也要學。故事進行了幾分鐘之後，姐姐說：「可是我的表弟沒有減肥，他還加胖，因為他還是用大碗吃飯。」妹妹把姐姐的話重複一遍：「我的表弟沒有減肥，他還加胖，因為他還是用大碗吃飯。」姐姐說：「嘿！嘿！妳錯了。那才不是妳的表弟，他是妳表哥耶。我四歲妳兩歲，他三歲耶。」這個故事只說到這邊，接著她就說別的去了。聽起來她是將家裡很多的事，放在「從前從前」的架構裡面，將現實生活的經驗移位到第二世界裡去了。

討論童話或研究童話的書有很多，蘭格本身是古典文學家、民俗學家，他用文化人類學的方式作研究。童話研究者 J. Zipes 說他對童話的創作與介紹其實是研究民俗及民間故事的副產品。依據托爾金對於「Fairy Tales」這個字的嚴格定義來說，可能蘭格童話裡的故事絕大部分並不合乎他的定義。英語裡「Fairy」的意思是小精靈或是神仙，所以「Fairy Tales」最接近的中文翻譯應該是「神仙故事」，但那也還不太準確。研究童話可以用佛洛伊德的學說來分析，這方面的代表作是Bruno Bettelheim的《*The Uses of Enchantment*》；也可以用榮格的學說來分析，此學說的代表作是Marie-Louise Von Franz 的系列作品；從文化人類學與哲學的觀點來看，作品就更豐富了。Max Luthi的《*Ästhetik und Anthropologie*》是代表作之一。Max Luthi以藝術的美學形式來解析童話故事。他認為這種藝術形式是規範思維的優良架構，是敘事智慧與科學及民主的種子。

要欣賞童話其實不必走上述任何的研究路線，就像我們要吃好餐不需要研究營養學一般。我常常把童話故事當成是觀念玩具，說或聽、演奏童話就是像在玩沙、水、積木、塗鴉或在做填色遊戲。這種活動的心路過程總是像在第二世界和初始世界之間來來回回，行走散步。讓我引述Eleanor Farjeon的一首詩來幫助我說明這種遊戲的比喻與心理：

沙

沙子是沙子
可是當你拿它來作東西來玩的時候
你想它是什麼它就是什麼
一座城堡

一個基地
一道牆
一條隧道
一粒球
一個洞
或是一艘船
一張沙發
或是一盤好吃的布丁
一座花園
教堂或墳墓
一個小山坡
沙子
你要它變成什麼它就是什麼
一直到你回家去吃點心喝茶
潮水湧過來將你剛剛辛苦創作的東西
沖刷乾淨
那沙子
就還是沙子

沙水與泥土是最好的玩具，他們無定型，或是形很簡單，可以任人的意志去操作，問題是看你會不會玩。

童話這種藝術形式可以用 Eleanor Farjeon 的第二首詩加以闡釋。基本藝術形式明白描述出來，而它是我們熟悉的，我們用它來組織經驗，在諸多事與物之間拉關係，構築出信念之網，使得我們的思唯有用。

從前從前
很久很久以前
所有發生的事情都發生在
很久很久以前

美麗可愛的小姐和野獸結婚
桌布一攤開
幾句你聽不懂的話說出來
滿漢全席就出現在你眼前
那條魚很神奇
被你捕到

你把牠放回去
你要什麼東西牠就都會給你
廚房裡的灰姑娘穿上玻璃鞋
從前從前
很久很久以前

小小的小女孩披上鮮紅的斗篷
小紅帽呀你認識的
她在樹林裡的小路上
和大野狼聊天
大青蛙黏答答
住在池塘裡
國王的女兒過來蹲下來親吻牠一下下
青蛙變王子
從前從前
很久很久以前

從前從前

很久很久以前
年紀最小的兒子
最光榮了
故事結束的時候
婚禮的音樂總是響起
小女孩做個梯子爬上樹
有魔法的堅果
剝開來
神仙美服就呈現在眼前
公主跟王子
結婚了
從前從前
很久很久以前

到底什麼事發生了
什麼事也沒有發生呀
回到了現實生活
發生過的事情真的都發生過了

從前從前
很久很久以前

有一天，朋友帶我去嘉義的布袋港觀光漁市。當他們吃海產、喝啤酒、高談闊論的時候，我獨自離桌去逛漁市。

「阿伯阿伯，喝土龍酒！」說完，給我一小杯酒。「這酒，顧筋骨又強身。」酒味濃烈。離開鰻魚攤走到賣蝦蟹的攤子，看到那一桌的紅蟳一排一排的，都用草繩五花大綁，聚在寬寬的桌面上。「一排一千。一排一千。」我看那些紅蟳有的靜靜的像石頭，伸手摸牠一下，就動了起來，好像要掙拖草繩的綑綁。移動腳步，走到旁邊那攤，看攤的是一個年輕的太太，有個三四歲的小孩拉著媽媽的手哭鬧著。我看那些魚有好多種，但大部分都不認識。有一條魚，扁扁的，兩隻眼睛在同一面，「那不是比目魚嗎？」我問。「這是扁魚啦。」她用台語回答。「比目魚啦。書上說的。」「你回去讀冊好了，我們這裡叫扁魚。」「這不是芋仔魚嗎？」「這不是，這是豆仔魚。不會看的人看的都差不多啦，頭形有差別。」她用台語說。「這是什麼魚？」我指著另一堆魚問。她用台語說：「那是雨傘魚。」「那頭呢？」她從水桶裡拿出來說：「那就是了，倒給你看。」我又指著另一堆魚，那些魚每隻有一巴掌那麼大，身上疏落的散著黑點。「這是什麼魚？」我問。「這是皮鼓魚。」魚很多，我一直問一直問。小孩看兩個大人在講話，安靜的笑了，睜著大眼含著淚水望著我們。他媽媽大概不耐煩了，突然說：「阿伯，海很大，魚很多，命很短，你認識不完的啦！重要的是，你要會游泳，下水去跟魚遊戲，必要時，吃點魚。你要買什麼魚？」

童話的世界是個汪洋大海，裡面的童話故事很多，我們是認識不完的。重要的是我們會去說，把它當玩伴。

童話故事通常短短的，太長了就變成幻想小說了。蘭格童話集嚴格說來可以說是世界上的第一部世界童話集，幾百個故事都短短的。童話的短，留有很多空白，讓人家自己去填，老人聽了好睡覺，小孩聽了要玩耍，中年人說的時候不會太累。結束之前，容我再說一個故事。這個故事是Patricia Hampl在《我能說些故事給你聽》一書裡短短的一則故事。

一部灰狗車，天將亮的時候，駛下高速公路，駛進一個小村莊。我從車窗看出去，要上車的旅客不多，有位太太穿一身大花布的洋裝，在等車，身邊有個比她高大的年輕男子，抱著她不停的說愛她、會想念她。中年婦女上車來，她提著兩大袋行李。她身材壯碩，把一袋塞進頭上的置物架，轉身坐在我身邊的空位，懷裡抱著另一袋行李，我一下就被擠到緊貼車窗的位子。窗外的年輕人不斷的飛吻、說著想念的甜言蜜語。太太知道從車外是看不到車內的，我幫她敲敲車窗，讓年經人認清方位繼續飛吻。

車開出村莊，重新開上高速公路，迎面初昇的太陽，亮麗刺眼。我對她說：「妳的孩子那麼大了，好幸福喔。」她嘆了一口氣說：「他是我丈夫。我們有很精采的故事，我會說給你聽。」我心想有故事可以聽了，就提起精神來等待。沒想到她頭一歪，開口，我以為她要說故事了，發出的聲音卻是酣聲。快到中午了，車行將近三百英哩，到一個小鎮，司機要我們下車

用餐，她睜開眼說：「我該下車了。」提著行李，下車走了。很多年了，我一直在想我那個沒有聽到的故事，

童話故事裡，沒有說出來的，常常會是讓人家想很久的。

（本文作者為台東大學兒童文學研究所副教授）

〈編輯室報告〉

蘭格、童話、世界的想像

聽童話，我們會想起斯威夫特筆下的《格列佛遊記》，格林兄弟的《白雪公主》與《灰姑娘》，安徒生的《人魚公主》與《醜小鴨》，卡洛爾的《愛麗絲夢遊仙境》。

認識童話，我們會知道，早在文字產生以前，就有許多民間傳說、神話或寓言，透過說故事的人，透過老奶奶的口，世世代代傳承下來。故事一開始，總是說：「很久很久以前，……。」可知，那真的是很久很久以前。

童話源起於民間，以口頭文學的方式，口耳相傳，故事人物多為妖神鬼怪，表達的是人類的喜、怒、哀、樂，恐懼與敬畏，也將歷史、社會與智慧，融合在荒誕又真實的故事中。中國早期的許多神話傳說，例如：〈女媧補天〉、〈后羿射日〉、〈虎姑婆〉、〈白蛇傳〉與〈封神榜〉等，將風俗信仰與警世目的融入故事寓意中。在西方，透過寓言故事來傳達特定旨意的，首推《伊索寓言》：〈龜兔賽跑〉、〈北風和太陽〉、〈烏鴉和狐狸〉的教誨，大抵深植人心，從老至幼。而阿拉伯故事《一千零一夜》，更帶領我們體驗了飛毯、神燈、木馬、海盜、僧侶等東方民族特有的人文景致。至於源遠流長的古希臘羅馬的英雄傳說，不論是蛇髮女妖、人頭馬身、大力士，後來甚至成為星象與信仰孕育滋生的搖籃。

因為民間童話的豐富多樣，以童話故事為發展主幹的兒童文學也在十九世紀成形。許多在兒童文學界中屹立不搖的童話故事集也不斷出現：有收集自德國民間故事的《格林童話》；有來自北歐丹麥的《安徒生童話》；有代表歐洲兒童文學的《鵝媽媽故事集》；甚至有《英國童話》、《美國童話》、《俄羅斯童話》、《挪威民間童話集》、《中國民間故事》等。這些各國童話代表著該國該地的人文風情，我們看之、聽之，但總有不完整之憾。我們想，有沒有一部故事集，可以包羅所有這些世界各地的精采童話寓言？

這個問題，本套書編者安德魯・蘭格先生在百年前就想到了。安德魯・蘭格生於蘇格蘭塞爾寇克郡（Selkirk），畢業於人才輩出的聖安德魯大學（University of St. Andrews）。他出身的年代，是兒童文學多元發展，童話在文壇中地位成熟的年代。貝洛的民間童話、格林童話、安徒生童話，都已經在他的年代中發光發熱。早期的蘭格醉心於古詩與古典文學，為研究荷馬（Homer）史詩的重要學者，他的《伊利亞德》（1882）和《奧德賽》（1879）譯本評價非常高。此外，他也在著名的《朗文》（*Longman*）雜誌專欄寫作，以文學批評著稱，文學地位崇高。蘭格對於童話的興趣，起源於所從事的人類學和宗教研究，他著有《習俗與神話》（*Custom and Myth*, 1884）、《神話、文學和宗教》（*Myth, Literature and Religion*, 1887），探討與人類社會發展息息相關的民間神話。這樣的背景，使蘭格成為神話與民間故事的研究權威。他主張「童話來自民間故事，民間是童話發展的土壤」。所以他採集世界各地的民間童話故事，於一八八九年推出他的第一本顏色童話，《藍色童話》，在接下來的二十五年間，又陸續推出其他十一本顏色童話書，包括：《紅色童話》（1889）、《綠色童話》（1892）、《玫瑰童話》（1903）、《銀色童話》（1900）、《金色童話》（1894）、《紫色童話》（1901）、《橄欖綠童話》（1907）、《粉紅色童話》（1897）、《棕色童話》（1904）、《橘色童話》（1906）、《紫羅蘭童話》（1910）。而後他也陸續編寫兒童童話故事集，包括膾炙人口的《圓桌武士》、《天方夜譚》等。

蘭格想要在他的年代中，與前輩貝洛以及格林兄弟分庭抗禮，而他也確實做到了。他蒐羅的故事範圍，從歐洲、延伸到非洲、日本、俄國、美洲、波斯、中國，數量之多，內容之完整，堪稱史上之最。蘭格認為，在世界每個角落，都有相同的人類情感，因此會有情節類似的童話故事。正因為如此，讀者可以在他的每一本童話裡，騎著獅鷲、乘著魔毯逆風飛行，從北歐飛越非洲、中亞、中國，到印第安的部落；也可以在一本書裡遍讀出自不同作品的〈睡美人〉、〈美女與野獸〉、〈拇指公主〉、〈阿拉丁神燈〉。

黑格爾曾說：「最傑出的藝術本領就是想像。」高爾基也說：「想像是創造形象的文學技巧的最重要方法之一。」童話的特色之一就是，天馬行空的想像，荒誕不經的情節，讀者可能從八歲到八十歲都有。我們希望這套世界童話全集，希望這些故事，能提供讀者最完整的童話故事。你不需要帶著《格林童話》、抱著《安徒生全集》、想著《英國童話全集》，或收集各國的民間童話故事；你只要擁有《蘭格世界童話全集》，就能擁有全世界的想像。我們更希望，這些童話故事能打動充滿幻想的孩子們，也能帶領曾為孩子的大人們重回想像無限、純真愉快的時光。

前言

本書的故事是特別為小朋友讀者編寫的。希望你們會喜愛這些已經傳誦好幾代的老故事。

貝洛（Perrault）的《鵝媽媽故事集》是重刊十八世紀的英語舊版本。

《仙女書屋》（Cabinet des Fées）與杜諾瓦夫人（Madame D'Aulnoy）的故事，是由米妮·萊特（Minnie Wright）女士翻譯或改編而成，她同時也得到卡諾瓦（M. Henri Carnoy）先生的同意，翻譯他《小亞細亞民間傳說》（Traditions Populaires de l'Asie Mineure, Maisonneuve, Paris, 1889）裡的〈魔戒〉。

《格林童話》是由席拉（May Sellar）女士翻譯；席維亞·韓特（Silvia Hunt）女士翻譯一篇德文版的故事；《挪威故事》是阿芙磊·韓特（Alfred Hunt）女士的版本；〈可怕的頭顱〉是編輯根據阿波羅多魯斯（Apollodorus）、西門尼德斯（Simonides）和品達（Pindar）的故事揉合改編的；維爾麗·韓特（Violet Hunt）濃縮了「阿拉丁」的故事；美·肯德爾（May Kendall）女士負責《小人國遊記》的濃縮版；〈阿默王子〉則是節錄自歷史悠久的賈南（Galland）英文譯本。

錢柏斯（Chambers）先生非常大方地允許我們從錢柏斯（Robert Chamber）所著的《蘇格蘭民間傳說》（Popular Traditions of Scotland）重印〈紅艾汀〉以及〈挪威黑牛〉兩個故事。

最後，〈迪克·惠汀頓〉取材自哥美（Gomme）與惠特利（Wheatley）兩位先生替維雍社

（Villon Society）編輯出版的小書。遺憾的是，這個深受喜愛的故事原版已經很難取得了。

安德魯·蘭格

目錄

〈總序〉海很大，魚很多　楊茂秀　iii
〈編輯室報告〉蘭格、童話、世界的想像　xv
前言　xviii
魔戒　●　001
亞辛王子與可愛小公主　●　014
太陽之東、月亮之西　●　022
黃矮人　●　033
小紅帽　●　058
睡美人　●　061
灰姑娘　●　070
阿拉丁神燈　●　079
初生之犢不畏虎　●　094
侏儒怪　●　105
美女與野獸　●　110
萬能女傭　●　130
海水為什麼是鹹的　●　147
穿長靴的貓　●　152

石竹花 ● 159

白貓 ● 169

睡蓮與紡金女 ● 189

可怕的頭顱 ● 200

美麗的金髮公主 ● 212

惠汀頓的傳奇故事 ● 227

綿羊國王 ● 236

小拇指 ● 254

阿里巴巴與四十大盜 ● 265

漢斯和葛蕾特 ● 277

白雪與紅玫瑰 ● 286

牧鵝少女 ● 295

蟾蜍與鑽石 ● 305

親親小王子 ● 309

藍鬍子 ● 322

忠實的約翰 ● 329

勇敢的小裁縫 ● 339

小人國遊記 ● 350

玻璃山上的公主 ● 369
阿默王子 ● 379
巨人殺手傑克 ● 411
挪威黑牛 ● 418
紅艾汀 ● 424

魔戒

很久很久以前有個國王，他住的宮殿四周，環繞著一座大花園。奇怪的是，雖然花園的土壤肥沃，園丁眾多，卻就是長不出花啊草的，更不用說綠樹和果實了。國王為了這件事簡直傷透腦筋。

有一天，來了一個老智者，對國王說：「陛下所請的園丁根本不懂園藝，因為他們的父親不是銅匠就是木匠，您叫他們如何來種花種草呢？這些事兒沒人教他們啊！」

「你說得一點兒也不錯！」國王恍然大悟。

「正因為這樣，」老人接著說：「只要找到世代都是園丁的人，一定可以馬上讓花園長滿紅花綠葉，也可以享受美味的果實。」

國王聽了老人的建議，派人遍訪全國大小鄉鎮，尋找世代從事園藝的人。四十天之後，終於找到了一名理想的園丁。

「你和我們到皇宮裡去，做國王的園丁吧，」使者說。

「我這麼窮苦怎麼能去見國王呢？」園丁說。

使者回答說：「沒關係，我們可以替你和你的家人買新衣服。」

「但是我還欠人家債沒還！」

「我們替你還，」使者又回答說。

園丁聽使者的話，就帶著老婆小孩跟著他離開家鄉。國王很高興終於找到一個真正的園丁，就把花園交給他照顧。他三兩下就使皇家花園花木扶疏，結實纍纍。到了年底，花園煥然一新，國王非常滿意，大大的賞賜他。

前面說到園丁有個兒子，生得英俊非凡，氣質出眾，他把每天最甜美的果實與花朵獻給國王和公主。公主正值二八年華，出落得亭亭玉立，國王也開始安排公主的婚姻大事。

「女兒啊，」國王說：「妳該嫁了，我打算讓妳和宰相的兒子結婚。」

「父親，」公主回答說：「我絕對不會嫁給宰相的兒子。」

「這是為什麼？」國王非常疑惑。

「因為我愛的人是園丁的兒子，」公主大膽說出心裡的話。

國王聽了這話以後，先是非常生氣，繼而輕泣嘆息，園丁的兒子怎麼配得上高貴的公主呢？但公主堅持己見，無論如何也不聽國王的勸告嫁給宰相的兒子。

國王緊急召集大臣們來商量。「陛下，您可以這樣做，」大臣們建議：「如果您要除去眼中釘的話，那就送園丁和宰相的兒子出遠門去歷練，誰先回來，誰就可以娶到公主。」

國王聽從大臣們的建議和安排，在兩個人出發前，給宰相的兒子一匹駿馬，整袋的黃金，只給園丁的兒子跛腳老馬和銅錢，沒有人相信他可以回得來。

公主在他們出發的前一天，偷偷跑去找心上人，告訴他說：「你要鼓起勇氣，並記得我深愛著你。為了我倆的愛，請把這包珠寶帶在身上，好好利用，然後回來娶我。」

第二天，兩人同時出城，宰相的兒子一馬當先，不一會兒工夫就把園丁兒子和他的老馬遠遠拋在後頭，絕塵而去。旅行了好些日子，宰相的兒子在一座水池旁，遇見一位衣衫襤褸的老婦人坐在石頭上向他乞討：「年輕人，你好啊！」

宰相的兒子沒有理會老婦人。

「可憐可憐我吧！我快要餓死了。來這裡三天，沒有人施捨過我。」

「妳這個老巫婆，別擋路，」他高聲說：「我不會幫妳。」說完就揚長而去。

那天晚上，園丁的兒子也騎著他的跛腳灰馬來到水池邊。

「年輕人，你好啊！」老婦人向他打招呼。

「您好！」他親切地回答。

「年輕人，妳可憐我，施捨我好嗎？」

「我的錢袋在這兒，全都給您吧！上馬來，坐到我後面，您的腳很累了吧！」

老婦人沒等他說第二次，就爬上馬和園丁的兒子一起旅行，來到一個大國的首都。宰相的兒子早就來了，住在豪華的旅店。但園丁的兒子和老婦人只能找個給窮人過夜的客棧休息。

第二天，園丁的兒子聽到街上的吵鬧聲，原來是國王的傳令官宣布說：「我們偉大的國王年事已高，病入膏肓，如果有人能治好他的病，幫助他恢復青春，就可以得到豐富的獎賞。」

老婦人馬上向她的救命恩人說：「恩人，這是你得到賞賜的大好機會。你到南城門外，會看到三隻顏色不同的狗，分別是白色、黑色和紅色。你得宰了他們，用火燒化。再把燒剩的灰依照狗的顏色放到顏色相同的袋子，然後到王宮前大叫，說你是阿爾巴尼亞來的神醫，不但可以治好國王的病，還可以讓他恢復以往的體力。國王的御醫一定會罵你是個不學無術的騙子，還會用各種手段來阻撓你去見國王，不過你要憑自己的智慧讓國王接見你，要求他派三頭騾來扛木頭，越多越好，再要個大鍋子，治療的時候除了你和國王，其他人絕對不可在場。大鍋子的水開了，你就把國王丟進鍋裡煮，等到煮得只剩骨頭時，把骨頭拿出來按照人體的結構排好，打開裝狗灰的三個袋子，撒在排好的骨架上，國王就會死而復生，並且回到二十歲時的模樣。他要賞賜你的時候，你什麼都不要，只要求一枚可以實現任何願望的魔戒。現在就去，記住我的吩咐。」

年輕人遵照老婦人的指示，到城外找到白、紅、黑三條狗，把他們宰了燒成灰，放進三個不同顏色的袋子裡，然後跑到王宮前大喊：「從阿爾巴尼亞的神醫來了，可以治好國王的病，讓他返老還童。」

宮內的御醫起初只是嘲笑他，不過國王下令召見這位號稱神醫的年輕人，也準備了大鍋子和木柴。接著，國王被丟入鍋裡煮。到了中午，園丁的兒子把國王的骨頭排好，撒上灰，國王真的再生，容貌也恢復了年輕時的模樣。

「我要如何報答您呢，恩人？」國王感激地問：「您願意接受我一半的財富作為答謝嗎？」

「不，」園丁的兒子回答。

「我可以把女兒嫁給您。」

「不。」

「那把我的一半國土送給您吧！」

「不，我只要那枚可以馬上實現任何願望的魔戒。」

「唉！」國王嘆氣說：「那枚神奇的戒指是我的最愛，但是，現在它屬於您了。」國王把戒指給了園丁的兒子。

園丁的兒子回去向老婦人辭行後，對魔戒說：「我要繼續旅行，給我一艘最華麗的船，船身用黃金打造，還要有銀製的桅桿，錦緞裁成的帆，配上十二名穿著講究、相貌高貴的水手；掌舵的工作由海神負責。至於貨艙呢，裡頭要裝滿鑽石、紅寶石、翡翠以及紅寶石。」

話才說完，海面馬上出現一艘完全符合要求的船，園丁的兒子踏上甲板，繼續他未完的旅程，最後來到一座大城，蓋了一座像宮殿般的豪宅。幾天後，竟然在外面碰到對手，也就是宰相的兒子，他這時已經把盤纏用盡，還淪落到幫人搬垃圾打零工維生。園丁的兒子問他：「你叫什麼名字？你的家人在哪裡？打哪裡來？」

「我來自一個偉大的國家，我父親是宰相。唉，現在我竟然在做這麼卑微的工作。」

「雖然我不認識你，不過我願意幫助你，給你一艘船，載你回到自己的國家。不過你必須答應我一個條件。」

「不管是什麼條件，我都願意接受。」

「先到我家去再說吧。」宰相的兒子並沒有認出他，就跟著他回家。回到園丁兒子的豪宅後，家奴聽從主人的命令，脫掉客人的衣服，用燒紅的戒指在他的背上烙下印記。

「年輕人，」富人開口說：「你可以坐我送你的船回家了。」

他邊說邊走到外面，命令魔戒說：「魔戒，魔戒，聽我的吩咐，做一艘用爛木頭和破布搭起的帆船，找又病又弱的水手，一個斷手，一個缺腳，一個駝背，一個瘸，一個瞎，其他的人則是面貌醜陋，刀疤滿身。馬上就去做。」

宰相的兒子登上這艘可怕的船，還好海上吹的是順風，將他送回祖國。雖然不是衣錦還鄉，大家還是熱情迎接。

「我先回來，」他對國王說：「請您遵守諾言，把公主嫁給我。」

全國上下於是開始籌備婚禮。可憐的公主只有獨自傷心又憤怒。

第二天清晨，一艘前所未有的華麗大船靠了岸，國王正好來到宮殿的窗前。

「這艘船真特別，」國王大喊著：「黃金船身，銀桅，絲帆，還有甲板上那位有如王子般高貴的年輕人是誰？掌舵者不就是海神嗎？來人啊，馬上邀請船長進宮。」

宮中的使者帶回了身穿絲質禮服、配戴珍珠鑽石的英俊王子。

「年輕人，」國王開口說：「歡迎之至。不管你是誰，我想請你待在宮裡做我的貴賓，願意待多久就待多久。」

「謝謝您的邀請，」船長欣然接受。

國王說：「我的女兒馬上就要結婚了，你願意在典禮上帶領她，將她交給她未來的丈夫嗎？」

「這是我的榮幸，陛下。」

不久，公主與她的未婚夫出現。

「這是怎麼回事，陛下？我不能將公主交給這個人，他以前是我的僕人啊！」

「你的僕人？」

「一點都沒錯。我在一個很遠的地方碰到他，那時他還是垃圾工人。我因為可憐他才讓他到家裡來做事。」

「這怎麼可能?」國王有點不相信。

「您要我證明嗎?這個人能夠回國,是搭我替他安排的船,船上的水手還缺手斷腳。」

「你說的沒錯,」國王說。

「他騙人,」宰相的兒子大喊:「我根本不認識他!」

「陛下,」船長說:「請公主的未婚夫脫下衣服,看看他背上是否有一個紅色的印記。」

就在國王準備下令宰相的兒子脫衣時,宰相的兒子怕丟臉,只好承認。

「陛下,」年輕的船長又開口:「現在您認得我嗎?」

「我認得你,」公主說:「你是我所愛的園丁的兒子,也是我要嫁的人。」

「年輕人,你終究是要當我的女婿,」國王說:「既然婚禮的慶祝活動都已經就緒,你們倆就今天結婚吧!」

當天,美麗的公主和園丁的兒子就結為夫妻。

幾個月過去了。這對夫妻生活快樂美滿,國王得到佳婿,也感到十分欣慰。

但是黃金船的船長開始懷念海上旅行的日子,便告別了公主獨自出海。

公主居住的城外,有個會巫術的人,擅長煉金術、占卜、法術,還會對人施魔法。這個巫師發現,園丁的兒子能夠得到公主,全是靠著魔戒精靈的幫忙。

「我一定要得到這個戒指,」巫師開始計畫。他到海邊抓了幾條非常美麗的紅色小魚,帶著魚到皇宮窗外叫賣著:「有誰要美麗的紅色小魚?」

公主聽到聲音,派了女僕去問巫師:「魚怎麼賣呢?」

「一只銅戒就好。」

「銅戒，你真傻，我上那兒去找一只銅戒？」

「就在公主房裡的座墊下。」

女僕回來後，把事情告訴公主。

「那個瘋老頭不要金也不要銀……」她說。

「那他想要什麼？」

「他要在您房間墊子裡藏的銅戒。」

「那就找出來給他吧！」公主說。

女僕找到黃金船長不小心留下來的魔戒，用它交換巫師的魚。

還沒回到家，巫師就開始對魔戒發號施令：「魔戒，魔戒，服從新主人的命令，我要你把那艘黃金船變成黑色木頭，把水手變成怪物，再把掌舵的海神趕走，還要讓船艙的貨全變成黑貓。」

魔戒精靈馬上照辦。

正在海上航行的船長看到眼前所有的景象在一瞬間大變，立刻明白戒指已經被偷走，傷心不已。但傷心並不能解決問題。

「唉呀！」他自己說：「不管是誰拿了我的魔戒，也一定抓走我的妻子，我回去還有什麼用處呢？」從此之後，他到處漂流，一個島接著一個島，漂流過無數港口，似乎每個人都在嘲笑他。過沒多久，他的錢就花光了，船上的水手和可憐的黑貓最後只能靠葉子和樹根維生。流浪了很久很久，船停泊在一個住滿老鼠的小島岸邊。船長上岸察看時，發現這裡除了老鼠外，其

巫師用魚來引誘公主上當

他什麼都沒有。跟著船長上岸的還有幾隻貓，因為餓得太久了，看到老鼠就窮追猛抓，在老鼠國造成空前的大恐慌。

鼠國的女王馬上召開緊急會議。

「如果船長不把那些貓關起來的話，」女王說：「我們都會被吃掉。這樣吧，我們找幾位最勇敢的代表，去跟船長談判。」

幾隻自告奮勇的老鼠勇士，便出發去找船長。

「船長，」老鼠們要求：「請趕快離開我們住的小島吧，否則我們都會被吃光的。」

「我答應你們，」船長回答：「不過有一個條件，你們先得幫我找回被偷的戒指。如果做不到的話，我就把船上所有的貓趕到島上，你們一個也活不了。」

這群老鼠代表失望地帶回這個條件。「怎麼辦呢？」女王著急地問：「我們怎麼去找到這只銅戒？」女王於是再度召集全世界各個角落的老鼠，討論解決方法，可是沒有一隻老鼠知道戒指到底在哪裡。這時，三隻老鼠正好從很遠的國度回來，一隻瞎眼，一隻是瘸腿，最後一隻耳朵缺了一截。

「哈，哈，哈，」新來的老鼠說：「我們是從很遠很遠的地方來的。」

「你們知道有魔法精靈的魔戒在哪裡嗎？」

「哈，哈，哈，當然知道。被一個邪惡的人拿走了，他每天都把戒指放在身上，晚上就放進自己嘴裡。」

「趕快去把戒指找回來，越快越好。」

三隻小老鼠於是坐了船前往巫師所住的地方。船一靠岸就直奔皇宮，留下瞎眼鼠看守著船。兩隻小老鼠耐心地等到晚上，看著巫師躺下，把戒指放入口中後，很快地就入睡了。

「現在怎麼下手？」小老鼠們絞盡腦汁想辦法。

缺耳的老鼠找到一盞裝滿煤油的燈和一瓶胡椒粉，他用尾巴先沾油，再沾胡椒粉，然後去搔巫師的鼻孔。

「哈啾！哈啾！」睡著的巫師打了個大噴嚏，又繼續睡覺，但是嘴巴裡的戒指已經吐了出來。瘸腿老鼠一轉身，敏捷地接住這個珍貴的寶物，頭也不回地跑回船上。

你們可以想像巫師醒來發現嘴裡的戒指不翼而飛時有多麼的懊惱！等到他發現時，三隻老鼠早就帶著魔戒走了。海上吹的順風把他們迅速送回正在引頸企盼的鼠國。當然，他們都在談論這只魔戒，爭論誰的功勞最大。三隻老鼠開始吵起架來。

「當然是我，」瞎眼老鼠搶先發言：「如果不是我看著船的話，船老早就漂到大海裡去了。」

「不對，」缺耳的老鼠抗議：「應該是我，是我讓巫師把戒指吐出來的。」

「你們都不對。」瘸腿老鼠大喊：「是我接住戒指的。」

他們吵得不可開交，一不小心竟讓戒指掉進海裡。

「現在我們怎麼回去向女王交代？」三隻老鼠你看我，我看你。「我們弄丟這個寶物，要害得全族滅亡了。我看現在不用回去了，乾脆在這個島上度過悲慘的餘生吧。」一邊說，一邊讓船靠岸。

瞎眼老鼠見兩個同伴不理他，自個兒去抓蟲子吃，只好難過地沿著岸邊踱步，找到一條死魚裹腹。吃到一半的時候，被不知名的硬物咽住喉嚨，叫其他兩隻老鼠幫他把東西吐出來。

「是魔戒！是我們丟掉的那只魔戒！」三隻老鼠興奮地呼喊，馬上就動身啟程回到鼠國。就在船長準備要把艙裡的貓都放出來的時候，鼠國的代表團及時把魔戒物歸原主。

「魔戒啊，魔戒，」園丁的兒子下令：「聽我的命令，將我的船恢復原狀。」

魔戒精靈把黑船變回華麗的黃金船，綢緞帆，俊美的水手快步跑到銀桅旁開始工作，駛回離開已久的祖國。

水手們快樂地唱著歌，駕著船在波光粼粼的海上如風一般地疾駛回國。

啊！祖國的港灣就在眼前。

船長上岸後趕到宮殿時，邪惡的巫師正在睡覺，公主見到失散已久的丈夫，兩人緊緊擁抱。巫師來不及逃跑，被船長用繩子牢牢綁住。

第二天，巫師被綁在背上馱滿核桃的野騾子尾巴後面拖著走，終於一命嗚呼，和騾子背上的核桃一樣的四分五裂。

（卡諾瓦《小亞細亞民間傳說》）

亞辛王子與可愛小公主

很久很久以前，有個國王深愛著一位美麗的公主，但是公主被施了魔咒，無法和任何人結婚。於是國王去找會解魔咒的仙女，問她如何才能得到公主的愛。

仙女告訴他說：「你知道公主身旁有隻小貓咪，是她最喜歡的寵物。誰夠聰明，能踩到貓咪的尾巴，就可以和公主結婚。」

國王自言自語說，那沒什麼難的，就和仙女道別，心想不但要踩到尾巴，還打算把貓咪的尾巴碾成粉末。

國王沒多久就去找公主和她的貓，那隻貓咪走到他跟前，照例弓起背來。國王一個箭步往前踏，以為踩住了尾巴，沒想到貓機靈地轉個圈，國王便踏了個空。國王連續試了八天，依舊沒有成功，國王心想，那該死的尾巴莫非灌了水銀，幾乎沒有停下來過。

終於好運來了，有一天他看到貓咪昏昏欲睡，尾巴很舒服地拖在地上。國王趁機用力踩住牠的尾巴。

貓慘叫一聲，竟然站起來變成一個高大的男人，用憤怒的雙眼瞪著國王說：「既然魔咒已經被你破除，公主就是你的了。不過，這個仇我一定會報，我詛咒你們的兒子有長鼻子。在他明白自己的鼻子太長之前，將得不到幸福。如果你膽敢把我現在說的話洩漏出去，你會立刻從世界上消失，再也不會有人看到你。」

雖然國王心中有點害怕，還是鎮定地笑著說：「如果不是沒有眼睛沒有手的話，他自己一定會看到鼻子太長，不然也摸得到啊！」

下詛咒的人消失以後，國王無暇多想，趕緊回到宮殿去找公主，公主很快就答應國王的求婚，成為皇后。不久，國王不幸過世，留下皇后和剛生下來的小王子亞辛。王子亞辛可愛極了，有全世界最美麗的藍色大眼睛，小嘴巴也長得很甜。但是，唉呀！任何人都會發出相同的惋惜聲：他的鼻子太長了，剛好遮住一半的臉。皇后為了這件事非常煩惱，侍女們只好勸皇后說，小王子的鼻子其實沒有那麼大，這是典型的羅馬鼻，你只要翻開歷史，就會知道很多偉人都是長鼻子的。深愛兒子的皇后聽到這些勸告，再去看小王子的鼻子，好像也真的沒那麼嚇人。

在無微不至的照顧下，小王子順利地成長。從小到大，身旁所有的人都不斷告訴他鼻子短有多醜陋，能夠接近王子的人也都是經過精挑細選的長鼻子。在皇后的要求之下，大臣們為了把自己小孩的鼻子弄長，一天都要用力地拉上好幾次。只不過，不管多麼努力，還是沒有人的鼻子比得上王子。

王子稍微懂事後，便開始讀書上課。在歷史課上，如果談到偉大的王子或是美麗的公主，老師們都會不厭其煩地強調他們是長鼻子。

甚至掛在王子寢宮裡的肖像都擁有大鼻子。在他的心目中，長鼻子才是美的象徵，如果他的鼻子再小一點就不好看了！

皇后在王子過二十歲生日時，認為王子應該結婚了，因此命令大臣們挑選出幾位美麗公主的畫像，其中一位就是可愛小公主。

可愛小公主的父王擁有廣大的領土，將來公主可以繼承無數的領土和財產。不過亞辛王子壓根兒沒想到財富這件事，完全為公主的美貌深深著迷，唯一的缺點就是她的鼻子不夠長。大臣們為了王子著想，也照例針對公主這個「缺點」大肆嘲弄一番。但這次，大臣們的努力卻白費了，因為王子並沒有跟著大家一起開玩笑，反而把笑得最厲害的兩個人趕出宮，他們竟敢笑公主的小鼻子！

其他人學到教訓，再也不敢胡亂批評，有人就說，男人沒有長鼻子是可恥的事，但是對女人就不一定要這麼嚴格的要求，因為男女的審美標準不一樣，歷史上還記載埃及豔后的鼻子也是很嬌小的！

王子聽了很高興，大大的獎賞了這個人，並且馬上派使者到可愛小公主的國家向公主求婚。國王答應親事後，亞辛王子立刻啟程，迫不及待地想早點見到可愛小公主。他走了九英里的路，來到心上人面前，牽起她的玉手正準備親吻時，那個施魔咒的人如閃電般地出現，把大家嚇一跳，迅雷不及掩耳地擄走可愛小公主，從此下落不明。

傷心的王子發誓，在沒有找到心愛的公主之前絕不回國，也不讓大臣們跟著，自己騎著馬，漫無目的，四處尋找消失的公主。

王子來到一個廣大的平原，他和馬旅行了一整天，都沒見到人煙，人和馬餓得肚子咕嚕咕嚕叫。直到夜幕低垂，才看到遠處似乎有個透著微光的洞穴。

他騎到洞穴前面，看到裡面住著一個似乎至少有一百歲的老婆婆。

老婆婆看到有人靠近，戴上眼鏡想要看清楚亞辛王子，不過因為她的鼻子太短，花了很久的時間才把眼鏡戴好。

王子和老婆婆（其實她就是仙女）一看到對方，同時捧腹大笑，異口同聲地說：「你的鼻子太好笑了！」

「妳的鼻子才好笑呢！」亞辛王子對仙女說：「不過，請妳不要浪費時間在鼻子上，先可憐我和我的馬，我們已經一天沒吃東西了。」

「沒問題，」仙女說：「雖然你的鼻子真的很奇怪，不過你畢竟是我一個老朋友的兒子，說起來，你父親就像是我自己的親兄弟一樣呢！你長得也還不賴。」

「那你說我還缺什麼？」王子問。

「你沒缺什麼，」仙女回答說：「正好相反，是長得太多了！不過別放在心上，一個人的好壞和鼻子長短沒關係。我不是說你父親和我很熟嗎？他以前常常來找我，以前我可是個美人胚子！你爸爸也認為我很漂亮。我還記得我們最後一次見面，他和我說的話……」

「好啦，」王子說：「等我吃飽，一定會仔細聽你們的故事。不過，求求妳，我真的已經一天沒吃東西了。」

「可憐的孩子，」仙女很憐惜地說：「我忘記你還沒吃，我現在馬上煮飯。你可以邊吃邊聽我講以前的故事，我可是不大愛說話的。長舌比長鼻更要不得，而且我還可以告訴你，我年輕的時候，大家都喜歡我話不多的個性，也在我的母后面前直誇我的這個好處。雖然你看到我現在老態龍鍾的樣子，但以前我是國王的女兒，我的父王……」

「我敢說妳父王肚子餓的時候一定有東西吃！」王子忍不住打斷仙女喋喋不休的談話。

「喔！一點也沒錯，你可以開始吃了，我只是想要告訴你……」

這時，餓到受不了的王子很想大叫：「妳不讓我吃東西的話，我真的聽不下去了。」但是，想到他需要仙女的照顧，最好還是禮貌一點，不要得罪她，便說些好聽的：「我知道聽了妳的故事之後，一定會忘記吃東西這件事，不過我的馬聽不懂妳的話，是不是可以先餵牠？」

仙女聽了王子奉承的話，覺得飄飄欲仙，馬上就命令僕人去餵馬，還對王子說：「你真是太有教養了，雖然鼻子很長，不過還是很討人喜歡。」

「天殺的！妳就不能不提到我的鼻子嗎？」王子心想。「講得好像全天下多餘的鼻子都集中到我身上來了！如果我不是餓得沒辦法，一定好好修理這個自以為話很少的長舌婦。人類對於自己的缺點，難道真的都是盲目的嗎？就因為她生下來是公主，習慣被人虛假奉承，還真的以為自己話很少呢！」

僕人們把晚餐端上桌的時候，亞辛王子注意到他們必須一直稱讚她，其中一個，不管主人說什麼，總是大大的讚美主人的智慧。

王子邊吃飯邊想：「出來一趟總算值得，至少證明我夠聰明，不會被別人的甜言蜜語給蒙蔽。有些人就是會當著你的面說些昧著良心的話，隱瞞你的缺點，甚至把黑的說成白的，壞的說成好的，幸好我不是這麼糟糕，還有點自知之明。」

可憐的亞辛王子！他天真地以為自己想的都是對的，完全不知道以前稱讚他鼻子的人都不是在講真心話，就像仙女的僕人會趁她不注意時在背後偷笑一般。

不過王子沒把這些想法說出來。等他吃飽之後，仙女開口說：「親愛的王子，可不可以拜託你把頭移一下，我的盤子被你的鼻子擋住了，看不到盤裡的東西。嗯，謝謝你！說起你父親，我第一次去宮裡，他還是個年輕小伙子呢！這可是四十年前的陳年往事了，我自個兒也在這裡住了好久。現在有沒有什麼新鮮事？女士們還是不是像以前一樣喜歡娛樂消遣？我那個時候的女士們，都會去參加宴會，去看戲，跳舞什麼的，還有每天散步……天啊，你的鼻子還真長，我實在不習慣。」

「說真的，可不可以請妳不要一直提我的鼻子，這和妳一點關係都沒有。我自己倒不覺得有哪裡不好，短一點我還不喜歡呢！這是天生的，妳最好欣然接受。」

「可憐的亞辛，我知道你生氣了，」仙女說：「我不是故意要讓你難堪。雖然我很難不去注意你的長鼻子，但我會試著不要再談它，甚至告訴自己那很普通。唉，老實說，你的鼻子應該是一般人的三倍長。」

吃飽了的亞辛王子對於仙女不停地說鼻子的事已經非常不耐煩，最後終於忍不住跳上馬離開了。可是在旅途的路上，人們似乎也瘋了，對他的長鼻子指指點點，但他就是無法說服自己，承認自己的鼻子太長，因為王子從小到大，已經習慣人們稱讚他的鼻子又長又俊美。

仙女為了幫助亞辛王子得到幸福，於是想出一個辦法。她找到可愛小公主，把她關進水晶宮殿裡，讓王子看得到卻碰不著。再度看到公主的亞辛，心中喜悅之情難以言喻，迫不及待地要打破這座監獄，但是所有的努力都失敗了。在極度失望之下，王子想，雖然無法救出公主，至少可以待在公主身邊，和她說說話，親吻公主伸出來的手。可是，不管亞辛怎麼調整姿勢，被長鼻子擋住的嘴唇，無論如何就是親不到公主的手。這次，他總算瞭解自己的鼻子真的太長，不禁嘆道：「的確，我的鼻子真的太長了！」

就在他說出這句話的同時，水晶宮殿頓時化成千萬碎片，仙女牽著可愛小公主的手，對王子說：「趁你還不是太感謝我之前，先讓我說說你的鼻子。假設你都沒遇到鼻子對你造成的不便，你恐怕永遠不會發現自己的鼻子是多麼的異於常人！你看，我們的自戀使我們看不到自己身體和性格上的缺點，直到這些缺點阻礙了我們所關心的事，否則即使是理智也說服不了我們，而我們也拒絕看到這些缺點。」

這時，亞辛王子的鼻子已經恢復成一般人的大小，也學到了寶貴的教訓。他終於如願以償和可愛小公主結婚，兩人從此過著幸福美滿的生活。

（博蒙夫人《德西王子和可愛小公主》）

太陽之東、月亮之西

從前有個窮農夫，他有好幾個小孩，卻都吃不飽穿不暖。小孩子們個個長得都很可愛，特別是小女兒，她的美麗無論在哪裡都無人可及。

某個秋天的禮拜四夜晚，風雨交加，屋外漆黑一片，狂風暴雨彷彿要把小屋的牆吹垮似的。他們坐在火爐旁各自做著自己的事。這時，聽到有人輕輕在窗戶上敲三下。農夫走到屋外查看，發現門口站了一隻大白熊。

「晚安，」白熊打了一聲招呼。

「晚安，」農夫回答。

「我請求你將小女兒送給我，」白熊說：「如果你答應的話，你會得到無數的財富。」

他當然是不反對發財，不過心裡想：「我還是得先問問小女兒的意見，」就進屋裡對他們

說，有一隻大白熊承諾讓他們變成有錢人，但條件是要把小女兒送給他。

小女兒說「不」，臉上毫無懼色；於是農夫又出去告訴白熊下禮拜四晚上再來，他會給白熊答案。農夫開始說服女兒，要她想想，如果有錢，家人可以過得很幸福，而且這對她何嘗不是一件好事。最後，小女兒同意了，便開始梳洗，也把自己的破衣服縫補好，讓自己看起來像樣些，準備好出發。不過，她可以帶走的東西其實少得可憐。

過了一個禮拜，白熊如願以償地接走農夫的女兒。女孩拎著包包，坐在熊背上，就此離開了家人。

走了很長的一段路，白熊問她說：「妳害怕嗎？」

「不，我不怕，」她回答。

「抓緊我的毛，妳不會有危險的，」

白熊說。

於是他們走了好遠，來到一座雄偉的山下。白熊敲了敲山，頓時山門大開，裡面竟是一座城堡，城堡裡的房間燈火通明，閃爍著金色和銀色的光芒。大廳也是同樣的金碧輝煌，中間擺了一張氣派無比的餐桌，任何人看了都不敢相信自己的眼睛。白熊給女孩一個銀色鈴鐺，告訴她如果需要什麼東西，搖搖鈴就可以了。吃過晚餐，天色也晚了，女孩因為長途跋涉，很快就累了，想趕快上床休息。鈴才輕輕搖了一下，就像變魔術一樣到了房間，床也為她鋪好了。臥房當然也是華麗非凡，絲質枕頭，金絲滾邊的窗簾，房裡的陳設不是金就是銀的。當女孩躺下來，熄燈準備就寢時，有個男人來躺在她身邊。這個人就是白熊，他在晚上就不是野獸的面貌了。不過，女孩從來沒看過他的真面目，因為這個人總是在晚上熄燈後才上床，又在天亮前離開。

平靜而富足的生活過了一陣子，女孩開始感到一個人過日子的孤獨與悲傷，很想回家看看家裡的父母親與兄弟姐妹們。白熊看到她漸漸消沉，便問她想要什麼，她答道山中的生活太平淡，做什麼事都是只有一個人，不像在娘家有兄弟姐妹作伴，不能回家探望親人才讓她這麼難過。

「也許我可以讓妳達成心願，」白熊說：「不過妳必須先答應我，絕不和妳的母親單獨相處，周圍一定要有其他人才可以，因為妳母親一定會親熱地牽著妳的手進房裡和妳聊天。千萬要小心，不可和她獨處，否則妳將會為我們倆帶來悲慘的命運。」

白熊禮拜天帶她回家探親。騎在熊背上，他們走了很長很長的路，最後來到白色的大農舍，女孩的哥哥姐姐們在屋外頭跑來跑去地玩耍，白屋與嬉鬧的孩子們，女孩看到這美麗的畫面，滿心歡喜。

「妳的家人現在住在這裡，」白熊告訴她說：「千萬不要忘記我交代妳的話，否則不但會傷害到妳自己，連我也會遭到可怕的災難。」

「不用操心，我會記住的。」說完，女孩進屋裡，白熊也轉身離開。

重新回家和親人團聚的喜悅，似乎永遠不會消褪。每個人心裡都很感激小女兒為家人所做的事。他們現在可以隨心所欲，想要什麼就有什麼，過著無憂無慮的日子。家人問她在那裡過得如何，小女兒說一切都很好，什麼都不缺。至於其他問題，我不知道她說了什麼，但是我確定她的口風很緊。吃過中飯之後，白熊的預言終於發生。母親想要和女兒私下談話，不過她還記著白熊的交代，怎麼樣也不肯進房。「要說什麼可以隨時說啊！」不過，她母親終究說服了女兒，要她將離家後的經歷和盤托出。她說每天晚上會有個男人在她身邊躺下，但總是在天亮前就離開。女孩心酸地說道，她其實很想看看男人的真面目，白天只有自己一人過，真的十分孤獨。聽完之後，母親驚訝地說：「我的天啊！妳大概是跟山中的妖精睡在一起了。不過我可以教妳怎麼看清他的臉。妳回去之前，帶一些我自己做的蠟燭，藏在胸口就不會被發現。等男人睡著時，就用蠟燭的光好好看他。但是要小心，別讓蠟油滴到他。」

小女兒於是拿了蠟燭，放在胸口，等晚上白熊來帶她回山裡。走了一段路後，白熊問她，他先前預測的事是不是有發生，她只好據實以告。「那麼，如果妳聽從母親的話，做了她要妳做的事，不幸的事就已經降臨在我們兩人身上。」女孩連忙說：「不，我什麼事都沒做。」

當晚回家上床後，一如往常，男人來到她身邊躺下。到了深夜，女孩確定男人已經熟睡，下床點起蠟燭，舉起來一照，眼前出現全世界最英俊的王子，那張俊美的臉深深吸引著她，使她情不自禁，親吻了王子。但就在女孩親吻時，三滴蠟油不小心落在王子的衣服上，把他從睡夢中驚醒。「妳知道妳做了什麼事嗎？」王子生氣地說道：「妳已經為我們帶來厄運了。我被繼母施巫術，白天是熊，晚上才能變回人身，如果妳肯耐心和我住滿一年，我就可以恢復自由之身。但現在我們兩人再也沒希望了，我必須離開妳，回到她身邊，住在太陽之東、月亮之西的一座城堡，裡頭有個鼻子有十二呎長的醜公主，現在我得要娶她了。」

女孩哭泣悔恨，但是這都沒有用。她問王子可不可以和他一起走，卻被王子拒絕。「但是你可以告訴我去那裡的路，我會去找你，這總可以吧。」

「沒錯，妳可以來找我，」王子說：「不過妳找不到路的，我們的城堡在太陽之東，月亮之西，妳永遠也不會成功。」

第二天早上女孩醒來時，王子和城堡都已消失無蹤，看到自己睡在一個又黑又深的樹幹裡，身旁是她當初從家中離開時帶在身上的破包袱。她揉去惺忪睡意，殘酷的事實讓她忍不住流淚，哭到精疲力盡才上路。她整天不停地走，直到遇到一座大山。她看到一位老婦人坐在地上，把玩著一顆金蘋果。她請教老婦人是否知道怎麼去王子和繼母的城堡，那城堡在太陽之東、月亮之西，而且這個王子還要娶一個鼻子有十二呎長的醜公主。「妳怎麼會認識他？」老婦人問：「也許妳就是他命中註定的女人吧！」「沒錯，我就是，」女孩肯定地回答。「那麼就是妳囉？」老婦人說：「我不曉得他在哪裡，只知道他住的地方在太陽之東，月亮之西。即使找得到王子，也要花很長的時間。不過妳可以騎我的馬去找我的鄰居，她知道的可能比我更多。妳到的時候，拍拍馬的左耳，讓牠自己回家就可以了。我的金蘋果就送給妳吧！」

女孩騎上馬，走了很遠很遠的路，來到一座山邊，看到另一位老太太坐在外面，手裡拿著一柄黃金梳子。女孩又問，是否知道在太陽之東、月亮之西的城堡怎麼去。老太太的回答和前一位一樣：「我壓根兒沒聽過這座城堡，不過，既然是在太陽之東，月亮之西，一定很遠，不曉得妳是否到得了。我可以借一匹馬給妳，去找我的鄰居，她也許會曉得妳要去的地方在哪裡。妳找到她的話，拍拍馬的左耳，牠會自己找回家的路。」說完，就把金梳子送給女孩。「收下吧！也許什麼時候會用得到。」

女孩再度上馬，繼續她艱苦的旅途。走了很久，終於來到一座大山，看到一位老婆婆坐在地上，用金紡輪在紡紗。同樣地，女孩向老婆婆打聽王子的消息和太陽之東、月亮之西的城堡。結果得到的答案仍然一樣。「也許妳是王子命中註定的女孩，」老婆婆說。女孩說：「是的，我就是。」老婆婆跟她的鄰居們都認為太陽之東、月亮之西的城堡應該很遠，而且到不到得了還不知道。「妳可以騎我的馬，我建議妳去問東風，或許他知道這個城堡，可以把妳吹到那裡。不要忘記我的馬，妳找到東風的時候，拍拍馬的左耳，讓牠自己回家吧。」最後，老婆婆送給她金紡輪說：「以後妳也許會用得著。」

女孩日以繼夜地又騎了許多天，找到了東風，問他怎麼去找那住在太陽之東、月亮之西的城堡裡的王子。東風說：「嗯，我是聽過王子的事和他的城堡，可是從來沒過那麼遠的地方，實在不曉得怎麼走。這樣吧，如果妳願意的話，我可以帶妳去我哥哥西風那裡，他力氣比我大，可能會知道得比較多。來，坐在我的背上，我載妳去。」女孩坐上東風的背，馬上出發。找到西風時，東風向他解釋，說女孩是來找王子的，他就住在太陽之東、月亮之西的城堡裡，想問西風知不知道這個地方。「很抱歉，」西風說：「我從來沒吹到那麼遠，我可以帶妳去找南風，他比我強壯多了，也到過很多地方，說不定他就可以告訴妳。坐在我背上，我帶妳去！」

啟程之後，很快就到南風的家。南風就問他的兄弟，知不知道太陽之東、月亮之西的城堡在哪裡，女孩要嫁的王子就住在那裡。南風說：「喔！就是她。可是我雖然四處都遊遍了，這麼遠的地方倒是沒去過。如果妳願意的話，我帶妳去找我們的大哥北風，他是我們當中年紀最長，體力最棒的，如果連他都無法告訴妳的話，那全世界就沒有人可以幫妳了。妳可以坐在我背上，讓我載妳一程。」女孩一坐上去，南風馬上啟程，不多久就找到北風。北風氣勢很強，從老遠就可以感到一股寒氣。「你們要幹什麼？」還沒進門，北風就大聲喊著，兩人都覺得快凍僵了。「是我，」南風回答：「這位女孩，要嫁給住在太陽之東、月亮之西的城堡裡的王子。她想要問你有沒有到過這個地方，可不可以告訴她怎麼去，她一定要去找到王子。」

「我知道城堡在哪裡，」北風說：「有一次，我吹了一片白楊樹葉到那裡，簡直把我累垮了，休息了好多天才能再飛。如果妳真的有心要去，而且不怕讓我載的話，我可以帶妳去，看看是不是可以把妳吹到。」

「我非去不可，」女孩說：「只要有任何希望，我都願意去，不管你吹的速度有多快，我都不怕。」

「那好，」北風說：「妳今晚先睡這兒，我們明天需要一整天的時間。」

第二天一早，北風把女孩叫醒準備出發，自己一邊緩緩地鼓起來，身體膨脹到極限時，看起來很可怕。他載著女孩高高地在天空中飛行，速度之快，好像打算要走到世界的盡頭似的。所到之處，都為地面帶來強烈的暴風雨，吹毀樹林和房舍，在海面上使得數百艘航行的船慘遭滅頂。他們往前疾行，時間過了很久，飛越了千山萬水，仍然在海面上。長時間的飛行，讓北風體力逐漸不支，氣息越來越弱，也越飛越低，低到女孩的腳跟已經浸到海上的波浪。「妳會怕嗎？」北風問她。「一點兒也不，」女孩堅強地說。

這時他們離陸地已經不遠，北風用最後的一絲力氣把女孩吹到岸邊，著陸的地方恰好是位於太陽之東、月亮之西的城堡窗外。精疲力盡的北風已經不能再飛行，要休息好一陣子才有足夠的力氣飛回家。

隔天早上，女孩坐在城堡窗下，把玩著老婦人送的金蘋果。第一個看到她的，就是要和王子結婚的長鼻子公主。公主打開窗戶問女孩：「妳手上的金蘋果要賣多少錢？」女孩回答：「我的金蘋果用黃金或是錢都買不到。」「錢和黃金都買不到，那什麼才買得到？隨便妳要什麼，我都可以給妳，」公主說。

「如果讓我見見住在這裡的王子，並且和他共度一晚，蘋果就是妳的。」公主很爽快地答應，因為她已經想好要怎麼安排了。於是，公主得到金蘋果，女孩便在晚上來到王子的房裡，卻發現王子沉睡著，這當然是公主的計謀。可憐的女孩，不管怎麼叫喚，哭了又哭，連搖也搖不醒王子。一到早上，長鼻子公主就來趕她走。女孩不放棄，第二次來到窗下，拿出金梳子來梳頭髮。接下來發生的事和昨天一樣。公主問她要什麼才肯賣這把梳子，她仍回答說梳子是不賣的，再多的黃金和錢也不願意，可是如果可以去見王子，共度一晚的話，公主就可以得到梳子做為酬謝。但是，當她再去找王子時，王子仍是昏睡不醒，任憑女孩哭、搖、叫喊，最後還是徒勞無功。白天一來，長鼻子公主又來把她趕出去。第三次，女孩再度來到窗下，拿出她的金紡輪，公主也想得到這個神奇的東西，便打開窗問女孩想要求什麼才願意交換。女孩的回答依然和前兩天一樣，不管是錢，還是黃金，都換不到金紡輪，唯一的條件就是見到王子，共度一晚。「好，」公主說：「我非常樂意答應妳的要求。」

城堡裡有幾個被囚禁的基督徒，正好被關在王子隔壁的房間。他們都聽到前兩天傳來女孩子哭著想叫醒王子，便把這件事一五一十地說給王子聽。當晚，公主來到王子房間，遞給他睡前飲料時，王子懷疑那是迷藥，假裝要喝，趁公主不注意時偷偷倒掉。所以，當女孩晚上來找王子時，他終於可以清醒地迎接她，聽她訴說如何千辛萬苦才找到王子的過程。「妳來得正是時候，」王子說：「我明天就要被迫結婚了，可是我絕不會娶那個長鼻子公主，而妳是唯一能夠救我的人。我會在婚禮上故意說想知道新娘可以為我做什麼事，然後拿出那件沾了三滴蠟油的衣服要她洗乾淨。她一定會答應，因為她不知道把衣服弄髒的人就是妳；但是只有基督徒才洗得掉髒污，那群妖怪是沒辦法的。我會說，只有能把衣服洗得乾淨的女人才能做我的妻子，而我知道只有妳才辦得到。」

城裡上上下下正為了即將到來的喜事忙得興高采烈。第二天婚禮開始的時候，王子開口說：「我必須要先測試新娘能不能幹，」繼母說：「那是當然，儘管說吧！」

「有一件衣服我很喜歡，想在婚禮上穿出來，可是被三滴油弄髒了。我曾發誓，誰可以幫我洗乾淨，我就馬上娶她為妻；洗不乾淨的，就不配做我的妻子。」

他們心想，嗯，那是小事一樁嘛，於是答應王子的要求，讓長鼻子公主洗衣服。可是公主又洗又搓，污點竟然越來越大塊。「真是的！連衣服也不會洗，」公主的女妖母親起身幫忙：「讓我來。」結果，衣服被她一碰，也是越洗越髒。

其他妖精看到這種情形，一窩蜂地跑來幫忙，卻讓污點沾滿了整件衣服，黑得好像從煙囪裡撿回來似的。「唉！」王子嘆氣：「你們真沒用。這樣吧，隨便叫窗外坐著的女孩來洗，我打賭她一定比你們強！喂！外面的，過來！」王子往外大叫，讓女孩進來，問道：「妳能把我的衣服洗乾淨嗎？」「我不知道，但可以試試看。」女孩一把衣服浸到水裡，奇怪的事發生了，衣服馬上變得潔白如雪，比新的還白。「我決定要娶妳為妻，」王子宣布。

老女妖一聽之下氣炸了，長鼻子公主和其他小妖精大概也是炸掉了，因為從那時候開始，再也沒人看過這些妖精。王子和他新婚妻子釋放了所有囚禁在城堡裡的基督徒，帶了無數的金銀財寶，頭也不回，永遠離開這座位於太陽之東、月亮之西的城堡。

（阿斯彪昂生和莫埃〔Asbjornsen and Moe〕）

黃矮人

從前有個皇后，她生了很多小孩，但是除了一個女兒之外，其他孩子都不幸夭折了。這個唯一的女兒卻勝過千百個孩子。

公主的父親（也就是國王）死後，對於皇后而言，在這世界上沒有任何東西比小公主更值得關心的，她非常害怕失去她，因而把她給寵壞了，無論小公主做錯什麼事，都捨不得教訓她。結果，小公主雖然長得亭亭玉立，將來有一天也要繼承王位，卻非常任性驕傲，認為世上沒有人配得上她。

皇后的溺愛和誇獎，讓公主相信她什麼都可以得到。她每天穿著如仙女一般美麗的衣裳，像皇后一樣盛裝去畋獵，連服侍她的宮女們也都打扮得像森林仙子。

皇后還命令全國最好的畫師，把公主美麗的倩影畫成肖像，送給附近幾個友好國家，讓這些國王們仔細欣賞。

所有看到公主畫像的人，沒有不立刻愛上公主的，只不過愛上的結果大不相同。有人因此得了相思病，有人為愛瘋狂，比較幸運還能神志正常的人則馬上跑來找公主，不過這些可憐蟲在親眼看到公主之後，就好像著了迷似的，完全變成任憑使喚的愛情奴隸。

眾多追求者當中，沒有一個讓公主看得上眼。事實上，有二十名條件優秀的年輕國王，可以為她做任何事討她歡心。他們願意花再多的錢去討好她，只要聽她讚美一句「很好」，就足以讓他們高興得飛上天了。

皇后看到女兒受到無限的仰慕，感到很欣慰。公主每天都會收到世界各地的詩人寄來七、八千首表達愛意的十四行詩、悲歌、短詩和歌曲。這些作品的主題只有一個，就是在歌頌美麗的貝莉茜瑪（公主的芳名），這些文人雅士寫下的精采詩篇所綻放的光芒，遠勝於任何火苗。

每位王子與國王，都夢想著能夠娶到正值妙齡的貝莉茜瑪，不過沒有人有勇氣提出結婚的請求。大家都心知肚明，只要有人敢開口求婚的話，也許當天就會被其他情敵殺掉，平日對他們不屑一顧的公主，只會認為這是小事一樁。她的鐵石心腸是大家公認的。另一方面，皇后雖然也希望早日看到公主出嫁，卻也想不出說服她的方法。

「貝莉茜瑪，」皇后勸她：「我真的希望妳不要這麼驕傲。是什麼原因讓妳這麼鄙視這些年輕有為的國王呢?妳知道我希望妳能和其中一位結為連理，但妳總是不讓我了結這樁心願。」

「我這樣子很好啊，」公主回答：「請您別來煩我結不結婚的事，他們我一個都不喜歡。」

皇后又說：「不論妳跟他們哪一個結婚，都會幸福的。如果妳愛上一個和妳身分地位不相配的人，那我會很生氣。」

任性的公主聽不進去，她還是認為這些愛慕者不是不夠聰明，就是不夠英俊，反正沒有人配得上她。現在，看到公主竟然不打算結婚，越來越心急的皇后，也不禁後悔當初真不該太寵公主，養成她現在為所欲為、不可一世的個性。

皇后軟硬兼施都不成，最後決定去請教人稱「沙漠妖精」的女巫。事情說來簡單，其實難度很高，原因是沙漠妖精被一群兇猛的獅子簇擁著，想靠近她根本不可能。不過，有人說如果用小米粉、冰糖和鱷魚蛋做成的糕點餵獅子，就可以安全通過這群野獸，見到女巫。皇后決定就這麼做。她把親手做的蛋糕放入小籃子裡，出發去找女巫。不習慣走遠路的皇后，不一會兒就感覺疲累，坐在路旁的樹下休息，不知不覺地睡著了，睡醒時赫然發現籃子是空的，蛋糕不見了！更糟糕的是，獅子也在這時發現生人來了，發出可怕的怒吼，朝著她走過來。

「該怎麼辦才好？」心急的皇后哭喊著：「我要被吃掉了！」害怕到極點的皇后雙腿發軟，一步也走不動，只能靠著樹幹傷心地哭著。

忽然間，有一個聲音出現，「哼！哼！」

皇后連忙向四周尋找聲音的來源，直到抬頭往樹上一看，發現一個正在吃橘子的小矮人。

「嘿嘿，我知道妳是皇后，也知道妳很害怕被獅子吃掉。懂得害怕是對的，這些野獸的確吃過很多人喔！不過妳沒餵牠們蛋糕，被吃掉也是應該的！」

皇后回答說：「我已經有心理準備了，唉！如果我女兒早點結婚的話，我就不用這麼擔心，落到今天的下場了。」

H J Ford

「喔，原來妳有個女兒，」這就是傳說中的黃矮人。他長得矮小，又有一張黃臉，再加上住在橘樹上，因此得到這個外號。「這算是個好消息，我為了尋找適合的妻子，已經遊遍全世界了。這樣吧，如果妳答應把她嫁給我，我保證那些什麼獅子、老虎、熊，都不碰妳一根汗毛，怎麼樣？」

皇后仔細端詳他的臉，這才發現看到這張臉，就像被獅子吃掉的感覺一樣恐怖，嚇得她一時之間說不出話來。

「妳還有時間猶豫，」黃矮人生氣地說：「妳大概很想被活生生地吃掉。」就在說話的同時，皇后看到獅群正往山下衝過來，每隻獅子都有兩個頭，八隻腿，四排牙齒，獅皮比龜殼還要堅硬，全身上下一片火紅。

可憐的皇后看到如此駭人的景象，就像鴿子看到兀鷹一樣，連忙求饒說：「親愛的矮人先生，我答應把貝莉茜瑪嫁給你。」

「是嗎？」他不屑地回答：「貝莉茜瑪還可以，不過我並不是很想娶她，還是算了吧！」

「不，不，高貴的先生，」皇后緊張地說：「請不要拒絕，她是世界上最美的公主。」

「那好吧！我是可憐妳才答應娶她。從現在開始，別忘了妳已經把她許配給我了。」

說著說著，橘子樹幹開了一扇小門，皇后及時走進去，讓迎面衝過來的獅子撲了個空。

皇后很奇怪為什麼剛才沒注意到樹幹上有個小門，進來之後，發現自己身在一片長滿薊和蕁麻的田裡，四周被泥溝圈住，不遠處有一個小茅草屋，黃矮人正從屋裡洋洋得意地走過來，腳穿木鞋，身著黃外套，沒有頭髮，兩邊的耳朵特別的長，活像個小怪物。

「我很榮幸做妳的女婿，」他說：「來看看這間小屋子，妳的女兒貝莉茜瑪以後就會和我一起在這兒生活。這裡種的薊和蕁麻可以養一隻騾子，讓她騎著到處逛，我這間房子可以擋風遮雨；溪裡的水可以喝，還有肥美的青蛙大餐可以吃。最棒的是，英俊瀟灑的我會在她身邊不時地陪伴她，保證如影隨形地守著她。」

傷心的皇后，想到女兒將來會和這個矮人過這種生活，一時悲從中來，半句話也說不出，昏倒在地。

當她恢復意識時，已經在自己的臥室，舒服地躺在自己的床上，還戴著一頂她從沒見過如此美麗的蕾絲鑲邊睡帽。起初她以為之前的冒險經歷、可怕的獅子和把貝莉茜瑪許配給黃矮人的承諾都只是做夢而已。不過這頂繡有漂亮緞帶和蕾絲的新睡帽，證明了一切全是真的。認清事實之後，皇后為此而心煩意亂，再也快樂不起來，開始不吃不喝也不睡。

公主雖然心高氣傲，但深愛著從小就無微不至照顧她的皇后母親。看到她變得意志消沉，問也問不出所以然，更感到焦急。皇后不願意告訴女兒殘酷的事實，不是說自己生病，不然就藉口說擔心鄰國要來侵犯國家。聰明的公主當然明白母親這些都是推託之辭，只是在隱瞞真相。她知道要救母親只有一個辦法，就是去找傳說中充滿智慧的沙漠妖精，同時也想向她請教到底要不要結婚。

出發之前，貝莉茜瑪做了安撫獅子的特製蛋糕，然後挑了一個晚上，假裝要提早上床先回房，穿上白長袍罩住全身，從秘密走道偷偷出宮，自己去找女巫了。這件事沒人知道。

公主同樣來到這棵影響她一生的橘子樹下。看到樹上長滿了花和果實，忍不住摘了些水果，把籃子放在地上，開始吃起橘子來。吃完準備繼續上路時，卻看不到籃子，不管怎麼找都沒有，而且越找不到越心慌，急得大哭。這時，黃矮人出現了。

「漂亮小姐，發生了什麼事？」矮人問道：「妳為什麼哭呢？」

「唉呀！我裝蛋糕的籃子不見了，沒有蛋糕，我就不能去找沙漠妖精請她幫忙了。我這樣還能不哭嗎？」公主回答。

「那妳要請她幫忙什麼呢，漂亮小姐？」眼前的小怪物又問：「她是我的朋友，而且老實告訴妳，我跟她一樣聰明。」

「我的母后最近不知道為什麼，突然變得很悲傷，我害怕她會死掉。我猜想可能是因為我的關係才讓她這樣。她非常希望我趕快結婚，但是我還沒找到中意的人。這就是我想找妖精談談的原因。」

「別再浪費時間，自找麻煩了，公主，」黃矮人勸她說：「我知道的比沙漠妖精還多。皇后，也就是妳的母親，已經把妳許配給……」

「把我許配？」公主打斷矮人的話。「不可能。如果有的話她一定會告訴我。沒有我的同意她不可能這麼做，你一定是搞錯了。」

「美麗的公主啊，」黃矮人大聲說，一邊在公主面前跪下來：「我相信，當我告訴妳，妳母親就是把妳許配給我，為我的生命帶來無限歡樂的時候，妳一定會贊成她的決定。」

「你？」貝莉茜瑪大叫：「我母親希望我嫁給你？你一定是瘋了才會這麼想。」

黃矮人也生氣了，不甘示弱地回嘴：「妳要搞清楚，我並不是那麼想和妳結婚的。反正獅子也要來了，兩三口就把妳吃掉，看妳還是不是那麼驕傲。」

黃矮人說得沒錯，越來越清晰的獅吼，證明獅子的確接近了。

「我要怎麼辦？」公主著急了：「難道我的美好日子就這麼結束了嗎？」

心懷不軌的黃矮人，看著公主，露出邪惡的笑容。「至少妳被吃的時候還是未婚，這不正合妳的心意嗎？像妳這麼美的公主，想必是寧可死也比嫁給醜陋的小矮人強吧！」

「喔！求求你別生氣，」公主態度軟下來，合掌哀求黃矮人救她：「我願意嫁給世界上所有的矮人也不要死得這麼痛苦。」

「公主，在妳答應我之前，先仔細看看我，不用急在一時。」

「不用不用，」公主連忙說：「獅子快來了，而且我真的看過你了。如果你不馬上救我的話，我會先被嚇死。」

這是真的，公主因為過度驚嚇而昏倒了。當她恢復意識時，已經在自己的房間。怎麼回到宮裡來的，她完全想不出來，但是看到身上穿著一件繡上蕾絲與緞帶的華麗洋裝，還有她的手指，被一根紅髮做的戒指緊緊纏住，不管怎麼試都取不下來。這些事物讓她想起所發生的事，陷入極度的悲傷情緒中，不僅嚇壞了整個宮廷，連皇后也大為震驚，問公主到底是什麼原因讓她這麼難過，公主只回答沒什麼。

最後，一位德高望重的元老終於提出要求，希望皇后趕快幫公主挑選丈夫。皇后回說，這也是她最想要看到的事，不過任性的公主看來還不想結婚，也許他們可以去勸公主。大臣們馬上照做，不過，他們沒料到公主經歷過黃矮人事件後，改變了以往高不可攀的態度，也覺得要擺脫小矮人的最好方法，就是先嫁給一位力量強大的國王。因此，她說雖然很滿意現在的一切，不過為了讓大家高興，她同意嫁給金礦國王。這位國王不但相貌堂堂，他的國家也的確富裕強大，更不用說他早就深愛公主多年了，只是不知道公主是否也中意他。喜訊發布時，可以想像金礦國王有多麼高興，而同樣在追求公主的其他國王有多麼憤怒，因為他們的夢想是真的破滅了。貝莉茜瑪一個人當然不可能同時嫁給二十個國王，而且她以前也太自以為是，一直認為沒有人配得上她，所以才遲遲不嫁。

皇宮內外開始籌備一場前所未有的豪華婚禮。金礦國王派出滿載黃金珠寶的船，一艘接著一艘，數目多得足以覆蓋整個海面。國王也派遣使者前往各地，尤其是法國，採購最精緻、最珍貴的首飾來妝扮公主。但是再多的奇珍異寶，也比不上公主完美無瑕的容貌。國王願意用天下的一切交換公主的歡心，而他自己則是希望沒有一刻不在公主身旁。

貝莉茜瑪公主看到國王為她所做的一切，越來越喜歡他。國王集慷慨、英俊、聰明於一身，到最後，公主也同樣深深地愛上國王。當兩人在花園散步，傾聽悠揚的音樂時，都覺得幸福無比。國王以前就時常寫詩讚美貝莉茜瑪，其中一首公主非常喜歡：

林間充滿歡笑
當公主信步走過。
落英繽紛
翩然飛舞
盼望她踏過他們
纖細枝梗上花團錦簇
仰望仙子飄然而過
搖曳如茵綠草
喔！我的公主，樹上的彩鳥
回應著屬於我們的情歌
在這片銷魂的小徑上
我們愉悅地走著，手牽手，肩並肩。

公主和國王真的非常幸福快樂。當其他落選的對手們準備要離開，和公主道別時，他們落寞的表情讓公主覺得非常難過。

「唉，公主，」金礦國王說：「妳怎麼啦？為什麼要浪費妳的同情心在這些愛妳的可憐人身上？妳只要給他們一個笑容，他們就心滿意足了。」

貝莉茜瑪說：「如果你沒有注意到我多麼同情這些要永遠離開的王子們，那麼我覺得很遺憾；但是對於陛下你當然就不同了，你和我在一起很開心，不過他們是抱著一顆破碎的心回家，所以同情他們是應該的，你就不要再說了。」

金礦國王聽到公主這麼善良的話，非常感動，忍不住撲在她的腳下，牽著公主的手親吻了無數次，請求公主原諒他的無禮。

大喜的日子終於到了。貝莉茜瑪的婚禮一切準備就緒。號角吹起，大街小巷被一片旗海與花束淹沒，一波波的人潮，同時湧入王宮前大廣場。皇后太高興了，好幾天睡不著覺，每天天還沒亮，就起來監督婚禮的安排事項，還忙著為公主挑選穿戴的珠寶首飾。宮內的鑽石，多得不可計數，連鞋子上也鑲滿了鑽石。婚紗是用銀緞製成，繡上十二條太陽光束般耀眼的金線。你可以想像這些要花多少錢。不過，再珍貴的珠寶，都比不上新娘絕世的容貌。公主頭上戴著一頂高貴的皇冠，長髮瀉地，莊嚴的容貌，使得所有盛裝出席的仕女相形失色。

金礦國王的高貴相貌與裝扮，一點也不比公主遜色。大家都看得出來他有多麼的喜悅。每個接近他的人都得到豐厚的禮物。婚宴大廳四周擺了許多裝滿黃金的桶子，裝滿珍珠和錢的絲絨袋。只要是和國王握手祝賀的人都可以得到這些謝禮，當然，一大堆人都非常樂意前來。這大概是婚禮慶典當中最令人期待的部分了。

皇后和公主著裝就緒，準備要和金礦國王出發時，突然看到兩隻大蜥蜴拖著一個怪異的盒子，從禮堂另一端向她們爬過來。有個身形高大、年紀老邁的女人緩慢地走在蜥蜴後面，長相之醜惡，比她不知已經幾百歲的年齡還令人吃驚。她穿著黑綢袍，破布縫製的蓬裙，綁著紅頭巾，拄著拐杖。這個奇怪的老女人一句話也不說，由大蜥蜴陪同在禮堂當中走了三回，最後在禮堂中央停了下來，揮舞著拐杖，用威脅的口吻說：

「皇后啊皇后！公主啊公主！你們以為違背給黃矮人的承諾不必受懲罰嗎？我就是沙漠妖精。如果沒有黃矮人和他的橘子樹，你們早就被吃掉了。我警告你們，在妖精世界裡，我們絕不接受這種侮辱。現在，你們必須決定到底要怎麼做。我發誓要讓公主嫁給黃矮人，否則的話，我就燒了自己的拐杖！」

「公主！」皇后哭著問：「我聽到了什麼？妳承諾了什麼？」

「母親！」公主哀傷地回問：「那妳又承諾了什麼？」

金礦國王對女巫破壞他的婚禮感到很生氣，便走向她，抽出佩刀威脅說：「你這個可惡的東西，立刻滾出我的國土，永遠別再出現，否則我會殺了你。」

話還沒說完，盒蓋突然打開，砰的一聲掉在地上，黃矮人從盒子裡跳了出來，跨下騎著一隻西班牙巨貓，飛奔到國王和妖精中間，叫道：「你這鹵莽的年輕人！你敢動她一根手指就試試看，這是我們兩個人的爭端。我就是你的對手。你要娶的那個不忠的公主，已經許配給我了。她手上戴著我用頭髮做的戒指就是證明。你也可以試著去摘下這只戒指，讓你知道我的厲

害。」

「可恨的小怪物！」國王說：「竟敢自稱是公主的愛人，你配得上她如此珍貴的人嗎？你不照照鏡子，看看自己又矮又醜，根本沒有人想看你的臉。如果你配得上我的刀，我一定馬上殺了你。」

黃矮人聽到這番侮辱的言語怒不可遏，用馬刺踢了他的貓，貓痛得鬼叫，開始四處亂竄，現場的人害怕得不敢出聲，但是這嚇不倒勇敢的國王，他反而緊追著黃矮人不放。黃矮人被逼得抽出身邊的長刀，衝到宮苑裡，要和國王決鬥。國王也被激怒了，緊追在後，不過他們幾乎都沒有機會正面交鋒。宮裡的人紛紛跑到陽台上觀望。這時，太陽光突然變得血紅，四周的光線暗下來，沒有人知道發生了什麼事。天空轟隆轟隆地打雷，閃電似乎要燒光一切；兩隻大蜥蜴分別來到黃矮人左右兩側守護著，如巨人般的碩大，如高山般的聳立，從牠們的嘴和耳朵不斷噴出可怕的火焰，好像兩座燒紅的大火爐。高貴的國王對這些景象一點都不退縮，勇敢鎮靜的表情和行動給了觀望的人信心，似乎也讓黃矮人自嘆不如。但他的勇氣在看到心愛的公主出事時，卻完全崩潰了。原來變得更加可怕的沙漠妖精騎著鷹獅，頸部纏著一條蛇，用手上的長矛刺中貝莉茜瑪公主，公主血流如注，昏倒在皇后懷裡。深愛著女兒的皇后看到女兒受傷，自己也痛澈心扉，大聲哀號，國王知道公主出事了，再也無法冷靜下來，馬上放棄決鬥，飛奔到公主身邊想要救她，或者是和她一起死。不過，黃矮人比他快了一步，騎著巨貓飛身而下，一瞬間就把昏迷的貝莉茜瑪從皇后手中帶走，宮廷的侍女們還沒來得及阻止得他，那黃矮人就跳上皇宮屋頂，一下子就不見了。

國王嚇得動也不動，一下子沒回過神來，他無法制止所發生的事情。但是更可怕的事接踵而至，他眼前一黑，什麼也看不到，然後感覺被一隻強壯的手抓著飛上了天。

這是沙漠妖精的傑作。她來幫黃矮人帶走公主，但是第一眼看到金礦國王時，就被他年輕英俊的相貌吸引住了。她想，如果把國王帶到某個可怕的洞穴，綁在石頭上，對死亡的恐懼也許會讓他忘記貝莉茜瑪，最後成為她的奴隸。來到洞穴時，女巫恢復國王的視力，但沒將他鬆綁，然後施展巫術，把自己變成一個年輕美麗的仙子，再假裝正好遇上國王。

「這是誰？」她驚呼：「是你嗎，國王？你為什麼會來到這種地方呢？」

國王不覺有異，誠實以告：「喔，美麗的仙子，讓我眼睛看不到，再把我擄到這裡來的妖精，我從她的聲音知道她就是沙漠妖精。至於她為什麼把我抓到這裡來，我就不知道原因了。」

「唉，」仙子假意嘆道：「一旦落入她的手中，除非和她結婚，否則你是沒有機會重獲自由的。這個妖精已經不只一次抓走別的國王了，她想要的東西一定會想盡辦法得到。」當她假裝同情國王的遭遇時，國王卻不經意注意到仙子的腳，竟然是半人半獸的樣子，他馬上知道這是沙漠妖精假扮的，因為不管怎麼變，只有腳沒辦法跟著變。

國王沒有馬上拆穿騙局，依然冷靜地說：「我不是不喜歡沙漠妖精，只是我實在無法忍受她那麼幫黃矮人，卻把我像犯人一樣鎖在這裡。我是喜歡美麗的公主，不過假使妖精能夠讓我重獲自由，我基於感激，也會同樣的愛上她。」

「妳說的是真心話嗎，國王？」妖精上當了。

「當然囉，」國王回答說：「我怎麼能夠騙妳？妳想想看，精靈的愛不是比平凡的公主的愛珍貴得多嗎？不過，只要她一天不還我自由，我即使是深深愛著女巫，也會假裝恨她。」

沙漠妖精聽得心花怒放，馬上決定把他換到一個比較舒適的地方。她讓他坐她的戰車，那戰車本來是用蝙蝠拉的，為了貴客特別改用天鵝拉車。國王在高空飛得頭暈腦脹，不過，在飛行途中往下看時，竟發現心愛的公主被關在一座鋼鐵造的城堡中，城堡的外牆反射炙熱的陽光，只要有人膽敢靠近，就會被折射的太陽光燒成灰。貝莉茜瑪正坐在樹林裡的小溪旁，低頭掩面傷心地哭泣。正當他們從天空中飛過時，她抬起頭來，正好看到國王和沙漠妖精一起。聰明的妖精，不但在國王面前扮成美麗的模樣，連遇到公主時，也讓她誤認為那是她所看過最美的女人。

公主哭著說：「什麼，我被可怕的黃矮人抓到這個寂寞的城堡來還不夠悲慘嗎？我還得知道國王一離開我就投入別的女人的懷抱嗎？但是，我的情敵到底是誰？還有誰的美貌比我還出眾呢？」

當公主問這些問題時，依舊深愛她的國王也正懊惱不已，不過他知道沙漠妖精法力高強，必須用更多的耐心和智慧，才能逃出她的魔掌。

沙漠妖精也看到了公主，她馬上轉頭看國王的眼睛，看看他對這個不期而遇有什麼反應。國王說：「除了我以外，沒有人能告訴妳事實的真相。遇到舊愛，的確讓我有點感觸，不過，在幸運碰到妳之後，我寧可死去也不願意離開妳，妳對我的意義遠勝於公主。」

「親愛的國王，」妖精說：「你說你這麼愛我，是真的嗎？」

「時間會證明我的心，」國王回答說：「不過，如果妳真的那麼在乎我的話，那就幫我救出貝莉茜瑪吧。」

「你知道你在說什麼嗎？」沙漠妖精皺起眉頭，懷疑地瞪著國王說：「你是要我用魔法來對付我最好的朋友黃矮人，然後放走他的愛人，同時也是我的情敵？」

國王嘆氣，沒有再說話。沒錯，在這種情形下還能要求什麼呢？最後，他們抵達一片大草原，草原上繁花似錦，還有一條河流經過，四周許多小支流在樹蔭下穿過，讓這些地方變成涼爽舒適的世外桃源。不遠處有一座金碧輝煌的宮殿，外牆全是透明的翡翠。天鵝拉的戰車降落在用鑽石與紅寶石鋪成的陽台，兩旁有上千名美麗的奴僕夾道歡迎，還以歌聲讚頌兩人的到來：

當真愛佔據你的心
除非你接受挑戰
驕傲者必將受苦
以爭取最後勝利

沙漠妖精聽到他們讚頌她的勝利非常高興，便將國王帶到最豪華的房間讓他獨處休息，不再把他當作囚犯來對待。國王知道妖精不會真的走得很遠，而是躲在暗處偷偷觀察他的一舉一動，便走到大鏡子前面，假裝自言自語地說：「誰能告訴我如何變得更有魅力，才能配得上迷人的沙漠仙子？我是多麼想要取悅她啊！」

接著，他開始梳頭髮，又看到桌上擺著一件比他身上穿的更好看的外衣，便立刻小心翼翼地披起來。這時，沙漠妖精適時出現，藏不住滿臉的笑意。「我知道你為了取悅我花了不少心思，而我必須說，你已經成功了。你看，如果你真的在乎我的話，要得到我的歡心並不是那麼困難，不是嗎？」

國王的計畫就是讓沙漠妖精心情好，便不斷說些讓她聽起來更高興的甜言蜜語。過了不久，他得到妖精的信任，可以自由走到海邊了。妖精用她的巫術讓海上風雨大作，任何有經驗或是勇敢的船長都不敢航行，所以她很放心國王不會趁機逃跑。這對國王來說，也是一種解脫，至少他可以一個人在這裡抒發不幸遭遇的哀傷，不用再假意取悅別人。

他在海邊來回地行走，靈感一來，便用竹棍寫下這些詩句：

終究來到岸邊
讓眼淚釋放出哀傷
唉！再也不見

我的愛人，為誰悲傷為誰歡笑

怒海狂濤
浪捲千尺
將我倆異地相隔
而我亦被你囚禁

我心依然狂野
縱使命運多舛

為何我流落他鄉？
為何我的愛人遠離？

喔！美麗的海上仙子
你可知曉真愛甜美滋味？
快快平撫浪濤
讓愛自由！

寫著寫著，突然聽到有人說話的聲音。海上依然巨浪翻騰，但浪的頂端出現一個面容和善的女人，向國王游過來，她的長髮披在身上，一手拿著鏡子，另一手拿著梳子，下半身不是腳，而是美麗的魚尾。

國王從來沒見過美人魚，看得呆住了；當美人魚游到可以說話的距離時，她開口說：「我知道你正因為失去公主而悲傷，而且還被沙漠妖精抓來這裡。如果你願意的話，我可以幫你逃離此地，否則你可能會在這裡度過悲慘的三十幾年。」

金礦國王對於這個提議不曉得該如何回應。並不是因為他不想逃，而是擔心這又是妖精安排來試探他的伎倆。正當他在躊躇不決，美人魚已經猜到他的心思，就說：「相信我，我絕對沒有騙你。我對黃矮人和沙漠妖精的所作所為也感到非常憤怒，所以不會助紂為虐。而且，我常常看到你那可憐的公主，她的美貌和善良使我真心地同情她。如果你相信我，我非常樂意幫你逃離這裡。」

「我完全相信妳，」國王說：「不管妳說什麼我都會照辦。妳說曾看到我的公主，請妳告訴我她現在好不好，她現在怎麼樣了？」

美人魚說：「我們不要浪費時間說話了，先跟我來，我載你到鋼堡找公主。我們先在岸邊做一個你的人形，可以先騙過那個妖精。」

美人魚隨即抓了一把海草在手中，連吹三次氣說：「海草朋友，我命令你們留在這裡，躺在沙灘上，直到女巫來為止。」說完，海草馬上排成國王的模樣，連外衣都是一模一樣，讓真的國王看得瞠目結舌。不過，海草裝扮的國王臉色蒼白地癱在沙灘上，似乎是被海浪淹得不醒人事。美人魚於是帶著國王，兩人很高興地游向海中。

「現在我可以跟你說公主的事了，」美人魚說：「公主被沙漠妖精刺了一刀後，黃矮人強迫她騎上那隻惡貓，不過她因為受傷和過度驚嚇，不久就昏倒了，等她醒來時，已經被帶到可怕的鋼堡裡面。在那裡，黃矮人安排三個美麗的女僕服侍她，時時陪在她身邊，注意公主的一舉一動。公主的躺椅是黃金織的布，並且鑲有像核桃那麼大的珍珠。」

「喔！」國王嘆道：「如果貝莉茜瑪因此而忘了我，答應嫁給他，我的心會馬上碎掉。」

「這你就不需要擔心了，」美人魚趕緊說：「公主只想念你一個人，她對黃矮人根本就不理睬。」

「請再繼續說下去，」國王要求。

「其他沒什麼好說的。貝莉茜瑪坐在樹林裡時，你正好經過，她看到你和變成美女的沙漠妖精在一起，傷心欲絕，以為你找到比她美的人並且愛上她。」

「她以為我愛上妖精？」國王不可置信地問道：「這真是個天大的誤會！我要怎麼樣才能讓

她明白呢？」

「這只能靠你的智慧了，」美人魚笑著回答他：「相愛的人是不需要旁人來指點的。」

他們抵達鋼堡靠海的一邊，這裡正好沒有烈日的反射，是唯一可以安全靠近城堡的地方。

「我知道公主在哪兒，」美人魚說：「她總是坐在溪旁，就是上次你看到她的地方。在你見到心上人之前，一定會碰到許多難關和障礙，拿著這把劍，它可以幫助你過關斬將。不過，記住一件事，千萬不要讓劍離開你的手。那我們先就此告別吧！我會在岩石上等你，如果你需要我載公主離開的話，我會馬上過來。公主的母親是我最好的朋友，所以我願意幫助你們。」

美人魚送給國王的劍是用一顆大鑽石鑄成，耀眼的光芒比陽光還璀燦。國王感動得不知道說什麼好，只能求她相信，他很重視美人魚送的禮物，而且也絕不會忘記她的大恩大德。

話說沙漠妖精，當她看國王很久都沒回來，馬上帶人去尋找。後面跟著一百名女僕，手拿各式精美禮品，準備獻給國王。有人拿一整籃的鑽石，有人拿精雕細琢的黃金杯，有人頭上頂著珍珠瑪瑙，其他人準備了花束、水果和飛鳥。但是，當女巫發現沙灘上躺的，是美人魚巧計安排海草裝扮成國王的時候，以為國王被淹死，又驚又悲，哭倒在國王的海草肖像旁，馬上召喚十一名妖精姐妹們來幫忙。當她的姐妹看到國王英俊的模樣時，都被迷住了。妖精雖然聰明，但美人魚道高一尺，魔高一丈，這些妖精最後能做的，只有建一座紀念金礦國王的精美墓碑。正當他們忙著蒐集碧玉、斑岩、瑪瑙、大理石、金和銅，想做一個國王的雕像，永遠懷念不朽的國王時，他和美人魚正在前往鋼堡的途中。

國王上岸後，快步疾奔，焦慮地四處張望，想儘快找到心愛的貝莉茜瑪，卻先碰上四隻可怕的人面獅身獸，牠們銳利的爪，隨時可以把國王撕成肉塊。國王勇敢地揮舞著美人魚贈送的寶劍，三兩下怪獸就跌倒在地，被一劍刺死。還沒回過神來，又出現六隻巨龍，全身長滿堅硬如鐵的鱗片。雖然處在極度危險的境地，國王一點也不怕，沉著地揮劍一隻接一隻殺死所有的龍。不過，接下來發生的事，他卻不曉得如何應變。四百二十名如仙子般明豔不可方物的美女，手上捧著花圈向他走來，不讓國王繼續往前行。

「國王請留步，」美女說：「我們必須守護這個地方，如果我們讓您通過的話，別說是您，我們也會遭殃。求求您別讓我們為難吧！難道您要我們這些無辜的人因您而死嗎？」

國王聽了，不知道該怎麼辦。不接受女士的要求是違反騎士精神的，所以他開始猶豫。這時，有個聲音出現在他的耳際：「前進啊！前進！不要停下來，否則你會永遠失去公主。」

聽到這句話，國王不再理會美女，馬上往前衝，用他的寶劍斬斷了所有的花圈，花朵散落一地，然後頭也不回的走向他看到公主的小樹林。當他看到公主時，她正坐在溪旁，臉色蒼白，愁眉不展，國王正想衝過去跪在她的身邊，但公主一看到國王，馬上別過臉，好像看到黃矮人一樣不理不睬。

「公主啊！」國王用哀求的口吻說：「請不要生氣，我可以解釋。這一切都不是我所能控制的，我真的是情非得已。」

「我難道沒看見你和最美麗的仙女在一起嗎？難道你是被逼的嗎？」

「我的確是被逼的，公主，」國王回答：「邪惡的沙漠妖精不但把我綁在石頭上，還用她的戰車載我到另一個地方把我囚禁起來。如果不是一位善良的美人魚救我逃出來，我不可能來這

金礦國王遇到四百二十名美女

裡救妳。公主，請不要拒絕妳最忠實的愛人吧！」說到這裡，國王激動地跪在公主的腳下，雙手抓著她的長袍，手上的寶劍也就不知不覺地落在地上了。躲在一旁的黃矮人當然不放過這個機會，一個箭步就搶到這把法力無邊的寶劍。

公主看到黃矮人出現，高聲尖叫，更激怒了黃矮人，馬上唸起魔咒召喚兩個巨人，把國王用鐵鍊牢牢地綁起來。

黃矮人說：「現在我的敵人的命，掌握在我的手裡。公主，如果妳同意嫁給我的話，他可以毫髮無傷地離開這裡。」

「我願意死一千次也不讓妳嫁給他，」國王憤怒大叫。

公主忍不住哭泣說：「你一定要死嗎？還有什麼比這更令人難過的呢？」

「妳如果嫁給這個怪物的話，我生不如死，」國王回答。

「至少，我倆可以一起死，」公主說。

「那麼，請給我這個榮幸為妳而死吧，公主，」國王說。

「喔，不要！」公主大喊，轉向黃矮人說：「我願意聽你的。」

「公主，妳真殘忍，」國王說：「難道妳要在我死前嫁給別人嗎？」

「當然不會，」黃矮人說：「你是個厲害的敵人，我不會讓你看到我們的婚禮。」說完，便不理會貝莉茜瑪的哀求與淚水，用鑽石寶劍刺死了國王。

可憐的公主見到愛人在她腳下死去，再也無法忍受，也在他身邊倒下，心碎而死。

這對不幸的戀人的悲慘下場，連美人魚也幫不了忙，她所有的法力都隨著寶劍而失去了。

對黃矮人來說，他寧可公主死，也不會讓她嫁給金礦國王；而沙漠妖精在聽到國王的事情後，發現自己被國王騙了，很生氣地毀掉自己親手做的紀念碑。

善良的美人魚很同情國王和貝莉茜瑪不幸的命運，就把兩人變成海邊高高的棕櫚樹，相互依偎，枝葉交錯摩娑，彼此低語著他們堅貞的愛，永遠在一起，再也不分開。

（杜諾瓦夫人）

小紅帽

從前有個村莊，裡頭住著一個全世界最可愛的鄉下小女孩。媽媽非常疼她，外婆對她更是寵愛。小女孩時常戴著紅色小帽，大家便管她叫小紅帽。

有一天，小紅帽的媽媽做了蛋糕，告訴她說：「女兒啊！聽說外婆生病了，妳帶點蛋糕和奶油去探望她好嗎？」

小紅帽拿了東西，馬上就出發去找住在鄰村的外婆。

走在森林裡，正好碰上大野狼。大野狼很想把小紅帽吃掉，但是森林裡有別人在撿木頭，不敢明目張膽地下手。牠想了想，便問小紅帽要去哪裡。天真無邪的小紅帽不知道野狼有多麼壞，她老實地回答：「我帶了媽媽做的蛋糕和奶油，要去送給我的外婆。」

「她住得很遠嗎？」大野狼問。

「不遠啊！」小紅帽回答說：「就在磨坊後面，那個村子的第一間房子。」

「那好，」大野狼說：「我也可以去看妳外婆！我們來比賽，我走這條路，妳走那條，看誰先到外婆家。」

說完，大野狼就抄近路拚命跑；小紅帽走的是遠路，路上還走走停停，到處摘水果，追著蝴蝶玩，還摘了路邊的小花做花圈。不多久，大野狼來到外婆家門口，敲敲門。

「是誰啊？」外婆問。

「我是小紅帽，您的孫女。」大野狼裝出小女孩的聲音回答說：「媽媽讓我帶蛋糕和奶油來給妳！」

外婆身體不好，躺在床上說：「拉拉門外的細繩，門閂打開，妳就可以進來了。」

大野狼開門進來，撲到床上，一口把可憐的外婆吃掉了！已經餓了三天的大野狼，吃了外婆還不夠，便鑽進外婆的床，等待小紅帽自投羅網。不一會兒，聽到咚咚咚的敲門聲。

「是誰啊？」

小紅帽聽到像是野狼粗啞的聲音，不禁有點害怕。不過，她想外婆大概是感冒了，喉嚨沙啞，聲音才會怪怪的，就回答說：「是妳的孫女小紅帽來看妳了，還帶媽媽做的蛋糕和奶油

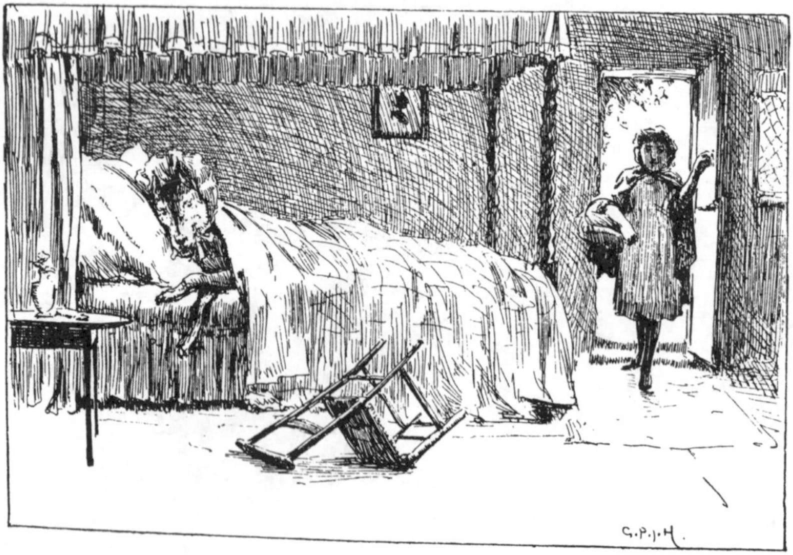

喔！」

大野狼裝出溫柔的聲音說：「拉拉門外的細繩，門閂打開，妳就可以進來了。」

看到小紅帽開門走進來，大野狼用被子把自己蓋住說：「把蛋糕和奶油放在茶几上，過來和我躺在一起。」

小紅帽脫下外衣躺進被窩裡去，但是看到穿著睡衣的外婆，忍不住問：「外婆，妳的手臂好粗啊！」

「那是為了想抱緊妳啊，小乖乖。」

「外婆，妳的腿好粗啊！」

「那是為了想要跑得快一點，乖孫女。」

「外婆，妳的耳朵真大！」

「耳朵大聽得才清楚啊！」

「外婆，妳的牙齒好尖啊！」

「牙齒尖才可以把妳吃掉！」

話才出口，邪惡的大野狼撲向小紅帽，把她也吃了！

睡美人

從前有個國王和王后，他們因為沒有小孩而有說不出的遺憾。他們走遍世界各地，試了各種秘方，但是都沒有效果。

最後，王后終於生了一個女兒。他們準備舉行盛大的洗禮，邀請國內所有的女巫參加（他們找到七個女巫），要做公主的教母。這七位女巫根據習俗，每位都將送給小公主一個祝福禮。女巫們的祝福，會使她成為盡善盡美的公主。

領了洗以後，國王在宮殿準備盛宴款待女巫。每位女巫面前都擺著一只國王為答謝她們而特製的純金寶盒，裡面的湯匙和刀叉也都用黃金打造，並鑲上鑽石與紅寶石。盒子外面還有非常精緻的盒套。正當大家正準備入座時，大廳出現一位非常老的女巫。老女巫五十幾年沒出現，大家以為她不是去世，就是被魔法限制住行動，所以沒有人想到要邀請她。

國王趕緊下令為老女巫準備禮物，但是只有盒套而沒有金盒子，因為總共只訂做了七個。老女巫覺得深受侮辱，嘴裡唸唸有詞，坐在一旁的年輕女巫聽到她的抱怨，猜想老女巫一生氣，可能會給公主不好的祝福禮，就想了一個法子，先躲在窗簾後面，觀察其他女巫的祝福禮，如果老女巫下了什麼不好的咒，她最後再出現，想辦法盡量補救。

女巫們祝福的時刻來臨，最年輕的女巫送給公主的禮物是世上最美麗的容貌；第二位女巫送給公主聰明才智；第三位送給公主事事順心的好運氣；第四位的禮物是優異的舞蹈才能；第五位送給她黃鶯出谷般美妙的嗓音，第六位女巫送公主彈奏各種樂器的能力。

輪到老女巫，她的年紀太大，頭不停地搖晃，宣稱送給公主的禮物，是有一天她會被紡錘刺死。可怕的預言立刻嚇壞所有人，並開始傷心地哭泣。

就在此時，躲在窗簾後面的好女巫出來，大聲說：「國王和王后，別擔心，小公主不會被刺死。我比較年輕，無法推翻老女巫的咒語，但是我可以送給她一個禮物，她雖然會被刺，但絕不會死，而是安詳地睡一百年，直到真正的王子來喚醒她，沉睡的咒語就會消失。」

為了保護心愛的女兒，不讓老女巫的預言成真，國王下令全國上下不准任何人使用紡錘和捲線桿來紡紗，家中也不可以放這些東西。

十五年後的某日，國王和王后外出，年輕的公主一個人在宮中四處玩耍，走著走著，來到塔樓中一個小房間，看見一位老婦人正在用紡錘紡紗。老婦人從來沒外出，也不知道國王下過不准使用紡錘的禁令。

「您在做什麼呢？」公主好奇地問。

「漂亮的孩子，我這是在紡紗。」從沒見過公主的老婦人回答道。

「這紗真美，」公主讚嘆說：「您是怎麼做的？讓我試試吧！」公主把紡錘搶過來，也許是第一次拿不熟悉，或是老女巫的預言註定會發生，紡錘刺穿公主的手，公主馬上昏厥在地。

老婦人看到這種情形，不知如何是好，便大聲呼救。很多人聽到求救聲，紛紛趕過來，但不管是在公主臉上潑水，解開身上的衣物，還是拍打手掌心，按摩太陽穴，都喚不醒公主。

事情既然已經發生，國王知道老女巫的詛咒終究逃不過，便命令人將沉睡的公主放置在皇宮最華麗的房間，躺在鑲滿黃金和白銀的床上。

睡著的公主，看起來仍然像小天使般純潔美麗；透著康乃馨般的粉紅雙頰，加上珊瑚色的嘴唇，雙眼緊閉。淺淺的呼吸，是唯一令人安慰的事。國王不准任何人吵公主，讓她安靜地睡覺，直到醒來的那一天為止。

讓公主沉睡一百年而不致於喪命的好女巫，此時正在一萬二千里外的另一個國家。幸好有個一步跑七里的快靴矮人即時報信，讓好女巫馬上駕著火龍車，在一個小時之後趕回來。

國王迎接女巫的到來，一五一十地告訴她所發生的事。女巫想到，將來公主醒來時，如果只剩下她一個人，一定會不知所措，所以她用仙女棒輕輕點遍宮中的一切事物（除了國王和王后）：所有王公大臣、宮女、侍女、官員、僕人、廚師、雜役、侍衛、衛兵、僮僕、侍者，連馬廄裡的馬、宮中養的狗，公主的小西班牙獵犬，讓宮中的一切，包括飛鳥，都在瞬間隨著公主沉沉睡去，也會在公主張開眼睛的那一刻醒過來，一如往常地服侍她。

在親吻過公主後，國王和王后走到皇宮外面，宣布不准任何人接近。接著，女巫在短短的十五分鐘內，讓皇宮四周長滿濃密的樹叢和荊棘，重重包圍起來，不讓人或者動物闖進來。外面的人走得再靠近，也只能看到皇宮最高的塔樓，其他什麼也看不到。女巫用她高強的法力，為公主做了萬全的準備與保護，讓她在睡著的這段期間，不受到外界好奇的干擾。

一百年終於過去。有一天，鄰國的王子來到郊外打獵，不經意看到密林中的高塔，便問那究竟是什麼，有人回答是鬧鬼的舊皇宮遺跡，有人說是巫師和女巫集會的地方，最普遍的說法，是高塔裡住著一個吃人魔，他把四處抓來的小孩關在那裡讓他隨時享用，而且只有用巫術才能穿過森林。

王子聽大家你一言我一語的，不曉得該相信誰，這時有一位老人告訴說：「親愛的陛下，我的父親在五十年前曾經告訴我，他的父親，也就是我的祖父，曾經說皇宮裡有一位全世界最美麗

的公主，要睡一百年，等一位真正的王子來救她。」

年輕的王子聽完，出於愛意和榮譽感，胸中立即燃起一股烈火，下定決心進入森林一探究竟。

當他往密林前進時，所有的樹木、草叢、荊棘，奇蹟似地自動開出一條大道讓王子順利進去。走在通往皇宮的大道上，他驚訝地發現樹林在他通過後馬上又緊密聚攏，隨從沒有一個能夠跟上來。但這絲毫不影響年輕勇敢的王子繼續向前的決心。

進入廣大的宮廷，眼前所見的恐怖景象，會讓最膽大的人驚慌失措：充滿著死亡氣息的宮殿內，地上到處癱著彷彿死去的人和動物的屍體。可是，王子仔細觀察這些人的臉色，知道他們只是在睡著了。連高腳杯裡面都還殘留著幾滴紅酒，可見喝酒的人是喝著喝著睡著了。

王子來到一個鋪著大理石的地方，走上台階便是侍衛室，看到侍衛們肩上扛著槍站在行列中，還大聲地打呼。再走過好幾個地方，看到男男女女或站或坐，全都睡著了。最後，王子來到一間金碧輝煌的房間，裡面有一張床，床幔沒有垂下來，上面躺著的，是他所見過最美的景象：一位貌美如花，看上去大約只有十五歲的公主。她的臉孔除了嬌艷之外，還帶著莊嚴的神情。王子看得呆了，跪在公主身邊專心凝視著她。

此時，束縛公主的魔法期限已滿，她睜開眼，用溫柔的眼神看著王子，對他說：「是我的王子嗎？讓你等太久了。」聽到這些話，王子對公主更加著迷，心中有無比的歡喜與感動，便向她表達他是如何的深愛公主。他們沒有說太多話，卻流下讓彼此感動的眼淚，用愛意取代言語。事實上，對整件事最迷惑的應該是王子，公主反而很清醒，因為女巫在她睡著的這段時間，已經利用很多次的夢境來讓她瞭解事情的前因後果，所以公主見到王子之前，有時間思考要說什麼。他們兩人花了將近四個小時絮絮叨叨，但還是不及所要表達的一半。

皇宮的其他人事物，也在同時甦醒過來，每個人都只想到原先正在忙的事，不過大家經過這麼久的時間，又沒有愛情突然降臨，只覺得餓壞了。負責服侍公主的侍女，連忙向公主稟告晚餐快準備好了。公主在王子的幫忙下起床後，穿上正式的服裝，容光煥發。王子看到公主過時（一百年前）的打扮，完全沒有任何嘲笑，事實上，不論穿什麼，都不減損公主的天生麗質。

王子與公主一同到飯廳用餐，宮廷樂師演奏著小提琴與雙簧管，曲調雖然老舊，但旋律十分美妙。用完餐之後，他們在宮中的教堂裡完婚。當晚兩人幾乎沒有睡覺，因為王子沒有帶自己換洗的衣物。第二天早上，他暫別公主，回國見他的父親。

王子告訴國王，他在森林裡打獵時迷路了，在燒炭人的小屋裡接受招待，借宿一晚。國王是位心地善良的人，完全相信王子說的話，不過他的母親並不相信，因為從那時開始，王子每天都出門打獵，而且常常一去就三四天後才回家。她開始懷疑王子是否偷偷結婚。王子和公主就這樣過了兩年，生了一男一女，老大是女兒，取名叫「黎明」，老二是兒子，叫做「白晝」，長得比姐姐好看。

王子的母后好幾次都來問他，這段時間行為舉止異於往常，到底是在做什麼。可是王子都不敢透露他和公主結婚的秘密。他雖然愛自己的母親，但是對她心存畏懼，原因是母后來自一個食人魔家族，國王娶她只是為了得到她的龐大財富。宮中甚至還流傳著母后依然保有食人天性的謠言，只要一看到小孩子經過，就有忍不住要撲上去的衝動。因此，王子絕口不提自己結婚生子的事。

又經過兩年，國王去世，王子繼任為新國王，便公開宣布結婚的消息，舉辦盛大的迎娶儀式，正式封公主為后，兩名小孩也風光地隨母親入城。

不久，新國王要帶兵到鄰國打仗。臨行前，把王國交給母后掌管，並懇請她好好照顧公主和他的子女，因為他整個夏天將不會待在國內。沒想到國王一走，皇后立即將公主和小孩送往鄉下的行宮，好讓她滿足自己恐怖的食慾。

有一天，她自己來到行宮，命命廚師說：「我明天晚上打算吃小黎明的肉。」

「哦，陛下！」廚師嚇得頭皮發麻。

「照我的話做。」皇后流露出食人魔想吃人肉的恐怖表情說：「再準備美味的醬料。」

可憐的廚師不敢違抗食人魔的命令，只好拿著大刀，走到黎明的房間。小女孩才四歲，一看到廚師叔叔，露出天真無邪的笑容，要他抱抱，還摟著他的脖子要糖果吃。廚師的眼淚流了下來，刀子落在地上，不忍心把她送給食人魔，便到後院殺了一隻小羊代替，再淋上美味的醬汁，端給他的主人享用。食人魔母后吃了讚不絕口，一直說從來沒吃過這麼好吃的食物。小黎

明則被廚師偷偷帶回家給他的太太，藏在後院地下的儲物室裡。

八天之後，食人魔母后又下令說：「這次我要吃白晝那個小孩。」

廚師一言不發，心中暗自打算要像上次那樣做。他去找白晝，看到三歲的他，手裡握著一把小劍，竟和一隻大猴子在比武。廚師抱起白晝，帶回家找他太太，把他跟姐姐黎明藏在一塊兒，然後回到白晝的房間，假裝烹煮小孩，皇后這次也是非常滿意這頓美味的大餐。到目前為止，還沒發現有任何不對勁。

不過，有一天晚上，她對廚師說：「把公主煮了吧！還要配上同樣的醬料。」

這次，廚師心想，恐怕瞞不了皇后了。不管公主之前是不是睡了一百年，但她已經是二十歲的大人了，要如何在後院找到像她一樣大的羊來殺呢？他最後決定為了保自己的性命，只好犧牲公主。於是狠下心，拿著小刀走進公主的房間要殺掉她。廚師不想讓公主死得不明不白，清楚地告訴她這是皇后的命令。

「你趕快下手吧！」公主聽了之後，馬上伸出脖子這樣說：「做你該做的事，讓我早日和我的孩子們相聚。啊！我可憐的孩子，我是多麼的愛他們。」自從兩個孩子無故失蹤後，公主以為他們已經不在人世了。

廚師再也忍不住，淚流滿面。「喔！不，陛下，請不要死，您還可以見到他們呢！請跟我來，我讓小王子和小公主躲在儲藏室裡。皇后那裡，我就用一隻雌鹿來代替您。」

廚師帶領公主來到儲藏室和她的孩子團聚，分享他們重逢的喜悅，然後端出用雌鹿蒙混的人肉大餐。皇后吃得非常高興。王子回國後，她編了一個故事，說公主和小孩子都被兇猛的狐狸吃掉了。

皇后習慣在夜晚來臨時，在皇宮附近徘徊，尋找她的獵物。一天晚上，她又照例出來，突然間，聽到地下室傳來白晝的哭聲，還聽到公主責備他太頑皮，以及黎明為弟弟向母親求情的聲音。

皇后當然認得出這是公主和兩個小孩，而且知道自己被欺騙，非常震怒，便下令第二天將公主和她的小孩、廚師夫婦和他們的佣人，雙手反綁在背後，丟進放滿蟾蜍和各種毒蛇猛獸的大池子裡接受嚴厲的處罰。她殘酷的神情，令所有人看了不寒而慄。

行刑即將開始，劊子手正要把他們推到池子裡，王子竟然提前回國，一進宮，眼前出現可怕的景象，馬上質問到底發生了什麼事，但是沒人敢說出實情。皇后眼看計畫失敗，羞愧地跳進原本用來虐待別人的池子裡，立刻被池內的毒蛇猛獸吃掉。王子失去母親雖然很傷心，但是妻子和子女失而復得，心中的傷痛很快就恢復，一家人從此過著幸福快樂的生活。

灰姑娘

從前有一位紳士，他娶的第二任妻子非常的高傲，她也是再婚，和前夫生下的兩個女兒，不論是個性還是其他方面，都跟她一模一樣。這位紳士的第一任妻子可以說是天底下最溫柔的女人，他們生下的女兒遺傳母親所有的優點，沒有人比她更善良溫柔。

結婚典禮一結束，繼母就露出她的真面目。她自己的女兒和丈夫前妻所生的漂亮女孩一比，顯然不討人喜歡，她很在意這件事，就常找機會虐待這個可憐的小女孩，要她做家裡吃力的工作，洗盤子、擦桌子，還得打掃全家人的房間。姐姐們都有豪華的房間，又新又美的床鋪，還有可照遍全身的大穿衣鏡，小女孩則被趕到破爛的閣樓睡覺，裡面只有一張稻草鋪的床。

她默默忍受種種不公平的待遇，也不敢向父親抱怨，因為懼內的父親反而會斥責她。每當

工作做完時，她就縮到壁爐的角落待著，坐在煤渣和灰燼裡，身上常沾滿了煤灰，因此被戲稱為灰女僕；兩個姐姐當中，小姐姐的嘴巴比較沒那麼壞，改叫她灰姑娘。灰姑娘雖然衣衫襤褸，不像姐姐們天天穿著昂貴美麗的衣裳，但與生俱來的氣質和美貌，勝過兩位姐姐不止一百倍。

聽說王子要在皇宮開舞會，邀請城裡全部的人盛裝參加，姐姐們高興得不得了，開始忙著採買全身上下要穿的行頭。灰姑娘除了繁重的家事外，又多了一項辛苦的工作，不是要幫忙燙平衣服，就是要燙衣服上的褶邊。

姐姐們整天都在嘰嘰喳喳地討論要如何打扮。「舞會當天，」大姐說：「我要穿我的紅色天鵝絨洋裝，搭配法式配件。」「我嘛，」二姐說：「我會在襯裙外，加上金花外套和鑲鑽胸衣，這是全國最特別的打扮了。」

她們找到城裡最好的裁縫來做頭飾，調整尺寸，還從最有名的波切夫人那裡買胭紅和美人痣貼布。

一如往常，灰姑娘又被叫去提供意見。她有敏銳的審美觀和判斷力，總是能夠幫忙姐姐們做最合適的裝扮，沒有一次讓她們失望。

姐姐問她：「灰姑娘，妳不想去參加舞會嗎？」「喔，你們別開我玩笑了，像我這樣根本不配去。」「沒錯，」姐姐們說：「人家只會笑妳是個灰姑娘。」

她們的頭髮從來都不給別人梳，因為只有灰姑娘梳得最美。舞會的事讓她們興奮得幾乎兩天沒吃東西。為了把腰束緊，看起來更苗條，已經撐破一打蕾絲帶，而且兩個人還不停地在穿衣鏡前顧影自憐。終於，舞會的日子來臨，目送姐姐們出發往皇宮去，灰姑娘只能羨慕地看著姐姐們越走越遠，直到看不見為止，然後放聲大哭。

灰姑娘的教母在這時出現，看到淚流滿面的灰姑娘，問她發生了什麼事：「我希望……我希望……嗚……」她傷心得連話都說不清楚。她的教母是個仙女，看出灰姑娘的心事，就問她：「妳是不是很想去參加舞會？」

她長嘆一聲，終於說：「嗯……是啊。」

「好，我想辦法完成妳的心願。」教母說。「到菜園裡去摘一顆南瓜來。」灰姑娘馬上去摘了一顆長得最好的南瓜回來給教母，只是不曉得這顆南瓜怎麼能讓她去參加舞會。仙女教母把南瓜肉挖空，留下外殼，然後用仙棒輕輕點了一下，南瓜馬上變成一輛閃閃發光的黃金馬車。

接著，仙女檢查她的捕鼠籠，數了數，裡面有六隻活老鼠。她要灰姑娘把籠子拿高，讓她在每隻老鼠上施法術，變出六隻灰毛黑斑的駿馬。現在只差一個車伕。

「我再去看看，」灰姑娘說：「如果籠裡還有老鼠的話，可以把牠變成車伕。」

「妳說得沒錯，再去找找，」仙女說。

灰姑娘湊近看，發現裡面還有三隻大老鼠，仙女挑選了一隻長鬍鬚的，再用仙棒點一下，變一個很有趣的胖車伕，臉上還有帥呆了的八字鬍。然後，教母又說：「再到菜園裡的小水池抓六隻蜥蜴來。」

仙女把抓來的蜥蜴變成六個僕役，身上穿著鑲金絲銀線的制服，很規矩地緊靠在一起，好像一生下來就受過訓練似的，手腳敏捷地跳到馬車後。

仙女對灰姑娘說：「現在一切都準備好，妳可以去舞會了！還有什麼不滿意的地方嗎？」

「當然！」她說：「我要穿著這身破爛的衣服去嗎？」

教母再輕輕一點，把灰姑娘的破衣服瞬間變成絢麗高貴的衣服，然後又拿出一雙世界上最美麗的玻璃鞋讓她穿上。一切就緒後，灰姑娘坐上馬車準備要離開時，教母叮嚀她說，不管發生什麼事，一定要在午夜前回來，因為在十二點一過，她的馬車會變回南瓜，駿馬和車伕會變回老鼠，僕役會變回蜥蜴，連她身上的衣服也會恢復到原來破舊的模樣。

灰姑娘向教母保證一定不會忘記這件事，然後就坐著馬車離開了，心裡充滿著即將參加舞會的喜悅。皇宮裡的王子聽到有位不知名的美麗公主駕臨，立即出去迎接，伸手攙扶她下車，帶她進大廳。灰姑娘一進去，所有的人都安靜下來，人們停止跳舞，音樂也停止演奏，大家被這位公主驚人的美貌完全吸引住了，只聽到人們切切私語：「啊，她好美！太美了！」

即使是閱人無數的老國王，也忍不住地盯著她看，還悄悄告訴皇后，很久沒有看到這麼甜美的女孩了。

在場的小姐女士們，也忙著研究這位神秘公主的服裝和頭飾。如果她們找到同樣的高級布料和一流的設計師，也許第二天就會一窩蜂地穿著相同的款式了。

王子安排變成公主的灰姑娘坐到他身邊最尊貴的位置，然後邀請她跳舞。灰姑娘的舞步優雅極了，贏得更多讚賞的眼光。精緻的餐點一盤盤送上來，但是年輕的王子眼睛一秒也離不開這位美女，一口也沒吃。

灰姑娘走到兩位姐姐旁邊坐下，很禮貌地招呼她們，還親手拿王子送的水果給她們吃。姐姐們沒有認出她來，只是覺得受寵若驚。正當灰姑娘在和姐姐們說笑談天時，她聽到鐘敲了十一點四十五分，想到教母的話，便起身向大家告辭，匆匆忙忙地離開。

回到家時，她跑去找教母，向她道謝，還說王子很想再度看到她，希望她明天還能再去參加晚宴。

當她興奮地敘述舞會上的點點滴滴時，兩位姐姐回來了，灰姑娘趕緊去開門。

「妳們去了好久！」她打著呵欠，邊揉眼睛邊伸懶腰，似乎才剛從睡夢中醒來。其實，自從姐姐們回家後，她一點也沒睡意。

「如果妳有去的話，」姐姐告訴她：「妳一定不會想睡覺了。今天來了一位漂亮的公主，沒有看過像她這麼美的人。她對我們真好，還送水果給我們吃呢！」

灰姑娘佯裝漠不關心的樣子，但問她們公主叫什麼名字。她們說公主不肯透露她的名字，連王子也不知道，想盡辦法想要查出她的芳名。灰姑娘聽到這裡，笑著說：「嗯，看妳們這麼高興的表情，就知道她一定非常漂亮。親愛的夏綠蒂姐姐，可不可以借給我妳每天穿的那件黃洋裝？」

「我會借妳才怪！」姐姐說：「把我的衣服借給妳這個髒兮兮的灰姑娘？我又不是白癡。」

灰姑娘早就知道會得到什麼答案，暗自高興被拒絕。如果姐姐真的答應她開玩笑的請求，她就不得不穿上衣服跟著出門了。

第二天晚上，姐姐們又去參加王子的舞會，灰姑娘也翩然而至，穿得比昨晚更雍容華貴。王子一刻都不願離開她身邊，還不斷地稱讚她，和她說話。灰姑娘陶醉在美妙的氣氛裡，忘了教母的叮嚀，也沒有注意時間，等到時鐘敲了十二下，她才驚醒過來，用最快的速度，像受驚的小鹿般逃離皇宮。王子想要追她，但還是錯過了，只撿到灰姑娘在匆忙離去時遺落的一隻玻璃鞋。

灰姑娘回到家時，已經上氣不接下氣，帶回來的，除了一身的破爛衣服之外，還有一隻從舞會上穿回來的玻璃鞋。

王子去問看守宮門的守衛，是否看到公主出去，但他們的答案都是，只看到一個穿得很破爛的小女孩，一看就知道是從鄉下來的、沒有受什麼教養的村姑。

姐姐們回來時，灰姑娘問她們有沒有再看到美麗的公主。

她們說：「是有看到，不過很奇怪，她在鐘響十二下的時候，就急急忙忙地跑掉了，還掉了一隻穿在腳上的玻璃鞋，被王子撿到了。他的眼睛整晚都離不開公主，看樣子是愛上這個玻璃鞋的主人了。」

她們說的一點沒錯。王子過沒多久就鄭重宣布，誰能穿上這隻鞋，他就娶她為妻。王子請王國裡的貴族仕女們試穿，但是沒有人穿得下。接著，又把鞋拿到城裡讓所有的小姐們試穿，輪到灰姑娘的兩位姐姐時，不管她們多麼努力想要把腳塞進去，都沒有成功。灰姑娘在一旁，知道這就是她掉的那隻鞋，笑著說：「讓我試試看吧！」

姐姐們聽到後都捧腹大笑，還不斷嘲笑灰姑娘。不過被派出來尋找公主的使者看出灰姑娘骯髒外表下掩藏不住的美麗，就說：「王子下令要讓所有人試穿，所以每個人都要試一下。」

他請灰姑娘坐下，將鞋套在她的腳上，發現竟然剛好合腳，又確定她沒有塗蠟在腳上來騙人。兩位姐姐驚訝得說不出話來，又看到灰姑娘從口袋裡拿出另外一隻一模一樣的鞋，穿在腳上時，更是目瞪口呆。這時，灰姑娘的教母出現，她身上的衣服經過教母一點之後，變成了比前兩個晚上更美、更光彩奪目的華服。

現在兩個姐姐知道灰姑娘就是舞會上的美麗公主時，不禁慚愧地跪在地上，請求灰姑娘原諒她們以前種種惡毒的對待。灰姑娘扶姐姐們起來，緊緊抱著她們，也哭著說：「我真心地原諒你們，也希望得到你們的愛。」

灰姑娘急忙跑掉

灰姑娘被請回皇宮見王子。王子幾天不見到她，覺得她更美了，幾天後就和灰姑娘結婚。灰姑娘不但漂亮，心腸也一樣善良，不計前嫌地請姐姐們到皇宮來住在一起，還安排兩人和皇室的貴族結婚，從此和家人一起過著幸福美滿的生活。

（夏爾・貝洛）

阿拉丁神燈

從前有個小男孩叫阿拉丁，家裡靠裁縫維生。生性懶散的阿拉丁整天無所事事，只知道和在街上和其他同樣遊手好閒的孩子們玩耍。阿拉丁的父親過世後，母親常常為了兒子不求上進而傷心難過，不停禱告他會變好，但阿拉丁還是我行我素。有一天，他和平時一樣在外面游手好閒，有個陌生人問他年紀多大，還問他是不是裁縫穆斯塔法的兒子。「我是啊！不過我父親早就死了。」這個人來自非洲，是個法力高強的巫師，他低下頭親吻阿拉丁說：「我是你叔叔，我一看到你就知道你是我哥哥的兒子。你先回去告訴媽媽，說叔叔要去家裡拜訪。」阿拉丁聽了，馬上回家說起在街上發生的事。母親聽了後說：「是沒錯，你爸爸的確有兄弟，只不過我一直以為他已經不在人世。」說完，便開始準備招待客人的晚餐，再讓阿拉丁去請叔叔來。這名自稱叔叔的男子帶著美酒和水果一進門，就跪下親吻阿拉丁父親以前坐過的地方，然

後告訴阿拉丁的母親，他過去四十年來都在國外，所以才都沒機會見面。阿拉丁的母親聽了他的解釋後，也不疑有它。叔叔問阿拉丁在做什麼事，他低下頭沒說話，他母親則開始掉眼淚。知道阿拉丁沒事做，也沒有學做生意的本領時，叔叔便提議要給他一間店鋪來做買賣，店裡的貨品也由他負責張羅。隔天，叔叔送阿拉丁一套漂亮的衣服，還帶他到處逛，欣賞風景，晚上再帶他回家。阿拉丁的母親看到兒子穿得這麼體面，心裡非常高興。

第三天，巫師帶阿拉丁出城，走了很久，來到一個很漂亮的花園。他們坐在水泉旁，叔叔從腰間拿出糕點，兩人分著吃，吃完又繼續往前走，幾乎要走進山裡。經過一整天的跋涉，阿拉丁感覺累了，很想回家，但是巫師不斷編各種理由騙他，繼續帶著阿拉丁走向不知名的地方。最後，他們來到一座狹窄山谷，兩旁是高聳的山，假叔叔終於說：「不用再走了！現在我要讓你看個很棒的東西。你先去找點木柴來給我生火。」巫師在燃燒的火苗上撒了一把粉末，嘴裡唸唸有詞。這時，地面開始震動，在他們眼前裂開來，然後出現一塊石版，石版中間還有個銅環。阿拉丁很害怕，想要逃跑，卻馬上被抓回來，還被揍了一拳，他露出無辜的表情說：

「叔叔，我做錯什麼事？」巫師的臉色和緩下來，對他說：「別怕，聽我的就是了。那顆石頭下藏著稀世珍寶，世界上除了你之外，沒有人可以碰，不過你要照我的指示去做。」聽到稀世珍寶，阿拉丁忘記恐懼，就照著巫師的指令，嘴裡唸著父親和祖父的名字，手伸出去拉銅環，一下就把石版掀開，看到一排排的階梯。「走下去，」巫師命令他說：「走到底的時候，你會看到一扇通往三個大穿堂的門。門是開著的，不過走的時候衣服要抓緊，不可以碰到其他東西，否則你馬上就會沒命。過了三個穿堂後，你會看到一座果園，可是不要停下來，繼續往前走，直到看到一個梯形小丘，爬上去，那裡有一盞油燈，把裡面的油倒掉，把燈帶回來。」說完，巫師把戴在手上的戒指送給阿拉丁，祝他順利達成任務。

阿拉丁一路走進去，看到的景象就和叔叔說得一模一樣，他忍不住在果園裡摘了一些水果，也拿到了油燈。快到洞口時，巫師喊著：「快點兒！先把燈給我！」阿拉丁不聽他的話，非得先出洞後才願意把燈交出來。氣急敗壞的巫師在火上撒了更多的粉，嘴裡又是喃喃自語，石版歸位，洞口再度牢牢地封起來。

假冒阿拉丁叔叔的巫師拿不到神燈，便離開波斯，一去不返。他來到波斯，是因為魔法書裡面寫說，如果得到神燈，就能夠變成世上最有權力的人。巫師雖然知道神燈的下落，但是他一定要從另一個人的手中拿到它，所以才挑上沒有心機的阿拉丁，打算利用完之後把他殺掉，只是沒想到事與願違。

阿拉丁被關在黑暗的洞穴裡兩天，一邊哭一邊後悔。最後，他合掌向神禱告，做這個動作時，摩擦到假叔叔還來不及取回的戒指。地下竟然冒出一個身形魁梧、長相可怕的精靈，對他

說：「主人，你想要什麼東西？我是戒奴，願意聽從你的命令。」阿拉丁又驚又怕地回答說：「帶我離開這個地方！」話一說完，阿拉丁人已經出洞，而且眼睛還沒熟悉外界亮光的時候，就已經到家，人也嚇得昏過去了。醒來時，他把發生的事一五一十地稟告母親，還把油燈以及從樹上摘下的水果拿出來看，那些水果其實是珍貴的寶石。兩天沒吃東西的阿拉丁肚子餓了想吃飯。「哎呀，我的兒啊！」母親嘆氣說：「家裡面沒東西。我剛剛紡了一點紗，這樣吧，你等我拿出去賣錢好買食物。」阿拉丁阻止母親，說要先把油燈賣掉。母親看到燈上面沾滿了灰塵，想擦亮後再賣個好價錢。就在她擦燈的時候，又冒出一個長相可怕的精靈，問她想要什麼東西。阿拉丁的母親嚇昏了，阿拉丁連忙把燈拿過來，毫不畏懼地說：「拿點東西來吃。」精靈捧出銀碗，十二個盛滿大魚大肉的銀盤，兩只銀杯和兩瓶美酒。阿拉丁的母親醒來看到桌上擺滿山珍海味，非常疑惑，但是阿拉丁只說：「先別問，好好享用吧！」他們坐下來，從早餐吃到晚餐，阿拉丁才把神燈的祕密說出來。母親聽了，想要趕緊把這個不祥物賣掉，但是阿拉丁不答應，還說：「既然得到這個大好機會，就應該善加利用才對。這個戒指也一樣，我會一直戴在手上。」吃完後，阿拉丁把精靈帶來的銀餐具一個一個賣掉，直到全部賣完後，再命精靈送來另外一套。母子倆靠著神燈過了好幾年衣食無虞的生活。

有一天，公主要出門沐浴，統治王國的蘇丹下令全國人民不許出門，要緊閉門窗，誰都不能見到公主。受到好奇心驅使的阿拉丁，很想見公主一面，但是公主一直戴著面紗，要看到她的臉都很難。於是阿拉丁想辦法躲到澡堂門後，從門縫裡偷窺。當公主把面紗取下，走進澡堂時，見到她美如天仙的臉孔，阿拉丁馬上就愛上她。回到家的阿拉丁完全變了一個人，連他的母親都嚇了一跳。阿拉丁說他已經無法自拔地愛上公主，沒有她就活不下去，打算娶她為妻。他母親聽了之後忍不住捧腹大笑，認為這根本不可能，不過阿拉丁還是說服她去找蘇丹，提出跟公主結婚的要求。母親只好拿出手帕，包了阿拉丁從洞穴花園中摘下的那些絢爛奪目的水果寶石去王宮。當她進去時，宰相和其他大臣也剛好進宮，站在她前面，所以蘇丹並沒有注意到她。

她連續去了一個禮拜，每天都站在同一個地方。到了第六天，當所有的王公大臣都離開時，蘇丹問宰相說：「我這幾天都看到一個女人拿著包東西站在群眾裡。明天請她出來，我想知道她要做什麼。」第二天，宰相照著國王的吩咐請阿拉丁的母親來到蘇丹的面前，她跪著動也不敢動。蘇丹和藹地說：「起來吧！告訴我妳要什麼。」她吞吞吐吐說不出來，於是蘇丹要所有的人離開，只留下宰相，讓她方便說話，還保證不管她說什麼，都不會生氣。阿拉丁的母親這才說出兒子瘋狂愛上公主的事。「我天天祈禱他忘掉這件事，不過他威脅我說，如果我不來找陛下提親的話，他會做出傻事。王啊！我請求您原諒我們母子。」蘇丹問手帕裡包的是什麼，阿拉丁的母親便將禮物打開，把珠寶呈獻給蘇丹。看到如此稀世珍寶，蘇丹轉過頭對宰相說：「你認為如何？願意用如此珍貴寶物來求婚的人，表視他對公主的重視，我是否該祝福他們？」宰相當然不願意，因為他希望公主嫁給自己的兒子，便請求蘇丹等三個月之後再做決定，在這段時間，他的兒子會想辦法賺取更多的財富。蘇丹答應宰相的要求，便向阿拉丁的母親說他允許這件婚事，不過要她三個月之後再來。

阿拉丁耐心地等了將近三個月。有一天，當他母親進城買油時，發現城內歡天喜地，便問人在慶祝什麼事。「妳不知道嗎？宰相的兒子今晚就要和公主結婚了。」母親連忙跑回家，上氣不接下氣地把這件事告訴阿拉丁。他一聽到氣壞了，不過馬上想到他的神燈。一擦燈，精靈出現說：「請告訴我您的願望。」阿拉丁說：「蘇丹違反了對我的承諾，把公主嫁宰相的兒子。我現在命令你今晚把新郎和新娘帶來這裡。」「遵命，主人。」吩咐完之後，阿拉丁就進房。到了晚上，精靈把公主和宰相兒子連同床帶進阿拉丁的房裡。「讓新郎待在屋外，明天早上再讓他上床。」當精靈把宰相的兒子丟到外面時，阿拉丁對公主說：「別害怕。如果不是妳父親不公平的話，妳現在嫁的人應該是我。不過，我不會傷害妳。」嚇壞的公主說不出話來，

整晚擔心受怕，而阿拉丁卻躺在她身邊呼呼大睡。第二天一早，在門外凍了一晚的新郎被送上床，連同公主和床被運回皇宮。

當蘇丹來找這對新婚夫婦道早安時，可憐的新郎躲了起來，公主也不發一語，看起來非常難過的樣子。於是蘇丹讓皇后來問公主到底發生了什麼事，為什麼看到父王都不打招呼。公主長嘆一聲，把昨晚他們如何被擄到一個陌生的地方，如何度過一個可怕的夜晚，從頭到尾說給母后聽。皇后一點也不相信公主說的，說她一定是在作夢。

第二天晚上，同樣的事再度發生，而公主也不再說話，盛怒的蘇丹便威脅如果再不開口要殺掉公主。她照實說了，要蘇丹去和宰相的兒子對質。宰相的兒子也坦白地說，雖然他很愛公主，但如果要再經歷同樣的事的話，他寧可和公主分開。蘇丹答應了他的請求，全國上下於是停止各項慶祝活動。

三個月的期限終於到了，阿拉丁請母親去找蘇丹實現他的諾言。她去到宮裡，又站在相同的位置，已經忘掉阿拉丁的蘇丹想起這件事，便召見她。看到阿拉丁母親窮酸的樣子，蘇丹實在不想讓公主嫁給這樣的人家，便和宰相商量。宰相說，如果提出一項沒有人做得到的要求，就可以讓阿拉丁打退堂鼓。蘇丹便向阿拉丁的母親說：「君無戲言，不過告訴妳的兒子，叫他先準備四十盆珠寶，用四十個黑奴扛著，然後用數不清的白奴領進宮。我會等他的回音。」阿拉丁的母親告別蘇丹，心想這個婚大概結不成了。當她把這個訊息轉達給阿拉丁時，還對他說：「蘇丹說他會等你的答覆。」「他不用等太久，母親。為了公主，我會做得比蘇丹要求得更多。」阿拉丁把神燈精靈叫出來辦事，八十個奴隸一下子就把他們的小房子擠滿。阿拉丁命他們兩人一排，跟著他的母親往宮裡前進。衣著華麗的龐大隊伍，每個人腰間裝滿美麗的珠寶，頭頂著著黃金盆，沿途吸引大批觀看的人潮。一行人由阿拉丁的母親引導，浩浩蕩蕩地進入王宮，在蘇丹面前屈膝行禮，然後雙手抱胸，呈半圓形排開。看到如此盛大的場面，蘇丹再也不遲疑，高興地說：「回去告訴妳兒子，我會張開雙臂歡迎他！」阿拉丁的母親一刻鐘也不浪費，回家報告好消息。阿拉丁先召喚神燈精靈：「幫我準備香精浴，有華麗刺繡的衣裳，一匹最俊美的馬，二十個隨身僕人。再安排六名美麗的女奴伺候我母親。然後準備一萬條黃金，分裝在十個袋子裡。」話一說完，事情就全辦好了。阿拉丁出門跨上馬，光鮮亮麗地上街，僕人沿路撒著黃金給路人作禮物。阿拉丁打扮得英俊瀟灑，以前那些和他一起混的玩伴都認不出他來。蘇丹在他進宮時，先給他一個熱情的擁抱，再帶領他到宴客廳，想馬上就把公主嫁給他，但是被阿拉丁拒絕。他說：「我要先為公主建造一座最完美的宮殿。」然後告辭回家，命令精靈說：「我要一座用大理石打造的宮殿，再用碧玉、瑪瑙和所有最珍貴的寶石裝飾。宮殿中央要有一個圓頂大廳，四面的牆用金磚和銀磚砌，每一面有六扇鑽石與紅寶石做成的格子窗，只留一扇窗不要完成。宮裡還要有馬、馬廄、馬伕和奴隸。快去辦吧！」

阿拉丁囑咐的宮殿第二天就完成。精靈帶著主人巡視，確定一切都完美無瑕，包括從新宮殿鋪到蘇丹王宮的天鵝絨地毯，一樣都不缺。阿拉丁的母親打扮妥當後，由僕人護送前往王宮，阿拉丁則騎著馬走在後面。蘇丹也安排號手和鑼鼓手盛大迎接，製造歡欣熱鬧的氣氛。公主用大禮向阿拉丁的母親請安。到了晚上，她和阿拉丁的母親向蘇丹道別，一起踏上通往新宮的紅毯，後面當然也跟著上百名奴隸。公主看到迎接她的阿拉丁時，也被他俊美的面貌深深吸引住。他向公主說：「親愛的公主，因為妳美如天仙，請原諒我大膽向妳求婚。」公主回答說，在看到阿拉丁之後，她很滿意蘇丹的安排。阿拉丁安排了盛筵，和公主一同用餐，兩人共舞到午夜。

婚禮後第二天，蘇丹受邀參觀新宮殿，看到大廳四周用珠寶鑽石做成的窗子後，嘆道：「真是世界奇觀啊！可是有一件事我不了解，為什麼碰巧有一扇窗子沒做完呢？」「陛下，這是特別留給您，我希望有這個榮幸請陛下完成宮殿的最後一道工程。」蘇丹聽了非常高興，連忙把城裡最好的珠寶匠找來，讓他按照其他窗戶的樣子完成最後一扇窗。不過珠寶匠說：「陛下，請您原諒，我們沒有這麼多珠寶。」蘇丹就拿他自己收藏的珠寶來做，但是過了一個月，依然沒辦法完工，於是阿拉丁把窗戶上的珠寶取下，派人送還給蘇丹，再叫精靈把窗戶做好。

蘇丹拿到珠寶後很驚訝，又去找阿拉丁，才看到他已經把窗戶做好了。蘇丹又驚又喜，不過心懷妒忌的宰相卻說，這一切都是巫術造成的假象。

阿拉丁溫文有禮的舉止贏得所有人的喜愛，他被任命為軍隊統帥，打贏許多場戰役，但都沒有因此而驕傲自滿，過了好幾年平靜滿足的生活。

遠在非洲的巫師在好幾年後也想起了阿拉丁，就施展法術查看他的情形，發現他不但沒有被困在洞穴中，反而逃了出去，還娶到公主，過著名利雙收的富裕生活。他知道這個窮裁縫的兒子一定是靠著神燈的幫助才有今天的成就，於是日夜跋涉，來到波斯的京城。一路上都聽到大家在讚嘆一座神奇的宮殿，於是他問路人：「請原諒我的無知，不曉得你說的是什麼宮殿？」「難道你不知道阿拉丁王子的宮殿嗎？那可是世上最偉大的建築了！如果你要看的話，我可以帶你去。」巫師在看過宮殿後，馬上知道這是燈神的傑作，心中氣憤無比，決定要搶回神燈，把阿拉丁重新變回貧困的小混混。

此時，阿拉丁出宮打獵，八

天後才會回來，正好給了巫師可乘之機。他買了一打銅油燈，放在籃子裡，走在宮外叫賣著：「舊燈換新燈，舊燈換新燈……」一下子就有一大群人跑出來換。公主這時正好坐在窗戶旁，不曉得外面在吵什麼，派女僕去看看發生什麼事。女僕回來後笑個不停，向公主報告說：「您相信嗎？有個傻子在外面用新燈和人家換舊燈。」另一個奴隸聽到了，就說：「門楣上面那個舊油燈正好可以拿去換成新的。」這個舊油燈正是阿拉丁的神燈，他出去打獵，沒帶在身上。公主不知道這個油燈的神奇，很高興地讓僕人把燈拿去換。巫師看到僕人拿燈來換，裝作若無其事的樣子說：「隨便挑你喜歡的燈吧！」看起來好像一點兒也不在乎，一路叫喊著走到城外荒涼的地方，等到夜晚來臨，才拿出神燈，擦一擦，精靈出現，巫師命令他把宮殿和公主搬到遙遠的非洲。

第二天早晨，蘇丹醒來，打開窗戶往阿拉丁宮殿的方向一看，揉揉自己的眼睛，宮殿竟然不見了！他馬上叫宰相來，看看宮殿發生了什麼事。宰相來了一看，也傻了眼，認為這全是阿拉丁的巫術在作怪。蘇丹這次相信宰相的話，派了三十個武士騎快馬把阿拉丁抓回來。阿拉丁正好在回國的路上，碰上武士，只好乖乖就範。一路上，愛戴阿拉丁的百姓們看到他被抓，都自願跟在後面，不讓阿拉丁受到欺負。他被帶到蘇丹面前，蘇丹下令把阿拉丁的頭砍下來作為懲罰。當劊子手讓阿拉丁跪下，綁住他的眼睛，準備下刀時，群眾衝進刑場要救阿拉丁，大聲叫劊子手不要殺他。蘇丹看到這麼多人支持阿拉丁，不敢違逆人民的意思，便下令將他鬆綁，在所有人面前赦免他。阿拉丁直到現在才有機會開口，問蘇丹發生了什麼事。「你這個無賴！自己過來看。」蘇丹指著原來宮殿的方向，問道：「我的宮殿和我的女兒在哪裡？」阿拉丁看到眼前一無所有，也說不出話來。「我不在乎宮殿，但是我的女兒，你一定要找到她，否則我還是會把你的頭砍下來。」阿拉丁哀求蘇丹給他四十天的時間找到公主，如果失敗的話，將任憑處置。蘇丹答應他的請求。離開王宮的阿拉丁，瘋狂地走了三天三夜，到處問人家他的宮殿在哪裡，但是只得到旁人的嘲笑。來到河邊，他想在跳河自殺前先跪下來祈禱，但不經意摩擦到他還戴在手上的戒指。魔戒精靈出現了。「精靈，你要救我的命，幫我把宮殿和公主找回來吧！」「這不是我能力範圍做得到的事，」精靈回答：「我只是戒奴，這件事要找燈奴才有辦法。」「至少你可以帶我去找我的宮殿，到我親愛的公主的窗下。」話說完，他就來到非洲，在公主常坐的窗下疲累地睡著了。

陣陣的鳥啼聲把阿拉丁叫醒，醒來後，他終於感到輕鬆一點，因為他知道這一切完全是因為神燈不在他手裡的緣故，猜想究竟是誰偷了神燈。

這天早上，公主比平常早起。自從她莫名奇妙地被帶來非洲後，每天巫師都會來看她，不過她對巫師完全不假辭色，讓他不敢住在宮殿裡。公主在更衣時，一名女僕正好往外看到阿拉丁，公主立即跑到窗邊，叫喊阿拉丁的名字，讓他進來，兩人久別重逢，悲喜交集。阿拉丁親吻過公主後問道：「親愛的公主，在我們談其他事情之前，也為了妳我兩人著想，請先告訴我，在我出去打獵時，我放在天花板上的舊油燈怎麼了？」「唉呀！原來是我的無知造成今天的後果。」於是公主把舊燈換新燈的事告訴阿拉丁。「現在我全知道了，這一切都是巫師幹的好事！那盞油燈現在放在哪裡？」公主說：「他現在無論走到那兒，都把油燈帶在身上，還常把燈從身上拿出來給我看，勸我改嫁給他，還說你已經被我父王殺死了。他老是說你的壞話，讓我傷心哭泣。我擔心如果我再堅持的話，他會強迫我嫁給她。」阿拉丁安慰公主不要再難過，然後上街買了一些藥粉，回到宮殿找公主，對她說：「今天換上妳最漂亮的衣服迎接巫師，假裝妳已經改變心意，邀請他和妳一塊吃晚餐，然後說妳想嚐一嚐非洲的美酒。等他在準備酒的時候，我再告訴妳下一步要怎麼做。」公主記住阿拉丁的指示，穿戴最好的珠寶和衣服，打扮得美豔絕倫，站在門口迎接巫師，告訴他說：「我現在相信阿拉丁已經死了，再多的眼淚也換不回他的生命，所以我不會再傷心難過，還想邀請你和我共餐。不過我已經喝膩了宮裡的酒，很想喝喝看非洲產的美酒。」巫師聽到這番告白，歡喜得不得了，連忙飛奔到酒窖取酒。這時，公主把阿拉丁帶回來的藥粉倒入她自己的酒杯。等到巫師拿酒來的時候，公主要巫師為她斟酒，然後交換酒杯，讓巫師喝她的杯子表示親密。巫師本來要讚美公主的美貌，不過公主說：「先喝酒吧，喝完後你要說什麼都可以。」公主把酒杯放在唇邊時，巫師已經拿起杯子把酒喝光，喝完後就被毒死了。公主把門打開讓阿拉丁進來，用雙臂抱住他，不過阿拉丁還有更重要的事要處理，把公主的手拉開，走到死掉的巫師身旁，從他胸口拿出神燈，命令精靈將所有事物原封不動搬回波斯。宮殿搬回原址時，公主只感覺到兩次小小的震動，沒時間想太久就回到家了。

在宮內傷痛失去愛女的蘇丹，這時抬起頭來，不敢相信地再次揉他的眼睛，宮殿又出現了！他趕緊往宮殿的方向走過去，阿拉丁也出來迎接，身旁是失蹤已久的公主。阿拉丁向蘇丹報告事情發生的經過，也讓蘇丹看已經死掉的邪惡巫師，接著開始連續十天的歡樂慶祝。現在，阿拉丁應該可以過著無憂無慮的和平日子了。不過，故事還沒結束。

非洲的巫師有個弟弟比他更邪惡，法力也更高強。他為了替哥哥報仇，來到波斯，去找一個聖婦，名叫法蒂瑪。他走進她的屋子，拿出小刀來要她站起來，威脅要殺了她，然後強迫她交換衣服，還把臉畫成法蒂瑪的樣子，再戴上她的面紗，最後又把她殺了滅口。喬裝後的巫師往宮殿的方向走去，路上所有人都以為他是聖婦法蒂瑪，紛紛圍著他，親吻他的手，請求他祈福，引起一陣喧鬧聲。公主不知道外面在吵什麼，派人去看，僕人回報說是聖婦法蒂瑪來了，碰觸她身體的人，一切病痛都會消失。

公主老早就想見法蒂瑪，馬上去請她上來。見到公主時，假法蒂瑪自願替公主祈福。祈禱儀式完成後，公主要法蒂瑪坐在她身旁，希望她常常陪在身邊，正好中了計。巫師雖然答應，不過一直把面紗戴著，以免被拆穿西洋鏡。公主帶法蒂瑪參觀宮殿，問她感覺如何，她回答說：「真是太美了。不過，我認為還少一樣東西。」「是什麼東西呢？」公主問。「如果把大鵬鳥的蛋掛在大廳圓頂正中央，這個宮殿才會真正的完美。」

從那時開始，公主無時無刻不在想著這件事。當阿拉丁打獵回來，發現公主不對勁，問公主怎麼回事。於是公主告訴他，只有在大廳裡懸掛一顆鵬鳥蛋，她才會高興。「如果只是這樣，那很簡單。」阿拉丁說，他去取神燈，召喚精靈出來，要求給他鵬鳥蛋。精靈一聽大怒，氣得宮殿因此而震動。「可惡！難道我為你做的還不夠嗎？你竟然要我把我的師父吊在大廳裡！你和公主本來會因此被燒死，不過，這不能完全怪你，那個被你毒死的非洲巫師的弟弟現在假扮成聖婦法蒂瑪，就住在你的宮殿裡。這個要求就是他慫恿公主提出來的。你要小心，他會殺了你報仇。」說完，精靈就消失了。

阿拉丁去找公主，說他頭很疼，希望找法蒂瑪來治病。當巫師走近時，阿拉丁拿起刀子刺向他的心臟。「你在做什麼？」公主大叫：「你殺了聖婦！」阿拉丁回答說：「你錯了，這不是聖婦，而是另一個邪惡的巫師。」公主這才知道她被騙了。

從此以後，阿拉丁和公主終於可以平靜地生活。後來蘇丹過世，阿拉丁繼承王位，統治王國許多年，他的子孫也世世代代繼任為王。

（《天方夜譚》）

初生之犢不畏虎

從前有兩兄弟，大哥天資聰穎過人，弟弟卻非常笨，什麼都不懂，也學不會，認識他的人都嘆道：「這麼笨的小孩，他父親一定很辛苦。」因為這樣，所有事情都派哥哥去做。但是，只要到了晚上，要經過後院或是比較可怕的地方，哥哥總是說：「不，父親，打死我都不去，我一想到就會害怕得發抖。」他的膽子很小。有時候，大家坐在火爐旁說鬼故事的時候，聽故事的人都會說：「嚇死人了！嚇死人了！」但是弟弟坐在一旁，聽著大家喊害怕，就是不懂有什麼好害怕的。「他們老是說很可怕，嚇得發抖什麼的。我才不會發抖，這大概又是我不懂的東西吧！」

有一天，爸爸告訴弟弟說：「別老是窩在角落裡，你長大了，要學著去賺錢養活自己。你看你哥哥這麼努力，我在你身上花的讀書費卻都泡湯了！」「親愛的父親，」他回答說：「其實

我很想學學怎樣才會嚇得發抖，我真的一點都不知道什麼叫發抖。」哥哥在一旁聽到了，哈哈大笑，心想：「老天爺，我怎麼會有這個傻弟弟？他大概沒什麼出息了。小時候就這麼笨，長大也不會好到哪裡去。」爸爸也嘆了口氣，對他說：「要學發抖很簡單，不過你大概不能養活自己！」

沒多久，教會裡面司鐘的執事來到家裡，爸爸向他抱怨小兒子多麼的不中用，什麼事都不會，也不想學點手藝。「你看看！我問他要做什麼養活自己，他竟然回答要去學發抖！」執事說：「如果他真的這樣想的話，把他交給我，讓我來好好管教。」父親聽了喜出望外，覺得這是磨練年輕人的大好機會，就讓執事把小兒子帶回去，教他去敲鐘。幾天後，執事在半夜把弟弟叫起來上鐘塔敲鐘，心想：「你要學發抖，現在我就教你發抖。」他偷偷地先到鐘塔，等到弟弟上來，轉身去抓鐘錘的繩索時，看到對面站著一個白色的身影，馬上問說：「是誰？」白影沒有回答，也沒有任何動作。「你說話啊！」弟弟說：「不說話就趕快走，現在不是你該來鐘塔的時候。」惡作劇的執事仍是一動也不動，想讓弟弟以為他是鬼。弟弟又叫：「你到底要做什麼？如果你再不老老實實地回答，我就把你扔下樓去！」執事心想，弟弟不會真的把他推下去，就還是像石頭一樣不動也不出聲。弟弟第三次又叫他，還是沒有回應，一氣之下，就衝向這個怪人，給他一拳，讓他連摔下十個階梯，倒在一旁。弟弟自顧自地敲了鐘，回到家，一句話也沒有說就倒頭大睡。執事的太太在家等了很久，等不到丈夫，不曉得發生什麼事，就跑去叫醒弟弟問他：「你不知道我丈夫去哪裡嗎？他在你之前上鐘塔的啊！」「沒有啊，」弟弟說：「不過我看到有人在鐘塔的門邊站著，我叫他，他也不回我的話，趕也趕不走，我以為他是無賴，就把他打跑了！妳去看看那是不是妳丈夫，如果是的話，我會很生氣。」執事的太太連忙跑去鐘塔，發現他的丈夫腿摔斷了，正在樓梯下痛苦地呻吟。

執事的太太把他扶起來，然後去找弟弟的父親理論。「看你兒子做的好事，把我丈夫害得好慘！」她邊哭邊說：「我的丈夫被打得滾到樓下，腿都跌斷了。請你快把這個一無是處的東西帶走吧！」父親聽到這個不幸的消息也嚇壞了，跑去大罵絲毫不知自己闖禍的弟弟。

父親罵他說：「這個惡作劇是誰教你的？太過分了！」弟弟回答說：「父親，你聽我說，我是無辜的。他半夜站在那裡動也不動，好像是要幹什麼壞事似的。我不知道他是誰，還警告他三次，如果不說話就馬上離開。」「唉！」父親抱怨說：「你只會給我添麻煩。你走吧，從現在開始，我不再管你了。」「好，父親。我天一亮就會走，去學發抖，有一天我會變成發抖的大師，還會靠這個才藝賺錢。」「你愛學什麼就學什麼，對我來說都一樣。我給你五十塊，讓你去見見世面，不過，千萬不要告訴別人你從哪裡來，也別說你是我的兒子，讓我沒面子。」「是的，父親。如果你這樣要求的話，我當然遵照你的意思。」

第二天一大早，弟弟身上帶五十塊就出發了，路上還一直想著：「如果我學會發抖就好了！」就在他喃喃自語時，有人經過他身邊，正好聽到他說的話，於是指著前面的絞首樹說：「你看那棵樹上七個被吊死的人，現在正在學飛。你去坐在樹下，到了晚上你就會知道什麼是發抖了！」「這樣就可以學會發抖，那很簡單，」弟弟說：「如果我這麼快就學會的話，我就給你五十塊。你明天早上再來找我吧！」說完就走到絞首樹下，一屁股坐下來，一直等到晚上。覺得冷時就生火取暖。夜越來越黑，氣溫越降越低，雖然有生火，弟弟還是不覺得暖和。夜裡起風時，屍體被吹得搖來搖去，互相碰撞。他心想：「我坐在火的旁邊還抱怨冷，那樹上幾個可憐的人不早就凍死了嗎？」弟弟心地十分善良，就搬了一個梯子，爬到樹上把被吊死的人一一抱下來，再把火生得旺一點，把七個屍體擺成一個圈圈，希望他們會覺得暖和一點。不過，死人是不會動的，他們穿的衣服還著了火。弟弟對他們說：「小心一點兒！不然我會再把你們吊回去。」死人當然聽不見他的話，火還是繼續燒著他們的衣服。弟弟生氣地說：「如果你們不好好照顧自己的話，我也沒有辦法，可是我不想跟你們一起燒死。」說完，又把屍體吊上去，然後坐在火堆旁睡著了。第二天早上，那個男人來了，心想一定能賺五十塊錢，就問他：「現在你知道什麼是嚇得發抖了吧？」「哪裡有？」他回答說：「我幹嘛嚇得發抖？那些吊在樹上的人也不張開嘴巴說話，笨到連身上的衣服著火了都不知道。」男人聽了，知道他拿不到五十塊，在離開之前還說：「遇到這個怪人真是三生有幸！」

弟弟又繼續上路，嘴巴裡還是唸唸有詞：「如果我學會發抖就好了！」在他後面有個挑伕，聽到他的話就問：「你是誰？」弟弟回答說：「我不知道。」「你從哪裡來的？」「我不知道。」「那你的爸爸是誰？」「我不能說。」「你自言自語在說什麼？」「這我可以告訴你。我很想知道怎樣才能夠嚇得發抖，但是沒人可以教我。」「胡扯！」挑伕說：「跟我來，我教你。」弟弟就跟著他走，晚上投宿在一家旅店。當他走進房間時，又忍不住大聲說：「如果我學會發抖就好了！」店老闆聽到了笑著說：「你不會發抖就這麼煩惱，應該給你一個機會學學！」「別多嘴，」老闆娘阻止他：「你不知道多少人為了好奇心賠上寶貴的性命嗎？他們都沒辦法活著看到陽光，真令人惋惜。」弟弟不以為然，還自顧自說：「不管多麼困難，我一定要學會發抖，這就是我出來的目的！」他纏著店老闆不放，老闆只好告訴他，附近有個鬧鬼的城堡，任何人只要待在城堡連守三夜，保證會嚇得發抖。國王已經宣布，誰敢去守三個晚上，就可以娶他美麗的女兒為妻。城堡裡面還藏著無數的金銀財寶，但是有惡靈看守著，如果有人能夠在那裡待上三晚，就能夠得到這些寶藏，變成大富翁。已經很多人進去嘗試，但是到現在還沒有一個活著走出來。弟弟於是去見國王，求他說：「如果您准許的話，我願意去城堡待三個晚上。」國王聽完他的要求，很喜歡這個年輕人，就回答說：「好，你可以帶三樣沒有生命的東西進去。」弟弟說：「請給我火種，一個旋轉車床，一個帶刀的砧板。」

國王第二天就把他要的東西準備好，放進城堡裡。當晚，他走進城堡裡的一個房間，把火生起來，把砧板和刀放在一起，然後坐在車床上，又開始嘆起氣來：「如果我會發抖就好了，我在這兒大概也學不會。」夜越來越深，他才想要把火生得更旺一點的時候，聽到角落裡傳來尖銳的叫聲：「喵嗚……好冷啊！」弟弟說：「你們真笨，光叫是沒用的，覺得冷的話，過來這裡烤一烤就會暖和了。」這時，兩隻大黑貓跳到火堆旁，分別坐在他的兩邊，用兇猛的眼神盯著他。烤了一會兒，感覺溫暖之後，那兩隻貓說：「朋友，要不要跟我們玩牌？」「好啊！不過我要先檢查你們的腳掌。」貓伸出牠們的爪來看。「唉呀！你們的指甲太長了！等我來替你們剪掉。」說時遲，那時快，他掐住貓的脖子，把牠們抓到砧板上，喀擦一聲把腳掌切掉，然後說：「我仔細看過你們之後，一點兒都不想跟你們玩牌了。」說完就把牠們打死，丟到城堡外的水裡。解決了兩隻黑貓，準備坐下來的時候，房間四周各個角落，竟然出現多得數不清的黑貓和黑狗，讓他逃不出去。這些兇猛的貓和狗發出可怕的叫聲，在弟弟生的火堆跳上跳下，使木柴散落一地，想要把火弄熄。他本來只是在旁邊看，後來看牠們玩得太過分，就拿起切肉刀叫道：「走開，你們這群烏合之眾！」然後衝向牠們，有的嚇得沒命的逃跑了，其他的都被殺死，扔到外面的湖裡。回到房裡後，弟弟重新把火生起來，坐在火堆旁取暖。坐著坐著，感覺眼皮很沉重，快要睡著了，看到房間裡有一張大床，他說：「我正好需要床。」於是往床上躺，正準備舒舒服服睡一覺時，床忽然自己動了起來，到處亂鑽。「這感覺太棒了！可以再快一點。」床似乎聽得懂他的話，好像被六匹馬全力往前拉一樣加速飛奔，在城堡的門裡門外，樓上樓下狂奔。然後，砰砰兩聲，床停下來，上下顛倒，把弟弟壓在下面。他先把毯子和枕頭丟出來，人再從床下爬出來，還喃喃自語：「想要進來的人，倒可以來試躺一下，太刺激了！」然後就累得倒在火堆旁，一覺睡到天亮。到了早上，國王進來看到他躺在地上，猜想城堡裡的妖魔鬼怪大概已經把他嚇死了，就說：「真可惜啊！這麼優秀的人。」弟弟聽到國王的話醒來，連忙說：「我還沒死呢！」國王大吃一驚，不過很高興他還活著，問他情況如何。「很好啊！」他回答說：「我已經待了一個晚上，再來兩個晚上應該也沒問題。」店老闆看到年輕人回來，瞠目結舌地說：「我以為你不會活著出來了！你學會發抖了沒？」「還沒，」他說：「真

是沒辦法，我真希望有人告訴我要怎麼發抖。」

第二天晚上，他回到城堡，在火堆旁坐下，又開始嘮叨說：「要是學會發抖就好了！」夜漸漸深，耳朵傳來一個聲音，剛開始不大，但是慢慢變得很吵很尖銳；接著是一片寂靜，但是不到一分鐘，又聽到可怕的尖叫聲，半個身體突然從煙囪裡掉下來，落在他面前，還往煙囪裡叫：「喂，上面的！還有另外一半沒有下來！」話說完，又是一陣大喊，另一半身體也掉了下來。「等等，」弟弟說：「我來替你們多生點火。」加了火，一轉過頭來，兩截身體已經結合在一起，變成一個長相猙獰的人，坐在他原本坐的位置上。「我不是不歡迎你，不過那個位子是我坐的。」這個怪人想把弟弟推開，但是弟弟不願意讓，反而更用力地把怪人推到一旁，趕緊坐回自己的位置。然後，好幾塊身體又一塊接著一塊掉下來，還抓了九塊腿骨和兩個頭骨，玩起九柱保齡球。弟弟看了也很想玩，就說：「喂！我可以跟你們一起玩嗎？」「你有錢才能玩。」「我的錢很多，」他說：「不過，你們的球不夠圓。」他把頭骨拿過來，用旋轉車床把頭骨修得圓圓的。「現在球可以滾得比較順，我們來玩吧！」他開始和這些怪人玩，還輸了一點錢，不過當鐘敲響十二下時，他們全都不見了。沒什麼事可做，弟弟躺下睡覺，又是一夜到天亮。隔天早晨，國王來了，很好奇地問他：「昨晚又經歷了什麼？」「我昨晚玩九柱保齡球，不過輸了錢。」「那你有沒有發抖？」「沒有，可是我玩得很高興，要是學會發抖就更好了。」

第三天晚上，弟弟坐在砧板很難過地想：「怎麼老是學不會發抖！」不久，有六個彪形大漢抬著棺材進來。弟弟看到叫說：「啊！好像是我剛死去沒多久的表弟。」就向棺材招招手說：「小弟，來我這裡！」大漢把棺材放在地上，弟弟走過去把棺材蓋打開，看見裡面躺著一個死人。他用手摸死人的臉，覺得冷冰冰的。「等等，我讓你暖和一點，」他就走到火堆旁，先把自己的手烤暖了，再用手去溫暖表弟的臉，不過沒有用。於是弟弟把他抱起來走到火堆旁，把屍體放在他的腿上，摩擦他的雙臂，他想血液有流動的話，身體會暖一點。不過，這個方法也不管用。最後他想到或許兩個人睡在一起可以互相取暖，就把屍體放在床上，用被子蓋好，自己再躺上床。過了不久，死人終於恢復體溫，開始動了起來，弟弟很高興地說：「我的小表弟，如果不是我的話，你不曉得會發生什麼事？」死而復活的屍體坐起來，高聲說：「現在我要把你勒死。」「什麼？我救了你，你還恩將仇報？我不救你了，你還是回棺材去吧！」他就把屍體抱起來，丟回棺材，蓋子再蓋起來。六個大漢這時剛好出現，把棺材抬了出去。「我還是沒發抖。我看我一輩子也學不會這個本事了！」

接著，又有一個人走進來，長得很高大，面貌恐怖，不過一臉白鬍子，看起來年紀很大，他開口說：「你這個自大狂，我馬上就讓你知道怎樣才會嚇得發抖，因為我現在就要殺死你。」「我還不想太早死，」弟弟對他挑釁說：「你要殺死我還得先抓到我才行。」老人說：「我馬上就可以把你抓住！」弟弟回嘴說：「別吹牛了，你雖然很高大，我可是不會輸你，而且還比你強壯。」最後，老人說：「那我們就看看到底誰比較強壯，如果你比我壯的話，我就不殺你，我們先來比畫比畫。」他帶著弟弟走過漆黑的走廊，來到打鐵場，拿起一把斧頭，對著一塊鐵砧用力一擊，把鐵砧打得陷入地板內。弟弟說：「我比你厲害，」就走到另一個鐵砧旁邊開始表現。老人為了要看得更清楚，便往前走，但是他的白鬍鬚太長了，垂到地上。弟弟看到機會來了，也拿起斧頭，把鐵砧劈開，把老人的鬍子卡在中間。「我抓到你了，現在輪到你死了吧！」他另一手拿起鐵杖，準備往老人頭上打下去，不過，老人哭著哀求弟弟放過他，他願意用寶藏來交換。弟弟這才把斧頭拿開，老人便帶領他走到另一個房間，裡面有三個裝滿黃金的箱子，告訴他說：「這三個箱子，一個要給窮人，一個送給國王，另一箱就是你的。」這時，鐘又敲了十二下，精靈也跟著消失，只留下黑暗中的弟弟。「我應該可以找到路出去，」他自言自語，回到原來的房間，坐在火堆旁又睡到天亮。國王早上來看，問他：「現在你一定知道怎麼發抖了吧？」「正好相反，」他回答說：「我死去的表弟昨晚來找我，後來還有一個白鬍子老人，他帶我去城堡底下藏寶藏的地方。不過，還是沒人教我發抖。」國王說：「你把城堡從

魔咒中解救出來，我要把我的女兒嫁給你，再讓你繼承王位。」「聽起來不錯，」弟弟說：「但是我還是不知道怎麼發抖！」

他們把城堡裡的黃金搬出來，舉行盛大的婚禮，不過，雖然年輕的國王很愛他的妻子，也過著快樂的生活，還是念念不忘地說：「要是我會發抖就好了！」公主一天到晚聽這些話，也很替他煩惱。有一天，她的女僕建議說：「我有一個辦法，可以讓國王抖個不停！」她走到王宮花園的小溪旁，捕了一整桶小白魚交給公主。到了晚上，當國王睡著的時候，公主把他的衣服全部脫光，然後把整桶魚倒在他赤裸的身上亂鑽一通。從睡夢中被驚醒的國王，身體直打哆嗦，大喊道：「喔！嚇死人了！親愛的太太，現在我終於知道什麼是發抖的滋味了！」

（《格林童話》）

侏儒怪

從前，有個磨坊主人，生活很貧苦，但是他有個長得很漂亮的女兒。有一天，磨坊主人遇到國王，為了要讓國王注意他，就誇口說：「我有個女兒很能幹，會把稻草紡成金子！」國王說：「真是了不起的手藝！聽你說得這麼好，明天就把她帶到王宮來，我要親自試一試。」於是，女孩就被帶去國王那裡，國王帶她到一間堆滿稻草的房間，給她紡紗機和紡錘，又說：「開始工作吧！從現在開始，妳必須整夜紡到天明，如果在明天早上以前沒有把稻草紡成金子，我就殺了妳！」說完，國王把房門關上，把她一個人留在房裡。

可憐的磨坊女孩只能呆坐著，根本不知道要怎樣才能把稻草紡成金子，越想越擔心，忍不住哭了起來。突然間，門開了，一個小矮人走進來，對她說：「晚安！磨坊女孩，妳為什麼哭得這麼傷心？」女孩說：「唉！我必須把這些稻草統統紡成黃金，但是我不曉得要怎麼做。」小矮人

說：「假如我替妳把稻草紡成金子，妳要怎麼報答我？」女孩說：「我可以把項鍊送給你。」

小矮人拿了項鍊，就坐在紡紗機前面，呼呼呼，轉三圈，捲線的線軸馬上捲滿了。他再換上新的線軸，同樣轉了三次，第二個線軸也捲滿了。就這樣，他不停地工作，所有的稻草到第二天早上都紡好了，線軸也全部都捲滿黃橙橙的金子。國王在日出後進房來，看到那些金子又驚又喜，可是他不滿足，還想要更多的金子，又把女孩帶到另一間更大、稻草更多的房間，命令她說：「如果妳不想死的話，明天早上以前把這些稻草全都紡成黃金！」女孩還是不知道該怎麼辦，又開始哭了起來。然後，跟前一天一樣，門打開，小矮人出現了，問她說：「如果我再替妳把稻草紡成金子，妳要送我什麼？」女孩說：「我把我的戒指送給你。」小矮人拿到戒指，又開始呼呼呼地轉動紡車，隔天早晨，稻草都紡成金子。貪心的國王看到更多金子，高興得不得了，但是他仍然不滿足，還想要更多，又再把女孩帶到堆著更多稻草的大房間，對她說：「這些全都要趁今晚紡好。如果妳能做到的話，我就娶妳為妻。」國王心裡想，雖然她只是磨坊主人的女兒，但是世界上大概找不到比她更富有的女孩子了。國王走了之後，小矮人又出現，問女孩說：「我可以再幫妳把稻草紡成金子，不過妳要拿什麼來交換？」女孩回答說：「我已經沒有東西可以給你了。」小矮人說：「那麼妳成為皇后之後，生下的第一個孩子送給我，我就幫妳的忙。」女孩心裡想：「誰知道以後會發生什麼事？」而且，眼前真的沒有別的辦法，就答應小矮人的要求。小矮人也遵守諾言，把稻草紡成金子。早上，國王看到一切都按照他的意思順利完成，馬上和磨坊女孩結婚，封她為皇后。

過了一年，皇后生下一個很可愛的小男孩，把小矮人的事忘得一乾二淨。直到有一天，小矮人突然走進她的房間，對她說：「現在，實現妳的承諾，把屬於我的東西給我吧！」皇后嚇了一跳，說她可以把全國的金銀財寶都給他，只要他不帶走她的孩子。但是小矮人說：「不行！全天下沒有什麼比一個活生生的小孩來得珍貴。」皇后傷心得不停地哭，小矮人終於覺得不忍心，於是說：「那好，我給妳三天的時間猜我的名字，如果妳猜得到的話，就可以把孩子留下。」

從那時候起，皇后整個晚上都在想她聽過的名字，還派一個使者到遠近各地去蒐集所有可能的名字。第一天，小矮人來到王宮，皇后開始說出所有她知道的名字，從卡斯伯、梅爾蕭、巴夏查……一個接著一個源源不絕地說出來。不過小矮人都說：「不對，不對，那不是我的名字！」第二天，皇后再派人到附近問所有人的名字，在小矮人來的時候，唸了一長串怪名字。「你的名字，應該是叫席尚克斯，克魯克尚克斯，不然就是史賓多尚克斯？」但小矮人還是說：「不對，都不對！」第三天，使者回來向皇后報告說：「我這次沒有發現任何新名字，但是當我行經一座高山邊緣的森林，聽見狐狸和兔子互道晚安時，看到一間小屋子，屋前生了一堆火，旁邊站了一個奇怪的小矮人，用一隻腳蹦蹦跳地唱著：

今天烤麵包，明天釀美酒，
後天要小孩；
那個皇后不知道，
我的名字就叫侏儒怪！

皇后聽到這個名字，不曉得有多麼高興！小矮人又來問她說：「皇后，我的名字到底叫什麼？」皇后故意問他：「是不是叫康拉德？」小矮人說：「不是！」皇后又說：「那是叫亨利嗎？」小矮人還是說：「不是！」皇后便說：「也許你叫做侏儒怪？」小矮人聽了大叫：「一定是惡魔告訴妳的！一定是惡魔告訴妳的！」他氣得用右腳使勁地跺著地面，結果自己從腳到腰都陷進泥土裡。氣急敗壞的他，又伸出雙手抓住左腳，最後，竟然把自己的身體撕成兩半了。

（《格林童話》）

美女與野獸

很久很久以前，在一個遙遠的國家，有個靠生意賺了大錢的商人。龐大的財富讓他六個兒子和六個女兒無憂無慮，過著要什麼有什麼的富裕生活。

但好景不常，噩運竟降臨在這家人身上。有一天，他們的房子失火，屋裡上好的家俱、書畫、金銀財寶，都在一夕間燒成灰燼。這只是不幸的開端。事業一向順利的商人，買的船不是被海盜洗劫一空，遇到海難沉船，就是發生火災。更悲慘的是，他非常信賴的伙計，幫他在遠地管帳，竟然也騙走了他的錢。失去多年累積的財產後，一家人陷入貧窮。

離城市一百多里遠的鄉下，商人還留下一間小房子。沒有別的辦法，只好被迫搬去那裡，過慣了舒服生活的孩子們，都很難適應現在的苦日子。女兒們起初都以為朋友應該會伸出援手，邀請他們去同住。他們還沒變窮之前，朋友多得不得了，但這些人聽到他們已經一無所有，紛紛避不見面。不僅如此，他們還認為這家人的不幸都是因為生活太奢侈，根本不願意幫忙。最後，全家真的只能搬到鄉下，住在深林裡最寒酸的小屋。既然什麼都沒有，當然也沒有僕人可供使喚，女孩兒們必須像村姑一樣努力工作，男孩們也要到田裡幹活，才能養活自己。他們穿得破破爛爛，住得地方也差，姐妹們老是懷念以前的幸福生活。只有最小的女兒例外，她一直表現得堅強而樂觀。她和別人一樣，在噩運降臨時也會感到難過，但是很快就恢復她知足常樂的天性，無論什麼事都盡力去做，還費盡心思讓父親與兄長們高興起來，也邀請姐姐們和她一起唱歌跳舞，但是她們不但不願意和她一起苦中作樂，還認為小妹大概天生就適合過這種窮苦的生活，不像她們一樣，會為了逝去的日子感到惋惜。小女兒是所有姐妹當中長得最美最聰明的一個，因為她生得美，大家都稱呼她「貝兒」（美女的意思）。

兩年過去了，當大家都已經習慣新生活時，發生了一件事，破壞他們平靜的生活。父親得到消息，說他有一艘船沒有沉掉，而且已經載滿貨安全入港。兒女們都以為他們馬上可以回到以往的生活，希望立刻搬進城裡。不過謹慎的父親要大家別心急，雖然正值收割的農忙期，少個人下田工作是一大損失，他還是想自己先去把情況弄清楚再做打算。小女兒對於回到富有的生活，或是搬回城裡重新過著呼朋引伴的舒服日子，並沒抱太大的希望。出發之前，大家紛紛要求父親回來的時候要買珠寶和漂亮衣裳給他們，光是買這些東西就要花不少錢。只有貝兒，知道這趟外出不會有什麼結果，於是沒有提出買禮物的要求。她的父親注意到小女兒的沉默，就問她說：「妳要我帶什麼給妳，貝兒？」

「我只想要您平安歸來，」她回答說。

這個回答激怒了姐姐們，以為貝兒這樣說是故意責備她們不該要求貴重的禮物。不過父親倒是覺得很窩心，他知道貝兒在這個年齡一定會喜歡什麼美麗的東西，還是要她選個禮物。

「那麼，親愛的父親，」她說：「如果你堅持的話，請你帶給我一朵玫瑰花。我好喜歡玫瑰，但從我們搬來這裡之後，我就沒再見到玫瑰了。」

於是，商人出發上路，用最快的速度抵達城裡後，發現他以前的幾個合夥人以為他過世了，早就把運來的所有貨物分掉。商人花了六個月的時間努力追查，最後雖然拿到一點補償，但是只夠貼補這次的旅費，跟沒來之前一樣窮。更慘的是，他不巧又還在天氣最惡劣的時候出城。走到離家只有區區幾里距離時，雖然已經精疲力竭，又冷又累，但急於快點結束旅程，回到溫暖的家，還是苦撐下去。但是，心有餘而力不足的商人，在夜晚來臨時，因為地面上的霜和雪積得太深，連馬也前進不了。放眼望去，四下杳無人煙，唯一能讓他停下來休息的，是附近一棵大樹中空的樹幹。商人在樹幹裡蜷曲著身體，忍受外面野狼尖聲哭嚎帶來的恐

懼，度過生平最漫長且無眠的一夜。第二天一早，情況反而雪上加霜，因為一夜大雪把所有的路都覆蓋住，商人完全認不出回家的路。

過了很久，終於找到一條路可走，起初地面溼滑難行，害他跌倒好幾次。但是越走路況越好，最後竟然通到一條林蔭大道，大道盡頭是一座壯觀的城堡。商人感到奇怪，因為雪似乎沒有下在這條路上，兩旁的橙樹長滿鮮艷的花朵和果實。走進城堡前的庭院時，眼前是一列用瑪瑙砌成的台階，他往上走去，看到幾間裝飾華麗的房間。城堡裡溫暖的氣氛讓他不再疲倦，但是肚子卻餓了。只是這麼大的宮殿裡，竟是一片死寂，沒有半個人影，讓他可以要點東西吃。商人在空無一人的房間和迴廊中找累了，走進一間比較小的房間，裡面的火爐正生著火，旁邊還有一張沙發椅，他想，這應該是為訪客準備的，所以就坐下來等待，但等不到一下子就沉沉入睡。

睡了好幾個小時被餓醒的商人，發現房間裡還是只有他一個人。不過旁邊的小茶几上擺著豐盛的晚餐，似乎是特地端到他身邊的。商人一天一夜沒有進食，馬上就不客氣地吃了起來，心想早晚會有機會好好答謝主人的細心安排，不管他是誰。但是，等了又等，就是沒有人出現，即使又睡了長長的一覺，再精神百倍地醒來，依然不見任何人影。美味的蛋糕和水果，已經準備好，放在身邊的小茶几上。生性膽小的商人，開始對這種無止境的寂靜感到害怕，又繼續在城堡上下到處找人，不過一點發現也沒有。整個城堡沒有僕人，似乎是個無人宮殿。不知如何是好的商人便開始幻想，假裝這裡所有的寶物都屬於他，還計畫要把這麼多的財富分給他的子女。當他走入花園時，儘管氣候正值嚴冬，但這個城堡的花園卻是艷陽高照，鳥語花香，連空氣都覺得異常甜美。

商人為眼前的景象深深著迷，不禁說道：「這一定是上天賜給我的禮物，我要馬上回家，把兒女全都帶來跟我一塊兒享受。」

商人剛到城堡時，雖然又冷又累，但是沒忘記把馬帶到馬廄裡餵飽牠。現在他想去把馬鞍套好準備回家，於是朝馬廄的方向走去。小徑兩旁是玫瑰築成的籬笆，商人從來沒見過長得這麼優雅美麗的花，想起小女兒的叮嚀，便摘下一朵，打算帶回去給貝兒。這時，聽到身後傳來奇怪的響聲，他一轉頭，看到一隻長相醜惡的野獸，表情因為憤怒顯得更加的猙獰，他發出恐

怖的叫聲喊著：「是誰允許你隨便摘我的玫瑰？我讓你住在我的城堡，還細心地招待你，難道還不夠？你用偷我的花來作為報答是嗎？我絕對不原諒你無禮的行為！」突如其來的指責把商人嚇得六神無主，把花一丟，雙膝跪下，哀求說：「高貴的主人，請饒了我！我真的很感激您的熱情款待。您所做的一切是如此慷慨，我真的沒料到摘花這件小事會冒犯了您！」野獸的怒氣並沒有因為他的解釋而平息。

「滿嘴的藉口和虛情假意的謊言，」野獸說：「我不會放過你，我要你用命來賠。」

商人心想：「喔！貝兒如果知道她的玫瑰會為我帶來噩運，就不會提出這個要求了！」絕望的商人開始向野獸訴說所有發生在他身上的不幸遭遇，以及這次出門的原因，還不忘記強調貝兒想要玫瑰花的願望。「即使用光國王的財產，也滿足不了我其他女兒的欲望，可是我想，至少我可以幫貝兒帶一朵玫瑰。請您原諒我，我真的不是故意要偷您的花。」

野獸想了一下，已經不像開始那麼生氣。「我可以饒了你一命，不過條件是你要送我一個女兒。」商人聽了，說道：「即使我忍心用孩子來換自己一條命，我也不知道要編什麼理由把女兒帶來啊！」

「不需要任何理由，」野獸回答說：「如果她來的話，一定是要心甘情願。如果不是這樣的話，我也不會接受。你回去看看哪個女兒最勇敢、最愛你、願意用自己來保住你的性命。我看得出你是個誠實的人，所以不怕讓你回家。你有一個月的時間來看哪個女兒要跟你一起回來，把她留下，你就自由了；如果沒有人自願的話，你就得和家人告別，自己回來這裡，從那時開始你就完全屬於我。不要以為你躲起來我就找不到你，如果你沒有遵守諾言的話，一定逃不了，」野獸冷酷地說。

商人根本不敢妄想有哪個女兒會自願來送死，但還是接受野獸的提議，答應在約定的時間回來。他急於離開野獸，就說想要馬上動身，不過野獸要他明天再走。「因為那時候我才會替你把馬準備好。現在你可以去吃晚餐，然後等我的命令。」

商人現在簡直生不如死，垂頭喪氣地走回房裡，看到小茶几上又準備好豐盛的晚餐，擺在燒得很旺的火爐旁。煩惱的商人根本吃不下，但是又怕不聽野獸的命令會惹他生氣，只好勉強吃了幾口。用完餐後，聽到隔壁房間傳來聲音，知道野獸要來了。他沒有辦法阻止野獸不進來，只好藏起心中的恐懼，儘量不要表現在臉上；所以當野獸出現，問他晚餐是否愉快時，他馬上謝謝野獸的費心安排，說他吃過了。然後野獸警告他不要忘記白天的協議，回到家後必須告訴把詳情老實告訴自願要來的女兒，又說：「明天等到太陽升起，聽到金鈴響起的時候再起床，我的馬會在宮庭外等你，帶你回家。牠也會載你和你的女兒回來。再見了！拿一朵玫瑰花回去給貝兒！別忘了你的諾言。」

野獸說完話離開，商人才鬆了一口氣。雖然他根本睡不著，還是聽從命令躺在床上等到太陽升起，很快吃完早餐，再去拿貝兒的花，然後跨上馬啟程回家。馬跑得很快，一下子就走遠，看不到城堡了，當馬停在家門口時，商人還沉浸在悲傷的情緒當中。

在家苦等父親的兒女衝出來迎接他，也都很想趕快知道這趟出門的結果如何。從他騎的馬匹，和身上披的大斗篷，他們馬上認定父親帶回來的一定是好消息。不過他一下子說不出口，只把玫瑰交給貝兒，表情哀傷地說：「這是妳要的東西。妳不會知道它的代價是多麼昂貴。」

這句奇怪的話讓大家更好奇，因此他從頭到尾，把這趟出遠門的經歷娓娓道來，說完後，全家陷入一片愁雲慘霧。女孩兒們因為希望破滅而懊惱不已，兒子們則認為父親不應該再回城堡，還計畫如果野獸來找的話，要將他殺死。商人說他已經答應要回去，必須實現諾言。姐姐們就遷怒到貝兒身上，說一切都是她的錯，如果她一開始就向父親要點正常的東西，就不會碰上今天的問題，然後不停地抱怨全家就是因為她的愚蠢而遭殃。

可憐的貝兒，心裡也感到很沮喪，告訴大家說：「的確是我害的，不過我真的是無心的。

誰料得到在夏天裡要求一朵玫瑰竟會帶來這樣的不幸？既然事情因我而起，我願意獨自承擔後果，讓父親實現諾言，和他一起去城堡。」

一開始都沒有人同意這個安排，尤其是深愛貝兒的父親和哥哥們更是強烈反對，不願意讓她去，但是貝兒已經下定決心，誰也無法改變她的決定。日子一天天過去，貝兒把她自己僅剩的一點東西分送給姐姐們，然後再向她所愛的一切說再見。道別的那天終於來臨，貝兒還安慰父親不要太難過，兩人就騎著那匹載商人回家的馬，一起前往城堡。馬兒飛也似地奔馳，但是跑得非常平穩，一點都沒有顛簸，完全沒有嚇到貝兒。如果不是要面對無法預知的未來，貝兒倒是很喜歡騎這匹馬。她的父親仍然不死心地勸她改變心意，不過這些話沒有起任何作用。走著走著，天色已經黑了，接著，眼前出現的景象，完全出乎父女意料，五顏六色的燈光在他們四周亮了起來，天空中綻放著令人目不暇給的美麗煙火，瞬間照亮整座森林，也溫暖了周圍原本冷颼颼的空氣。他們來到林蔭大道時，看到兩旁的雕像舉起燃燒的火炬替他們照亮前面的路。走近宮殿，從屋頂到地面也是燈火通明，大廳也傳來柔和的音樂聲。貝兒心想：「野獸的肚子一定很餓。獵物自動送上門，值得大肆慶祝。」

儘管憂心忡忡，她還是忍不住讚嘆眼前迷人的景象。

載他們來的馬最後停在階梯前面，讓兩人下馬。接著商人就帶著女兒到他曾待過的那間小房間，房裡的火爐燒得正旺，茶几上也如往常般，擺好精美的晚餐。

商人知道這是為他們準備的，而貝兒經過長途跋涉，肚子已經餓了，又看過城堡的房間裡都沒有野獸的蹤影時，不再擔心野獸的可怕，很高興地開始吃起來。不過，飯還沒吃完，就聽到野獸的腳步聲朝房間漸漸過來，貝兒害怕地緊抓住父親，當她察覺父親比她還緊張時，她的恐懼感更深了。等到野獸真的出現，貝兒看到他的真面目後，雖然還是嚇得發抖，但仍努力不露出內心的恐懼，尊敬地向他行禮。

貝兒的舉動顯然使野獸非常開心。他瞧了貝兒一眼，雖然看起來一點都不生氣，還是用他那令人不寒而慄的聲音說道：「商人，你好。貝兒妳好。」

商人嚇得說不出話來，貝兒卻用她甜美的聲音回答：「你好，野獸。」

「妳是自願來的嗎？」野獸問道：「當妳父親離開時，妳還願意住在這裡嗎？」貝兒毫不猶豫地回答她已經準備好要留下來。

野獸說：「很好。既然這是妳的選擇，那我允許妳留下。至於你，老人，」野獸轉向商人說：「明天太陽升起時，你就可以走了。聽到鈴聲你就得起床，吃完早餐後，你再騎那匹馬回家。從此以後，你和這座城堡再也沒有任何瓜葛，也不用再回來。」

他對貝兒說：「帶妳父親到隔壁的房間，幫他挑選帶回去送給妳兄姐的禮物。房裡有兩個大箱子用來裝禮物，你們儘量選，一直到裝滿為止。我想送些珍貴的禮物給妳的家人，就當做是妳留給大家的紀念。」

道過晚安後，野獸就離開了。貝兒想到馬上就要和父親分開，心情不禁變得沉重，不過她不敢違背野獸的命令，就和父親到隔壁房間，四周的架子和櫥櫃上，擺滿各式各樣珍貴的物品，讓他們看得眼花撩亂，有像是給皇后穿的高貴衣裳，還有成套的搭配飾品。貝兒打開櫃子，看到裡面是堆積如山、閃閃發光的珠寶。挑選了許多禮物，也決定好哪些東西要給誰的時候，貝兒打開最後一個衣櫃，裡面裝滿了黃金。

「父親，我想黃金對家裡應該比較有用，我們還是把原來裝的東西拿出來，改放黃金好了，」貝兒建議說。但就在他們放入黃金之後，發現還剩很多空間，又再把原來拿出來的東西裝進去，最後貝兒還多放了很多珠寶。等到行李箱都裝滿，重量卻大到連一頭象也抬不動！

「野獸一定是在作弄我們，」商人說：「他假裝慷慨，其實根本就知道我們搬不動這麼多又這麼重的東西回家。」

貝兒回答說：「先別下定論，我不相信他會騙我們。先把箱子打包好再說吧！」

準備好之後，他們回到小房間，很詫異地發現早餐又準備好了。商人的胃口大開，因為他發現野獸的仁慈的一面，相信以後也許有機會回來探望女兒。貝兒卻認為再也看不到父親，所以當鈴聲再度響起，提醒她父女分離的時刻已到，她傷心極了。走到宮殿門口，兩匹馬已經在等待，一匹馱著裝滿禮物的行李箱，另一匹要給商人騎。馬蹄在地上不耐煩地踏著，準備隨時出發，商人見無法再耽擱，只好匆匆和女兒道別，一跨上馬，就如同風一般迅速消失在她的眼前。貝兒再也忍不住，難過得一邊哭一邊慢慢走回她的房間。回到房裡，她覺得很睏，也沒別的事可以做，就躺下來，不一會兒就入睡了。睡夢中，她沿著一條兩旁長滿樹木的小溪信步徐行，正在悲嘆自己不幸的命運時，一位年輕英俊的王子來到她面前，對她說：「喔，貝兒！妳並不像妳所想的那麼不幸，在這裡，妳以前受到的委屈都會得到補償，所有的願望也都會實現，只要妳找到我，不管我的外表如何。我非常愛妳，當妳讓我快樂時，妳同時也會找到自己的幸福。讓妳的心像妳的外表一樣美麗，我們就可以得到我們所追求的一切。」王子說的每一

句話，都深深印在貝兒的心坎裡。

貝兒問道：「王子，告訴我要怎麼做才能讓你快樂？」

「保有一顆感恩的心，不要完全相信妳眼睛所看見的。最重要的，是在妳還沒解救我之前，千萬別遺棄我。」在這個夢之後，貝兒發現她身在另一個房間，有一位長相高貴而美麗的仙女對她說：「親愛的貝兒啊！不需要再向後看，因為妳有更美好的人生，只要注意，別讓眼睛所見的外表蒙蔽妳。」

貝兒作了有趣的夢，不想這麼快就醒過來，不過當掛鐘叫她的名字十二次之後，只好起床，她需要的用品已經準備好放在梳妝台上。梳洗過後，晚餐也在隔壁的房間擺好等著她來享用。一個人用餐通常不會花太久的時間，她很快就吃完，坐在沙發的一角，想念著夢裡的英俊王子。

「他說我可以讓他快樂，聽起來好像是被這個兇惡的野獸囚禁，但是我要怎麼做才能救他呢？為什麼夢中的兩個人都要我別相信外表？這我就不懂了。話又說回來，這只是夢而已，我還是別自尋煩惱，先找點事來忙吧！」她起身去探索城堡裡每個房間。

貝兒看到的第一個房間鑲滿了鏡子，可以看到自己身上的每一面，她以前從來沒看過這樣的房間。接著，一只掛在水晶燈上的臂鐲吸引了她的目光。拿下來端詳時，發現上面有一個肖像，裡面的人竟跟她在夢中遇到的王子長得一模一樣。貝兒很高興地把臂鐲套在自己的手臂上，然後走進一個掛滿畫像的長廊，又看到其中一位同樣是夢中的王子，真人的尺寸讓貝兒感覺非常真實，注視著畫時，畫中人好像還會對她報以微笑。在畫廊裡流連許久，貝兒好不容易才走到下一個房間，裡面收藏著全世界的樂器，她興奮地這裡拉拉，那裡彈彈，一邊還唱著歌，真到唱累了為止。還有一間房間是圖書室，豐富的書籍都是她一直想看的，當然也包括她看過的。數量之多，一輩子大概光唸書名都不夠。到了晚上，每個房間裡珠寶燭台上的蠟燭，都會自動點燃。

晚餐在貝兒肚子餓的時候適時出現，可是她到現在為止都沒見到或是聽到有人。雖然父親早就告訴過她這件事，她還是覺得無聊。

野獸的腳步聲在此時出現，貝兒顫抖著想，野獸會不會是要來把她吃掉。

不過，野獸看起來一點也不兇惡，只是用粗啞的聲音說：「妳好，貝兒。」她也爽朗地回答他，小心翼翼地隱藏自己的恐懼。野獸問她如何度過一天的時間，她就把去過的房間，看到的事物一五一十地說出來。接著，野獸又問貝兒在他的宮殿裡是否快樂。貝兒回答說宮中的一切都很好，如果她還不快樂的話，那就太過分了。閒聊了將近一個小時之後，貝兒開始覺得其實野獸並不如她一開始所想的那麼難以接近。野獸站起來要走，突然用粗啞的聲音問她：「妳愛我嗎，貝兒?妳願意嫁給我嗎?」

「你要我說什麼好呢?」貝兒說，她不敢說出會激怒野獸的話。

「好或是不好，直接說，不用害怕，」野獸回答。

「不……不好，」貝兒遲疑了一下。

「當然妳不會答應。那麼，晚安!」野獸說。

「晚安，野獸。」貝兒看到野獸沒有發脾氣，鬆了一口氣。野獸走後，貝兒就去睡覺，又夢到前一晚的王子。王子問她：「唉，貝兒!妳為什麼不對我仁慈一點?恐怕我還要度過更多悲傷的日子。」然後夢中的情景一再改變，每一場夢中都有王子的身影。早晨醒來時，她第一件事就是再去看那個肖像，裡面的人，正是她夢中見到的王子沒錯。

她決定到花園走走，那裡陽光普照，所有的噴泉都在嬉戲。不過她驚訝地發現這裡每一處好像都很熟悉。走到小溪旁，又看到四周的桃樹，這就是她和王子第一次相遇的地方。貝兒這時更加相信王子被野獸囚禁在城堡裡的某個地方。在花園裡玩累了，她回到宮裡，發現一間不一樣的房間，裡面有各式各樣的材料，有緞帶可以做蝴蝶結，有絲綢可以編成花朵。還有一個大鳥舍，裡面全是稀有的鳥類，這些鳥兒都很溫馴，看到貝兒都紛紛飛到她的肩膀和頭上。

「真是可愛的小動物!」貝兒說：「真希望我的房間就在隔壁，這樣我就可以隨時聽到你們悅耳的叫聲了。」她一邊說，一邊打開另一道門，竟發現這道門可以通往她的房間，她還以為

她的房間是在城堡的另一邊呢！

另一間房間也有鳥，都是會說話的各種鸚鵡，親切地叫著貝兒的名字。這些鳥兒很好玩，貝兒帶了十二隻回房，在她吃晚餐的時候一直不停地說著話。吃完之後，野獸又來找她，問她相同的問題，在被她拒絕之後，道晚安就走了，貝兒也上床和她夢中的王子相會。

日子一天天過去，每天都會發掘不同的事物。不久，貝兒注意到城堡裡有一個奇特的房間，在她感到特別孤單的時候可以讓她心情馬上好轉。原本不覺得有什麼特別之處，因為房間空空的，什麼也沒有，但是在每個窗戶下面都放著一張舒適的椅子。當她第一次向窗外看時，只有黑色窗簾，好像故意不讓人看到什麼東西似的。第二次她進入房間，正好覺得累，就坐在其中一張椅子上，窗簾竟然自動掀開，然後就像進到戲院一樣，可以看到精彩的童話劇。劇裡面有舞蹈，五顏六色的燈光，還有音樂、美麗的戲服，貝兒看戲時，總是非常愉快。她又去試其他七個窗戶，每個窗戶內都有不同的精彩表演，讓她從此不再覺得寂寞。每天晚餐後，野獸總會照例來看她，向她問好，然後用他粗啞的嗓音問：「貝兒，妳願意嫁給我嗎？」

現在貝兒漸漸瞭解野獸，當她拒絕時，他只會難過地離開。不過，當她進入美好的夢裡，碰到英俊王子時，也就把野獸拋到腦後了。最令她困擾的，是她不斷地聽到不要被外表所欺騙、要相信自己的心、不要相信眼睛等等的諄諄告誡，還有許多讓她深感困擾的事情。她雖然努力思索，還是想不透。

快樂日子過了很久，貝兒一直都很滿意，但是她非得再見到父親和哥哥姐姐們不可。有一天，野獸見到神色哀戚的貝兒，問她怎麼回事。貝兒已經不再懼怕野獸，她知道在兇惡的外表和粗啞的聲音之外，野獸擁有一顆溫柔的心。她告訴他渴望再見到家人的心願。聽到她的話，野獸的表情頓時黯淡下來，哭泣地說著：「貝兒！難道妳忍心就這樣拋棄可憐的野獸嗎？要怎麼樣才能讓妳快樂？妳是因為討厭我才想走的嗎？」

「不，親愛的野獸，」貝兒柔聲安慰說：「我一點都不討厭你，如果我見不到你的話，一定會非常非常的傷心。我只是想再看我父親一眼而已。你讓我去兩個月，我答應一定會回來，一輩子都陪著你。」

悲傷不已的野獸回答她說：「我永遠無法拒絕妳提出的要求，即使妳要的是我的性命，我也會馬上給妳。隔壁的房間裡有四個箱子，妳可以帶任何東西送給妳的家人。不過，請記得妳的承諾，兩個月一到就要回來，否則妳一定會後悔。如果沒有準時回來的話，對妳忠心耿耿的野獸將因為妳而喪命。要回來的時候，只要在前一晚向妳的家人說再見，然後上床，把這個戒指轉過來，堅定地說『我要回到宮殿去找我的野獸』，不需要任何的馬車載妳。晚安貝兒，什麼都別怕，好好的睡，妳很快就可以見到妳父親。」

野獸走後，貝兒趕緊把她看到的好東西裝進箱子裡，一直到她累得再也動不了時，箱子才滿。她上床準備睡覺，卻怎麼也高興不起來。等到好不容易睡著，夢到她深愛的王子時，看到他四肢張開平躺在草地上，看起來既哀傷又可憐，完全不像平日的他。

「你怎麼了？」貝兒叫他。

他用責備的眼光看了她，說道：「殘忍的妳，為什麼還要問我？難道妳不是要離開我，也許就讓我獨自死在這裡嗎？」

「喔，不！千萬別難過，王子。我只是要讓父親知道我在這裡很安全也非常快樂。我已經真心答應野獸會再回來。如果我不回來的話，他就會死。」

王子說：「這跟妳有什麼關係？妳才不會在乎他的生死吧！」

貝兒聽到這句話很生氣地回答說：「如果我不在乎心地這麼善良的野獸，才是忘恩負義的人呢！我寧可死也不願意見到他受一點苦，而且我告訴你，他長得這樣並不是他的錯。」

這時，有個聲音讓她醒了過來，有人在不遠的地方說話。張開眼，她發現自己躺在一個陌生的房間裡，一點也不像城堡裡的房間那樣豪華。這是哪裡呢？起床穿好衣服後，看到昨晚打包好的四個箱子也在房裡，心裡正在猜野獸是用什麼方法把她變到這個陌生的地方時，聽到父親的聲音，她無限歡喜地跑出去和他見面。哥哥姐姐們被突然出現的貝兒嚇壞了，大家都以為再也看不到小妹妹，忍不住向她問了一連串的問題。貝兒也很想知道她不在的這段時間，家裡有什麼事情。當他們知道貝兒和他們的重逢只是暫時的，她很快就必須回到野獸的城堡時，都非常難過。貝兒問父親，她作的那些奇特的夢，還有王子不斷哀求她不要相信外表的話，究竟代表什麼意思。父親想了許久才回答說：「妳說，野獸雖然外表可怕，但是非常愛妳，而且擁有善良溫柔的內心，值得妳全心愛他與感激他。我想，王子是要妳瞭解，妳應該答應野獸的要求，來回報他對妳做的一切，而不要在乎他醜陋的外表。」

貝兒不得不承認這是合理的解釋，不過，一想到她深愛的英俊王子，對於嫁給野獸這件事，還是沒辦法下定決心。不管怎麼樣，她在這兩個月的時間內可以不用做決定，而是和姐姐們快樂度過。雖然他們家現在也有錢，已經搬到城裡，朋友也很多，但是貝兒總是沒辦法真正的快樂，尤其是晚上作夢時再也夢不到她親愛的王子，沒有他的陪伴，貝兒覺得有點難過。

她的姐姐們似乎已經習慣沒有貝兒的日子，有時還認為她是多餘的，所以兩個月過去時，她對姐姐們沒有特別留戀，只是父親和兄長們一直求她留久一點，不願意再讓她離開家，因此她硬不下心來說出道別的話。每天起床時，貝兒都告訴自己晚上一定要說再見，但總是開不了口，一天拖過一天。直到某個夜晚，她作了一個夢，才讓她下定決心要走。夢中，貝兒走在城堡花園裡一條無人小徑上，聽到草叢後方的洞穴裡，傳來痛苦的呻吟。跑過去一看，發現野獸倒在地下，病懨懨的已經快要死去，用微弱的聲音責備貝兒。這時，高貴的仙女出現，表情凝重地說：「貝兒，妳來了，正好可以救他的命。這是妳不守諾言的後果，如果再遲一天的話，妳就救不了他了。」

貝兒被夢中可怕的景象嚇壞了，第二天一早馬上告訴家人說她要回去，晚上一到，就和父親、哥哥姐姐說再見，回到床上，轉動手上的戒指，認真地照著野獸教她的說道：「我要回到宮殿去找我的野獸。」

說完，她馬上睡著，接下來發生的事，就是聽到時鐘用音樂叫「貝兒！貝兒！」十二次。所有的事物都和以前一樣沒變，她的鳥兒看到她回來也非常興奮，但是貝兒覺得今天過得特別慢，希望晚餐時間快點來臨，祈禱能趕快再見到野獸一面。

晚餐來了，吃過飯，野獸沒有出現。貝兒慌了，她很注意聽野獸的腳步聲，等他來看她，但是過了很久，她決定自己去花園找。跑遍所有的小徑和道路，可憐的貝兒一路叫喚著野獸，結果都令她失望，因為沒有任何回答，也不見野獸的蹤跡。最後，疲憊不堪的貝兒想停下來休息一會兒時，正好看到對面就是她在夢中見過的草叢。她跑進去，後面果然有一個洞穴，野獸就躺在裡面，看起來好像睡著了。貝兒走到他身邊，碰碰他的頭，出乎意料地發現他動也不動，連眼睛也沒有張開。

「喔！他死了！是我害死他的！」貝兒悲傷地哭了。

貝兒看看野獸，抱著他可能還沒死的最後一絲希望，到最近的水泉捧了一點水來，輕輕灑在他的臉上。想不到野獸竟甦醒了！

「喔，野獸，你把我嚇死了！我到現在才知道自己早已愛上你，我以為會永遠失去你。」

野獸用虛弱的聲音問道：「妳真的會愛上這麼醜的野獸嗎？貝兒，妳來的正是時候。我以為妳已經忘記諾言，我也快要死了。現在妳回去休息吧，我會去找妳。」

貝兒以為野獸會氣她不守信用，再次感受到他溫柔的愛，聽他的話回到宮中，晚餐也已經準備在桌上。吃完後，野獸來看她，問她回到家以後是不是很快樂，還有家人是不是也很高興再看到她。

貝兒都一一回答，也告訴野獸大家都非常高興。然後，野獸重複那問過無數次的問題：「貝兒，妳願意嫁給我嗎？」

「是的，野獸，我願意。」

話才說出口，一道耀眼的光芒從窗外射進來，煙火開始綻放，禮炮響起，在林蔭大道的盡頭，出現幾個煙火組成的大字：王子與新王妃萬歲！

貝兒轉頭想問野獸發生了什麼事，卻發現野獸已經消失，站在原來位置上的，是她朝思暮想的王子！此時，聽到馬車停在宮廷階梯前的聲音，然後進來兩位女人，其中一個，貝兒知道是常出現在她夢中的仙女，另一個看起來，更具有皇后般的莊嚴高貴，她一下子不知道要先和哪一位打招呼。

不過，夢中的仙女向另一位婦人說：「皇后，這就是貝兒，是她的勇氣救了妳的兒子，使他不再受制於可怕的巫術詛咒。他們彼此相愛，只要妳同意他們的婚事，他們就能得到真正的幸福。」

「我全心全意地祝福他們，」皇后說：「美麗的女孩，我要怎樣做才能答謝妳讓我的兒子恢復他本來的面貌？」

她溫柔地擁抱王子和貝兒。王子也歡迎仙女的到來，高興地接受她的祝賀。

仙女對貝兒說：「我想，現在妳應該希望我把妳家人都帶來這裡，參加妳的婚禮吧！」

貝兒的家人來到城堡的第二天，盛大而美妙的結婚典禮開始舉行，貝兒和王子便永遠過著幸福快樂的日子。

（博蒙夫人）

萬能女傭

從前有個國王，生了很多兒子。正確的數字是多少我記不得了，但是最小的王子從小就不肯乖乖待在宮裡，還立志以後要到世界各地探險，試試自己的運氣。國王經不起小王子一再的要求，最後終於答應讓他出去見見世面。小王子走了幾天，來到一個巨人的家裡，毛遂自薦做他的僕人。

巨人早上要去牧羊，他出門之前，交代小王子把馬廄打掃乾淨。「今天的工作就是掃馬廄，其他事都不用做。碰到我這麼仁慈的主人，算你運氣好。不過我交代的事一定要做好，而且除了你自己的房間外，不准進去其他的房間，否則我就要殺了你。」

王子心想：「的確，這個主人還真不錯。」打掃馬廄應該不會花太多時間，所以他一點都不急著工作，反而在房間裡，邊哼著歌邊來回踱步，心裡想：「我就是要去偷看其他的房間。

他一定是怕我看到什麼，才不讓我進去。」

打開第一間房間，看到牆壁上掛著沸騰的大鍋，奇怪的是下面竟然沒有火。好奇的王子很想看鍋裡在煮什麼東西，就拔下一撮頭髮浸到鍋裡。頭髮一拿出來，竟變成一撮黃銅。「真是鍋好湯。只要喝了一口，喉嚨就會鍍上一層銅，」王子心裡想著，然後走進下一間房間。

這裡也掛了大鍋，裡面燒得滾燙，還冒著泡泡，鍋子底下也一樣沒有生火。「我再來試試。」他又把一撮頭髮浸下去，拿出來看時，這次鍍了銀。「即使是在父親的皇宮裡，也不會有這麼貴重的湯。不過，每件事還是得先試試看才知道。」說完，再走到第三間房間。

第三間房間，也跟前兩間一樣，掛著熱騰騰的大鍋。王子興致勃勃地再用頭髮試了一下，這次燙出黃澄澄的金子。「有人說每況愈下，」王子說：「我這應該算漸入佳境！如果到這裡已經在煮黃金的話，那下一個房間會是煮什麼好東西呢？」下定決心一探究竟的王子，於是進入第四個房間。

最後一間倒是沒看到鍋子，不過有個不知名的妙齡女郎坐在長椅上，看起來像公主一般高貴，王子從來沒見過這麼美的人。

「老天爺！你來這裡幹什麼呢？」坐在長椅上的女孩驚呼。

王子回答說：「我昨天才來這裡當僕人的。」

「如果你真的要工作的話，那我希望你趕快找別的工作，」她說。

「為什麼？我的主人是個好人。他今天沒有給我太多事情，只要把馬廄打掃乾淨就好了。」

「是這樣嗎？那你要怎麼打掃？」女孩說：「如果你像其他人一樣用乾草耙子清理的話，你清一次，就會出現十倍的垃圾。我告訴你打掃的秘訣，就是把乾草耙倒過來改用耙柄來掃，所有該清的東西就會自動消失。」

「好，我會照妳說的做，」王子說，然後就留在房間和女孩愉快地聊了一整天，兩人還互訂終身。

第一天替巨人工作，時間過得很快。天色快黑時，女孩提醒他要在巨人回家之前把馬廄打掃完。王子想試試女孩說的是不是真的，就照他以前在宮殿裡看僕人打掃的方法做。結果，不得不馬上停下來，因為才動了幾下，馬廄就滿了，滿到他快沒地方站。所以他改用女孩教的方法，把乾草耙倒過來，用耙柄來打掃，一眨眼的功夫，馬廄就乾乾淨淨。打掃完畢，王子趕緊回到巨人要他待的房間，在裡面哼著曲子踱步。

巨人帶著羊群回來，問他說：「馬廄打掃好了嗎？」

「是的，主人，馬廄現在一乾二淨，」王子說。

「那我倒要去看看，」巨人說著，就向外走去，看到馬廄真的像王子說的一樣。

「你一定見過我的萬能女傭，你自己絕不可能想出這個辦法，」巨人說。

「萬能女傭！那是什麼東西，主人？」王子裝傻問道：「我真想見見。」

「你很快就會看到，」巨人回答。

第二天早上巨人出去放羊，臨走前告訴他的僕人去山腰把他的馬牽回來，做好就可以休息，然後再強調一次說：「因為你找到像我這樣的好主人。」接著又說：「不過，絕對不可以走進其他的房間，否則我會扭斷你的頭。」說完就趕著羊離開。

「您真是個仁慈的主人啊！」王子說：「不過我還是要去找萬能女傭。我想不用多久，她就不再是您的，而是屬於我的了！」

王子去找女孩，她問他今天的工作是什麼。

「喔！今天的工作我想應該很簡單，」王子回答：「只要到山腰上把巨人的馬帶回來就好。」

「那你打算要怎麼做呢？」萬能女傭問。

「把馬騎回來不需要什麼高明的技巧，我從前騎過更難馴服的馬！」

女孩說：「我知道，但是要把這匹馬騎回家，真的不是你所想的那麼簡單。我會教你怎麼做。當你靠近馬時，牠的鼻孔會噴出熾熱的火焰，你帶著那具掛在門把上的馬勒，小心地套住牠的下顎，牠就會變乖，這時候你要對牠做什麼都可以。」

王子說他會記得，然後繼續坐在房裡和萬能女傭快樂地聊起天來。他們現在最想做的，是趕快結婚，一起過著幸福的生活。在這之前，當然要想辦法逃離巨人家裡。

王子聊得渾然忘我，如果不是萬能女傭提醒的話，他完全忘記要去山腰騎馬這回事，必須在巨人回來之前把馬牽回來。

王子聽從女孩的建議，拿起掛在門鉤的馬勒，往山腰走去，不久就看到那匹馬，鼻孔不斷噴出熊熊的火焰。年輕敏捷的王子小心翼翼的，準備機會來了馬上下手。當馬朝著他衝過來時，下顎張得開開的，王子見機不可失，把馬勒往牠的嘴巴裡一套，馬兒就變得像綿羊般的乖巧，任憑擺布，王子輕而易舉就把牠帶回馬廄。事情辦完，王子回到他的房間，開始唱起歌來。

巨人晚上回到家，問王子說：「你有沒有去山腰上把馬帶回來？」

「有，主人。騎馬很有趣，不過我直接把牠騎回來，牽到馬廄裡去了，」王子回答說。

「我去看看，」巨人走進馬廄，看到馬真如王子所說的，好好地待在裡面。「你一定見過我的萬能女傭，不然你怎麼樣也不會知道要這樣做，」巨人又說。

「主人，昨天您說萬能女傭，怎麼今天您又提到萬能女傭！願上帝保佑您，但是為什麼您不讓我見見這個東西呢？如果您答應的話，我會很感激的，」王子表現出又驢又笨的模樣。

「你很快就會看到，」巨人回答。

第三天早上，巨人照例出門牧羊，他向王子說：「今天你到地底下去幫我收租金。事情辦完後你就可以休息。像我這麼好的主人真是沒地方找，」說完就出門了。

「好才怪！老是派困難的事叫我做，」王子心想：「不過我會去找你的萬能女傭。你可以說她是你的，不過她會告訴我要怎麼對付你。」

王子去找女孩。當她問王子巨人要他做什麼，王子告訴她，巨人派他到地底下收租金。

「你打算要怎麼做呢？」萬能女傭問道。

「拜託妳告訴我吧，」王子求她：「我沒到過地底下。再說，即使我知道路，也不曉得要收多少錢。」

「我會告訴你。你走到山脊下的大岩塊，用這根棒子敲敲岩壁，就會有個身上亮著火光的人出來。你告訴他要來收租金，當他問你要多少時，你就說可以帶回去多少，就拿多少。」

「好，我記得，」說完就又和女孩聊了一天，把這件事拋在腦後。當天色漸暗，女孩又得提醒王子要在巨人回家時趕快去收錢。

王子照著女孩的指示找到路，用帶去的棒子敲岩壁，然後真的有一個眼睛和鼻子噴火的人出現，問他說：「你要什麼？」

「我是替巨人來收租金的，」王子回答說。

「你要多少呢？」

「不要超過我帶得回去的就可以了，」王子說。

「幸好你沒有要一匹馬可以帶得回去的租金，」從岩石裡走出來的人說：「跟我來吧！」

王子跟著他走，一路上看到的黃金和白銀，堆得像山一樣高，令他目不暇給，眼花撩亂。他拿到一袋剛好抬得動的租金後，就回去了。

晚上巨人帶著羊群回來，王子已經在他的房裡唱起歌來。

「租金收到了嗎？」巨人問。

「收到了，主人。」王子回答。

「你放在哪？」巨人又問。

「我把那袋租金放在長椅上。」

「我去看看，」巨人說。長椅上果然有個裝滿金銀的袋子好端端地放在那裡。打開一看，黃金和白銀還多得掉出來。

「你一定看過我的萬能女傭！」巨人大叫：「如果你有的話，我馬上要扭斷你的脖子。」

「萬能女傭？」王子又開始裝傻充楞：「昨天我的主人說萬能女傭，今天又說到她，而且第一天也是說她。我真希望可以見到她。」

「好，好！等到明天，」巨人說：「我自己帶你去見她。」

「謝謝主人！希望你不是在騙我，」王子說。

第二天，巨人遵守諾言，帶王子去找萬能女傭時，竟下了一個可怕的命令：「現在把他殺了，放進妳知道的那個大鍋裡煮成肉湯，煮好以後叫我。」說完，倒在長椅上睡著，不到一會兒就鼾聲如雷。

萬能女傭拿出一把刀，畫破王子的小指頭，讓他滴三滴血在一把小木凳上，再找出一大堆破布、鞋底，還有看得到的一些亂七八糟的東西，通通丟入鍋裡煮。然後帶了一只裝滿金粉的箱子，一塊鹽，掛在門邊的水壺，又拿一顆金蘋果，兩隻金雞，和王子飛也似地逃出巨人的家。不久來到海邊，兩人就乘帆船出海了。至於他們是如何弄到帆船，沒有人知道。

話說巨人睡了很長的一覺，在椅子上伸了伸懶腰，問道：「湯滾了嗎？」

凳子上的第一滴血回答：「才開始要滾呢，主人。」

巨人聽了又繼續睡覺。過了很久很久才醒過來，問說：「湯準備好了嗎？」巨人問的時候，跟上次一樣，頭也沒抬起來，因為他還是很睏。

第二滴血回答：「才半熟而已。」巨人以為是萬能女傭，又放心繼續睡。

過了好幾個小時之後，巨人又伸了伸懶腰，再問道：「湯還沒好嗎？」

「差不多好了，」第三滴血回答。於是巨人坐起來，用手揉了揉眼睛，但是眼前沒有人啊！到底是誰在跟他說話？他不停地叫喚萬能女傭，但是沒有人回答。

巨人想：「她大概只是去偷懶一下吧！」就自己拿了根湯匙，走到鍋邊試試味道。鍋裡面當然沒有肉，只有一堆鞋底、破布和各種雜物，但是全部都混在一起煮，根本分不出是粥還是牛奶燉菜。不過看到這裡，巨人已經知道發生什麼事，氣得昏了頭，憤怒到極點，馬上追出去找王子和萬能女傭。

巨人跑得速度之快，只聽到風在他身後呼呼作響。不久他來到海邊，但是過不去。「我有辦法，把吸水怪找來就可以解決。」吸水怪被找來幫忙，他趴在地上，開始一口、兩口、三口，一直地喝，喝得海面迅速降低，低到巨人看到萬能女傭與王子乘坐的船。

「快點把這塊鹽丟下去，」萬能女傭說，王子照著做。鹽一丟下去，海上出現一座雄偉的高山，把巨人擋住，吸水怪這時也因為喝水喝得太飽，喝不下了。

「我還有辦法，」巨人說，命令鑽山怪來把這座山鑿穿，再叫吸水怪繼續喝水。正當洞要挖成，水面又開始下降時，萬能女傭連忙讓王子往外灑幾滴水壺裡的水，頓時海面的水又高漲起來，在吸水怪喝光水之前，他們已經安全著陸，再也不受巨人的威脅了。

王子決定帶著萬能女傭一起回到國王的宮殿。但是他說什麼也不肯讓他深愛的女孩步行進宮，他認為這樣不夠體面。

「妳在這裡等一下，我去父王的馬廄帶七匹馬來載妳，」王子說：「宮殿離這裡不遠，所以我不會去太久。我絕不會讓我的新娘走路進宮。」

「不，請別走。你一進國王的宮殿，馬上會把我忘掉。我已經預見到了，」萬能女傭求他。

「我怎麼可能忘掉妳？我們一起吃過那麼多苦，打敗惡人，又彼此相愛……」王子依然堅持要回去找一輛用七匹馬拉的大車來載她，非要她留在岸邊等。

萬能女傭見到王子心意堅決，只好讓步。「但是當你進宮時，千萬不要接見任何人，直接去馬廄，把馬拉出來繫上馬車，再以最快的速度趕回來。如果有人來到你身旁，你要裝作沒看見，也不要吃東西。如果你不聽我的忠告，我們倆都會遭到噩運。」王子答應她的要求。

王子回到宮殿時，他哥哥正要舉行結婚典禮，新娘和她的親戚都來了，大家紛紛圍著王子問東問西，還要他和大家一起玩樂。但是王子裝著沒看到他們，直接走進馬廄，把馬拉出來準備上馬鞍。一群人看到王子完全不理會他們，就拿了肉和酒，以及婚宴中最好的食物跟著他出來。王子記住萬能女傭的吩咐，仍然不碰任何東西，只是加快上鞍的動作。

這時，新娘的妹妹拿出一顆蘋果，丟到他面前說：「既然你不吃也不喝，那就吃點蘋果吧。你長途跋涉，應該又餓又渴。」王子聽了，就拿起來咬了一口。結果蘋果一吃，真的忘掉萬能女傭，也忘記要去把她接回來這件事。

「我一定是瘋了！不曉得我準備馬車和馬做什麼？」王子大聲嚷嚷，於是又把馬牽回馬廄裡，進入宮殿，和大家高興地聊起天來，最後決定要娶新娘的妹妹為妻，正是把蘋果丟給他的那個女子。

萬能女傭在海邊等了很久，一直等不到王子，只好離開。走了一會兒，看到林裡有間孤獨小屋，緊鄰著國王的宮殿。她走進屋，向主人請求讓她待在那裡。小屋的主人是個脾氣暴躁且惡毒的老巫婆。起初不答應讓萬能女傭留下，但是禁不住她用甜言蜜語和豐厚報酬的誘惑，於是同意讓她借住。

又髒又黑的小屋活像是豬圈，她覺得應該把屋裡弄乾淨一點，看起來比較像平常人住的地方。但是老女巫皺起眉頭，看起來很不高興，不過萬能女傭不在乎她怎麼想，打開裝金粉的箱子，隨手抓了一把黃金，撒向火爐，燃燒的黃金向外四溢，把屋裡每個角落鍍上一層亮閃閃的黃金。老女巫看到火爐裡燃燒的黃金開始起泡，不知道怎麼搞的，竟嚇得不成人形，以為惡魔在追她，飛也似地往外衝，衝到門口，忘記彎下腰才出得了門，結果把頭撞破，當場就死了。

第二天早上，警長路過此地，看到在矮樹叢裡閃閃發光的金色小屋，非常訝異。進到屋裡，發現坐著一個比天仙還美麗的女孩，更是嘖嘖稱奇，立刻就愛上這位女孩，請求她嫁給他。

「你有很多錢嗎？」萬能女傭問他。

「當然。談到錢，我是不差的，」警長說完，馬上回家拿錢。

晚上警長拿了滿滿一袋的錢來報到，放在長椅上。萬能女傭很滿意，答應要嫁給他，兩人便要坐下來聊天。但屁股還沒坐到椅子，萬能女傭忽然跳了起來說：「我忘記去火爐加火！」

「這件事還需要妳親自來嗎？」警長獻殷勤，自告奮勇要幫她，一個箭步就跑到煙囪旁。

「你拿到鐵鍬了嗎？」萬能女傭問。

「我現在正拿在手上，」警長回答。

「現在我命令你握住鐵鍬，鐵鍬抓住你，再把燒得火紅的煤炭倒在你身上，直到天亮為止，」萬能女傭下令。

於是，可憐的警長只能整晚站在原地，讓鐵鍬一鏟一鏟地把熱騰騰的煤炭往身上倒，不管他如何哀求，如何哭叫都沒用。經過一夜的折騰，天終於亮了，警長剛把鐵鍬放下，就嚇得頭也不回地逃走，在路上不敢停下半步，跑得越遠越安心。遇到他的人以為他瘋了，又看到他全身被燙得脫皮紅腫，紛紛猜測他到底去了哪裡。但是警長怕被人嘲笑，一句話也不敢說。

隔天，郡裡的律師騎馬從這裡經過，看到林裡亮晶晶的金色小屋，也很好奇地進去瞧瞧裡面住的是什麼人。他對萬能女傭簡直是一見鍾情，比警長還要著迷，立即請求她嫁給他。萬能女傭也問他是否有很多錢，律師說他非常富有，也馬上回家拿錢，晚上就帶來比警長整整多兩倍的錢。萬能女傭要他把錢放在長椅上，答應和他結婚。當律師要坐在她身邊談婚禮如何安排時，女孩突然想起她忘記鎖上陽台的門，站起來要走出去鎖。

「這種事還要妳親自來嗎？」律師問：「請坐下，讓我來。」然後跑到陽台上。

「你握住門閂了嗎？」萬能女傭問。

「握住了！」律師大聲回答。

「現在我命令你握住門閂，門閂抓住你，你要在門內外不停穿梭，直到天亮為止，」萬能女傭命令他說。

可憐的律師整晚跑個不停，好像在跳華爾滋一樣，只是以前從來沒這樣跳過，他希望以後也不會再有。有時站在門前，有時又要跑到門後，在陽台內外來回奔跑。整個晚上下來，律師快累死了。一開始他破口大罵，發現沒用，便懇求她，讚美她，但是不管他如何說破了嘴，門

就是動個不停，強迫他跟著跑進跑出，直到天明。

當門閂不再緊扣住律師的手，他嚇得沒命似地逃走了，完全忘記要向害他的人討個公道，也不記得他留下的錢財和想要娶的美女，因為他實在不想再遇到這樣和門整夜跳舞的可怕經歷了。路上的人看到他像瘋子一樣飛快地跑，看起來比被一大群山羊戳了整晚的屁股還慘。

又過了一天，副警長也來到附近，同樣被林裡的黃金屋吸引，想進去一探究竟。看到美麗的萬能女傭，他也無法自拔地愛上了她，還沒打招呼就想把她娶回家。

萬能女傭用同樣的問題問他，說如果他可以拿出很多錢的話就可以娶她。

「說到金銀財寶，我是一樣不缺，」心急的副警長立刻回家拿錢。傍晚，他再度出現在小屋前，揹了一個裝滿金錢的袋子，比律師的袋子還重三倍，放在長椅上。

萬能女傭很滿意，答應要和他結婚。才坐下來聊天，她突然想起還沒把家裡養的小牛牽進來。

「這件事不用妳費心，」副警長說：「我來做就可以了。」身材高大的副警長心情愉快，動作也像年輕小伙子一樣迅速。

「你抓到小牛的尾巴了嗎？」萬能女傭從裡面喊著。

「我正抓著呢！」副警長大聲回答。

「現在我命令你握住牛尾巴，牛尾巴抓住你，然後你會跟著牠不停地走動，直到天亮為止，」萬能女命令他說。

精力充沛的小牛拖著強打起精神的副警長，跑過平坦和崎嶇的小路，穿過高山和深谷，副警長不停地叫，但是他越掙扎，小牛跑得越快。

天終於亮了，只剩半條命的副警長，發現小牛的尾巴不再緊黏著他的手，高興得頭也不回地跑走了，根本想不起他留下的錢和其他事。

已經沒半點力氣的副警長在路上踉蹌走著，越走越慢，也吸引更多路人指指點點。大家雖然感到奇怪，但沒有人想得到他昨晚居然為了一頭小牛疲於奔命。

第二天，婚禮馬上就要在皇宮舉行，王子的哥哥要駕著馬車和新娘一起到教堂，而王子和新娘的妹妹同行。但是，當他們坐上馬車要從宮殿出發時，韁繩的銜勒突然斷了。大家趕緊補做一個放上去，但是馬上又斷掉，再做第二個、第三個，不管用什麼木材來做都沒辦法。大夥兒忙了很久，都束手無策，不知道要怎麼辦。

然後，警長（他也奉命出席婚禮）說：「在那邊的叢林裡住著一個女孩，她有一把用來生火的鐵鍬，如果她答應借我們那把鐵鍬的把手，一定可以套得牢。」

王子馬上派使者去叢林，很禮貌地向她借警長說的那把鐵鍬的把手。萬能女傭答應了，現在車夫有了不會斷的銜勒，似乎可以啟程了。

但是才剛要走，馬車的車底竟破掉了。大家又趕緊做了新的車底，但是不管怎麼釘，或是用更堅固的木材，剛裝上去，車子開始往前走，就又破掉了。這個問題比銜勒還嚴重。

這時候也來到皇宮的律師說：「在那邊的叢林裡住著一個女孩，如果我們可以向她借半片陽台的門來做車底，保證不會破掉。」他們就又派使者去樹林裡，很禮貌地向她借律師說的那片門板，萬能女傭也馬上答應。

當大家準備上路，又發現馬匹不願意前進。從原本的六匹馬增加到八匹，十匹，十二匹。馬的數目一直增加，車夫也拚命地鞭打，卻一點用也沒有，馬車依然動也不動的停在原地。

天色漸漸轉黑，再不到教堂就來不及了，宮裡的每個人都很沮喪。副警長想起一件事，就說：「在那邊的叢林裡有一座金色的小屋，住著一個女孩，她有一頭小牛，如果她願意借我們那頭牛，不管馬車上載多少人，一定可以拉得動這輛馬車。」

眾人都認為用牛來拉車，還要去教堂，聽起來很可笑。可是也沒有別的辦法，只好再派使者，代表國王向她借副警長說的那條牛。萬能女傭很爽快地答應，她當然不會拒絕。

把牛套上軛以後，大家都很好奇牠是不是真的會拉車。結果，小牛剛開始跑，就把大家拉得七上八下，越過崎嶇不平的路，越過樹樁和岩石，讓大夥兒喘不過氣來，有時似乎離開地面奔馳，好像被拉到空中飛。馬車到了教堂，不但沒有停下來，反而原地打轉，不停地繞圈圈，

每個人費了好大的功夫，冒著被拋出去的危險，才跳下了馬車，進入教堂。回程再度坐上小牛拉的車，這次跑得更快，沒有人知道他們是怎麼回到宮裡的。

當所有的賓客坐上餐桌時，王子說應該邀請那位好心借鐵鍬柄、門板和小牛給他們用的女孩來參加。「如果沒有這三樣東西，我們怎麼可能走出宮殿再回來呢？」

國王認為這個提議非常有道理，立即派了五個大官到林裡的黃金小屋，代表國王邀請女孩進宮用餐。

萬能女傭回答說：「請向國王問安。但是如果他不親自來邀請我，我也沒辦法去他的宮殿。」

於是國王就親自去請她，而萬能女傭也非常樂意接受他的邀約。國王發現這個女孩很特別，請她坐在小王子隔壁的貴賓席。

當大家坐定後，萬能女傭拿出她從巨人家裡帶出來的兩隻雞，一公一母，和金蘋果，把這三樣東西放在桌上，讓公雞和母雞搶前面的那顆蘋果。

「哇！你們看，牠們在搶金蘋果，」王子說。

「是啊！就好像我們倆拚了命要從山裡逃出來一樣，」萬能女傭說。

王子聽到這句話，馬上就認出她，你可以想像他有多麼高興。他下令處死用蘋果迷惑他的小女巫，還要用二十四匹馬把她拉成碎片，一塊也不剩。終於，皇宮如期舉辦婚禮，而警長、律師和副警長三個人雖然都累壞了，還是打起精神，衷心祝福這對新人。

（阿斯彪昂生和莫埃）

海水為什麼是鹹的

很久很久以前，有兩個兄弟，哥哥很有錢，弟弟卻一貧如洗。耶誕夜到了，窮弟弟的家裡別說是肉還是麵包，連一口可以吃的東西都沒有著落。於是他到哥哥家裡，求他看在上帝份上施捨給他一點食物好過節。這不是弟弟第一次來要東西，哥哥也和平常一樣，看到弟弟來，沒給什麼好臉色。

「如果你做到我要求的事，我就給你一整條火腿，」哥哥說。

弟弟二話不說就稱謝答應。

「這是你的火腿。我要你現在去死人之屋，」哥哥說著，把火腿丟給弟弟。

「沒問題，我這就去，」弟弟拿了火腿就離開，走了很久很久，天色昏暗下來，來到一處燈火通明的地方。

「這一定是死人之屋，」弟弟手拿著火腿，心裡想著。

有個留著長長白鬍鬚的老人正站在屋前砍柴，準備在耶誕夜生火用。

「您好，」弟弟向老人問安。

「你好。這麼晚了，你要去哪裡？」老人問。

「我要去死人之屋，我想我沒走錯路。」窮弟弟回答。

老人說：「你沒走錯，這裡就是。你進去之後，他們會向你買那條火腿，因為他們不太常吃到肉，嘴巴很饞。你一定要他們用門後的手推石磨來交換手上的火腿。出來之後，我會教你怎麼樣讓那個萬能石磨停下來。」

弟弟謝過老人好心的建議，用力敲著門。

進門以後，果真就像老人說的：所有的人，不管大人小孩，像蟻丘的螞蟻紛紛圍了過來，都想出高價買下那條火腿。

「我和家裡的太太都需要這條火腿過耶誕節，但是既然你們那麼想要的話，我願意成全你們，」弟弟說：「不過，我要用門後面的那個石磨交換。」

起初大家都拒絕這個提議，想用別的東西交換，但是弟弟完全不為所動，他們只好讓步，把石磨給他。

他出來的時候，問砍柴的老人要怎樣才能停止石磨轉動，老人便把石磨的秘密告訴他。弟弟謝謝他的幫忙，就告辭回家。回到家裡，耶誕夜的鐘聲剛好敲了十二響。

「你到底去哪裡？」他太太問：「我在家裡坐著等你好幾個鐘頭，到現在連一根用來生火煮粥的木柴都沒有。」

「對不起，我有事趕不回來。我得到很貴重的東西，還走了很長的一段路，才帶回來給妳。」說完，就把石磨放在桌上，命令它磨出燈、桌巾、肉、啤酒，還有其他耶誕夜需要的好東西，石磨照他的吩咐，變出他想要的東西。「蒙主保佑！」他太太看著東西一樣一樣變出來，驚呼不已。她很想知道丈夫是怎麼得到這個石磨的，不過他不願意透露。

「別管我是怎麼得到的。妳看這個東西多棒，而且讓石磨轉動的水也不會乾。」耶誕節期間，他又讓石磨變出更多酒肉和其他好東西，還邀請所有的好朋友來一起享受。

有錢的哥哥來到弟弟家裡，看到桌上大魚大肉，應有盡有，不禁又忌妒又憤怒，心裡想：「哼！他在耶誕夜時，窮得到我家來要東西吃。現在他竟然像貴族甚至國王一樣，在家裡享用大餐！」便問弟弟說：「看在老天爺的份上，告訴我你是從哪裡得到這麼多的財富。」

「從門後啊！」擁有神奇石磨的弟弟根本不想說出這個秘密。不過，那天晚上他喝太多酒，忍不住把整個經過說了出來。

「我全部的財富就是托這個石磨的福，」弟弟說著，把石磨拿出來，命令它變出各種東西。

哥哥看到石磨，忍不住想要擁有它，便向弟弟要。他軟硬兼施，威脅利誘，弟弟終於同意三百塊賣給哥哥，不過要留到曬乾草季節之後，才會交給哥哥。他心裡想：「如果我把石磨留到那時，早就變出足夠吃一年的肉和酒了。」在這之前，石磨不會用壞，即使哥哥拿到這個神奇的寶物，也不知道要怎麼讓石磨停下來。

終於輪到哥哥把石磨帶回家了。隔天早上，他要太太出去曬乾草，他今天要在家裡看家。晚餐時間快到了，哥哥坐在廚房命令石磨：「磨出鯡魚和牛奶濃湯，要磨得又快又好！」石磨開始磨出鯡魚和牛奶濃湯，把所有的碗盤都裝滿後，還繼續在磨，食物溢到廚房的地板上，哥哥想盡辦理又轉又扭，要讓它停下來，但是不管怎麼弄，石磨還是不斷地磨出食物來。不一會兒，廚房裡的濃湯越漲越高，快把哥哥淹死了。他只好打開客廳的門，但是客廳沒多久也積滿了石磨磨出來的濃湯。他在危急當中緊抓著門閂，最後想辦法把門打開逃出去，但是鯡魚和濃湯還是緊追在後，一直淹到農場和田裡。

正在外面曬乾草的太太看到晚餐時間差不多到了，就跟工人說：「雖然主人沒有叫我們回家，不過我們可以回去了。也許他發現他不太會煮菜，我該早一點去幫他的忙。」

他們三三兩兩地往家裡走，在山坡上看到眼前竟然有滿山遍野的鯡魚、濃湯和麵包像洪水似的追著跑得上氣不接下氣的哥哥，大叫著：「誰有一百個胃啊？小心別被濃湯淹沒了！」

被氾濫成災的食物逼得走投無路的哥哥，跑到弟弟住的地方，哀求他看在上帝份上把石磨收回去，他說：「如果再讓石磨再磨上一個小時的話，整個村子就要被魚和濃湯給淹沒啦。」

弟弟要求哥哥付三百塊才願意收回去，哥哥只好答應。

同時擁有石磨和錢財的弟弟，不久後買了大農莊，比他哥哥的還要大還要美。石磨也幫他磨出堆積如山的財富，他只好把一盤一盤的黃金鋪在農場上。農莊位在海岸邊，黃金發出耀眼的亮光，遠遠地反射到海上。在海上航行的人，沒有不想來農莊好好參觀一下，而且大家都要看那個神奇的石磨。石磨聲名遠播，沒有人不知道它的神奇。

過了很久，有個小漁船的船長來看石磨，還問說石磨會不會磨出鹽來。「那當然囉！」弟弟回答。聽到這個答案的船長，心裡非常想要擁有這個石磨，不管花多少代價都願意。他想，如果得到這個寶物的話，就可以不用出海冒險運鹽了。他一直央求弟弟賣給他，但是弟弟說什麼也不同意。最後，經過船長苦苦哀求和重金誘惑，終於花了很多錢把石磨買走。一得到石磨，船長深怕石磨主人會改變心意，也沒時間問他要怎樣才能讓石磨停下來，就趕緊坐上船離開，讓弟弟永遠找不到人。

當船來到海中央時，船長命令石磨：「磨出鹽，要磨得又快又好！」於是石磨開始磨鹽，鹽就像水一樣，汩汩地流出來，當整條船已經滿是鹽的時候，他想已經夠了，便要求石磨停下來，但是他用盡各種辦法，石磨依然忠實地磨，鹽越堆越高，船終於不堪負荷而沉下去了。沉到海底的石磨，日復一日，到今天還是不停地在磨鹽，這就是海水為什麼是鹹的原因。

（阿斯彪昂生和莫埃）

穿長靴的貓

磨坊主人有三個兒子。他去世之後，留下一間磨坊、一隻驢和一隻貓。遺產立刻就分配好，不需要代書或是律師來見證什麼的，因為財產總共就那麼一丁點兒。大哥得到磨坊，二哥騎走驢子，小弟只好留下那隻貓咪。

除了貓咪什麼都沒有的小弟很煩惱，自言自語說：「哥哥只要把他們的財產併在一起，就可以過著不愁吃不愁穿的生活。至於我，即使吃掉牠，把牠的皮做成袋子，最後還是會餓死。」

聽到這番話的貓咪，不想讓主人失望，假裝沒聽到他的話，而用嚴肅的口吻對他說：「親愛的主人，不要灰心！給我一只袋子和一雙特製的長靴，讓我可以跳過泥濘和荊棘，我會為你帶來意想不到的好運！」

小弟聽了牠的話，不以為意，雖然他知道這隻貓常常會用很多聰明的方法抓老鼠，比如說

用後腳跟倒吊著，躲在糧食堆裡，還是假裝死掉。也許留下這隻貓會有點用吧！反正情況已經不能再壞了。

貓咪得到這兩樣東西，很高興地把靴子穿上，揹上袋子，有模有樣地用兩隻前爪抓住背包的帶子，往森林走去。

森林裡有很多野兔。貓咪把麥麩和嫩草放進袋裡，然後四肢張開，癱在地上好像死了一樣，等待那些沒有經驗的小野兔來翻身旁的袋子。

不一會兒，牠的計謀奏效。一隻天真無邪的小野兔蹦蹦跳跳來到牠跟前，還不曉得發生什麼事，貓咪馬上用力拉緊袋口的繩子，捉住上當的獵物。貓咪捉到野兔，得意洋洋地走向皇宮，要求見國王一面。

進入宮殿，來到國王面前，貓咪用尊敬的口吻說：「陛下，我家主人克拉巴斯侯爵（牠隨口編了一個聽起來很了不起的頭銜），派我帶這隻野兔來獻給您，向您致上最高的敬意！」

「替我向你的主人致謝，」國王說：「告訴他我很欣慰。」

有時候，貓咪會躲在高高的玉米田裡，用牠的袋子引來鷓鴣鳥，一拉繩就抓到兩隻。牠又把獵到的鷓鴣鳥送給國王。國王也很開心，大大的賞賜了貓咪一番。

貓咪接連兩、三個月，常常代表牠的主人進宮送禮給國王。有一天，牠打聽到國王要帶公主（她是全天下最美的女孩）到河邊散步，連忙跑回家告訴主人。「如果你聽我的，你就發財了！現在跟我到河邊，脫光衣服跳進去，接下來就看我的。」克拉巴斯侯爵不知道貓咪葫蘆裡賣的什麼藥，還是聽牠的話去做。

國王一來到河邊，貓咪開始大喊：「救命啊！救命啊！我的主人克拉巴斯侯爵快要淹死了……」

聽到叫聲的國王，從馬車車窗裡探出頭，看到常常送禮物給他的貓咪在求救，便命令侍衛去救人。當一群人把可憐的克拉巴斯侯爵從河裡拉出來的時候，貓咪跑到國王跟前，說他的主人本來在河邊洗澡，結果來了一群搶匪，雖然他不斷地大喊：「強盜！強盜！」衣服還是被搶走，人被推進河裡去。其實小弟的衣服被貓藏在不遠的大石頭後面。國王馬上命令掌管衣櫥的僕人回到宮裡，拿一套上好的衣物送給克拉巴斯侯爵穿。

國王第一次見到克拉巴斯侯爵，給他親熱的擁抱。穿上新衣的克拉巴斯侯爵風度翩翩，一表人才（小弟天生就很英俊），公主對他的印象非常好，當侯爵尊敬又溫柔地看了她幾眼，公主

便不可自拔地愛上了眼前這位英俊瀟灑的年輕人。

國王邀請克拉巴斯侯爵上馬車和他們一塊兒兜風。穿長靴的貓看到計畫順利，洋洋得意地走在馬車前頭，看到路上正在割草的鄉下人，就告訴他們說：「如果你們待會兒沒有告訴國王，這些都是我家克拉巴斯侯爵的牧地，你們會死得很慘，我要把你們剁成肉醬再拿去餵豬！」

國王經過，問路旁的割草人這是誰的牧地。

「這是克拉巴斯侯爵的地，」割草人異口同聲地說，他們都很害怕貓咪的恐嚇。

「陛下，」侯爵接著說：「我的牧地每年收成都很豐碩。」

依然走在前面的貓咪，碰到在收割玉米的農夫，告訴他們：「如果你們待會兒沒有告訴國王，這些都是我家克拉巴斯侯爵的田，你們會死得很慘，我要把你們剁成肉醬再拿去餵豬！」

國王稍後也來了，又問眼前這片玉米田是誰的。「這是克拉巴斯侯爵擁有的田。」他聽了又大

大稱讚一番。貓咪繼續走在前面，要路上所有的人講相同的話。國王發現克拉巴斯侯爵的財富竟然這麼多，驚異萬分。

最後，貓咪來到一座富麗堂皇的城堡，知道裡面住著全世界最有錢的巨魔，連以前國王擁有的地都被他侵占了。

貓咪知道要怎麼對付這個巨魔。牠說，經過這麼偉大的城堡，應該向城堡的主人表達最高的敬意，便要求見巨魔。

巨魔也很有禮貌地接見貓咪，請牠坐下。

貓咪說：「我聽大家說您很有本事，可以變成任何東西，譬如說，變成一隻猛獅啊！一頭大象啊！是不是這樣？」

「你說的一點兒也沒錯，」巨魔一點都不謙虛。「為了不讓你白來，我馬上就變一頭獅子給你看。」貓咪看到一頭兇猛的獅子突然出現，嚇得屁滾尿流，趕緊找個洞躲起來。牠腳上穿的長靴太笨重了，害得牠在滑溜溜的地板上跌了好幾跤。

過了一會兒，巨魔恢復原狀，穿長靴的貓才驚魂甫定地走出來。

「我還聽說，」貓咪繼續說：「您法力高強，還可以把自己變成小動物，譬如說是老鼠什麼的。不過老實說，我不太相信，應該不可能吧！」

「不可能？」巨魔被激得大聲嚷嚷：「我馬上就讓你心服口服。」話一說完，巨魔就變成小老鼠在地板上跑來跑去。機靈的貓咪看大好機會來了，撲上前去，一口就把小老鼠吃下肚裡。

這時國王來到城堡，他很想進去這座漂亮的城堡裡面參觀一下。貓咪聽到國王的馬車走在護城河上吊橋的聲音，連忙跑出去向國王說：「親愛的陛下，歡迎光臨克拉巴斯侯爵的城堡。」

國王難以置信地驚呼：「甚麼？克拉巴斯侯爵，難道這座城堡也是你的？這是我看過最雄偉的庭院和建築！好啊，我們就一起進去吧！」

克拉巴斯侯爵牽起公主的手，跟著國王走進去，經過寬敞雄偉的大廳，看到餐桌上擺滿美味佳餚，這原本是巨魔要招待朋友的，但是這些朋友知道國王在裡面，沒有人敢進去。

國王對克拉巴斯侯爵的人品非常滿意，更不用說早就瘋狂愛上他的公主，又知道他擁有如此驚人的財富，在喝下五六杯酒之後，就對他說：「克拉巴斯侯爵，如果你不做我的女婿，就太可惜啦！」

克拉巴斯侯爵很恭敬地向國王鞠躬，回答說他非常榮幸接受這個提議，就在當天和公主完成終身大事。

愛穿長靴子的貓從此變成國王的宰相，再也不用整天追著老鼠跑。只有在無聊的時候才偶而為之，娛樂娛樂。

（貝洛）

石竹花

很久以前有個窮工人，知道自己活不了多久，希望在死之前把僅有的一點家產分配給他最愛的兒子和女兒。

他把兩個小孩叫到跟前，對他們說：「你們的媽媽當初和我結婚時，帶來兩把椅子和一張草床做嫁妝。另外，還有一隻母雞，一盆石竹花和一只銀戒，這些是一位曾經向我借住茅屋的貴婦送我的。她離開之前告訴我：『好心人，小心保管我給你的禮物，千萬別丟了戒指或是忘記幫花澆水。至於你的女兒，我向你保證，她會長成一個絕世美女，比你一輩子看過的人都要漂亮。她的名字，就取做菲莉西亞吧！等她長大成人，把戒指和石竹花交給她，彌補她過去的窮苦日子。』女兒啊，這兩樣東西就交給妳，其他的就歸哥哥。」

兩個孩子都同意這樣的安排。不久父親死了，他們悲傷不已，遵照父親的吩咐，分配留下

來的東西。菲莉西亞始終相信她哥哥很愛護她，沒想到她才在椅子上坐下時，竟換來哥哥的怒罵：「妳有自己的戒指和花，別碰我的東西，在我家要有規矩！」

生性溫柔的菲莉西亞什麼也沒說，站起身來，低聲啜泣，哥哥布魯諾不理她，獨自坐在火爐旁舒服地烤火。晚餐時，哥哥煮了一只鮮美的雞蛋，吃完後把蛋殼丟給妹妹，無情地說：「喂，我只能給你這麼多了。如果你不滿意，自己去外面抓青蛙來吃，附近的沼澤裡多的是青蛙。」菲莉西亞沒有回答，只是悲從中來，又傷心地哭了。

菲莉西亞回到自己的小房間，發現房裡充滿著石竹的濃郁花香。她走近石竹花，悲傷地說：「美麗的花兒，你長得可愛又甜美，是我唯一的慰藉。我一定會好好照顧你，細心為你澆水，絕對不讓任何粗魯的手把你從花梗上摘走。」

她低下腰時，注意到花朵缺水很嚴重，便拿了水壺，在皎潔的月光下跑到離家有點遠的水泉取水。到了水泉邊，想先坐下來休息一會兒，忽然看到一位雍容華貴的女人，被一大群隨從簇擁著向她走過來。六名宮女在她身後帶領這群隨從，另外一名宮女負責攙扶她的臂膀。

這群人一過來，馬上搭起遮篷，篷內擺上金色沙發椅、餐桌，還端出豐盛的食物，全都用黃金和水晶製成的盤子裝著。樹林裡的微風和潺潺的泉水，合奏出優美的音樂。

菲莉西亞躲在樹蔭下，對眼前發生的事感到不可思議，一下子呆住了。這個貴婦是一位皇后，坐下來便開口說：「我好像看到一個小姑娘站在樹下，請她過來。」

菲莉西亞走到皇后面前靦腆地請安，旁邊的人看到鄉下姑娘舉止如此優雅，都非常驚訝。

皇后問她說：「妳在這裡做什麼，小姑娘？妳不怕強盜嗎？」

「夫人，像我這樣貧窮的鄉下女孩，沒有什麼好搶的，所以不需要害怕。」

「妳很窮，是嗎？」皇后微笑著問。

菲莉西亞回答說：「的確。我所有的東西，只是一盆石竹花和一只銀戒指。」

「但妳有一顆心，」皇后說：「如果有人要偷心的話，妳會怎麼辦呢？」

「我不曉得一個人沒有心是什麼樣子，夫人，」她回答說：「可是我聽說，人沒有心就活不了，如果心受傷，他就會死去。儘管我很貧窮，還是希望繼續活在這個世上。」

「妳說的對，漂亮女孩，心是要好好照顧的，」皇后說：「吃過晚飯了嗎？」

「沒有，我哥哥把晚餐吃掉了，」菲莉西亞老實回答。

皇后下令替菲莉西亞在餐桌擺一個位置，還親手替她盛了許多好吃的菜。不過這一切都太不可思議，菲莉西亞完全不覺得餓。

「我想知道妳這麼晚在這裡做什麼，」皇后說。

「夫人，我是來這裡舀一壺水澆我的花，」邊說邊彎下身，想拿起水壺給皇后看。但是奇妙的事發生了，水壺竟然變成黃金做的，還有無數顆閃爍著耀眼光芒的鑽石，壺裡面裝滿了比玫瑰花香更濃的香水。正當菲莉西亞猶豫該不該拿的時候，皇后說：「這是妳的，菲莉西亞。回家就用裡面的水澆花，水壺就當作樹林裡的皇后朋友送的紀念品。」

「夫人，」菲莉西亞連忙說：「請您在這等一會兒，讓我回家把石竹花拿來送給您，您是最有資格擁有它的人。」

皇后輕輕撫摸菲莉西亞的臉說：「去吧，我會在這裡等妳。」

菲莉西亞拿了水壺跑回她的小房間。沒想到哥哥布魯諾趁她出去的時候，偷偷進房把石竹花帶走了，留下一棵大白菜。她看到這棵給她帶來噩運的白菜懊惱不已，不知如何是好。最後，她決定還是得回到水泉，跪在皇后膝下說：「夫人，布魯諾偷走我的石竹花，我現在只有銀戒指了。求您收下它，表示我對您的感激。」

「可是如果我拿了你的戒指，」皇后說：「那妳就一無所有，妳要怎麼辦呢？」

菲莉西亞堅定地回答，「夫人，有您的友誼我就心滿意足了。」

皇后收下戒指，馬上戴起來，踏上用珊瑚和翠玉雕成、由六匹白馬拉的豪華馬車離開，菲莉西亞目送皇后離去，直到馬車消失在蜿蜒的森林小徑盡頭，才轉身回家，一路上還不斷想著晚上發生的事。

回到家第一件事，就是把那棵白菜丟到窗外，卻聽到一陣微弱又奇怪的叫聲：「喔！我只剩半條命了。」菲莉西亞不曉得這聲音是從哪裡傳來的，普通白菜不可能說會人話。

第二天天一亮，失去石竹花而悶悶不樂的菲莉西亞想到外面找找看，一出去就看到那棵被

她扔出去的白菜，便把氣出在白菜上面，用腳一踢，很生氣地說：「你在這裡幹什麼？竟然有膽子取代我的石竹花？」

「如果我不是被人家拔起來，」白菜竟然回答說：「我自己絕對不會去那裡的。」

聽到白菜開口說話，菲莉西亞嚇得不知所措，白菜又繼續說：「請妳發發善心，把我種回我的同伴旁邊，我就告訴妳石竹花的下落，它就藏在布魯諾的床上！」

菲莉西亞聽到這個消息，反而不曉得要怎麼辦，不過她還是好心地把白菜種回原來的地方。種完之後，看到布魯諾養的母雞，一把抓住雞說道：「你這隻討厭的東西，你一定會為我哥哥做的惡行付出代價。」

「小姑娘，別殺我，」母雞也開始說話：「我知道很多事喔！這些事妳一定會想聽！妳不要以為把妳帶大的那個窮人是你的生父，其實妳的母親是位皇后，她在生下妳之前已經生了六個女兒，國王威脅她，如果再不生個兒子好繼承王位，就要砍掉她的頭。於是，當皇后又生下女兒時，非常害怕，便和她的姐姐（是位仙女）說好，用她的女兒交換仙女的小兒子。但是等了很多天都沒有仙女的消息，國王下令把皇后和小女兒關在一座高塔裡。最後，她用一條繩梯帶著小孩從窗戶逃出來。漫無目的走了很久，皇后已經累得走不動，來到這裡借住。我就是工人的太太，也是一個很能幹的褓姆。皇后把妳交給我照顧，還把她所有的不幸都告訴我，然後還來不及交代妳的事就去世了。我這個人天生多嘴，守不住秘密，當然要把奇遇告訴左鄰右舍。有一天，有個很漂亮的女人來到這裡，也從我這裡聽到故事。才一說完，她就用手上的棒子朝我一點，馬上把我變成一隻母雞，從此我再也不能東家長西家短，我後悔極了！我丈夫那時不在家，也不知道我到底發生什麼事，到處尋找，以為我不是淹死在河裡，就是被森林的野獸吃掉了。那個把我變成母雞的仙女又來找我的丈夫，要他把你取名為菲莉西亞，然後留下銀戒和石竹花給你。她剛要離開的時候，國王正好派出二十五名衛兵要來殺妳。仙女唸唸有詞，把衛兵全部變成白菜，其中一個昨天還被妳丟出窗外。」

「我真的不知道那棵白菜怎麼會說話，以前都沒聽過白菜開口，即使到現在也難以相信。」公主，也就是菲莉西亞，聽到母雞說的故事大為震驚，但還是溫柔地說：「可憐的褓姆，我真的替妳感到難過。如果我有法力的話，一定把妳恢復人形。但我不會因此絕望，尤其在聽完妳說的話，我有預感這一切馬上會有轉變。不過現在我要去找石竹花，那是我在世界上最在乎的東西。」

布魯諾到森林裡去了，他萬萬沒想到菲莉西亞會到他房間找花，所以她想，趁著哥哥不在的時候，把花拿回來應該是輕而易舉的事。

不過，一進到布魯諾的房間，菲莉西亞看到一大群老鼠守著草床，看她一走近就跳上去兇猛地又抓又咬。菲莉西亞嚇壞了，不得不趕緊往後退，哭著說：「我最寶貝的石竹花啊，在這麼惡劣的環境，你怎麼撐得下去？」

她突然想到水壺裡的水，猜想這水也許有點魔力，便跑去拿水壺，灑滴水在那群兇惡的老鼠身上。

沒想到，每一隻老鼠竟然嚇得挖地洞跑走了，速度之快，好像是憑空消失一樣。公主終於找回她的石竹花，但花朵已經快要乾枯而死，她慌張地把水壺裡僅剩的水都澆完，再彎下腰想聞聞花香味時，聽到一個聲音輕輕告訴她：「可愛的菲莉西亞，我終於可以對妳說，連花兒都忍不住愛上妳，欣賞妳的美貌。」

公主在清晨短短的時間內，聽到白菜說話，聽到母雞說話，然後又要對抗老鼠兵團，現在奇怪的事又發生了，她臉色一白，昏了過去。

布魯諾回到家，大熱天辛苦工作並沒有讓他的脾氣變好。當他發現菲莉西亞找到她的花，非常生氣，把不省人事的妹妹拖到花園裡，再緊緊地關上門。

花園裡的新鮮空氣讓菲莉西亞清醒，睜開美麗的眼睛，還沒來得及站起來，就看到樹林裡的皇后對她說：「你的哥哥真壞。我親眼看到他無情地把妳丟出門外，該好好地懲罰他！」

「不，夫人，」菲莉西亞說：「我不生他的氣。」

「如果他根本不是你兄弟，那妳會怎麼辦？」皇后問道。

「我想他一定是，」菲莉西亞回答。

「難道妳不知道妳是公主嗎？」皇后說。

「我剛剛才聽說，夫人。但是沒有證據，教我怎麼相信？」

「孩子啊，雖然妳生長的環境很差，但是我從妳的談話中，確信妳就是公主。我有能力幫妳，使妳不必再受這種對待。」

還沒講完，一位年輕英俊的男子出現，打斷了她的話。他身穿綠絨布，鑲有翡翠扣環的外套，頭上戴著粉紅色的王冠。見到皇后，便屈膝跪下親吻她的手。

「我的兒啊！多虧了菲莉西亞，讓你回復人形，我真是太高興了！」皇后激動地緊緊抱著王子，然後轉身對菲莉西亞說：「公主，我知道母雞跟妳說的話，但是妳還有所不知。當年我拜託風神把兒子送給在高塔等待的皇后，也就是妳的母親，要和妳交換。但是風神卻把我兒子留在一座花園，花園主人和我有仇，就把他變成石竹花。我一點辦法也沒有。」

「你無法想像我有多麼憤怒，而且不知道試了多少方法讓我兒子變回原形，但都失敗了。最後，我只有把石竹花王子帶到妳住的地方，希望等妳長大成人時，他會愛上妳，在妳細心照顧之下讓他恢復正常人的形體。妳看，我當初希望的，現在果然成真。妳把銀戒指給我，就表示束縛王子的咒語即將解除。仇人最後一招，就是那群老鼠，還是被妳的勇氣擊敗了。親愛的菲莉西亞，如果妳願意戴上銀戒和我兒子結婚，妳一定會得到幸福。妳覺得他夠英俊，夠溫柔，可以做妳的丈夫嗎？」

「夫人，」菲莉西亞羞紅著臉回答說：「您對我真是太仁慈了。我知道您是我母親的姐姐，而您又把要殺我的士兵變成白菜，救了我的命，把褓姆變成雞，現在還讓您的兒子娶我為妻，我真是受寵若驚。這是我有生以來，第一次受到這麼溫暖的愛護，您真的希望王子娶我嗎？」

「王子已經屬於妳了！」王子拉住菲莉西亞的手深情地說：「如果不是咒語讓我不能開口說話，我早就對妳說我深深地愛上妳了。」公主聽到這番告白非常的喜悅。

皇后老早就看不慣菲莉西亞身上穿的破爛衣服，用她的仙棒一點，對她說：「我要妳穿著符合妳高貴地位和美貌的衣裳。」公主的粗布衣服馬上變成鑲有高貴珠寶的銀絲長袍，她柔軟的深色長髮也用鑽石皇冠盤起，額頭前覆蓋著美麗的白紗，再配上一對明亮的雙眸和紅潤的臉頰，美得讓王子讚嘆不已。

「你真美，菲莉西亞！」王子說：「別讓我著急，請你答應嫁給我。」

皇后笑著說：「我想她應該不會拒絕你的。」

布魯諾正好從屋裡走出來準備去上

工，看到菲莉西亞，還以為在作夢，不過菲莉西亞親切地叫他，請求皇后善待他。

「什麼？」皇后非常不解。「他對你那麼壞！」

「夫人，」公主回答說：「我自己很快樂，也希望所有人都能得到快樂。」

皇后親吻她說：「好吧，既然妳這麼說，我來想想看！」仙棒一揮，破舊的小屋搖身一變，成為華麗的宮殿，裡面全是寶物，但是原來的兩張椅子和草床都還在，希望布魯諾記住以前的窮困。

皇后再用仙棒點了布魯諾，把他變成溫柔有禮且懂得感恩的人。改頭換面的布魯諾非常感激，向善良的公主不停地道謝。

最後，皇后把母雞和白菜變回原形，所有的人都高興得歡天喜地，手舞足蹈。

王子和公主舉行盛大的婚禮，從此過著幸福快樂的生活。

（杜諾瓦夫人）

白貓

從前有位國王，他生了三個優秀的兒子，個個既聰明又勇敢。國王不但不開心，反而開始煩惱兒子們也許會在他還沒死以前，就搶走他的寶座。他知道自己雖然一天天老去，但絕對有足夠的力氣治理好國家，一點兒也不想馬上退位。

他左思右想，最後終於決定要派點任務讓兒子們去忙，他們一分心就不會覬覦王位。即使任務達成，國王也可以找到別的藉口不實現獎賞的承諾。

於是他把王子們叫來，講了些慈祥的話，最後才說：「親愛的孩子們，你們都知道父王年事已高，不可能再像以前那樣把煩瑣的國事都處理得盡善盡美。我擔心會讓百姓受苦，所以希望你們其中一個繼承王位。不過，得到我頭上這頂皇冠的人，理當替我做一件事作為回報。我告老還鄉時，如果能有一隻可愛、好動又忠實的小狗陪我的話，日子就不會無聊了。現在，不

論你們三兄弟是年長還是年輕，誰可以幫我找到一隻全世界最漂亮的小狗，我就馬上傳位給他。」

三個王子不知道父親為什麼突然想要一隻小狗，不過都很驚訝，尤其是兩個小王子，原本作夢也沒想到有機會當上國王，現在竟然得到這個難得的機會，而大王子風度很好，也不敢反對，三個人便接受挑戰。

臨行前，國王給他們很多金銀財寶做禮物，指定他們必須在一年後同一個時間，回到同一個地點，給他看看他們帶回來的東西。

三個王子和送行的朋友，一塊兒走到一里外的城堡。王子們在城堡裡舉辦豐盛的宴會答謝朋友。然後三兄弟說好，不管怎樣都要相親相愛，一起分享財富，而且不會因為嫉妒而傷了感情。他們也約定要先在這座城堡集合，然後再一起去面見國王。分手的時間到了，三個人各自選擇不同的路，大王子和二王子一路上都有精采的冒險故事，不過主人翁是小王子，所以我們現在要說的，就是他的奇遇。

年輕的小王子個性活潑又英俊，知識也很淵博，最值得一提的，是他具備過人的勇氣。王子每天都買了好幾隻狗，有大有小，獵犬、狼犬、長毛狗、哈巴狗，但是不管他怎麼買，都還是會看到更好的狗，只好把先前買的全部賣掉，因為他一個人也不可能帶著三、四萬隻狗到處旅行。走了很多天，他已經不曉得該往哪裡繼續走。

有天晚上，王子在黑森林裡迷路了，更慘的是天空開始打雷，大雨傾盆而下。他隨便選了一條小路走，過了許久，似乎看到遠處有一絲微弱的紅光，心想也許有小屋子可以借他過夜。

在紅光的指引下，王子終於來到一座前所未見的漂亮城堡門口。城堡的大門是黃金打造，鑲滿無數燦爛無比的紅寶石，發出的光芒，就是他在林中所見，並一路指引他來到這裡的紅光。四周的城牆鋪著上等的各色瓷瓦。王子還以為自己來到故事書裡描寫的仙境。不過，因為全身已經溼透，大雨還是不停地打在身上，他只想快點進去躲雨，所以又回到黃金門門口，看到門上有一條鑽石鍊，吊著一隻鹿腿，不由得猜想，住在這樣富裕城堡裡的，究竟是什麼人。

「他們大概都不怕小偷吧！」王子心想：「不然為什麼沒有人來偷走這串鑽石，把門上的紅寶石挖走，變成大富翁呢？」

他拉一下鹿腿，聽到銀鈴聲響起，大門打開，只見無數隻拿著火把的手在空中飄著。看到這個景象，王子大吃一驚，站著不敢動，也不敢向前走，不過那些手卻推著他往前，讓他不得不跟著走。王子一手緊緊握住劍把，以防情況危急時可以馬上拔出劍來抵擋。

鋪滿琉璃的大廳傳來悠揚的歌聲，唱著：「眼前所見漂浮的手，即將供您使喚；若您勇往直前，追求真愛，這便是最佳停留所在。」

這種歡迎方式讓王子安心許多，隨著手的引導來到一扇珊瑚門前，門自動開啟，映入眼簾的，是一間嵌滿珠母貝的大廳，四周的房門也相繼打開，裡面點了上千盞燈，掛滿了美麗的圖畫和貴重的飾品，讓王子看得目不暇給。參觀過六十個房間之後，指引他的手停了下來。壁爐旁擺了一張看起來很舒服的躺椅，爐火自動生起，幾隻美麗又溫柔的手幫王子把又溼又髒的衣服脫下，換上乾爽的衣服，全都用最華貴的布料和飾品縫製而成，讓他驚嘆不已。這些服侍他的手靈巧敏捷，只不過有時突然出現，把他嚇到好幾次。

梳洗穿戴完畢的王子，和之前又溼又疲倦地站在大雨中拉鹿腿時相比，簡直像換了一個人似的。飄浮的手又帶領他進到另一個美麗的房間，牆壁上刻著「穿長靴的貓」和許多有名的貓故事。餐桌上擺著兩個金盤子，兩副金湯匙和叉子，餐具架上的杯盤，也全都用水晶和珠寶做成。

王子正在納悶另一位來用餐的會是誰，卻出現十幾隻帶著吉他的貓咪，在房間另一頭坐定位，其中一隻貓捲起紙當成指揮棒打著拍子，一群貓咪開始發出各種音調的喵喵叫，還用前爪撥弦，演奏出前所未聞的怪音樂。王子趕緊摀住耳朵，但是奇妙的景象還是讓他忍不住捧腹大笑，自言自語地說：「接下來還有什麼好玩的？」

房門這時又打開，進來一個披著長長黑紗的迷你身影，由兩隻身穿黑斗篷的貓陪同，後面又跟著一大群貓，還帶著裝滿老鼠的籠子。

王子以為他又在作夢，但是戴黑紗的小東西向他走過來，一掀開面紗，原來是一隻很可愛的小白貓。白貓看起來年紀很小，但神情哀傷，她美妙的聲音立刻打動王子的心：「國王的兒子，誠摯歡迎您的到來。我是貓后，非常高興見到您。」

「貓夫人，」王子回答：「謝謝妳如此熱情的招待，我相信妳絕對不是普通的貓咪。妳說話的方式和這座富麗堂皇的城堡，就是最有力的證明。」

「國王的兒子，」白貓說：「別再用這些話來讚美我了，我不太習慣被稱讚。不過，現在我們應該開始用餐，樂隊也可以停止了，我知道你聽不懂牠們在唱什麼。」

飄浮的手開始把晚餐端出來，第一道菜是燉鴿肉，另一道是油煎肥鼠。看到第二道菜，王子就一點胃口也沒有了。白貓注意到王子的神情，便向他保證他的食物在另一間廚房準備著，裡面絕對沒有老鼠肉。王子知道白貓不會騙他，便不再猶豫。

白貓纖細的前爪戴著手鐲，鐲子上好像刻著某人的像。他要求看那隻鐲子，仔細一看，卻發現上面英俊的人像，面貌和他一模一樣，簡直就是他本人！白貓的神情顯得更悲傷了，深深嘆著氣，王子不想讓主人不高興，也不敢再問下去，就開始講別的事情。在談話中，他發現白貓對他講的話都很感興趣，也知道外面的世界發生了什麼事。晚餐後，他們到另外一個房間，這裡是劇場，貓咪們在台上盡情地表演和跳舞。

和白貓互道晚安後，飄浮的手將王子帶進一個他沒看過的房間休息。房裡掛著的繡簾，繡著五顏六色的蝴蝶翅膀，穿衣鏡從地板延伸到天花板，純白的床懸掛著繫有蝴蝶結的帳幕。王子不知道要怎麼和服侍他的飄浮的手道晚安，沒說話就上床睡覺。

第二天清晨，他聽到窗外傳來的吵雜聲才醒過來，飄浮的手出現，用最快的速度幫王子換上獵裝。往外一看，所有的貓整齊地在中庭排好隊，有的拉著獵犬，有的吹號角，原來是白貓后要出門打獵。飄浮的手拉了一匹木馬到王子跟前，似乎要給他騎，他有點生氣，但是既然沒辦法溝通，只好照著做。結果一跨上馬背，木馬昂首闊步，神氣活現地載著王子飛奔前進。

白貓騎在一隻猴子背上，猴子爬上爬下，連老鷹的窩都不放過，因為白貓想嚐嚐小鷹的味道。這次打獵是他們最高興的一次，回到城堡時，王子和白貓一起吃晚餐。吃完飯時，白貓遞給王子一杯酒，如水晶般透明，而且有神奇功效，喝了酒，什麼煩惱都忘掉了，連要替國王找小狗的任務都忘得一乾二淨，只覺得此時此刻和白貓在一起，是天底下最快活的事。

在城堡的每一天，都充滿好玩而奇妙的樂趣。不知不覺，一年的期限已到，王子壓根兒不記得和哥哥們的約定，連自己是哪一國的人，都拋在腦後。不過白貓知道王子必須回去，有一天就對他說：「你知道你還有三天的時間為你父親找小狗嗎？你知道你哥哥都已經找到美麗的小狗了嗎？」

白貓一語驚醒夢中人，王子突然恢復記憶，不禁大叫：「我怎麼忘記了如此重要的事？我的命運就靠一隻狗了。但即使我找得到全世界最漂亮的小狗，也找不到一匹馬能在短短三天的時間把我帶回國啊！」王子非常懊惱。

白貓說：「國王的兒子，別著急，我是你的朋友，我會幫你。你還可以在這裡多住一天，那匹木馬會在十二個小時內把你載回去。」

「謝謝妳，美麗的白貓，」王子說：「不過，沒有找到小狗，我回去見我父王有什麼用呢？」

「你看這裡，」白貓拿出一顆橡實給王子：「裡面有一隻狗，比狗星球裡所有的狗都漂亮！」

王子不相信，「親愛的白貓，妳為什麼還要對我開這麼殘酷的玩笑呢？」

白貓把橡樹的果實拿到王子的耳朵旁，要他聽聽看。

果然，他聽到「汪！汪！」很輕微的狗叫聲。

王子終於高興起來，能夠藏在果實裡的狗一定很迷你，他想把果實剝開，看看狗的樣子。不過白貓說還是等見到國王再剝開，否則這麼小的狗在旅途當中會受不了寒冷。王子再次謝了

白貓。

到了要離開的時刻，王子依依不捨地跟白貓道別，說：「和妳在一起相聚的時間過得太快，我希望能帶妳一起走。」

白貓只以一聲長嘆和沉默的搖頭回應王子的要求。

小王子是三兄弟中最先抵達約定的城堡的人，不過兩位哥哥也隨後趕到，看到在院子裡活蹦亂跳的木馬，都不禁瞠目結舌。

王子很高興和哥哥重聚，他們告訴弟弟一年來所有的冒險經歷。不過小王子不想說出他的奇遇，還騙他們說那隻跟著他的短腿狗就是要獻給國王的。雖然三個王子彼此感情都很好，兩個哥哥都覺得他們的狗機會一定比較大。

第二天早上，他們搭著同一輛馬車進城。兩個哥哥把呈獻給國王的小狗裝在籃子裡，狗兒都長得很小，很嬌貴，幾乎沒人敢碰。短腿狗就跟在馬車後面跑，全身沾滿泥濘，根本看不出牠原來的樣子。

王子們抵達宮殿時，每個人都出來迎接他們。大王子和二王子展示他們的小狗時，幾乎沒有人分得出到底哪一隻比較漂亮。他們兩個當場就決定要把國家一分為二。小王子走到前面，從口袋裡掏出白貓送給他的橡實，打開來，把一隻很小很小的狗放在白墊子上，這隻狗小得可以用戒指套住。

王子再把狗放到地上，牠開始跳起舞來。國王不曉得該如何是好，因為實在沒有比這隻小動物更可愛的東西了。依然不想退位的國王說，三個兒子在第一次考驗表現都很好，他希望他們再接受挑戰，到世界各地，找一條細到可以穿過針孔的棉布。

兄弟們都不願意再出去，但是老大和老二還是接受了，因為他們雖然輸了這一回，現在又有另外一個得到王位的機會，所以就和上次一樣，約好後各自出發。小王子再度跨上木馬，用最快的速度回到他心愛的白貓身邊。城堡的每一扇門大開，每扇窗戶和角樓閃著美麗的亮光，比以前更美了。連飄浮的手也都趕來迎接，把木馬牽到馬廄裡。王子一刻也不願浪費，立刻跑去找白貓。她正在鋪著白緞的小籃子裡睡覺，一聽到王子的聲音，立刻就爬起來，很高興再見到王子。

「我根本不敢期望再見到你，國王的兒子！」白貓說。

王子輕撫著白貓，把這次成功的旅程，一五一十的告訴她，還提起他這次回來，需要白貓幫忙，因為國王要求的東西，幾乎不可能找到。白貓神色嚴肅，最後說她需要一點時間想辦法，也許城堡會有善於紡紗的貓，找到了的話，她會親自指揮，辦好這件事。

飄浮的手握著火把出現，帶領白貓和王子來到長廊，從這裡可以俯瞰河邊的景色，往上看，還有燦爛的煙火。接著是晚餐時間。經過長途跋涉，王子肚子早就餓了，吃這頓飯比看任何風景還高興。

在城堡裡的時間依然過得飛快，而且和白貓在一起根本不會覺得無聊，因為她總可以發明好玩的事，比世界上所有的貓還聰明伶俐。王子問她為什麼會這麼聰明，她只是說：「國王的兒子，隨便你猜，但別問我，我不能把所有的事都告訴你。」

王子過著快樂的生活，一點兒也不在意時間的流逝，等到一年的期限又到了，白貓才提起，跟他說棉布已經準備好了，讓他不用擔心。

「這次我可以安排護送你的隊伍，」白貓說。王子往外一看，庭院裡有一輛他看過最華麗的黃金馬車，漆得耀眼奪目，還有各式各樣新奇的配備。拉車的是十二匹雪白的駿馬，四匹排成一列，配帶的馬飾是用亮絨布和鑽石縫製而成。黃金馬車後面，還有一百輛各配有八匹馬拉的車隊，車夫都穿上同一款式的高級制服，還有一千名侍衛在旁護送。

「去吧！」白貓說：「等你見到國王的時候，他絕對不會再拒絕把王位交給你，因為只有你值得。拿著這個胡桃，在國王面前剝開，裡面有你要的東西。」

「親愛的白貓，」王子說：「我要怎樣才能報答妳對我的好？如果妳開口，我願意放棄王位，待在這裡永遠陪伴妳。」

她回答說：「國王的兒子，我知道你關心我這隻只會捉老鼠的小白貓，你有一顆善良的心，但是你千萬不能留在這裡。」

於是王子親吻她的前爪，啟程回家。這次回去，比上次騎木馬快上一倍，但他還是晚到了，也沒有去和兩位哥哥約定的城堡會合，哥哥們以為他不回來了，心裡都暗自高興，很驕傲地把帶回來的棉布呈獻給國王，一副志得意滿的樣子。他們帶回來的布條的確織得很細，可以穿過大針的針孔。國王當然不想實現他的諾言，老早就派人找了一把特製的針，放在皇冠上的寶石裡，一拿出來，大家就明白要穿過這個針孔是不可能的。

兩位王子很生氣，正要抱怨他們被耍了，號角突然響起，傳令兵報告說小王子回來了。國王和哥哥們看到龐大的隨車隊伍都大吃一驚。請過安後，小王子從口袋裡拿出胡桃，剝開後，卻沒看到棉布，只有一顆榛果；把榛果撬開，裡面仍然沒有大家想看的東西，而是一顆櫻桃核。國王心裡已經開始在笑小兒子，這些果殼裡怎麼會有棉布！

小王子把櫻桃核剝開時，大家又專心地看，但是一剝開，裡面竟是核仁，每個人都笑翻了。王子又把核仁打開，發現裡面又包著一粒小麥，麥子裡面是小米種子。現在，連王子的信心也開始動搖，嘴裡喃喃唸著：「白貓啊！白貓！妳在開我玩笑嗎？」

就在這時，他忽然感覺手上好像被貓的利爪狠狠地抓了一下，這大概是對他信心的提醒吧！小米種子一打開，抽出一條長約一百呎的美麗棉布，竟然還有鮮艷的顏色和繁複的花紋。這條棉布可以輕易穿過國王的針孔，試了六次都沒問題。

國王的臉色一變，另外兩位王子也難過得不想動，這條巧奪天工的棉布，世上恐怕再難找到了。

國王嘆了一口氣，終於說：「知道你們努力滿足我的心願，是我最感安慰的事。你們再出去一趟，誰能在一年的最後一天帶回美麗的公主，和她結婚，就立刻繼承王位，因為我的接班人一定是要結過婚的。」

小王子知道自己早已贏過哥哥兩次，最有資格繼承王位，但是他的教養非常好，不願意引起爭執，所以就上了他的黃金馬車，在侍衛的簇擁下，用比他來時還快的速度回去找白貓。

白貓知道王子會回來，在路上撒滿鮮花，擺了一千座燒著香木的火盆，讓空氣充滿了誘人的香氣，然後坐在可以看到外面的長廊上，等著王子歸來。「國王的兒子，你又回來了，還是沒有拿到皇冠。」

「白貓，感謝妳的大力相助，我已經贏到那頂皇冠兩次了，問題是在於我的父王不願意讓位，我也不會強取。」

「沒關係，」白貓說：「試一試總是有價值的。下次你要帶著一位美麗的公主回去，我會幫你留意的。不過，現在先別想，今晚我安排我的貓和河鼠決鬥，讓你好好放鬆一下。」

這一年過得比前兩年還要快樂。有時，王子忍不住問白貓，為什麼她會說人話。

「也許妳是個仙女，」他猜說：「或者妳被妖法變成貓？」但是不管他怎麼問，白貓總是不願意回答。

光陰似箭，王子的生活充滿了歡樂，根本不記得回家的時間又要到了。有天晚上，他和白貓坐在一起，白貓才說，如果王子要在明天帶著美麗的公主回國，現在就要開始照她的話做。

「拿著這把劍，」白貓說：「把我的頭砍下來！」

王子簡直不相信耳朵聽到的話。「什麼?要我把妳的頭砍下來!親愛的白貓啊，我怎能這麼做?」

「你就照我的話去做吧，國王的兒子。」白貓心意堅決。

淚水從王子的眼中流下來，他哀求白貓，說他願意為她做任何事，任何事都不會拒絕，但是千萬不要叫他殺了最心愛的白貓，失去她的痛苦是無法忍受的。

白貓心意已決，最後，王子絕望地舉起劍，用顫抖的雙手，砍下了白貓嬌小的頭。

就在此時，神奇的事發生，一位貌美如花的公主突然出現，王子目瞪口呆，還來不及弄清楚發生了什麼事，房門大開，一群高貴的騎士和貴婦走進門，每個人手裡都拿著一張貓皮!

所有的人都歡欣鼓舞，親吻公主的手，恭賀她恢復原貌。公主一一答謝大家的祝賀，然後要大家先出去，留下她和王子。

公主說：「王子，你一開始就說我不是一般的貓，你說對了。我的父親是統治六個國家的國王，他所深愛的皇后，也就是我的母親，很喜歡到處遊歷。我才幾個禮拜大的時候，她就得到我父親的同意，帶著我和幾個隨從，到一座很有名的山去探險，路上必須經過一座住滿精靈的城堡。以前從來沒有人進去過那座城堡，但是聽說裡面有許多神奇的寶物，我的母親想起別人曾經說過，精靈在花園裡種滿了稀有的果樹，別的地方都看不到。她很想嚐嚐這些水果的味道，就往花園走去。到了花園門口時，她命令侍衛用力敲門，但是不論怎麼敲都沒有回應，城堡裡似乎沒人住，不然就是裡面的精靈都死光了。

「皇后越拿不到水果，就越渴望得到，便命令侍衛拿出梯子，想爬牆進去。但是看上去並不是很高的城牆，用了好幾個梯子綁在一起，總是不夠高。

「失望透頂的皇后仍不願意放棄。到了晚上，下令一行人在原地紮營過夜，自己也上床睡覺，但老是覺得不甘心。睡到半夜，她突然驚醒，看到床邊站著一個又老又醜的女人，對她說：『我不得不告訴皇后陛下，您堅持要吃我們花園裡的果子，讓我們非常困擾。不過，如果您答應我們的條件，您就可以隨意摘走任何的水果。這個條件就是把您的小女兒交給我們，我們會待她像自己的小孩一樣，把她好好帶大。』

「『夫人，』皇后說：『你們可不可以要求別的東西？我很願意把我的國家送給妳。』『不，』妖精回答：『除了您的小女兒之外，我們什麼也不要。她在這裡會過得很快樂，我們會給她精靈國度裡的所有東西，您在她結婚之前，都不能見她一面。』皇后最後說：『好，我答應你。反正吃不到水果的話，我也一定會死掉，這樣還是會和我的女兒分開。』

「條件談好之後，精靈就把皇后帶進城堡。雖然是深夜，皇后還是可以看到城堡比傳說中的還要漂亮。」

白貓對王子說：「你一定要相信，因為精靈的城堡就是現在我們住的地方。」她又接著說：「老精靈問皇后說：『您要動手摘水果，還是讓我命令水果自己掉在您身邊呢？』皇后興奮地說：『就讓水果聽從妳的命令吧，我倒想見識一下！』於是老精靈吹了兩聲口哨，叫道：『杏子、桃子、油桃、櫻桃、梅子、梨子、甜瓜、葡萄、蘋果、柳橙、檸檬、醋栗、草莓、紅莓，都下來吧！』

「話一說完，被她點到名的水果一顆接著一顆，嘩啦嘩啦地掉下來，沒有一顆不是既乾淨又

新鮮，皇后吃了，簡直跟她想像中的一樣美味。當然，這些水果都是從精靈種的樹長出來的！

「老精靈還送皇后一只金籃子，用來裝她想帶走的水果，她帶了好多好多，大概要四百頭騾子才馱得動。最後，精靈提醒皇后她親口答應的事，就把她帶回紮營的地方。

「第二天一早，皇后一行人整裝回國。沒走多遠，皇后就開始後悔了。國王出宮來迎接皇后時，看到她臉色蒼白哀傷，便問發生什麼事。她本來不敢把這件事告訴國王，但一回到宮廷裡，就看到精靈們派出五個長相醜惡的侏儒來要我，皇后才不得不把她和精靈的約定說出來。國王一聽大怒，下令把五個侏儒趕出去，還把皇后和我關進門禁森嚴的塔樓，確保我的安全。

「精靈們派出一條巨龍來抓我，巨龍把路上的人都吃掉，還噴出熊熊烈火，所有經過的地方都被燒成灰燼。國王趕不走巨龍，又為了救他的百姓，最後同意把我交出來。這次，精靈們自己出動，坐了海馬拉的珍珠馬車來到皇宮，把巨龍用鑽石鍊給繫住，跟在後面保護著。一群老精靈把我睡的搖籃放在中間，馬車迅速往空中飛去，帶我到一座特地為我建造的高塔。

「我在塔裡長大，吃的用的雖然全是世上罕有的東西，但是沒有同伴，只有一隻會說話的鳥和小狗。每天都有一個老精靈騎著龍來看我。

「有一天我坐在窗前，看到一位年輕英俊的王子來到高塔附近的森林打獵，他抬頭看到我，發現我正注視著他，禮貌地向我鞠躬。你可以想像我見到一個可以說話的人有多麼的高興，儘管他搆不到我的窗戶，我們還是愉快地聊天聊到深夜，王子才很不情願地離開。之後，他常常來找我，最後我答應他的求婚，但是要先逃出去才行。精靈常常拿亞麻來給我紡紗，所以我用這些紗編成繩梯，費了很大的力氣才編成足夠垂到樓腳的梯子。唉！正當王子幫我往爬下的時候，可恨的老精靈騎著巨龍飛過來，可憐的王子還沒來得及抵擋，就被龍一口吞下肚。

「精靈們打算把我嫁給侏儒國的國王，但是被我拒絕了，於是一氣之下，就把我變成白貓，帶我來這座城堡。我發現，我父王宮廷裡的王公貴族，也統統變成貓，被帶來這裡了。階級比較低的，身體已經消失看不見，只剩下你看到的那些飄浮的手。

「精靈把我變成白貓後，把我的身世都說出來，因為我一直以為我是他們的孩子。他們還說，只要有位和我死去的愛人長得一模一樣、又深愛著我的王子出現，我才有機會恢復原形。」

小王子忍不住說：「現在妳得到了！美麗的公主。」

「你的確很像他，不管是聲音、個性、長相，都像極了。如果你真的愛我，我一生所有的不幸都會消失，」公主說。

「我也是，」王子跪下來求她：「如果你願意嫁給我，我就可以得到幸福。」

公主說：「我愛你比世上任何事物還要深。現在我們回去你父親那裡，看看他怎麼說。」

於是兩個人手牽著手，一起走到外面，浩浩蕩蕩的隊伍搭著馬車全速出發。王子和公主的隊伍華麗無比，從馬蹄上鑲滿紅寶石和鑽石，大概是世上絕無僅有！

公主不但外表美麗，還有一顆仁慈的心和聰明的頭腦。王子從來沒有享受過像現在這樣愜意的旖旎旅程，公主不管聊起什麼話題，都讓他覺得興味十足。

來到三兄弟約好的地點，公主改坐到一頂四人水晶大轎，銀簾從四面垂下，不讓別人看到她。

小王子看到哥哥們各自帶著美麗的公主走上台階，他們也問他有沒有找到漂亮的妻子，他便回答，他帶回來的是更珍貴的東西，一隻小白貓！這個回答讓大家笑了好久，還嘲笑他是不是怕被皇宮裡的老鼠吃掉才帶貓回來。

三個人集合好，便往城裡出發。每位王子搭著華麗的馬車，連馬匹也打扮得閃閃發亮。小王子排在最後，跟著一頂水晶轎，每個人都用讚嘆與好奇的眼神盯著他們，然後連忙跑去向國王報告。

「所有的女士都很美嗎？」國王緊張地問。

大家都說這些公主是世界上最美麗的女人。國王聽到這些話，更顯得不悅了，不過，他還

王子的新娘

是露出高興的表情迎接兒子們的到來。

看到兩位美女，他很猶豫，分不出到底誰比較美，便問小兒子：「你有帶公主回來嗎？」

「是的，父王，」小王子回答：「在那座水晶轎裡有一隻小白貓，她有最柔軟的爪子和最悅耳的喵聲，我相信您一定會很喜歡她。」

國王微笑著走過去，打算親自掀開轎簾。沒想到坐在裡面的公主用手輕觸水晶轎子，轎子立即碎成千萬片耀眼的水晶，從裡面走出一位絕色美女，金色的長髮從雙肩傾瀉而下，頭上戴著鮮艷的花冠，還有一身潔白如雪的長袍，優雅地向國王請安，四周的人看到，不由得屏息凝神。

「陛下，」她開口說話：「我不是來向您索求王位的。我已經擁有六個國家，請允許我各獻一國給您和您的兩位王子，將我當成您的朋友，並同意讓小王子和我結婚，我們還有三個國家可以統治。」

國王、王子和所有在場的人，在驚訝之餘，都高興得難以言喻。三位王子的婚禮隨即盛大展開，各項慶典活動持續了好幾個月後，每位新國王和新王后才啟程前往他們的國土，永遠過著幸福美滿的日子。

（杜諾瓦夫人）

睡蓮與紡金女

從前，大森林裡住著一個老婦人和三名美麗的少女。最小的妹妹長得最美，跟天仙一樣。她們住在森林深處，除了白天的太陽，夜晚的月亮和星星明亮的眼睛之外，沒有人知道要欣賞她們的美麗。

老婦人交代少女們繁重的工作，要她們從早到晚不停地把金線紡成紗。每當捲線桿的線一用完，一秒也不能停下，立即得換上另一個繼續紡，都沒有休息的時間。金線一定要紡得又細又均勻，紡好後就鎖在一個秘密的小房間裡。老婦人每年夏天都會出兩、三趟遠門。每次出去之前，一定會交代少女們每天要做的工作；然後一定選在晚上回來，所以沒有人知道她帶了東西什麼回家，也不知道金線是從哪裡來的，或是做什麼用。

老婦人又要出遠門了，她安排六天的工作給三個少女，然後，像以往一樣叮嚀她們：「眼

睛不要到處亂看，也不可以和男子說話，如果不聽我的話，紡出來的紗就會失去光澤，還會遭到可怕的報應。」

少女們都在背後笑這個重複不知道多少次的警告，「我們的金線怎麼會失去光澤？更何況，在這裡根本沒機會見到男人！」

老婦人走後第三天，有一個年輕的王子來到森林裡打獵，不小心和隨從走散而迷了路。他找路找得累了，停在一棵樹下，讓馬隨意吃草，自已就睡著了。

清晨的陽光照亮大地，熟睡的王子才醒過來，繼續找尋出森林的路。他發現一條小徑，便順著路走，走著走著，到了小屋前。少女們正坐在門口乘涼，看到王子走來，兩個姐姐想起老婦人的話，不由得提高警覺。但是小妹卻說：「我從來沒看過像他這樣的人，讓我再看一下吧！」她們要小妹待在屋裡，不過她很固執，只好讓她出去。王子看到她，上前向她問好，說他在森林裡迷了路，又餓又累。小妹馬上拿出食物讓王子吃飽，她發現自已跟他在一起聽他說話非常快樂，完全忘記老婦人的警告，兩人聊了好幾個鐘頭。

隨從在森林裡找了很久都沒找到王子，便派兩名使者回去向國王稟告。國王馬上加派騎兵隊和步兵隊，到處尋找王子。

大批人馬找了三天，終於來到小屋，看到王子正坐在門口和少女聊天。他很喜歡她的陪伴，感覺好像才過了一個小時。離開時，他答應要再回來，帶她回到國王的宮殿娶她為妻。

王子走了之後，少女才坐回紡車開始拚命工作，想補足之前沒做的部分。結果竟然發現她紡出的線，果真一點光澤也沒有。想起老婦人說的話，她緊張得心跳加速，傷心得哭起來，不知道會有什麼噩運降臨在她身上。

老婦人晚上回來，看到色澤暗淡的線，就知道她不在時發生過什麼事，大為震怒，告訴少女，她會為王子和自己帶來災難。一想到這裡，她害怕得寢食不安，最後無計可施，便想去找王子想想辦法。

少女小時候曾經學過聽鳥語的技能，現在正好派上用場。她看見一隻大烏鴉停在松枝上，便輕輕叫喚：「天底上最聰明、飛得最快的鳥兒啊！你願意幫我嗎？」

大烏鴉回答說：「我怎麼幫妳呢？」

少女說：「你往前飛，不要停，飛到一座大城市，那裡有一個國王的宮殿，去找國王的兒子，告訴他我即將大難臨頭。」

少女把她紡的紗失去光澤，老婦人對她很生氣，揚言要報復的事，一一告訴大烏鴉。

大烏鴉答應替她傳話，馬上張開翅膀飛走，少女才回家。現在，她的工作是把兩個姐姐紡好的紗捲起來，因為老婦人再也不准她做紡紗的工作了。到了晚上，她聽到大烏鴉在松樹上嗄嗄叫，急忙跑出去聽烏鴉帶回來的消息。

大烏鴉很幸運，在皇宮的花園裡遇到風神巫師的兒子，他正好聽得懂鳥語，便答應把少女的話轉告王子。王子知道這件事很難過，便和他的朋友商量要救出少女。他對風神巫師的兒子說：「叫大烏鴉趕快回去告訴少女，在九天後的晚上等我，我會去找她，幫忙她逃走。」風神巫師把王子的計畫告訴大烏鴉，大烏鴉連夜飛到小屋，一字不漏地轉達給少女。少女由衷感激大烏鴉熱心幫忙，然後回到屋內，沒有洩漏半句話。

日子越接近，少女就越焦慮不安，因為她很擔心會突然發生不幸的事，把一切全毀了。

第九天的夜晚終於來臨，她悄悄爬出屋外，到離屋子有點距離的地方，渾身發抖等待著王子。一會兒，附近傳來低沉的馬蹄聲，看到王子帶領武裝士兵向小屋走過來。思慮周密的王子，早就在幾天前，事先把每棵樹做上清楚的記號。看到在等他的少女，一躍下馬，把她扶上馬鞍，再坐回她的身後，一行人便沿著來時的路往回走。在皎潔的月光照耀下，每棵做了記號的樹，都看得一清二楚。

天色漸亮，消息傳遍所有鳥兒的舌頭。如果王子知道牠們都說了些什麼，或者少女聽一聽牠們在說什麼，也許就可以避免將要發生的一連串的傷心事。但是相愛的人在一起，眼中只有彼此，看不見也聽不到其他任何事。當他們走出森林時，太陽已經高高升起。

老婦人一早沒見到少女出來工作，便問其他兩人到哪裡去了。姐姐們假裝不知道，不過老婦人可以猜到又發生什麼事。她其實是個邪惡的巫婆，馬上決定要處罰逃走的少女。她採了九種施法巫師最愛用的毒龍葵，混合被她下過咒的鹽，然後裝入一塊布，吹成一顆圓滾滾的氣球，往空中一放手，嘴裡唸著：

旋風！風之母！
吹走犯罪的少女！
帶著你的魔法球，
把她從他的臂彎裡分開，
將她埋入湍流的河水裡。

王子和少女、隨從一行人，現在要過一條深不見底的河，河上那座窄窄的橋，一次只能讓一匹馬過。當王子和少女騎的馬剛走到河中央時，魔法球出現。受到驚嚇的馬兒在大家還來不及反應的時候，突然向後退，把少女狠狠地拋入湍急的河裡。

王子想要跳下河去救少女，卻被侍衛急忙拉住，不管他怎麼掙扎，還是被強行拉回宮裡。回到宮中的王子，把自己關在秘室裡，六個禮拜不吃不喝，哀悼失去的愛人。

最後，王子身體過於虛弱，已經快活不下去了。國王這時才發覺大事不妙，急忙召喚全國的巫師進宮，但是沒有人救得了王子。

最後，風神巫師的兒子告訴國王：「去芬蘭找一個老巫師，他知道的事比這裡所有的巫師加起來還多。」於是國王派遣使者前往芬蘭，過了一個禮拜，老巫師親自乘風而來。

「敬愛的國王，」老巫師說：「您的兒子的病都是風造成的，他的愛人被魔法球抓走，所以

紡金女

才這麼悲傷。讓風吹一下，可以帶走他的悲傷。」國王於是命令王子走進風中，他果然逐漸恢復元氣，然後把一切的經過說出來。

「忘掉那少女吧，」國王勸他說：「你可以娶別的女孩。」可是癡情的王子，說他再也不會愛上別人。

一年後，王子不經意地來到少女墜河的那座橋，想起過去的傷心往事，悲從中來，忍不住哭泣，只希望可以用他所有的東西換取少女的性命。

正在傷心難過時，好像聽到有人在唱歌，但是四周連個人影也沒有。歌聲再度響起，內容是這樣的：

唉！受詛咒，被遺棄的人
竟將永困此地！
我的至愛早已遺忘
救出新娘的決心。

王子聽懂歌的內容後大吃一驚，連忙跳下馬四處尋找，橋上橋下都找遍了，就是沒看到人。最後，他注意到水面上開了一朵黃色的睡蓮，花朵有一半在寬葉子底下，他想花應該不會唱歌才對。雖然心中充滿疑惑，王子還是耐心地待在原地等著，想再聽到歌聲。一樣的歌聲又響起，

唉！受詛咒，被遺棄的人
竟將永困此地！
我的至愛早已遺忘
救出新娘的決心。

王子突然想起小屋裡還有兩位紡金少女，心想：「如果我去找她們，她們也許可以對我解釋這一切了！」想到這裡，馬上朝小屋的方向騎去，最後在水泉旁看到少女的姐姐們。他說起一年前發生的事，還提到他在橋上聽到兩次奇怪的歌聲，卻找不到唱歌的人。她們告訴王子，那朵黃色的睡蓮不是別人，正是她們的小妹妹。她沒死，只是被魔法球變成睡蓮。晚上他借宿在小屋裡，年紀最大的少女用一種具有神奇力量的植物做成蛋糕給他吃，到了晚上，王子就夢到他住在森林裡，可以聽懂所有的鳥語。第二天，他把夢告訴兩姐妹，才知道那是因為吃了魔法蛋糕的緣故，她們要王子仔細聽鳥說的話，聽一聽有沒有讓小妹恢復原形的辦法，然後再回來救她們逃出巫婆的魔掌。

王子答應她們的要求，很高興地走進森林，發現他完全聽懂所有的鳥兒說的每一句話。一隻畫眉鳥對喜鵲說：「人類真是太愚蠢了，連最簡單的事都不懂！少女變成睡蓮已經一年了，雖然常常唱著悲傷的歌，但是經過的人都沒有在聽，也沒有人來救她。她的愛人前幾天經過，也聽到歌聲，但接下來就不知道要怎麼辦了。」

「是啊！」喜鵲接著說：「都是他害的！如果他只聽人類說的話，少女大概一輩子都變不回人形。能不能解救她，只有靠住在芬蘭的老巫師了。」

聽到這裡，王子心想該怎樣才能送信到芬蘭時，聽到一隻燕子對另一隻燕子說：「來吧！我們去芬蘭，在那裡可以做好一點的鳥窩！」

「請停下來，我的朋友！」王子大叫：「能不能請你們幫個忙？」

燕子答應了，王子說：「請代我向芬蘭的巫師問好，然後請教他如何把變成花的少女變回人。」

兩隻燕子飛走後，王子回到橋邊等著再次聽到歌聲。但是等了又等，只有潺潺的流水聲和風的低語。失望的王子只好回家。

過了一陣子，王子坐在皇宮的花園裡，想著燕子一定忘記把他交代的信息帶給巫師，正好一隻老鷹從空中飛過來，慢慢降落到王子身邊的樹枝上，告訴他說：「芬蘭的巫師問候你。他說，照著他的話做就能夠解救少女：你到河邊去，用泥土塗滿全身，然後說：『從人變成螃蟹，』你就會變成螃蟹，這時候不要害怕，勇敢跳進河裡，盡量游到睡蓮的根部，把根從泥土和蘆葦拔出來，再用你的爪抓住根，浮出水面，讓河水托著花。接著，隨著水流往下漂，等到看見山梨樹再上岸。樹旁有一顆大石頭，你走到大石頭前面說：『把螃蟹變回王子，把睡蓮變成少女。』這樣子，你們兩人就都會恢復原來的模樣。」

王子心中充滿疑惑和恐懼感，他想給自己一點時間，讓自己累積足夠的勇氣之後再行動。不過這時飛來一隻大烏鴉，問他說：「你為什麼猶豫呢？老巫師說的一點兒都沒錯，有哪一隻

鳥騙過你嗎？快點行動，別讓少女再哭泣了！」

王子終於想通了，「大不了一死，即使死也比無窮的悲傷來得好。」於是騎上馬來到橋上。他聽到睡蓮的嘆息聲，便不再浪費時間，塗上泥巴，說完「把人變成螃蟹」後，噗通一聲就跳進河裡，耳邊只聽到嘶嘶的水聲，然後就歸於寂靜。他游近睡蓮，開始把根弄鬆，但是睡蓮的根被河底的泥和蘆葦緊緊纏住，他費了很大的力氣，花了很久的時間才拉出來，再浮到水面，讓整朵花在水上漂浮。

河水帶著他們往下流，但是一直看不到芬蘭巫師所說的山梨樹。最後終於看到了，螃蟹帶著花上岸，來到大石旁說；「把螃蟹變回王子，把蓮花變成少女！」王子很驚喜地發現自己變回王子，而少女就在他身旁，比以前漂亮十倍，穿著淡黃色的長袍，長袍上還閃爍著亮晶晶的寶石。她謝謝王子把她從老巫婆的魔咒中救出，也馬上答應王子的求婚。

他們回到橋上騎馬時，怎麼也找不到馬。王子以為他變成螃蟹才幾個小時，事實上已經過了十多天了。

正在納悶要如何回去，一輛華麗的馬車忽然沿著河岸駛來，拉車的六匹馬身上還披了美麗的馬衣。

當天他們就回到宮殿，國王和皇后以為王子已經遭遇不測，都到教堂為死去的兒子祈禱。當他們看到王子牽著一個美女的手走進來，高興得不得了，當天就為王子舉辦最隆重的婚禮，舉國上下都參加了盛宴，盡情歡樂，慶典活動持續六周才結束。

有一天，王子和他的新娘正坐在花園裡，一隻大烏鴉飛過來大罵：「忘恩負義的人類！難道你們都忘記曾經幫助你們的兩個少女嗎？難道她們要永遠紡紗嗎？邪惡的巫婆太可惡了！三名少女都是公主，在小時候被巫婆抱走，還把銀器變成金線要少女紡。最好毒死她！」

王子發覺忘記諾言，感到非常慚愧，便馬上出發。他到的時候，老巫婆正好出遠門。少女們已經夢到王子會來，早就準備好要和他一起走，但是她們先做一個毒蛋糕，放在桌上，讓老巫婆一回到家就會看到。回到家的老巫婆真的看到了，想也不想就把看起來美味可口的蛋糕全部吃光，馬上倒地而死。

他們在老巫婆的秘密房間，發現她藏了五十車的金線，而且還有許多埋在地底下，他們把小屋夷為平地。從此以後，王子和他的妻子，兩個姐姐，過著快樂的太平日子。

可怕的頭顱

從前有位國王，他只生了一個女兒。雖然他非常想要一個兒子或是孫子來繼承王位，但是有個先知曾經預言，他會被女兒生下的兒子，也就是他的外孫殺死。國王很怕預言成真，決定永遠不讓公主結婚，因為沒有孫子總比被孫子殺死好多了。

國王於是召來全國各地的工匠，挖了一個很深很深的圓形地洞，然後在洞裡，用黃銅建造一座堅固的地牢，建好之後就把公主關進去。

沒有人見過公主，她也沒機會看到稻田和海洋，只有從地牢頂端的天窗看到空中的太陽。她常坐在地牢裡仰望天空，凝望著飄過的雲朵，心想自己不知何時可以走出地牢，重獲自由。

有一天，奇妙的事發生了，公主發現天空突然裂開，從窗外射下萬道金色光芒，把地牢照得滿室生輝。不久後，公主生下一個男娃娃。她的父親知道這件事，既生氣又恐懼萬分，因為小孩子生下來，代表他的死亡即將來臨。

懦弱的國王沒有勇氣親手殺掉自己的女兒和孫子，就想了個辦法，把母子倆放入用黃銅釘牢的大木箱，丟入汪洋大海，讓他們不是被淹死就是餓死，如果命大，也許會漂流到另一個國家，再也不會威脅到他的性命。

木箱裡的公主和小娃娃，日夜在海上漂流。小娃娃還不知道海浪和海風威力有多強大，一點兒都不害怕，安詳地睡覺。公主為兒子唱了一首歌，歌詞是這樣的：

瞧我兒熟睡沉沉！
慈母的愛如海深，
窄小銅鎖木箱裡，
別害怕，快休息。
無星無月，夜晚多淒涼，
別聽海浪心碎哭泣，
或是夜風悲傷呼號；
穿上紫紅外衣，
靠在慈母懷裡，
別聽她低聲啜泣，
浪濤也無需恐懼。

天色漸明，木箱被海流沖往一座不知名的小島，在岸邊擱淺。公主和小娃娃還是被鎖在木箱裡出不去，直到島上一名男子經過，看到木箱，才把它拖上岸，用力打開後，驚訝地發現裡面是一位美麗的女人和小孩。於是他把他們帶回家，對他們很好，還把小男孩帶大，直到他懂事為止。

島上的國王很喜歡公主，想娶她為妻，但是他知道公主絕對不會離開兒子，便想了一個方法，打算除掉眼中釘。

鄰國有位皇后要結婚，國王下令全國百姓都要送禮物給鄰國皇后。他邀請大家出席盛宴，來的人也都帶了各種禮物，有的帶黃金杯，有的送黃金琥珀項鍊，有的獻出健壯的馬匹。只有男孩兩手空空。他雖然貴為公主的兒子，但是他母親根本沒有東西可以給他。所有的人都笑他不懂禮貌，國王便趁機說：「既然你什麼都沒帶，那你就去找『可怕的頭顱』來！」

男孩生來帶著貴族的傲氣，想也不想就說：「我一定會帶來你說的『可怕的頭顱』。可是，這是什麼東西？」

大家便告訴他說：「在遙遠的地方，住著三個很可怕的姐妹，她們會使妖法，身上長著金翅膀和利爪，頭上不是頭髮，全都盤著兇猛的毒蛇。他們的長相恐怖至極，任何人只要一看到，馬上會變成石頭。三個之中，有兩個是殺不死的，只有年紀最小，臉長的最好看的女巫殺得死。你要取的，就是她的頭顱。你剛才答應國王的事，不是件簡單的任務。」

聽到如此駭人的描述，男孩有點後悔輕率答應要去把『可怕的頭顱』帶來給國王，可是他說到做到，便馬上離開觥籌交錯的熱鬧宴會，在黃昏的薄暮中沿著海岸前進，走到當年他和母

親被困在木箱裡漂流上岸的地方。

他坐在岩石上，朝海的盡頭望去，認真思考要怎麼實現他的承諾。接著，有人拍他的肩膀，他轉身一看，見到一位有著王子氣概的年輕男子和一位美麗高挑、藍色雙眼有如繁星的女子。

這兩個人身材高於常人，年輕男子手上握著一根纏繞兩條金蛇的權杖，頂端還有一對金翅膀。戴的頭盔和腳上的鞋也都各有一對翅膀。他問著男孩什麼事讓他不快活，男孩便說出他在眾人面前答應要去找『可怕的頭顱』的經過，但這場刺激的冒險，卻不知道從何開始。

美麗的女子也說話了：「未經思考就貿然承諾是件愚蠢的事。不過，有足夠勇氣的人還是辦得到。」男孩回答說，只要他知道怎麼走，其他沒什麼好怕。

她說，要殺掉金翅利爪的女巫，取下她的首級，必須先有三樣寶物：第一件是黑夜帽，載上它就會隱形；第二件是一把削鐵如泥的鋒利寶劍；最後一樣叫疾風鞋，穿上它可以在空中飛行。

男孩說，他不知道這三樣寶貝要去哪裡找，即使他願意嘗試，也一定會失敗。年輕男子就脫下他腳上穿的鞋說：「這雙疾風鞋是我的，你可以借去穿，等到你拿到『可怕的頭顱』再還。穿上這雙鞋，你可以像鳥一樣在空中飛，不管要飛越陸地或穿越海洋，只要鞋子知道路，都可以帶你去。不過，有些地方鞋子不知道，那就是超越世界盡頭的路，但這就是你必須去的地方。你現在先去找住在最北邊的三個老女人，她們已經老到三個人共用剩下的一隻眼睛和一顆牙。你到的時候，小心不要被發現，慢慢靠近，等到其中一個把眼睛傳給另一個時，再跳上前去搶那隻眼睛，要她們說出怎麼找到花園三精靈之後再還給她們。你從花園三精靈那裡，會拿到黑夜帽和寶劍，也會知道如何飛越世界的盡頭，前往可怕的頭顱的國度。

美麗的女子說：「現在馬上出發，不用回去向你母親道別，做這些事要越快越好，疾風鞋會先帶你到三個老女人那裡，鞋子知道路。」

男孩謝謝她，繫好腳上的疾風鞋，轉身想和這對年輕男女道謝時，這兩個人竟然一眨眼就都消失無蹤！

男孩想試試疾風鞋的神奇力量，便朝向空中一跳。果然，穿上這雙鞋，飛行的速度比風還快，飛過南方暖和的海洋與氣候溫和的陸地，來到北方，看到北方人喝著馬奶，住在大篷車裡，跟著牛羊四處移動。他也來到水面寬廣的大河，過了無垠的原野和寒冷的北海，看到冰雪覆蓋的高原和山頂，到達世界的盡頭時，水都結凍了，沒有人，沒有動物，也看不到綠意。

男孩在一處藍色冰穴裡發現三個老女人，她們是世界上最老的生物，頭髮跟雪一樣白，身上的皮膚已經變成冰藍色，發出作夢一般的囈語，呼出來的氣息，變成白白的霧氣在四周繚繞。

洞口不大，要不碰到其中一個人偷溜進去很難，不過，男孩穿了疾風鞋，卻很容易就溜進

洞裡，耐心地等著。直到其中一個老女人對第二個女人說：「妳看到什麼？有看到以前的時光倒流嗎？」

「沒有，姐姐。」

「那把眼睛給我，我也許可以看得比較遠。」

當第二個老女人把眼睛傳給第一個，她伸出手摸索時，男孩一個箭步，把那隻眼睛拿了過來。

「妹妹，眼睛在哪裡？」抓不到眼睛的老女人問。

第二個老女人說：「已經被你拿走了啊！」

第三個老女人緊張地說：「妳是不是把眼睛弄丟了？是不是把眼睛弄丟了？那我們豈不是找不到它，也看不到以前的事了嗎？」

男孩從她們身後往洞外一躍，在空中哈哈大笑。

老女人聽到笑聲，便開始哭泣，現在她們知道有個陌生人把她們唯一的眼睛搶走了。她們一點辦法也沒有，眼淚從沒有眼珠的凹洞裡流出來，馬上結成冰塊，掉落在洞穴的地上。

三個老女人哀求男孩把眼睛還給她們，可憐的模樣，連他看了都覺得不忍心。不過，男孩沒忘記他來的目的，還是說，如果不告訴他怎麼去找花園精靈，他就不會還。

老女人都很為難地搓著手，因為她們猜到男孩為什麼來這裡，以及他想要得到『可怕的頭顱』。三個老女人和那三個邪惡女巫是親戚，所以她們不曉得要怎麼辦才好。最後還是告訴他，往南方走，保持陸地在左手邊，海洋在右手邊的方向，就會看到花園精靈住的小島。男孩把眼睛還給老女人，她們又開始忙著回味以前的時光。

男孩於是往南飛，始終沿著海洋與陸地的界線。飛了很久，看到一座美麗的小島，島上的樹木都開滿鮮艷的花。他停下來，找到三個花園精靈，都是美麗非凡的年輕女孩，一個穿綠衣，一個穿白衣，一個穿紅衣，正圍繞著金蘋果樹，一邊跳舞，一邊唱著西方精靈之歌：

繞著金蘋果樹，
我們轉圈高舞；
盤古開天開始跳，

只環繞奇妙魔樹；
轉，轉，轉，轉個不停，
當春天來臨，河水潺潺，
當風掀起海浪亦然！
無人嚐過金蘋果滋味
直到黃金時代來臨；
許多樹從嫩枝萌芽，
許多花朵從根凋謝，
許多歌曲唱到無聲；
許多琵琶彈碎失音；
黃金時代何時降臨！
繞著金蘋果樹，
我們轉圈高舞；
大千世界，亙古旋轉，
夏冬交替，冰火交流，
曲已唱，傳說已道盡，
我們的舞蹈，重複再重複，
全繞著精靈樹幹！

三個精靈和老女人截然不同，他們很歡迎男孩，也很熱心地接待他，然後問他為什麼來到精靈花園。男孩就告訴他們，他是來找寶劍與黑夜帽。精靈們把他要的東西都借給他，又送他一個旅行袋和一面盾牌，然後把劍繫在他的腰旁，露出鑲滿鑽石的劍柄。接著替他戴黑夜帽，現在連精靈都看不到他了。

東西準備齊全，男孩正式出發。精靈們紛紛送給他祝福的吻，希望他順利達成任務，然後又回去繞著黃金樹，跳著他們永不停止的舞。精靈的工作，就是保衛這棵樹，直到新時代來臨或是世界消失。

男孩把帽子戴上，旅行袋掛在腰間，閃亮的盾牌放在肩上，然後飛越一條大河，這條河蜿蜒流過整個世界，像毒蛇一樣纏繞。過了這條大河，就越過世界的盡頭。沿著河邊，他看到三個女巫在白楊樹下睡覺，乾枯的樹葉紛紛掉在她們身上。女巫的金翅收在身後，利爪也彎著。其中兩個睡覺的姿勢跟鳥一樣，把醜惡的頭藏在翅膀裡，頭上的毒蛇在金羽毛下不停扭動。最年輕的女巫睡在兩個姐姐中間，面朝上躺著，美麗而憂愁的臉向著天空。她睡著的時候，雙眼不閉上，還是張得開開。如果男孩看到她，馬上會被恐懼和憂愁侵襲，全身變成石頭，因為女巫臉上的哀傷有很強的傳染力。男孩想出一個辦法，可以不看到臉就殺掉她。

他從遠處看到三個女巫時，便從肩上拿出光可鑑人的盾牌，舉起來就是一面鏡子，可以從盾牌裡看到女巫的倒影，不必正眼去看那顆可怕的頭顱。

他越飛越近，到了可以一劍砍下女巫的頭時，便抽出寶劍，用力一揮，「可怕的頭顱」馬上就從女巫肩上掉落，血大量湧出，好像要報復似的激射過來。男孩把「可怕的頭顱」丟進旅行袋裡，頭也不回就飛走了。

另外兩個女巫被驚醒，馬上像大鳥般向空中飛去。雖然她們看不見戴黑夜帽隱形的男孩，仍緊追在後，嗅著男孩在雲裡飛行時留下的氣味，像樹林裡尋找獵物的獵犬一樣。她們飛得很近，男孩幾乎可以聽到金翅膀拍打的聲音。「這裡！這裡！」「不，他從這邊走！」她們一直窮追不捨。最後，疾風鞋幫了大忙，因為她們到底還是跑不過這雙鞋。女巫的叫聲和翅膀拍打聲，在他穿越那條象徵著世界盡頭的大河後，就漸漸聽不到了。

男孩逃過女巫的追趕以後，發現自己在河流的右邊，所以他筆直往東飛，想要回到他的國家。

當他從空中往下一望，看到一個奇異的景象：在海的最高點，有個美麗的女孩被鐵鍊綁在木樁上，不是嚇昏了，就是累極了。而且，要不是有腰際的那條鐵鍊，肯定會掉入海底，不過她在那裡吊著不動，好像已經死了。

男孩替她感到難過，飛下來到她身邊，試著跟她說話。女孩抬起頭來，左右看看，顯然他的聲音嚇到了她。男孩才想起他戴著黑夜帽，別人只能聽到他的聲音，看不見他的人。

於是他把帽子摘下，女孩才看到身邊站的，竟是畢生看過最英俊的男子，捲曲的金色短髮，藍眼睛和微笑的臉。男孩也覺得她是世上最美的女子。他拿出寶劍割斷女孩身上的鐵鍊，然後問她在這裡做什麼，為什麼會有人對她做出這麼殘酷的事。

女孩說，她是國王的女兒，被綁在這裡等待海怪來吃。海怪每天都要吃一個女孩子，現在輪到她。才說到這裡，就看到海怪從大浪中，伸出那顆又長又兇狠的頭，一口要咬住女孩。不過海怪太貪婪，又心急，第一次沒咬中，還沒來得及回頭再咬，男孩就從袋子裡拿出那顆可怕的頭顱，高高舉起。當海怪從海面躍出，看到可怕的頭顱，馬上變成石頭。直到現在，石獸還矗立在海岸邊。

男孩和女孩一起回到國王，也就是女孩父親的宮殿裡，大家正為她的不幸而傷心哭泣。看到公主安然無恙，眾人簡直不敢相信自己的眼睛。國王和王后很喜歡男孩，當他們知道他想和公主結婚時，高興極了，馬上為他們舉辦最盛大而隆重的婚禮。

和公主在宮殿裡住了一陣子，男孩便帶著妻子回自己的家。他不能帶著公主在空中飛，所以就把疾風鞋，黑夜帽和寶劍藏在附近一處無人的山上才離開。

碰巧，他們遇到當初在海邊見過面的那對年輕男女，在他們的幫忙之下，男孩和他太太順利啟程。

男孩與公主航行到旅程盡頭，把船停在岸邊。沒想到進城後第一個碰到的人竟是男孩的母親，她不願意嫁給邪惡的國王，國王便要殺掉她，所以她只好逃走。她以前就不喜歡國王，當她兒子無故失蹤後，又更加憎恨他，她不知道兒子去哪裡，做什麼事，以為被國王偷偷殺死了。國王現在拿著劍要殺人，她不得不逃命。

正在拚命跑的時候，她撞進自己兒子的懷裡，男孩親吻了母親一下，就擋到她前面，拿出盾牌擋住刺過來的劍。

男孩對著國王叫道：「我對你發過誓，要把『可怕的頭顱』帶來，現在你自己看看！」說完，就把頭從旅行袋裡拿出來，國王一看，馬上變成石頭，手裡的劍還高高舉著。

全國上下脫離邪惡國王的統治，都歡天喜地，要求男孩做他們的國王，不過他拒絕了，因為他想帶母親回到她的國家。所以百姓請當年把男孩和他母親從木箱裡救出、又善待他們的好人做國王。

男孩和他的妻子、母親搭船回到那個曾經把公主無情地趕走的國家。他們途中來到一個國家，正在舉辦運動比賽，國王頒獎給第一名的飛毛腿、拳擊手和擲鐵餅手。男孩躍躍欲試，他先擲鐵餅，用力一擲，鐵餅竟大破紀錄，一直飛到觀眾席上，正好擊中一個人，當場就把那人砸死。這個人不是別人，正是他母親的父親。他害怕自己的孫子最後還是會找到他，把他殺掉，就永遠逃離宮殿和祖國。

國王終究被自己的懦弱與命運毀了，先前的預言，還是不幸言中。

男孩和他的妻子與母親，最後回到最初的祖國，無憂無慮，永遠過著快樂的生活。

美麗的金髮公主

從前有一位公主，她是世上最漂亮的女孩，不但美不可方物，金黃色的頭髮有如純金，如波浪一般的垂瀉及地，讓許多人為之著迷，都稱呼她美麗的金髮公主。她總是戴著花冠，穿著繡有珍珠鑽石的長裙。看到她的人，沒有不愛上她的。

鄰國有個未婚的年輕國王，擁有許多財寶，長得也十分英俊。當他第一次聽到別人談起美麗的金髮公主時，就愛上這位素未謀面的公主，還患了相思病，不吃不喝。

最後他決定派出大使，代他向公主求婚。國王為大使準備一百匹馬和一百名僕人，告訴他一定要把公主帶回來。大使出發後，國王便放下心，確信公主一定會答應，趕緊叫人開始縫製美麗的衣裳和精緻的家具，等公主來時派上用場。

另一方面，當大使在皇宮見到公主，傳達國王的訊息時，不曉得那天她剛好心情不佳，還

是不滿意大使的讚美，只答說她很感謝國王的垂青，可惜她沒有結婚的打算。大使任務失敗，悶悶不樂地啟程返國，還帶回所有國王送給公主的禮物。公主教養很好，既然不接受別人的要求，所以人家送的禮物，不管是鑽石還是珠寶，一概退回，只留下二十五個英式髮夾表示禮貌，不讓國王太難堪。

大使回國時，國王早已等得不耐煩了，發現他沒把公主請回來，每個人都責怪他，國王更是像小孩一樣，放聲大哭，怎麼安慰都沒用。

國王宮裡有個聰明英俊的年輕人，很受歡迎，大家都叫他萬人迷。國王很寵信他，常和他討論國家大事。不過還是有些心地狹窄的人，在暗地裡妒忌萬人迷。

有一天，他正巧聽到別人提起大使沒有達成任務回來，根本是辦事不力。萬人迷馬上說：「如果當初國王派我去的話，我絕對可以把公主帶回來。」

聽到這話，他的敵人馬上藉機跑到國王那裡打小報告說：「陛下，你絕對不會相信這件事，萬人迷竟敢說若您派他去找公主的話，一定可以將她帶回來。他一定以為自己長得比你英俊瀟灑，公主如果看到他，就會愛上他，乖乖地跟著他。」國王聽信小人挑撥離間的話，非常生氣地說：「哼！這小子竟敢嘲笑我的不幸，還自認長得比我迷人！來人啊！把他給我關到塔樓裡，讓他活活餓死。」

侍衛把萬人迷抓走，殘酷地把他丟進入塔裡的大牢，他完全不知道是自己那番無心的話惹了禍。可憐的萬人迷，睡在幾根稻草堆上，靠著塔頂流下來的水，才沒有渴死。

有一天，絕望的萬人迷自言自語說道：「我到底哪裡冒犯國王？我是他最忠實的僕人，也沒做出任何對不起他的事啊！」

國王剛好經過塔樓，認出他的聲音，不理會旁人的阻止，想停下來聽萬人迷在說什麼。旁邊的人告訴國王，裡面只不過是一個叛徒而已，國王卻喝止他們：「別吵！我要聽聽看他有什麼話好說。」

於是，打開牢房，叫他的名字。萬人迷悲傷地上前親吻國王的手說：「陛下，請問我到底做了什麼，得到這麼殘酷的處罰？」

「因為你嘲笑我和我派遣的大使，」國王說：「而且你還說如果我派你去，一定可以將公主帶回來。」

「沒錯啊，陛下，」萬人迷不解地說：「如果我去的話，一定會把您說得非常棒，再把陛下所有的優點都告訴公主，我相信她一定會覺得您難以抗拒。我只是不曉得您為什麼會生氣。」

國王聽他說得合情入理，於是把氣出到那些進讒言的小人，害他誤解最寵信的得力助手，便馬上釋放萬人迷，帶他回宮殿飽餐一頓，再對他說：「你知道，我仍然深愛著美麗的金髮公主，即使被她拒絕，也絕不動搖想娶她的心願。我希望她能改變心意，所以這次想派你去，看看你是否能說動她。」

萬人迷回答說他非常願意去，而且隔天就可以出發。

「你可以等我為你安排一支龐大的護送隊再出發，」國王說。不過萬人迷說他只要一匹好馬，國王看到他這麼有效率，心裡很高興，馬上把要給公主的信交給他，祝他順利達成使命。

萬人迷在星期一早晨，獨自騎馬出發，路上很專心地想著要如何才能說服公主，讓她同意

和國王結婚。他在口袋裡放了一本筆記簿，一有什麼有趣的想法，立刻跳下馬，坐在樹下，馬上寫了起來，免得忘掉。筆記簿裡寫滿了他準備用來說服公主的演講稿。

有一天清晨，他正在趕路，騎過一片沃野平疇，突然想到一個絕妙的點子，就跳下馬，坐在小河邊的柳樹下，拿起筆記來記東西。寫完後抬起頭，發現這裡風景優美，又不經意看到一條金鯉魚，正在草地上拚命喘氣。鯉魚本來在河裡追著小飛蟲，沒想到一跳，跳到河岸上，回不了河裡，眼看就要窒息而死。萬人迷沒想到這條魚可以拿來做一頓美味的晚餐，只覺得魚很可憐，便小心捧起來，放回河裡去。

鯉魚感覺清涼的河水又在四周流動，高興地潛入河底，再浮出水面對他說：「萬人迷，你救了我的命，為了感謝你的大恩大德，有一天我會報答你。」說完就游走了。萬人迷心想，這真是他見過最有禮貌的魚。

又有一天，在旅途中，看到危險萬分的景象，有一隻大烏鴉被老鷹緊追在後，眼看老鷹就要張嘴一口咬住烏鴉，萬人迷趕緊拉滿弓，一箭把老鷹射死。大烏鴉停在樹上，心有餘悸地說：「萬人迷，多虧了你，才救了我這隻可憐的大烏鴉。我不是忘恩負義的鳥，總有一天會報答你的。」萬人迷很高興烏鴉這麼說，又繼續趕路去了。

天還沒亮時，他走入蓊鬱的森林。四周實在太暗，看不到路，正在此時，聽到貓頭鷹發出絕望的哀鳴。「咦！貓頭鷹可能有難，應該是被困在陷阱裡了。」他四下張望，終於看到捕鳥人設下的網。

「人類如此虐待無害的動物，真是太不應該了！」萬人迷邊說，邊拿出隨身小刀，把網子切斷，貓頭鷹倏地飛走了。不一會兒又折返回來，拍著翅膀告訴萬人迷說：「大恩不言謝。我陷入鳥網，捕鳥人馬上就會來抓我。要不是你及時相救，我早就無法活命了。我懂得感恩，將來一定會有所回報。」

這是萬人迷在途中遇到的三個小插曲。接著他便快馬加鞭，想早點到達公主的宮殿。

進到宮殿，眼前所見，盡是富麗堂皇的景象。鑽石多到好像地上的鵝卵石，還有堆積如山的黃金和白銀，美麗的衣飾，甜點……所有美好的東西，讓他看得獃住了，心想：「如果公主真的答應離開這個天堂般的地方，嫁給國王，那他應該要感謝老天給他的好運了！」

為了晉見公主，萬人迷特別挑了一件高貴的織錦外衣，搭配紅白相間的羽飾，再把一條有美麗刺繡的圍巾披在肩膀上，盡其所能地打扮得很華麗，又帶了一條在路上撿到的可愛小狗，走到皇宮門口要求見公主。守門的衛兵尊敬地向他行禮，通知公主，鄰國國王的使者萬人迷求見。

「萬人迷，」公主說：「是在說他的相貌嗎？我想他大概很好看，可以把大家都迷住吧！」

「一點兒也沒錯，殿下，」公主的侍女連忙說：「我們在閣樓紡紗時，從窗戶就看到他了，每個人都目不轉睛，沒辦法把視線從他身上移開。」

「是嗎？」公主說：「盯著外面的陌生人不放，就是你們的娛樂嗎？快點過來，幫我穿上那件藍緞繡花禮服，把我的頭髮梳好，準備剛編好的花冠、高跟鞋和扇子。再派人把大廳和王座清理乾淨，我要每個人都稱讚我是美麗的金髮公主。」

你們可以想像服侍公主的宮女們到處張羅的樣子。一片忙亂當中，很多人來來去去，大家都被撞了好幾下，但一切都要等到公主滿意為止。

最後，公主走到一間擺滿鏡子的試衣間，確定全身上下都打理妥當，再也找不出一絲缺點後，才坐上她那張用黃金、黑檀木和象牙打造而成的寶座。她的侍女們也開始彈奏吉他，唱起讚美歌。

被帶領到公主面前的萬人迷，看到公主的絕色容貌，剎那間交錯著驚訝、讚嘆和欣賞，讓他一句話都說不出來。最後，他還是鼓起勇氣，把事先準備好的精采講稿拿出來高聲朗誦，結束時，懇求公主別讓他空手回去。

「萬人迷先生，」公主回答：「你所提出的理由都非常合理，我非常樂意幫你達成使命，不過一個月前，我到河邊散步，把手套摘下，一不小心手指上的戒指就掉進河裡去了！這只戒指，我看得比我的國家還重要，所以你可以瞭解我當時丟了戒指，心情有多麼糟，發誓絕不答

應任何使節的求婚，直到有人把我的戒指找回來為止。你現在知道我要的是什麼了，所以你即使在這裡說上十天半個月，也無法改變我的心意。」

萬人迷得到公主的回答，大吃了一驚，不過還是向公主深深一鞠躬，懇請她收下那條刺繡圍巾和可愛的小狗。公主說她不要任何禮物，只要他記住她的話就好。

萬人迷回到客房，沒吃東西就上床了。那隻名叫費斯克的小狗也沒有吃，來到床邊趴下，陪著主人煩惱地嘆息。

「我怎麼去找一個月前丟掉的戒指？」萬人迷說：「再怎麼找也沒用。公主明知這件事不可能，一定是故意的。」說完又嘆了一聲氣。

費斯克聽到這些話，就說：「親愛的主人，別灰心。任何事都有轉機，更何況你是個有福氣的好人。天一亮，我們到河邊去試試看。」萬人迷拍拍牠，沒說什麼話，過了一會兒就睡著了。

天色才亮，費斯克就興奮地跳上跳下，把萬人迷叫醒，一塊兒出去。他們先到花園，順著河岸，認真地四處尋找戒指的下落。萬人迷心想他大概會無功而返時，就聽到有人叫他的聲音：「萬人迷！萬人迷！」他四下搜尋，半個人影也沒有，以為在作夢，又繼續走，叫他的聲音又傳來：「萬人迷！萬人迷！」「是誰在叫我？」他納悶著。

費斯克因為長得很小，可以看到一般人不易看到的細微地方，大叫說：「是一條金鯉魚！」沒錯，就是金鯉魚的聲音。「你曾經在柳樹旁救了我一命，我說過一定會報答你。這是美麗的金髮公主的戒指，你拿去吧。」萬人迷從鯉魚嘴裡拿了戒指，感激得不停道謝，然後就和費斯克直奔皇宮。門口的衛兵馬上向公主報告萬人迷來了。

「可憐的人！他一定是知道不可能找到戒指，只好來向我告別的，」公主說。

萬人迷一進宮殿，就把戒指交給公主說：「殿下，我已經做到您的要求。您願意嫁給我的主人嗎？」公主看到戒指找回來，驚喜得好像在夢中一樣。

「說真的，萬人迷，你一定有仙子相助，否則你絕對找不回戒指。」

萬人迷回答說：「公主，沒有人幫我，完全是托您的福，才讓我找回戒指的。」

「既然你這麼能幹，」公主說：「也許你可以再為我做一件事，否則我還是不願意結婚。離我的國家不遠，有個名叫卡利弗的王子曾經來向我求婚。他被我拒絕後，就口出惡言，還威脅要把我的國家夷為平地。你要我怎麼做呢？我根本不願意嫁給這個長相兇惡、長得跟塔樓一樣高的巨人，他還會吃人，吃的時候就像猴子吃栗子一樣，喀滋喀滋的，連聽他說話都會被震得耳聾。總而言之，他不斷威脅說要殺了我和我的臣民。因此，在我答應你之前，你要先把他的頭砍下帶來給我。」

萬人迷聽到這個命令，心又沉了下去，不過還是回答說：「是的，殿下，我會去和卡利弗決鬥；我確信自己會被他殺掉，但為了保護公主，即使一死也在所不惜。」

公主沒想到萬人迷竟然爽快答應，連忙勸他不要去找巨人決鬥。不過萬人迷不肯聽，他把武器準備好之後，就帶著小費斯克騎馬前往卡利弗的國家。路上遇到的每個人，都說卡利弗是個可怕的巨人，沒有人敢走近他。萬人迷越聽越害怕。費斯克便鼓勵他說：「親愛的主人，你和巨人決鬥時，我會跳上去咬他的腳跟，等他彎下腰來抓我時，你就可以趁機把他殺死。」

萬人迷讚美小狗提出的計畫，不過他知道費斯克幫不了大忙。

當他越來越靠近巨人住的城堡，看到一路上全是吃剩的人骨頭，心中的恐懼達到極點。不久，卡利弗走出來，他的身材比全世界最高的樹還高，正用難聽的聲音唱著歌：

小男孩，小女孩，全帶出來吧！
不需替他們上捲髮，
我是大胃王，
捲髮有沒有，全部吃光光！

萬人迷也用同樣的節奏高聲唱道：

來見英勇萬人迷，
他不受你的威脅；
雖然長得不高，
他可是會把你撂倒！

萬人迷自編自唱的歌雖然沒押好韻，但是你想想，在這麼短的時間內就能做出一首歌，而且聽起來還不賴！更別說他從頭到尾都嚇得要死呢！

卡利弗聽到歌聲，看到萬人迷拿著劍站在他面前，不由得火冒三丈，用他那根大鐵棒，準備揮出致命的一擊，萬人迷命在旦夕。

就在千鈞一髮之際，一隻大烏鴉飛過來，停在巨人頭上，拍動翅膀分散他的注意力，還用堅硬的鳥嘴拚命啄他，讓他看不清楚，那一棒也就沒打中。

萬人迷抓住機會，跑上前用鋒利的劍連刺了巨人好幾下，巨人痛得倒在地上，他一劍下去，硬生生地把他的頭砍了下來。

大烏鴉從樹上粗聲說：「你看，我沒忘記報答當初你把我從老鷹嘴裡救出的恩惠。我想，這次我應該實現諾言，好好報答你了。」

「的確，你給我一個令我更感激的恩惠。」然後帶著卡利弗的頭，騎馬走了。

當他進城時，大批人湧上來說：「巨人被勇敢的萬人迷殺掉了！」這些人的高聲叫喊傳到公主的耳朵裡，不過她不敢問到底發生了什麼事，因為她害怕聽到萬人迷被殺死的壞消息。

萬人迷提了巨人的頭進宮。雖然卡利弗再也不能傷害公主，她一看到頭顱還是不禁發抖。

「公主殿下，」萬人迷說：「我已經把您的敵人殺掉了，希望您答應嫁給我的主人。」

「不，除非你去取黑暗之洞的泉水來給我，」公主說。

「離這裡不遠有個黑洞，洞口有兩頭火眼龍看守著，不讓任何人靠近。你進洞穴之後會看到一個無底洞，裡面有很多蟾蜍和毒蛇，不過你還是得爬進去，走到盡頭時會有另外一個小洞穴，會噴出健康與美麗的泉水，這就是我非得到不可的東西。它可以把所有的事物變美：原本美麗的東西將永保美麗，醜惡的東西會變得可愛；年輕人碰到泉水就不會老，老人碰到泉水就能返老還童。所以，萬人迷，我不可能不帶走一點神奇的泉水，就離開這個國家。」

萬人迷說：「公主，您是最不需要這泉水的人，不過我這個不幸的使者，性命全在您手上。不管您要派我去哪裡，我都會去，即使我知道再也無法生還。」

看到公主絲毫沒有改變心意的神情，萬人迷只好帶著小狗前往黑暗之洞。路上到他的人都說：「真可惜！這麼優秀的年輕人竟然不珍惜自己的生命。他還自己去，不過即使有一百個幫手也沒用。為什麼公主要派給他不可能的任務呢？」萬人迷心裡也很難受，不過什麼也沒說。

他騎到山頂時，他讓馬自己吃草，費斯克也忙著追逐昆蟲。他知道黑暗之洞已經不遠，便四處察看，最後發現一顆奇形怪狀的石頭後面竟冒出濃煙，不一會兒就出現一條龍，嘴巴和眼睛都噴出火焰，黃綠色鱗甲，猩紅色爪子，長長的身體可以捲成上百個圓圈。費斯克一看到火龍就嚇壞了，不知道該往那兒躲。

萬人迷已經有了心理準備，不拿到泉水便得死。抽出劍，手裡著拿公主給他裝泉水的水晶

壺，告訴費斯克說：「我相信這次是無法成功了。如果我死的話，告訴公主，我為了達成她交代的事而喪命。然後去找我的主人國王，把所有事情的經過告訴他。」

就在這時，有一個聲音叫道：「萬人迷！萬人迷！」

「是誰叫我？」他問。

一隻貓頭鷹停在中空的樹幹上。「你把我從網裡救出來，現在是我回報你的時候。把水壺給我，我知道洞裡面的路，可以替你把裝滿一整壺健康與美麗之泉的水。」

萬人迷很高興地把水壺交給貓頭鷹，牠迅即飛進洞穴，連守門的龍都沒發覺。沒多久就帶了快要滿出來的水壺出現。萬人迷滿心歡喜，由衷地謝謝貓頭鷹的幫忙，快馬加鞭回去。

他直接走進皇宮，親手把水壺交給公主，現在她再也沒有理由拒絕了。公主謝謝萬人迷，便下令準備出發。

公主發現萬人迷其實是一個很好的年輕人，有時候會對他說：「我們為什麼要離開我的國家呢？我可以讓你做國王，我們可以一起快樂地生活！」

不過萬人迷回答說：「即使用一個國家來交換，或是為了取悅公主您，我都不能做出讓主人生氣的事。但是我覺得您跟白天的太陽一樣美麗。」

他們抵達國王的宮殿，國王出來迎接，還送了很多貴重的禮物給公主，接著就舉行一場最豪華隆重的婚禮。不過金髮公主實在太喜歡萬人迷了，只要有他在的時候，公主才笑得出來。她還常常向國王讚美他的種種好處：「如果不是萬人迷的話，我永遠不會來這裡。你應該要感謝他，因為所有不可能的事他都做到了，還幫我拿到健康與美麗之泉的水，讓我不但不會變老，還一年比一年漂亮。」

妒忌萬人迷的人又跟國王說：「陛下真是個不善妒忌的人，皇后竟然認為天底下沒有人比他更好，好像您其他的手下個個都一無是處。」

「沒錯，現在我才明白。」國王說：「把萬人迷的手和腳鍊住，丟到塔樓裡關起來！」萬人迷忠心服侍國王的下場，就是被關在牢裡，只能見到獄卒，每天僅有一片黑麵包和一瓢水。他的小狗費斯克每天都會來安慰他，告訴他外面發生的事。

美麗的金髮公主知道這件事後，跪在國王膝前，求他放了萬人迷，但是公主哭得越厲害，國王越生氣，最後，她知道做什麼都沒用，就不再提起這件事，只是暗自傷心。

國王想，也許他長得還不夠英俊，所以才無法取悅公主，便想到他可以用健康與美麗之泉的水洗臉，讓自己變得更好看。

裝泉水的水壺放在公主房裡的架子上。有一天，侍女為了追一隻蜘蛛，撞到架子，水壺掉下來摔破了，裡面的水當然全都灑光，一滴也不剩。嚇壞的侍女趕緊把水晶碎片掃走，想到國王的房裡也有一個一模一樣的水壺，裡面也是亮晶晶的水，所以她誰也沒說就把那個水壺搬到公主的房裡，放在相同的地方。

這個水壺裡的水，是用來處死國家要犯的，不必把犯人的頭砍下來，只要臉一浸到水，馬上就會入睡，從此再也醒不過來。

想要改變自己的國王來到公主的房間，拿起水壺，把水灑在臉上，接著就倒地而死，永遠也起不來了。

小費斯克知道這件事，馬上跑去找萬人迷報告。萬人迷派他去找公主，要她別忘記牢中可憐的僕人。皇宮上下為國王的死陷入一片慌亂，不過費斯克還是找到公主，對她說：「殿下，別忘了可憐的萬人迷！」

公主想起他為她所做的一切，二話不說就走進塔樓，親手把綁住萬人迷手腳的鍊子解開，然後把黃金王冠戴在他頭上，把皇袍披在他的肩上說：「忠實的萬人迷，我命你為國王，你將成為我的丈夫。」

萬人迷得到自由，跪在公主的腳下，由衷地感謝她的仁慈。

每個人都很高興萬人迷能夠當國王，一場最美麗浪漫的結婚典禮也隨即舉行。於是，萬人迷國王與美麗的金髮公主，永遠過著幸福快樂的日子。

（杜諾瓦夫人）

惠汀頓的傳奇故事

迪克・惠汀頓很小的時候，爸爸媽媽就去世了，所以他對父母親一點印象也沒有，也不曉得自己是在哪裡出生的。他衣衫襤褸四處流浪，有一天遇到一個要去倫敦的車伕，車伕答應讓他免費跟在馬車旁邊走。小惠汀頓很高興，他早就想到倫敦開開眼界了，聽說倫敦的街上鋪滿黃金，他要去大撈一筆。

可憐的孩子！當他看到街上根本沒有黃金，只有髒兮兮的泥土，夢想完全破滅，心中真的好失望！他在陌生的地方，沒有朋友，也沒有東西吃，更沒有錢。

雖然車伕好心讓男孩免費跟車，但是一進城，他就不管什麼小男孩了。沒多久，惠汀頓覺得又冷又餓，很想回到鄉下的廚房，坐在溫暖的火爐旁。

走投無路的他，向幾名路人求助，有個人告訴他：「去找流氓工作吧！」惠汀頓聽不懂這

話的意思，連忙回答說：「我會的！我會盡心盡力去做。你願意讓我為你工作嗎？」說這話的人其實是在賣弄聰明，藉機侮辱惠汀頓（天真的他，只是想表現出誠心工作的意願），不但如此，還用棍子把他打得頭破血流。

惠汀頓在又餓又受傷的情況下，昏倒在商人費茲瓦倫先生家門口。這家的廚師是個壞心腸的女人，她看到惠汀頓，馬上要他滾蛋，不然就拿熱水燙他。這時候費茲瓦倫先生從交易所回來，也跟著罵惠汀頓，要他去找一點事做。

惠汀頓回答說，如果有人要僱他的話，他很願意做任何事，他是個貧苦的鄉下小孩，已經三天三夜沒吃東西，在倫敦一個人都不認識，也沒有人要僱用他，只要給他一點東西吃，就會有力氣工作。

惠汀頓努力想站起來，可是身體太虛弱，才剛起來又跌倒了，商人非常同情他，就要僕人把這個小男孩帶進屋裡，給他吃肉喝水，讓他到廚房做廚師的幫手。

人們總是易於責怪不做事卻在乞討的人，卻沒有想到要幫他們找點事做，或是考慮到他們是不是有能力做事，這些都不夠厚道。

話說回來，要不是壞心的廚師太太，惠汀頓在這個平靜的家裡，幾乎可以快樂地過日子。廚師太太總是忙著煮菜，但只要一閒下來，就對可憐的小惠汀頓拳打腳踢。最後，費茲瓦倫先生的女兒愛麗斯小姐發現這件事，很同情他，要家裡的僕人善待他。

除了忍受廚師太太的虐待，惠汀頓還有另一個煩惱。主人讓他睡在閣樓的床上，但是那裡有很多老鼠，常在他睡覺時，在床上跑來跑去，還爬到他的鼻子上，根本無法睡覺。過了一陣子，有一位紳士來費茲瓦倫先生家裡拜訪，惠汀頓幫他擦鞋，得到一塊錢的獎賞。

口袋裡終於有一塊錢，惠汀頓決定要很小心地花，一定要用在最有價值的地方。第二天，他看到街上有個女人，臂彎裡夾著一隻貓咪，他想到貓可以捉老鼠，連忙跑過去問要多少錢。這個女人本來出很高的價錢，但是聽惠汀頓說他什麼都沒有，只有那一塊錢，而且他真的很想要一隻貓，就把貓賣給他。

惠汀頓把貓咪小心藏在閣樓裡，深怕被常找他麻煩的廚師太太發現。貓咪果然沒讓他失望，馬上就嚇跑閣樓裡的老鼠，惠汀頓晚上也就能夠安心睡覺了。

又過了一陣子，商人費茲瓦倫先生有艘商船要開了。他依照往例，要家裡每個人都投資一點東西，試試看他們的運氣。之前僕人們的投資都沒有太大的利潤，付完運費和關稅後就所剩無幾，不過商人想，人總是要隨時準備好，也許老天爺會眷顧，讓這些可憐人有機會翻身，分享他的好運氣。

除了惠汀頓，家裡所有的僕人都來了，他既沒錢也沒有屬於自己的東西，想不出要拿什麼來試試運氣。惠汀頓的好朋友愛麗斯小姐知道他真的一無所有，還是讓僕人找他過來，想替他投資。不過商人說這樣行不通，一定要真正屬於自己的東西才可以。於是惠汀頓就說，他只有一隻貓，是他用客人賞給他的一塊錢買的。「去把貓拿來吧！」主人說，於是惠汀頓含著眼淚把貓交給船長，說他又要被滿屋子的老鼠吵得睡不著了。大家都嘲笑他居然拿貓去投資，除了愛麗斯小姐以外。她給了他一點錢，讓他再去買別的貓。

當惠汀頓的貓咪在海上玩弄著浪花時，可憐的他正在家裡，被壞心腸廚師太太更加刻薄地對待，不但常常虐待他，還老是笑他把貓送上船。最後，他終於決定逃走。把僅有的一點東西打包好，還在萬聖節那天早上不告而別。

走了很遠，惠汀頓停下來歇息，坐在石頭上想著要走哪條路時，倫敦鐘響了起來，鐘聲聽起來向是在告訴他：「惠汀頓，回來吧！三任的倫敦市長。」

「倫敦市長！」他對自己說：「如果可以成為坐在大馬車裡的倫敦市長，還有什麼不能忍受呢？嗯，我要回去，即使被廚師太太毒打虐待也沒有關係，只要有機會當上倫敦市長。」想通之後，惠汀頓回到家，在廚師太太還沒醒來之前就開始做事。

說到海上的貓咪，船正要往非洲靠岸。海上航行是一場冒險，不但有隨時會將船翻覆的狂風巨浪，還有許許多多未知的變數，充滿了困難與挑戰。

載著貓咪的船，在海上被大風大浪沖擊，又遭到逆風，結果漂流到北非的巴巴利國海岸，那裡住著英國人從未聽說過的摩爾人。

巴巴利國的人很禮貌地招待上岸的英國人。船長想和當地人交易，便將船上的貨展示出來，還差人送一些給國王。國王很喜歡這些東西，便邀請船長與貨物代理商到皇宮作客，離海邊大約有一英里遠。

他們抵達宮殿時，依照當地的習俗，客人被安排坐在織得華麗無比且繡有金銀的地毯上。國王和皇后坐在宴客廳的上端，當豐盛的晚餐一盤盤端上來，擺在地上時，天啊！大批駭人的老鼠，竟從四面八方衝出來，一眨眼的工夫，馬上就把所有的肉都吃得精光！

被嚇壞的代理商連忙問在場的當地人，這些鼠類是否會攻擊人。「當然囉！牠們非常兇狠，國王願意用他一半的財產，把這些討人厭的東西消滅掉。你看，不但國王的晚餐沒得吃，還被老鼠騷擾，即使半夜睡覺時，也都要派守衛在身邊看守著。」

代理商聽了，高興地差點沒跳起來。他想起可憐的惠汀頓和他的貓，便告訴國王他船上有一隻小動物，可以把這些討人厭的鼠輩全趕走。國王聽了興奮不已，連頭上戴的頭巾都掉了下來。「趕快把這隻小動物帶來給我。在宮殿橫行的老鼠，真是討厭極了。如果這隻小動物表現得跟你說的一樣好，我願意用一整船的金銀珠寶來買牠。」

代理商當然不放過做生意的好機會，大肆吹噓貓咪的種種優點，還告訴國王，把貓賣給他們的話，老鼠一來，船上的貨物也許就要遭殃了……不過為了答謝國王，他還是願意割愛。

代理商飛快地往回跑，重新做好的晚餐開始端出來。就在老鼠肆無忌憚地大吃特吃時，代理商帶著貓回來了，把牠放在地上。貓咪見到老鼠，大開殺戒，一下子就吃掉許多隻。

「快點去！用跑的！」皇后心急地催促他說：「我已經等不及要看到那隻可愛的小動物了。」

國王看到多年宿敵竟被這隻小動物打敗，非常高興。皇后也是大感欣慰，命命把貓放在她身邊，讓她好好看一下。於是代理商就喊著：「咪咪！咪咪！」貓馬上向他靠過去。代理商把

貓咪遞給皇后，她看到這隻才在鼠堆裡呼風喚雨的貓，不太敢伸手去碰。代理商撫摸著貓咪，嘴裡叫著「咪咪！咪咪！」時，皇后終於克服恐懼，跟著叫「喵喵！喵喵！」請原諒她不會說英語。

國王現在知道貓捉老鼠的本事，又知道牠還會生小貓，就安心了。他買下船上所有的貨物，不過用貓咪交換來的財寶，比船上所有貨物賣出的價值高出十倍。船長與代理商，和巴巴利國的王公貴族道別後就啟程回國，一路上都是順風，順利回到英格蘭。

一大清早，費茲瓦倫先生就起床，要清點現金，準備開始做事。才進到帳房，剛在書桌前坐下，就聽到敲門的聲音：「咚！咚！咚！」

「是哪位？」費茲瓦倫先生問。

「是您的朋友。」外面的人回答。

「是什麼朋友會在這種不合適的時間來？」

「真正的朋友，什麼時間都可以來。您的船『獨角馬號』已經順利回航！」

費茲瓦倫先生忘記自己的痛風正在發作，趕緊跑去開門，門外不是別人，正是船長和代理商，手裡拿著一盒珠寶和提貨單。費茲瓦倫先生眼睛一亮，感謝他們辛苦替他跑船，帶回來如此豐碩的利潤。接著，他們就說起那段貓咪的經過，還把那盒要給惠汀頓的珠寶打開來給他看。費茲瓦倫高興地唱起歌來，雖然不像詩那般的優美，不過歌詞是這樣的：

「去，把他叫進來，把故事說給他聽，請叫他惠汀頓先生！」

我們不必仔細去推敲這首歌作得是否優美，因為我們是在說歷史，不是歌曲評論家，只要知道這是出自費茲瓦倫先生的口就夠了。不管他是不是夠格的詩人，反正和我們說故事的目的不相干。重要的是，各位一定要知道他是個真正的好人，心地高尚的人。有人說，這些珠寶全部交給一貧如洗的惠汀頓，實在太多了，但費茲瓦倫先生馬上回答說：「老天爺絕不允許我侵占他半毛錢，這是他的，一毛也不能少給。」

他派人去請正在廚房打掃的惠汀頓過來。來到帳房門口，他說自己的鞋子很髒，補了很多平頭釘，還是不要進去剛掃乾淨的帳房比較恰當。

費茲瓦倫先生一點都不介意，請他進去，還讓人搬張椅子請他坐。惠汀頓以為他們要玩弄他，就像他在廚房老是被欺負一樣，哀求主人放過他這個可憐又無害的孤兒，讓他做自己的工作。

主人牽著惠汀頓的手說：「惠汀頓先生，我一點都不開你玩笑。請你來是想向你道喜。你的貓咪替你賺到一大筆錢，比我所有的財產加起來還要多。現在，你可以享福，過著高枕無憂的生活了。」然後把珠寶給他看，惠汀頓終於相信這些財寶是他的了，便雙腿跪下，感謝上帝對他這個不幸的人如此仁慈。他把珠寶放在主人的面前，請他收下，不過費茲瓦倫先生不但不拿，還告訴他，他是真心替他的成功感到高興，也希望這些財富能為他帶來幸福與安適的生活。惠汀頓也想把珠寶獻給女主人和他的好朋友愛麗斯小姐，不過他們也都不拿一分錢，說大家都替他高興，希望他過著好日子。惠汀頓分了禮物給船長，代理商和船上的水手，感謝他們對貓一路的照顧。除此之外，他還送禮給家裡的僕人，包括老是虐待他，根本不值得他的友誼的廚師太太。

費茲瓦倫先生建議惠汀頓要開始穿紳士的衣服，便找裁縫來替他做衣服，還慷慨地請他住在家裡，直到他找到更好的房子為止。

惠汀頓先生臉洗乾淨，頭髮捲起來，穿上高尚的西裝之後，看起來就像個彬彬有禮的年輕人。財富讓人變得有自信，他馬上就擺脫原來羞怯靦腆的習慣，變成一位神采奕奕，風趣的好伴侶，連之前同情他的愛麗斯小姐都愛上了他。

費茲瓦倫先生發覺這兩個年輕人彼此互有好感，想撮合他們，就提議結婚，兩人都歡喜地同意了。婚禮上的來賓，包括倫敦市長、市議員、郡長、文具商公司代表、皇家藝術學院，以及許多有名望的政商人士都出席。所有人都得到精心安排的高尚招待和娛樂。

歷史記載，惠汀頓先生和夫人生了好幾個孩子，過著快樂的日子，活了很久才過世。惠汀頓先生先替倫敦郡長做事，接著連續擔任三任倫敦市長。市長任內最後一年，也就是英王剛征服法國之後，他請到英王亨利五世與皇后來家中作客。在宴會上，國王特別讚美惠汀頓說：「國家有幸能得如此忠臣。」他答道：「臣子有幸才得此明君。」國王為了表揚他的善言嘉行，不久就封他為爵士。

惠汀頓爵士在死之前，一直很照顧貧窮的市民，不但蓋了一間教堂和學院，補助貧窮學生唸書，還在附近建立一所醫院。

他陸續又為犯人建造著名的新門監獄、聖巴瑟羅謬醫院，以及其他公共慈善機構。

綿羊國王

很久很久以前，當世上還有仙子和精靈的時候，有一個國王和三個聰明美麗的女兒。最小的女兒名叫米蘭達，長得最漂亮也最惹人疼愛。

國王很偏心，米蘭達在一個月內得到國王送的衣服首飾，比兩個姐姐在一年裡得到的還多。不過她很慷慨，無論國王送什麼，都和姐姐分享，姐妹之間感情非常好，日子過得很快樂。

好戰的幾個敵國經常挑釁，早已讓國王寢食難安，現在又對國王宣戰，如果再不出兵抵禦的話，也許國家就會滅亡了。國王召集大批兵馬出發，為保國衛土而戰。留在城堡裡的三位公主和她們的教師，每天都會接到戰況，有時聽到國王攻下一座城，有時打贏一場戰役，最後則是國王已擊潰敵軍，把敵人全部驅逐出境，再也威脅不了人民的安全。國王一心想早點趕回城

堡，看他最親愛的女兒米蘭達。

為了凱旋歸來的國王，三位公主特地穿上華麗的錦緞洋裝，大公主穿綠色，二公主穿藍色，小公主穿白色。身上戴的珠寶，也都特別精心搭配：翡翠配綠色，土耳其玉配藍色，鑽石配白色。穿戴完畢便出去迎接國王，一邊唱著為他所作的凱旋曲。

國王很久沒見到美麗優雅的女兒，都給她們慈愛的擁抱，米蘭達得到最多的親吻。

接著，一場盛大的宴會開始，大家坐上餐桌，國王心想每個安排一定有特殊的意義，便問大公主：「告訴我，妳為什麼選綠衣服穿？」

「父王，」她回答：「聽到您得勝的消息，我認為綠色最能表達我的喜悅，和對您早日歸來的期盼。」

「說得好，」國王說：「那妳呢？為什麼穿藍色的衣服？」

「父王，」二公主回答說：「這表示我一直祈禱您能成功，而且看到您，就好像看到天空與美麗的繁星一樣令我滿心歡喜。」

「太好了！」國王說：「這是個有智慧的回答，我太高興了。米蘭達，那妳為什麼一身純白？」

她回答說：「父王，那是因為白色最適合我！」

「什麼？」國王生氣了：「妳就只想到這個嗎？太虛榮了！」

小公主說：「我以為你看到我會很高興，就是這樣子。」

深愛米蘭達的國王，聽到這樣的話就心滿意足了，還告訴自己小公主只是沒把全部的理由講出來而已。

國王說：「這頓飯吃得真高興，不過，既然還不到上床的時間，我要聽聽妳們昨晚都夢些什麼。」

大公主說，她夢到國王帶給她繡有稀世珠寶與金絲的美麗洋裝，比太陽還要燦爛耀眼。

二公主夢到的是國王送給她一座紡車和捲線桿，讓她替父親縫製襯裳。

小公主則說：「我夢到二姐要結婚了，在婚禮的那一天，父親拿著一個金水罐對我說：『過來，米蘭達，我拿著水，妳可以在裡面洗手。』」

國王聽到這個夢更加不悅，皺緊著眉頭，臉色難看到每個人都知道他有多生氣。他很快地站起來，回到房間去了。他沒辦法忘記女兒所說的夢境，自言自語說道：「難道這個驕縱的女兒希望我成為她的奴隸嗎？她選白衣時壓根也沒想到我，這不奇怪，我在她心中一點份量也沒有。我不會讓她這麼自命不凡下去。」

國王氣憤難消，天還沒亮就起床，找來隨身侍衛隊的隊長，對他說：「你已經聽說米蘭達公主的夢了吧？對我來說，這是背叛我的象徵，因此我命你把她帶到森林裡殺了，然後把她的心臟和舌頭帶來給我，讓我確定你有按照我的話去做。若我發現你騙我的話，絕不饒命。」

侍衛隊長聽到這個野蠻的命令，嚇出一身冷汗，不過不敢冒險觸怒國王，也擔心國王會改派別人，就回答說一定會照辦。

隊長走到公主的房間，僕人不讓他晉見，因為現在還太早。他推說是國王派他來請米蘭達公主的，公主聽到，立即起床準備好，走了出來，讓一個名叫芭蒂芭塔的黑人小侍女提著她的裙襬，寵物猴子和小狗也跟在後面，一隻叫葛布健，一隻叫丁丁。

隊長告訴公主，國王在花園裡享受新鮮空氣，請她到那裡去。他們到了花園，他卻假裝找不到國王，還說：「陛下一定是到森林去了。」便打開通往森林的小門，兩人於是走了進去。

天色漸亮，公主看到走在身旁的隊長，眼角含著淚珠，好像難過得說不出話來。

「怎麼回事？」公主溫柔地說：「你看起來好傷心的樣子。」

「啊！公主，有誰被迫做出可怕的罪行還會不悲傷呢？國王命令我要在這裡把您殺死，把您的心和舌帶回去給他看。如果我沒辦成，就要取我的性命。」

可憐的公主嚇壞了，臉色異常蒼白，開始低聲啜泣，然後用美麗的眼睛看著侍衛隊長，柔聲地說：「你真的忍心殺掉我嗎？我從來沒害過你，而且常常在國王面前讚美你。如果我真的讓父王生氣，那死不足惜。可是現在他只是誤會我，我對他一直是又愛又敬啊！」

隊長說：「公主，別怕。我寧願自己死也不會傷害妳一絲一毫；不過即使我死，妳的生命還是有危險，所以我們必須想個辦法讓國王相信妳已經死了。」

「那要怎麼做呢？」米蘭達問：「如果你不帶回我的心和舌，他是絕不會相信你的。」

他們兩個人儘顧著說話，完全沒注意到一直跟著他們的芭蒂芭塔聽得一清二楚。她跪在公主腳下說：「殿下，我願意犧牲自己的生命。為這麼仁慈的主人而死，我一點都不後悔。」

「喔，芭蒂芭塔，」公主哭了，親吻著她說：「不行，妳的生命和我的一樣珍貴。更何況，妳對我這麼好，竟然還要代替我死。」

這時候，猴子葛布健說：「公主說的沒錯，她的確是個忠僕，比我有用多了。那麼，就讓我獻出我的心和舌吧！我希望在精靈國度得到一個好名聲。」

「不，親愛的葛布健，」公主說：「我怎麼狠得下心讓你死！」

「我是一隻好狗，」現在輪到丁丁：「不會讓你們任何人為公主殿下而死。如果有誰要死的話，那就是我。」

芭蒂芭塔，葛布健和丁丁開始吵了起來，越吵越兇，最後葛布健動作最快，爬到附近最高的樹上，往下一跳，結果頭先落地，倒在地上死了。

公主雖然傷心，但是葛布健已經犧牲了，只好同意讓隊長把他的舌頭割下來。可是割下來一看，這個舌頭太小了，比公主的拇指還小。大家都知道沒用，因為國王一定會發現。

「喔！我可憐的小猴子，」公主哭了：「我已經失去你，但是情況還是一樣糟糕。」

「救您的榮耀就給我吧！」說這話的是芭蒂芭塔，大家還來不及阻止，她就拿起一把刀，把自己的頭切下來。

隊長把她的舌頭切下來之後，發現舌頭的顏色太深，國王應該不會相信。

「難道我還不夠悲慘嗎？」公主傷心地說：「所愛的都失去了，而我還是沒有比較好。」

丁丁說：「如果公主一開始接受我的提議，您就只會因為失去我而難過，而我也可以擁有您全部的感激。」說完也為了公主而自盡了。

米蘭達公主親親小狗，哭得更悽慘。最後，她不想再面對這一切，轉頭往森林深處望去，獨自飲泣。過了一會兒，回頭發現侍衛隊長已經走了，只留下她一個人，以及倒在地上的芭蒂芭塔、葛布健和丁丁。

公主替他們在樹下做了美麗的墓地，在樹幹上分別寫下三個忠僕的名字，以及如何為了救她而死的經過，才依依不捨地離開。不過她得先想好要去哪裡才安全，因為這座森林離國王的城堡太近了，任何人只要一經過，馬上會認出她。而且，這裡面還有很多獅子野狼，看到她一定會像抓小雞似地把她吃掉。公主用最快的速度走著，不過森林的面積實在太大，頭頂的烈日把她曬得疲憊不堪，好像不管走哪一條路都出不了森林。慌不擇路的公主，每一分鐘都似乎看到國王在後面追殺。可憐的公主，邊跑邊哭，連走哪條路都分不清，身上的美麗洋裝被路旁長了刺的草叢撕得破碎不堪。

突然間，傳來綿羊的叫聲，公主想：「這附近一定有牧羊人在放羊，也許他們會指引我到某個村莊，讓我喬裝成鄉下姑娘住下來。唉！天底下的國王和公主不全都是快樂的。誰會相信我竟然要逃跑，還要躲起來，只因為國王沒由來的想殺掉我呢？」

她循著羊叫聲，驚喜地發現一處被群樹包圍的空地，地上有隻很大的羊，羊毛潔白似雪，羊角像黃金一樣閃閃發亮，脖子上掛著花圈，腿上綁了成串的珍珠，還戴著鑽石項圈。這隻羊躺在橙花堆裡，頭上有金色遮陽棚，曬不到灼熱的陽光。其他一百多隻綿羊在旁邊閒晃，不像平常一樣吃草，而是喝著咖啡、檸檬汁、冰果露，有的在吃冰淇淋、草莓、鮮奶油、甜點，有的羊還在玩遊戲呢！很多羊都戴著縫上珠寶、花瓣和蝴蝶結的金項圈。

怪異的景象讓米蘭達不由得停下腳步，四下尋找這群羊的主人。

接著，那隻最華麗的綿羊跳到她面前說：「美麗的公主，別害怕，我們都是性情溫和的動物。請過來吧！」

「太不可思議了！」公主叫道：「羊會說話！」

「妳的猴子和狗都會說話，難道妳不覺得不可思議嗎？」

「那是因為有位仙女賜給他們說話的能力，所以我習慣了，」公主回答。

「我們大概也是這樣。不過，是什麼風把公主吹來這裡呢？」和公主說話的綿羊靦腆笑著說。

「是一連串傷心的事，羊先生，」公主說：「我現在是全世界最可憐的公主，而且我得找個地方躲避正在氣頭上的父親。」

「請跟我來，殿下。我可以帶妳去一個只有妳知道的地方，在那裡所有的事物都聽妳使喚。」

米蘭達說：「我累極了，一步也走不動，恐怕沒辦法跟你走。」

金角綿羊於是下令準備馬車。沒多久，六隻山羊拉著一輛大南瓜車出現，裡頭鋪著金色絨布座墊，可以容納兩個人。公主坐進去，好奇地欣賞這輛新型馬車，不，應該說是羊車才對。綿羊國王在她旁邊坐定後，山羊就全速向前跑，抵達一個被大石擋住出口的洞穴。

綿羊國王用腳踢了踢，石頭立即打開，他請公主安心地跟著他走。如果不是之前發生的事讓她慌張不安，她是絕對不會想要走進這個可怕的洞穴的。驚魂未定的公主，假使身後有任何動靜，即使前面是一口水井也會馬上跳進去。她緊緊跟在綿羊後面一直往下走，彷彿要走向世界另一端。事實上，連她都不禁想，也許綿羊會帶她到精靈的國度裡。

最後，前面出現一片繁花似錦的原野，飄來的清香是她從來沒聞過的。一條有著橙花香的河蜿蜒流過，四處都有各式各樣的酒泉，形成大大小小的美麗瀑布和溪流。平原上長滿不知名的樹，這些樹排成一條條林蔭小徑，樹枝上掛滿烤得香噴噴的松雞。如果不喜歡松雞的話，可以向左走，向右走，換條路還有雉雞、鵪鶉、火雞或是兔肉可以選擇，只要想得到的東西，在這裡沒有找不到的。有的地方，龍蝦餡餅、白布丁、香腸、蛋塔，各種甜點會從天上掉下來，就像下雨一樣；有的地方還會下黃金、白銀、鑽石和珠寶雨。這種稀奇的雨，還有這麼棒的地方，如果綿羊國王更好客的話，一定會吸引無數的人前來。不過顯然綿羊國王跟法官一樣謹慎。

米蘭達來到這裡，剛好是氣候最舒服的季節。這裡唯一的城堡，是一排排的橙樹、茉莉花、金銀花、麝香玫瑰枝葉交錯而成的華麗廳房，每間都用金銀薄紗罩住，裡面有大鏡子、燭檯以及美麗的圖畫。

綿羊國王誠懇地告訴公主，她所看到的每樣東西，都可以當成是自己的。雖然他已經有好多年都在哀傷中度過，但是公主卻可以讓他忘卻所有的不愉快。

「你真是太仁慈了，高貴的綿羊，」公主說：「我不曉得該如何謝你，但是這一切都太奇妙了，我簡直不知道該怎麼說。」

她說話之際，一群美麗的仙子出現，遞給她盛滿水果的籃子，可是她一伸手，仙子們卻消失了，什麼都沒摸到。

「喔！他們是什麼東西？我現在是跟著誰？」公主嚇哭出來了。

綿羊國王馬上回到她身旁，看到她的淚水，忍不住抓緊身上的羊毛，連忙問道：「怎麼回事，可愛的公主？有人無禮地對待妳嗎？」

「不，」米蘭達說：「我只是不習慣跟精靈和會說話的綿羊在一起，而且，這裡的每樣東西都嚇壞我了！謝謝你好心讓我來，可是還是麻煩你帶我回去原來的世界吧。」

「千萬別怕，」綿羊國王說：「求妳耐心聽我告訴妳發生在我身上的不幸故事。」

「我原本是一個國王，統治的國家是天底下最富庶的地方，受到百姓的愛戴，鄰近的國家不是妒忌我，就是懼怕我。所有的人都尊敬我，聽說從來沒有一個國王可以這麼富有。」

「打獵是我最喜歡的事。有一天，我在追逐一隻雄鹿，跑在所有人的前面，突然間看到那隻鹿跳進水池，我也騎馬跟著跳，可是不但沒有感覺池水的清涼，反而熱了起來。接著，水乾了，池底裂開，露出一個噴火的大洞，我就跌進去了，不知身在何處，又聽到一個聲音說：『忘恩負義的國王，連火也溫暖不了你冷漠的心！』我叫道：『這個爛地方會有誰對我的冷漠不滿？』陌生的聲音回答說：『是一個無法自拔地愛著你的可憐人。』當烈焰閃爍不定，漸漸熄滅時，我看到一個永生絕不會忘記的精靈，奇醜無比，到現在想起來都會全身發毛。她靠在一個美麗少女的手臂上，這個少女手腕被鍊住，一看就知道是精靈的奴隸。」

「我知道這個精靈的名字，就問她：『拉歌堤，為什麼這麼做？是妳把我引來這裡嗎？』

「拉歌堤反問我：『這是誰的錯呢？你到現在還不了解我的心意？像我這麼厲害的精靈，難道還要向你解釋我做的事嗎？你這個自以為是、比地上的螞蟻強不了多少的國王！』

「『隨便妳怎麼說，』我不耐煩地說：『妳要什麼？我的王位，還是我的財寶？』

「『財寶？』精靈不屑地說：『我可以隨時讓廚房裡的男傭人比你更富有，要你的財寶做什麼？不過……』她的聲音逐漸柔和：『如果你願意把心給我，如果你願意娶我，我可以讓你的國土增加二十倍，你會擁有一百個裝滿黃金和五百個裝滿白銀的城堡。總而言之，你要什麼我都會答應你。』

「『拉歌堤女士，』我說：『妳把一個迷人的男子困在地洞裡，快要被活生生烤焦了，再用這種方式向他求婚，豈不是太不合理嗎？先放我出去，我才能好好回答妳。』

「『哼！如果你真的愛我，就不會在乎什麼地點，不管是洞裡、樹林裡、狐狸穴，還是沙漠都一樣，別以為你騙得了我，或是夢想可以逃得出去。我可以告訴你，你就是要待在這兒，我要讓你做的第一件事，就是看管我的綿羊，他們會是很好的陪伴，而且話說得和你一樣好。』

「她把我帶到現在我們現在所站的平原，讓我管她的羊群，不過我一點都沒注意她說的話。其實，我是被她身旁美麗的女奴迷住了，其他事都忘了。可恨的拉歌堤看出我的心意，一轉頭，就用最恐怖、最嚇人的眼神把女奴嚇昏在地上。」

「看到這裡，我抽出劍刺向拉歌堤，本來可以一劍把她的頭砍下，但是她施法讓我停在原地，動也動不了。最後，我絕望地跌在地上，她卻用輕蔑的眼神對我說：『我要你嚐嚐我的厲害。現在你也許是一頭雄獅，但我會把你變成一隻乖乖的綿羊。』說完，用魔杖點了我一下，我就成了現在你看到的樣子，只是保留了說話和感覺悲傷的能力。」

「她說：『五年的時間，我要你一直做隻綿羊，當這個仙境的國王，而我再也不會看到你那張使我著迷的臉，這樣可以讓我繼續恨你這個不知天高地厚的人。』說完就消失不見了。如果不是太過絕望，我應該很高興她終於走了。」

「向我打招呼的綿羊告訴我說，這裡全部的羊都是國王或是王子，因為得罪了精靈，才不幸被她變成綿羊，被迫待在這裡好幾年，有些時間比較久，有些比較短。有時候，的確有人可以恢復原形，回到上面正常的世界；你剛才看到的其他事物，都是拉歌堤的敵人，已經被關了上百年，但不管多久，最後還是回得去。那個年輕美麗的女奴，也是精靈的敵人之一。唯一讓我感到高興的，就是可以常看到她，即使她從來沒和我說過話。但是，如果我走太近的話，她馬上就變成影子，讓我懊惱不已。後來，我注意到另外一隻羊也很喜歡她，發現他就是女奴的愛人，在更早之前就被拉歌堤抓來了；從那時起，我只關心如何才能重獲自由。我常到森林裡去，看見妳，美麗的公主，有時用最優雅和高超的技術駕著馬車出遊；有時騎著馬追逐另一匹馬，有時在原野上和宮中其他公主賽跑，而妳總是得第一。喔！公主啊，我早已愛上妳，但是我怎麼有資格對妳告白，訴說我對妳的感情？一隻不幸的綿羊還能有什麼夢想呢？」

米蘭達聽到這些話，既驚訝又困惑，半天說不出話來，不過還是勉強安慰綿羊國王，讓他不要放棄希望，還說現在她知道那些若有似無的影子有一天會回復原形，所以就不再害怕了。

「唉！」公主嘆了一聲：「如果為我犧牲的芭蒂芭塔、葛布健和可愛的小丁丁能在這裡陪我，那我就別無所求了。」

綿羊國王雖然是仙境的囚犯，但還是有些法力和特權，便命令一匹馬：「去吧！去找小黑人女孩、猴子和小狗的影子，請他們來陪伴公主。」

過了一會兒，米蘭達看到他們三個向她走過來，雖然摸不著，但有他們在身邊長相左右，公主還是非常高興。

綿羊國王非常仁慈又風趣，而且深愛著公主，漸漸地，她也同樣愛上他。這麼英俊、體貼而彬彬有禮的綿羊，要讓他高興很簡單，尤其當你了解他其實是一位國王，而且這種失去自由的日子很快就會結束。公主在等待那天的來臨，同時也過著愉快的生活。綿羊國王和他統治的羊群，舉辦各種舞會和音樂會，打獵，還把所有的影子都請來同樂，大家都單純地希望早日回復人形。

有一天晚上，信差帶回一個消息說（綿羊國王都會派遣信差到外面的世界蒐集各種消息，重要的大事更是不會漏掉），米蘭達公主的姐姐即將和一位偉大的王子結婚，並且舉辦一場盛大的婚禮。

「喔！」公主嘆息說：「我真不幸，竟然錯過享受美麗事物的機會！我被關在地底下，只有綿羊和影子陪伴，而我的姐姐會穿得像皇后一樣，接受眾人的愛戴和讚美，只有我無法去祝

賀！」

「妳為什麼抱怨，公主？」綿羊國王說：「我有說妳不能去參加婚禮嗎？妳可以馬上出發，但是請妳答應我一定要回來，我太愛妳了，沒有妳就活不下去。」

米蘭達非常感激綿羊國王的體貼，說世界沒有人可以阻止她回到他身邊。於是國王安排了符合公主身分的護送隊伍送她回去，而公主也沒忘記把自己打扮得比以前更漂亮更完美才出發。她乘坐的車用珠母貝做成，由六隻剛從世界彼端抓來的暗褐色鷹獅負責拉車，護衛兵也是從世界各地召集而來，身穿豪華制服，全都有八呎高以上，隊伍浩浩蕩蕩前進。

米蘭達在結婚典禮正要開始的時候，抵達她父親的宮殿。一進到宮廷，現場所有人的目光都被她的美麗和身上罕見的珠寶緊緊吸引住，讚嘆聲從四面八方傳來，連她的父親都專注地看著她，讓她差點以為會被認出來。不過國王深信米蘭達早就死了，完全沒想到女兒還會再出現在眼前。

不過，因為擔心不能離開，米蘭達在婚禮結束前就溜走。她走得很倉促，只留下一個鑲玉珊瑚首飾盒，上面用鑽石寫著「送給新娘」四個字。當大家發現這個禮盒時，迫不及待地打開，看到裡面裝滿了各種美不勝收的禮物。國王很想認識這位不知名的公主，當他發現她突然失蹤後，非常失望，就下令如果她再出現的話，所有的門都必須馬上關緊，不讓她再不告而別。

米蘭達公主雖然只離開了一下子，但是對綿羊國王來說，感覺好像有一百年那麼長。他在森林裡樹木最茂盛的泉水旁邊等她，還在她會經過的地上擺滿各種禮物，表示對公主回來的無限喜悅。

公主出現時，他衝過去迎接，跳上跳下，好像一隻真正的綿羊，很親熱地磨蹭著，跪在腳下親吻她的雙手，說她不在時有多難受，以及等待的過程是多麼地難熬。公主聽了這些話也很窩心。

過了一陣子，國王的二女兒要結婚的消息傳來，米蘭達再去求綿羊國王讓她和上次一樣出席婚禮。但這個要求竟讓他悲傷不已，似乎會有什麼厄運因此降臨。不過他對公主的愛讓他無法拒絕。

「公主，妳要離開我了。但不論如何，這是我的命，不能怪妳。我同意妳去，但是請妳相信，這將是我對妳的愛最無私的證明。」

公主向他保證，她只會跟上次一樣待一下子，要他別想太多，如果被耽擱了，她也同樣也會著急難過。

公主帶著同一批侍衛隊伍啟程，在結婚典禮剛開始的時候抵達。每個人都很高興看到她，認為這麼美的人應該是仙境來的公主。前來祝賀的各國王子，每個人都目不轉睛地盯著她看。

國王看到她比誰都高興，隨即下令把所有的門關緊鎖上。當婚禮即將結束，公主很快地起身，準備要趁所有人不注意時再度偷偷溜走，竟懊惱地發現每一扇門都鎖住了。

她看到國王向她走來，心情才稍微放鬆。國王求她不要這麼快離開，至少留下來和大家一起享用他為新婚的二公主與王子精心安排的晚宴。他帶她到一個裝飾豪華的大廳，宮廷裡所有的王公貴族和大臣都到齊了，他拿起一個盛滿水的金碗來，讓公主洗淨她美麗的手指頭。

公主再也忍不住，跪倒在國王腳下，大聲哭著說：「父親！我的夢終於成真了！你在姐姐的結婚典禮上拿水讓我洗手，而你非常高興，一點兒也沒有不願意！」

國王馬上認出她來。其實，他早就覺得她長得像極了他可憐的小米蘭達。

「親愛的女兒，」國王也掉下淚，親吻著她說：「妳會原諒我這麼殘忍對待妳嗎？我把妳的夢誤認為是王位喪失的預兆，」又接著說：「這也沒錯，妳的兩位姐姐都已經結婚，得到自己的國家，那妳的國家就讓我給妳吧！」說完就摘下王冠，戴在公主的頭上高喊：「米蘭達皇后萬歲！」宮裡的大臣也跟著喊：「米蘭達皇后萬歲！」

她的姐姐跑過來，高興地抱住她親了又親，相視而笑，絮絮叨叨地說話，又不斷親吻。米蘭達謝過父親，馬上就問每個人的近況，特別是對她有恩的侍衛隊長。聽到他已經死了，心裡非常難過。

大家坐在桌前準備用餐，國王要米蘭達跟大家說，自從那個可怕的早上被侍衛隊長帶走後，發生了什麼事。米蘭達便把那段奇遇娓娓道來，每個人都屏氣凝神地傾聽，深怕漏了一個

字。

當米蘭達和父親與姐姐愉快地團圓說笑時，綿羊國王也焦急地等待著她的歸來。但是怎麼等，怎麼盼，就是不見公主的人影。最後，他再也無法忍受這份椎心的煎熬，流著淚說：「她是再也不回來了。我這可恨的綿羊臉令她生厭。沒有米蘭達，我只是一隻悲慘的動物！殘忍的拉歌堤，再也沒有比這個更嚴厲的懲罰了！」

悲嘆過自己的不幸之後，看到夜漸漸深，公主還是沒出現，於是他便往城裡走去。到了皇宮前面，他要求見米蘭達一面。那時所有人都已經聽過她的故事，不願意讓她回去陪伴綿羊國王，怎麼樣都不讓他見公主。他不斷地苦苦哀求，希望他們讓他進去，這真情的懇求，原本可以融化任何鐵石心腸，但綿羊終究移動不了守著宮門的侍衛，倒在他們的腳邊心碎而死。

不知道皇宮外面發生什麼事的國王，提議米蘭達坐馬車繞城一圈，欣賞家家戶戶窗外陽台以及各大廣場特地點燃的千把火炬，把城裡照得通明的景象。

米蘭達走到宮門口，簡直不敢相信自己的眼睛，地上躺著她最心愛的綿羊，無聲無息死在她面前！

她衝出馬車跑向他，悲痛地哭叫，明白全是自己不守諾言才讓他傷心而死。公主從此以後再也沒有高興過，人們都知道她寧願也跟著死掉。

所以，現在我們知道，即使是公主也不總是快樂的，尤其是當她違背自己立下的諾言。人們總以為得到所欲，卻沒想到更大的不幸隨之而來，這就是故事要大家牢記的教訓。

（杜諾瓦夫人）

小拇指

有一對賣柴的夫婦，生了七個小孩，全都是男生。老大才十歲，年紀最小的也只有七歲。要撫養七個不會賺錢的小孩，使得這一家人非常窮困。

有一件事讓這對夫婦更加困擾，就是年紀最小的孩子，體形不但長得比常人小，而且幾乎不說話，他們以為孩子智商不足，不過不知道真相反而比較好。由於生下來就嬌小玲瓏，比大拇指還細，因此父母親就叫他「小拇指」。

可憐的他，家裡只要出任何差錯，無論是不

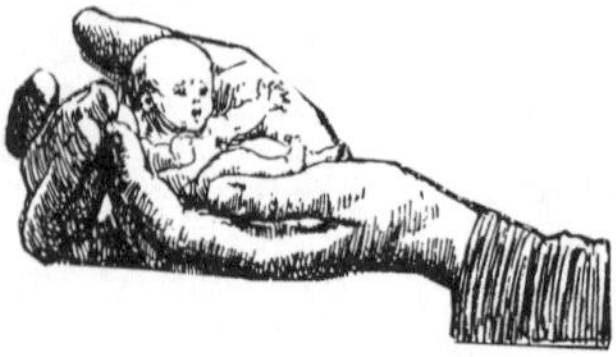

是他的錯，都會怪到他身上。事實上，小拇指一點兒都不笨，而且比他所有哥哥的頭腦加起來還要聰明。他話不多，但是常常傾聽和思考。

在一個大荒年，饑荒讓很多窮人家被迫拋棄自己的小孩。一天晚上，當小孩子都入睡時，賣柴人和他的妻子坐在火爐旁，很難過地對她說：「妳應該知道我們已經養不起孩子了，我決定明天就要把他們丟在樹林。趁他們忙著捆木柴，不注意的時候，我們就偷偷跑掉，把他們留在林裡。這樣做最簡單。」

他的妻子驚叫：「不！你太沒良心了，竟然想把小孩故意帶到外面丟掉？」

賣柴人拚命解釋，說因為他們實在太窮了，只能這樣做，不過他的妻子仍然不同意，她是孩子的母親，再怎麼窮都不願和孩子分開。但最後，一想到孩子們也許會在她面前沒東西吃而餓死，對她也是難以忍受的折磨，終於還是答應，淚流滿面地上床。

他們說的話被小拇指聽得一清二楚，而且一字不漏。本來躺在床上聽父母親在交談，後來為了繼續觀察，他就輕輕地溜下床，躲在父親的小凳子下面，就不會被發現。後來回到床上想著要怎麼做，整夜都沒闔上眼睛。

他一大早就起來，到河邊撿了許多小塊的白色鵝卵石，把身上的口袋裝滿才回家。

大家一塊兒出門後，小拇指一個字都沒告訴哥哥們他發現的事。他們排成一列走進森林裡，彼此相距大約有十步遠，都看不到對方。到了樹木長得很濃密的地方，父親開始砍樹，孩子們就在一旁撿樹枝來做木柴。砍柴人和他的妻子見小孩子忙著工作，悄悄走開，然後迅速跑走，消失在曲折的樹林小徑中。

孩子們發現大人不見了，放聲大哭。小拇指不理會哥哥們的哭鬧，因為他知道回家的路。他在來的時候，就小心地丟出口袋裡的小鵝卵石，沿路做記號。他對哥哥們說：「哥哥，不要害怕。雖然爸媽把我們留在這裡，不過你們可以跟著我，我會帶你們回家。」

他們於是跟著小拇指，當天就回到了家。可是沒有人敢進門去，只能在門口坐下，聽門內的父母親說話的聲音。

砍柴夫婦一回到家，莊園領主就派人送還很久以前欠他們的五十先令，這對他們來說，簡直就像一筆意外之財。這十先令在饑荒的時代，尤其對窮人來說，簡直是新生活的開始。砍柴人馬上要妻子到肉販那裡買肉。他們已經很久沒有好好吃一頓了，她買了比兩個人夠吃還多三倍的肉回來。吃過飯之後，妻子說：「唉！我們可憐的孩子現在不曉得在哪兒？如果他們在的話，即使我們吃剩的也夠他們大吃一頓了。都是你說拋棄他們，我告訴過你我們會後悔的。現在他們在森林裡做什麼呢？老天爺啊！野狼會不會已經把他們吃掉了？你把孩子丟在那裡真是太沒良心了！」

砍柴人的妻子至少抱怨了二十次，說他們一定會後悔的話，於是他發火了，生氣說如果她再不住嘴的話就要揍她。其實砍柴人失去孩子也一樣難過，他的脾氣一向很好，也很愛妻子，只是她不斷重複同樣的話，讓他很心煩。

砍柴人的妻子拚命哭：「喔！我可憐的孩子們，你們在哪裡呀？」

她哭喊的聲音很大，屋外的小孩聽到了，也開始哭著叫：「我們在這兒！我們在這兒！」

她衝出去門外，緊緊抱著他們。「我的孩子們，我真是太高興了！你們一定都餓了也累了吧！啊，彼德，你身上怎麼沾滿泥土，快進來給我洗一洗。」

現在我們知道她的大兒子叫彼德，是最受寵愛的小孩，因為他和砍柴人的妻子一樣有點紅髮，所以特別得到母親的照顧。他們坐下來吃晚餐，和父母親之前一樣，大快朵頤地享用許久沒在桌上出現的肉，然後異口同聲地訴說他們在森林裡有多害怕。砍柴人夫妻看到孩子失而復得，驚喜交集。不過全家團聚的喜悅，在五十先令用完時也消失殆盡。錢用完了，他們又回到原來的窘境，這對夫婦決定再把孩子丟掉。為了一勞永逸，他們這次要把孩子們帶到更遠的地方。

計畫這件事時，又被小拇指聽到了。他想這次還是照上次的辦法做。可是，當他早起準備再去撿點鵝卵石，竟發現門都被鎖上了，在門口不曉得該怎麼辦。後來，父親發給每人一片麵包時，他想到也許可以用麵包代替石頭，把麵包掰成小塊，丟在路上應該也可以留下記號，於是就藏進口袋裡。

砍柴夫婦把他們帶往森林最深處，然後躲入路邊的小徑後就離開了。

小拇指一點兒也不著急，他認為跟著一路上麵包屑的記號走，就可以輕易找到回家的路。可是他卻驚覺地上沒有半塊麵包屑，原來全被飛鳥啄走了。大家找不到來時的路，在森林裡驚慌失措。

夜晚來臨，可怕的強風刮起，讓這些可憐的孩子們更不知道如何是好。在極度惶恐中，聽到狼嚎聲從四面八方傳過來，像要把他們吃掉似的，話也不敢說，連頭也嚇得不敢四處看。更糟糕的是，天空在這時下起傾盆大雨，把他們淋得溼透了，衣服都貼在皮膚上，每走一步就滑倒一次，全身沾滿了泥濘，掙扎著爬起來，雙手到最後都麻木了。

小拇指爬到樹的頂端，看看是否能發現什麼東西。每個方向都仔細看過之後，他看到前方正在閃爍著像是蠟燭發出來的光線，不過距離非常遠。他一下到地面就看不到了，他和哥哥們往光的方向走過去想碰碰運氣，走了一會兒，終於看到光，出了森林。

找尋發出燭光屋子的路，真是充滿艱辛。常常走著走著，一下子就看不到光，讓他們的心沉到谷底。

來到屋前敲門，一位好心的婦人打開門，問他們要什麼。小拇指回答說他們是在森林裡迷路的窮小孩，希望她看在老天爺分上，讓他們借住。

這個女人看這些孩子們都很可愛，眼淚流了下來，告訴他們：「唉呀，真可憐的孩子，你們是從哪裡來的？你們知道這間房子的主人是個吃小孩的殘忍妖怪嗎？」

「那怎麼辦？」小拇指問，他和其他哥哥們一聽，嚇得全身骨頭都抖得格格作響。「如果妳今晚不收留我們，森林裡的野狼還是會把我們吃掉，那還不如讓妖怪吃掉的好。如果妳向他求情，說不定他會可憐我們。」

這女人是妖怪的太太，她想，今晚應該可以把小孩子們藏起來不讓她的丈夫發現，所以就請他們進來，坐在溫暖的爐邊烤火，她正在作晚餐，是一隻烤全羊。

當他們才開始感到一點暖意時，聽到「咚！咚！咚！」的敲門聲，是妖怪回來了。他一進門，就問晚餐和酒是不是都準備好了，然後就坐在餐桌旁。羊根本還沒烤熟，肉不但是生的，而且血水還一直滴下來，不過妖怪最喜歡這樣吃。他嗅了嗅，左右張望說：「我聞到新鮮肉味。」

太太說：「你聞到的一定是剛被我宰掉且剝完皮的小牛。」

「我再說一次，我聞到新鮮肉味，」妖怪兇狠地看著他的太太：「家裡有事情不讓我知道。」說完就離開餐桌，上床去了。

「哈哈！」他說：「可惡的女人，我就知道妳在騙我。妳又老肉又硬，否則我早就連妳也吃掉了。這遊戲真好玩，過兩天，三個妖怪朋友來找我，我們就可以好好地娛樂一下！」妖怪從床底下把男孩們一個接一個拖了出來。

這群可憐的孩子們跪在地上，求他放了他們。可是，他們不幸碰到世界上最殘忍冷血的妖怪，沒有半點同情心，早就用眼睛把孩子們吃了一頓，還告訴他的太太說，小男孩的肉裹上好吃的沾醬，味道會更香。

他舉起一把大刀，靠在左手拿住的大

磨刀石，霍霍磨著，然後抓住其中一個小孩，他太太趕緊說：「你現在要做什麼？明天不行嗎？」

「別吵，他們的肉正嫩著呢！」妖怪說。

「可是家裡已經有很多肉了，」太太說：「現在沒有必要殺，你看，我們已經有一頭小牛、兩隻羊和半隻野豬。」

「說的也是，」妖怪同意地說道：「先把他們餵飽，免得他們昏倒了，然後再放上床吧！」

善良的太太聽到這個命令喜出望外，馬上幫他們準備豐富的晚餐，可是大家害怕得一口也吃不下。妖怪坐下來喝酒，想到有好東西來招待朋友，志得意滿，就多喝十二杯酒，然後就醉倒，躺在床上呼呼大睡。

妖怪有七個女兒，年紀都還小，臉色非常紅潤，原因是她們和父親一樣習慣吃生肉。她們有圓圓的灰眼睛，鷹鉤鼻，嘴裡的牙稀稀落落，但是又長又尖。小女妖雖然還沒學到爸爸的兇惡殘忍，不過也快了，她們已經咬過小孩子，還吸了人血。

她們每個頭上都戴著金冠，不過很早就被母親帶上床睡了。妖怪的太太讓他們幾個睡在同一個房間的另一張大床上，然後就去睡了。

小拇指注意到女妖頭上的金冠，很擔心妖怪會突然改變主意來把他們殺掉，就在午夜時，悄悄地把哥哥們和他自己的小圓帽和七個小女妖的金冠交換戴，讓妖怪搞錯對象，以為戴圓帽的女兒就是他要殺的小男孩。

他預料的果真沒錯。妖怪在深夜醒來，很後悔把他們留到早上，應該趁著晚上殺才對，就一躍下床，取出那把大刀說：「這群小鬼頭！事情還是一次解決的好。」

他上樓找，進入女兒的房間，走到小男孩睡覺的床邊，每個都睡得很熟，除了小拇指之外，他很怕妖怪會伸手來摸他的頭，就像摸其他哥哥的頭一樣。不過，一摸到金冠，妖怪就說：「我是怎麼了？事情都做不好，大概晚上喝太多了。」

然後走到小女妖睡的床，看到男孩子們的小圓帽：「可愛的小朋友，你們原來在這裡，來吧！」說完，想也不想，刀一揮就把七個女兒的喉嚨割斷。

事情辦完的妖怪，高興地回床上和太太睡覺。小拇指聽到妖怪開始打鼾的聲音，便叫醒哥哥們，要大家趕緊穿上鞋跟他走。他們悄悄溜下樓，跑入花園，翻牆出去，整個晚上沒命地跑，連去哪裡都不知道，一路上嚇得不成人形。

妖怪醒來告訴太太說：「去樓上幫昨晚來的小鬼梳洗打扮一下。」

她奇怪怎麼丈夫突然間這麼好心，但是不曉得要打扮什麼，心想大概是要她替他們把衣服穿上。一上樓，看到七個女兒都被殺了，倒在血泊裡，嚇得昏倒了。天下所有的女人如果遇到這種情形，第一個反應一定是昏倒。

妖怪怕他太太動作太慢，也上樓去幫忙。但眼前看到的景象，讓他跟太太一樣吃驚。「我做了什麼事？」他叫道：「我馬上要那些可惡的小鬼付出代價。」

他把一壺水倒在他太太的臉上，讓她恢復意識，命令她說：「拿出我的七里靴，我要去把他們抓回來。」

他穿上靴子出去，一下子就跑過大片陸地，不一會兒就來到這些可憐的小孩的路上，他們已

經離家不遠了，發現妖怪在身後，一步就跨越山丘和河流，好像跨過一間狗屋那麼簡單。

小拇指看到附近一顆有凹洞的大石，叫哥哥們往凹穴裡躲，自己最後再擠進去，不時地注意妖怪的動靜。

妖怪跑了很久，找不到人也很累（因為穿上七里鞋很容易累），就想先休息一下。正好也來到小男孩們躲的大石上坐下。他真的累極了，一坐下馬上就睡著，翻了翻身，鼾聲大作，好像打雷似的，孩子們聽到鼾聲，跟要被大刀砍死和被切斷喉嚨一樣害怕。

小拇指倒不像哥哥們那麼膽小，他說應該趁妖怪熟睡時快點逃回家，才可以脫離危險。他們聽他的話，就從凹洞裡出來逃回家。小拇指自己走到妖怪身邊，輕輕地把他的靴子脫下，穿在自己腳上。這雙靴子對他來說太大也太長了。不過靴子有神奇的魔力，會依照穿鞋人腳的大小伸縮，所以當小拇指穿上時，就像是特別為他訂做的一樣合腳。他馬上跑回妖怪的家，看到悲傷的女人正在為死去的女兒哭泣，告訴她說：「妳的丈夫現在有危險了。他被一群盜賊抓住，他們威脅說如果不拿出所有的金銀珠寶的話，就要把他殺掉。當盜賊把小刀架在他脖子上的時候，妳丈夫看到我，便要我來告訴妳，還要妳把家裡所有值錢的東西，一件不留地交給我帶過去，否則會被壞人殘忍地殺掉。因為情況緊急，他讓我穿上他的鞋子（妳看，就是我穿的這雙），讓妳知道我不是在騙妳。」

這位善良的女人聽到後連忙把她所有的都拿出來。妖怪雖然吃人，不過對太太很慷慨。小拇指把妖怪的財產全部拿回家，全家人都很高興。

很多人不同意我這麼說，認為小拇指沒有拿走妖怪的財寶，只是為了確保安全，才脫下他腳上的七里靴，因為他穿了靴子只會用來追小孩。這些人常到賣柴人家裡吃喝，酒足飯飽後，就越肯定事情真相的確如此。他們還說，小拇指把妖怪的靴子脫下後，走到國王的宮廷裡，知道他們焦急地想知道兩百里外的那支軍隊是否打了勝仗，便自告奮勇向國王說，他願意替國王連夜把消息帶回來。

國王答應給他豐厚的獎賞，小拇指果真在當晚就帶了消息回來。第一次的任務順利達成，讓他出了名，國王付給他很多錢請他傳命給軍隊。擔任傳令使者一段時間後，他就累積了一大筆財富，最後回到家裡，大家看到小拇指回來都感到無限歡喜。他對家人非常好，替父親和哥哥們買了很多地，讓他們無憂無慮地過生活，自己同時也建立一個美好的家庭。

（貝洛）

阿里巴巴與四十大盜

很久以前，在波斯的一個城市裡，住著兩兄弟，哥哥叫卡辛，弟弟叫阿里巴巴。卡辛娶了一個有錢的女人，過得很富裕。阿里巴巴則過著貧苦的生活，只能到附近森林裡砍柴，再拿到市集去賣，勉強養活妻兒。

有一天，阿里巴巴到林裡砍柴，突然看到一隊人馬朝他的方向跑過來，空中還揚起一陣煙塵。他想那應該是一幫強盜，心裡很害怕，便爬到大樹上躲起來。正好，那幫人馬也在這棵樹旁勒馬停步，他數一數，一共有四十人，他們卸下鞍袋，再把馬匹拴住。一個看起來最神氣、好像是首領模樣的人，走入矮樹叢後方的大石前，阿里巴巴清楚地聽他喊著：「芝麻開門！」石頭突然出現一道門，一群人魚貫而入，首領走最後，他一入洞，門自動閉起。

他們在洞裡待了好一會兒，阿里巴巴怕他們會突然出來，把他抓去，因此耐心地躲在樹上

芝麻開門

不敢下來。最後，山洞的門開了，四十個強盜又出來，首領原本最後進去的人，現在最先走出洞，確定全部的手下都出來後，又唸道「芝麻關門」，把門關起來。一群人把鞍袋提上馬，人也上了馬，由首領帶隊，又揚長而去。

阿里巴巴這才從樹上下來，走入矮樹叢中，來到石門前，大喊「芝麻開門」，洞門立刻打開。

他原本以為會出現一個陰暗可怕的洞穴，不過出乎他的意料，裡面別有洞天，非常的明亮，是一個人造圓頂大洞，光線從洞頂透進來。他看到絲綢、錦緞和繡花布料等貨品，金幣銀幣，都堆積成山，還有不少裝在皮革袋裡的錢。阿里巴巴進入山洞後，洞門又自動關閉了。

他不碰洞裡的銀子，只裝了很多袋的金幣，捆在柴火堆裡，讓他在外面的幾隻驢子馱著。最後才大聲說道「芝麻關門」，洞門應聲關閉。

阿里巴巴趕緊回家，把毛驢牽進家裡的院子，再把大門關好，把裝著金幣的袋子搬進屋裡，打開給妻子看，叫她別洩漏出去，他要把金幣埋起來。

她的妻子說：「我要先秤秤這些金幣有多少。你去挖洞，我去跟別人借秤子。」她急忙去找卡辛的老婆借秤子。卡辛的老婆知道阿里巴巴家裡窮，也很好奇想知道阿里巴巴的老婆借秤子要量什麼東西，就在秤底很有技巧地塗上一點牛油。阿里巴巴的老婆回到家，開始高興地一秤一秤，拿進拿出地量起金幣來。她把秤送還的時候，沒注意到秤底黏了一枚金幣，卡辛的老婆馬上就發現了，更加地好奇。卡辛回家時，便對他說：「你弟弟比你有錢多了，他的錢不用數，而是用秤的！」卡辛要她快點說清楚，她立刻給他看那枚金幣，然後把借秤的經過一五一十說了一遍。

卡辛知道後，心生妒忌，整夜睡不著覺，第二天太陽還沒出來，就急忙起床去找弟弟，把那枚金幣拿出來，說道：「阿里巴巴，你假裝很窮，其實你的金幣要用秤的才算得出來。」阿里巴巴才知道由於妻子的粗心大意，這個秘密已經被卡辛和他的老婆發現，只好和盤托出，還說要分一點給哥哥。

「你當然要分給我，」卡辛說：「不過我要知道那些金銀財寶藏在哪裡，否則就把事情全說出來，你也會一無所有。」

阿里巴巴一方面出於好心，還有一點害怕，只好把山洞的地點和暗語告訴他，卡辛才滿意地離開，他心想，一定要搶得先機，把所有的財寶據為己有。

第二天一大早，卡辛帶著十隻馱著大箱子的騾子出發，很快就找到地方和石頭上的大門，大喊：「芝麻開門！」洞門應聲開啟，他一走進去，洞門自動關閉。他的眼睛被堆積如山的財寶吸引住了，等到回過神來，才急忙把寶物大肆裝袋。不過，當一切裝好，準備要離開時，腦中只想到他的財產，竟忘記要說什麼來開門，喊「大麥開門」，洞門是緊閉的，再喊出幾種豆麥穀物的名稱，獨漏了芝麻，門還是文風不動。卡辛想到他即將面臨的危險，恐懼萬分，再怎麼絞盡腦汁，就是想不起來，好像從來沒人說過芝麻這兩個字。

強盜在當天中午回來，看到卡辛的騾子馱著木箱站在洞口前，心生警覺，手拿起刀，等在洞口，首領喊「芝麻開門」，把門打開。卡辛在洞中聽到馬蹄聲，準備要一決生死，洞門一開便衝了出來，想把首領撂倒。不過強盜們一擁而上，馬上就把他殺了。

強盜進入山洞，看到卡辛準備帶走的一袋袋金幣，不覺納悶為什麼會有人不知道這個秘密還能闖入。他們把卡辛的屍體切成四大塊，掛在洞裡，警告再來這裡的人，然後就離開，再去搶更多的東西。

到了晚上，卡辛的老婆覺得事情不妙，跑到阿里巴巴家，告訴他卡辛去森林的事。阿里巴巴盡量安慰嫂嫂，然後趕著到森林裡去找人。他一進洞門就看見卡辛已經死了。驚恐萬分的他，把哥哥的屍體收好放在一匹毛驢的背上，又裝了幾袋金幣，上面蓋了木柴，放到另外兩匹毛驢背上才回家。

到了家，他把馱金幣的兩匹毛驢牽回自己家中，把另外一隻牽往卡辛的家。卡辛的女僕瑪吉娜來開門，她是個勇敢聰明的女人。阿里巴巴從驢背上卸下袋子，對她說：「這裡面是妳的主人，他已經遇害了，我們要假裝他是在家裡病死的，然後替他安葬。我待會兒再和妳商量其他的事，妳先去告訴女主人說我回來了。」卡辛的老婆知道丈夫慘遭殺害，放聲大哭。阿里巴巴說會收留她，讓她和他們夫妻一起住，不過要聽他的話，把事情交給瑪吉娜處理。她把眼淚擦乾就答應了。

瑪吉娜去找賣藥的人買止咳片，還說：「我家主人病了，不能吃也不能說話，不曉得生的是什麼病。」說完就帶著藥回家。第二天，瑪吉娜再去買藥，哭著說要買給快死的人吃的。到了晚上，聽到卡辛的老婆和瑪吉娜發出悲哀的哭泣聲，向左鄰右舍說卡辛已經過世，沒有人覺得奇怪。

第三天早上，瑪吉娜到城門附近找一個很早就開店的老裁縫，塞給他一枚金幣，要他帶著

針線，用手帕蒙住眼睛，跟著她回家。等到走進放屍體的房間，才把裁縫蒙在眼睛上的手帕打開，請他把屍首縫起來。完成後，又蒙住他的眼睛，牽著他回店裡去。安葬卡辛時，瑪吉娜披頭散髮，捶胸頓足地嚎啕大哭，卡辛的老婆則待在家中悲傷啜泣。第二天，卡辛的老婆就搬去和阿里巴巴一起住。阿里巴巴讓卡辛的大兒子繼承他父親的遺產，照顧店裡的生意。

另一方面，四十個強盜返回洞中時，發現卡辛的屍首不見，而且還少了幾袋金幣，非常詫異。首領說：

「我們一定被發現了，如果查不出是誰知道這個秘密就完了。現在有兩個人知道，其中一個已經死了，另外那個人一定得找出來。我們要派個機警的人進城，假裝是在外旅行的人，去找出被我們殺掉的人是誰，以及是不是有人死得很離奇。這個使者只能成功，不許失敗，否則就不能活命，以免背叛我們。」

其中一個自告奮勇要去，大家都稱讚他的勇氣。

第二天清早，強盜喬裝進城，來到裁縫巴巴穆司塔法的店，向他道早安，問他說：「您這把年紀了，做裁縫看得到嗎？」

「別看我上了年紀，」老裁縫回答：「我的眼力可是好得很呢。我還在一間比這裡暗的房間裡縫好一具屍體，這樣你相信我的眼睛了吧！」

強盜一聽，慶幸自己幸運找對人，便給他一枚金幣，要他說出縫屍體的那個家庭在哪裡。穆司塔法本來拒絕，說他是用手帕蒙住雙眼後被帶去的。不過當他又拿到另一枚金幣時，便說如果再蒙上雙眼，也許可以想起怎麼走，什麼時候該轉彎。這個方法果然奏效。強盜牽著他走，有時是裁縫自己記得路，最後停在卡辛的屋子前面，強盜用白粉筆在門上做了一個記號，然後向穆司塔法道別，自己就回到森林裡。

瑪吉娜正要外出，看見了門上的記號，覺得很狐疑，不曉得是誰在惡作劇，也拿了粉筆在左右三、四家的鄰居門口畫了同樣的記號，但一句話也沒有對別人說。

強盜回去，向首領和同伴們報告他的發現。首領很高興，要他帶大家去找作了記號的房子。可是，當他們去的時候，發現有五、六家門口都畫著同樣的記號，帶路的人也搞迷糊了，不知道怎麼回事。返回山洞後，帶路的強盜因為沒達成任務，被首領砍了頭。

他們又派了另一個出去探聽，這個強盜也靠裁縫巴巴穆司塔法的幫忙找到阿里巴巴，這次用紅粉筆在門口做記號。結果瑪吉娜又依樣畫葫蘆作記號，讓第二個強盜又被殺掉。

首領決定自己出馬，他記取教訓，不再作記號，把房子的地點牢記在心後，回到山洞，命令手下到鄰村買十九匹騾子和三十八個大皮革袋，其中一袋裝滿油，其他都不裝東西。最後讓大家集合起來，全副武裝，分別躲進三十七個皮革袋裡，還在每個袋子外面抹上油。於是十九匹騾子馱著三十七個強盜和一袋油，在天黑時進城，停在阿里巴巴的家門外。

阿里巴巴正坐在屋外乘涼，強盜首領對他說：「我從很遠的地方帶了點油，準備明天到市集裡販賣。但是現在太晚，找不到地方住，懇求你收留我一夜吧。」阿里巴巴雖然在森林裡看過他的臉，但是他偽裝成賣油商人，一時之間認不出來，便歡迎他在家裡住一晚，打開院子的門讓騾子進來，吩咐瑪吉娜替客人做晚飯，再鋪床讓他過夜。

阿里巴巴請客人到飯廳一起用餐，然後走到廚房和瑪吉娜說話。首領這時假裝出去看他的騾子，其實是去交代躲在皮革袋裡的強盜，一個接著一個對著強盜說：「當我從房間裡丟出石頭來，就用刀子把袋子割開出來，我馬上出來加入你們。」吩咐完畢後，就進屋裡，由瑪吉娜帶他回客房。

瑪吉娜回到廚房，叫另一個僕人阿布杜拉準備鍋子，為主人燉肉湯。過了一會兒，油燈因為油燒完熄滅了，廚房裡也沒油，阿布杜拉便說：「別著急，到院子裡從那些皮革袋裡拿點油就有了。」

瑪吉娜謝謝他的提議，拿著油壺到院子裡，來到第一個袋子旁，竟聽到躲在裡面的強盜輕聲問道：「時候到了嗎？」

如果不是瑪吉娜，而是別的僕人，知道裡面不是裝油而是人時，一定嚇得大叫；不過她馬上知道主人現在陷入極度的危險，立即想到一個辦法，馬上回說：「不，還沒到！」她一個一個去說，都是給同樣的答案，直到走到最後一個真正裝油的袋子。她現在知道主人請進來的，根本不是什麼油商，而是三十八名強盜。她把油壺裝滿油，回到廚房，點上燈，然後再從那個裝油的皮袋裡，舀了一大鍋油，把油燒開，最後將滾沸的熱油，倒進每一個皮革袋中，把所有躲在裡面的強盜都燙死了。勇敢的瑪吉娜辦完大事後，回到廚房把火吹熄，等在裡面看接下來會發生什麼事。

過了十五分鐘，強盜首領醒來，打開窗戶，見四周一片寂靜，便向皮革袋丟出幾顆小石頭，但是他的手下竟毫無動靜。他有點慌，連忙到院子裡，走到第一個皮袋前說：「你睡著了嗎？」說話的時候，他聞到一股熱油味，立刻知道謀殺阿里巴巴全家的計謀敗露，而且他全部的同伴也都死了，只有裝油的袋子是空的，總算搞清楚他們是怎麼死的。他把通往花園的門鎖撬開，翻了好幾道牆才逃走。

瑪吉娜把一切的經過看在眼裡，很高興自己做了一件好事，安心上床睡覺。

阿里巴巴一早起床，看到見皮革袋還在院子裡，便問賣油的商人怎麼還沒有把油馱到市場上去賣。瑪吉娜要他看第一個袋子裡是否真的裝油。阿里巴巴看到裡面躺著人，嚇得往後退。「別害怕，」瑪吉娜安慰他說：「他已經死了，不會傷害你。」

阿里巴巴從驚嚇當中恢復過來後，才問到賣油的商人。「商人！」她說：「他才不是什麼商人。」便把事情的始末說出來，說這都是森林裡那些強盜的計謀，只有三個沒有死在他們家中，這應該和之前門口被白色粉筆和紅色粉筆作記號有關係。

阿里巴巴聽瑪吉娜說完，為了感謝她救了他的命，馬上還她自由之身，同時讓家裡的僕人把強盜的屍體埋好，再把騾子牽去市場賣掉。

強盜首領獨自回到山洞，失去同伴的他，一個人在洞穴裡也覺得格外可怕，下定決心一定要殺了阿里巴巴報仇。

他又喬裝打扮一番，進城在一家客棧住下。他從山洞裡帶來過去搶劫累積的許多上等貨物和布料，在阿里巴巴兒子開的店對面，也開了一間店，改名叫哈珊，穿得很體面，人也很有禮貌，很快地就和阿里巴巴的兒子混熟了，還常常說要請他的父親吃飯。

阿里巴巴為了答謝哈珊對自己的兒子這麼好，便邀請他來家裡作客，親切地款待他。但是，當化名哈珊的強盜首領假意要離開時，阿里巴巴問道：「您要去哪裡？難道不和我們一起用餐嗎？」

哈珊先謝過他的好意，說他有特殊原因，才不得不拒絕。在阿里巴巴的堅持下，他才說：「凡是加鹽的食物我都不吃。」「如果只是這樣，」阿里巴巴說：「我可以告訴你，今天晚上所有人吃的菜，不管是肉還是麵包，都不會放鹽。」馬上就去吩咐瑪吉娜煮菜不要放鹽，她聽了非常驚訝，問道：「這位不吃加鹽食物的人是誰？」「他是個誠實的好人，」主人回答說：「照我的話去做就是了。」

瑪吉娜忍不住好奇，很想看看這位從未謀面的客人，便幫忙阿布杜拉端菜出去。她一看到哈珊，立刻認出他就是強盜首領，又發覺他長袍下藏著一把短劍。「原來如此，」她暗自說道：「這個惡棍打算要殺掉我的主人，所以才不跟他吃鹽！我不會讓他稱心如意。」

瑪吉娜要阿布杜拉把飯菜擺好，她趁這個時候，想出了一個最大膽的辦法來對付強盜首領。

餐後用甜點時，只有哈珊和阿里巴巴父子三人在場，強盜想先把他們灌醉後再殺掉。這時候，瑪吉娜頭上纏了一塊跳舞女郎戴的頭巾，腰上束圍腰帶，裡面藏著一把銀柄匕首。跟阿布杜拉說：「帶著你的小鼓，我們去為主人和客人表演吧。」於是阿布杜拉拿了小鼓，在瑪吉娜前面，敲打著來到了門口才停下，瑪吉娜也彎腰行禮。阿里巴巴說：「進來吧，瑪吉娜，為哈珊先生表演，讓他開開眼界吧！」再向哈珊說：「她是我的僕人，也是管家。」

哈珊一點也不高興，因為現在沒辦法下手了，不過還是表現出急於欣賞瑪吉娜的舞蹈，阿布杜拉於是開始打鼓，而瑪吉娜也跳起美妙的舞來。

跳了幾支舞後，瑪吉娜抽出匕首開始把玩，還做出優美的姿勢，有時把匕首緊貼在胸前，有時指向主人，好像是舞蹈的一部分。接著，她出其不意地，左手抓起阿布杜拉的小鼓，右手拿著匕首，停在主人前面，阿里巴巴父子各扔進一枚金幣，哈珊看瑪吉娜舞近，也掏出錢包要給賞錢，這時瑪吉娜用匕首狠狠地刺進哈珊的心窩，結束他的性命。

阿里巴巴父子大喊：「妳這是幹什麼呀？我們被妳害慘了！」

「主人，這是要救你，不是要害你，」瑪吉娜回答說。「你看，」她解開哈珊的長袍，拿出一把短劍。「你招待的，是要來復仇的敵人。他說不吃鹽，不就是證明嗎？復仇者是不吃鹽的。請你仔細看，他就是之前的賣油商人和四十大盜的首領。」

阿里巴巴非常感激瑪吉娜再次救了他，便要將她許配給自己的兒子，他也很高興地答應了，幾天後便舉辦熱鬧的婚禮。

到了年底，阿里巴巴都沒再聽到其他兩個強盜的消息，確信所有的強盜都死了。他出發到山洞前喊「芝麻開門」，走進去看到裡面的東西在首領死後就沒有再被動過，又搬出許多金幣，運往家中。他把寶庫的秘密告訴兒子，兒子又告訴孫子們。就這樣，阿里巴巴和子子孫孫，一代接一代，一直過著富裕的生活。

（《天方夜譚》）

漢斯和葛蕾特

從前，在一座廣大的森林旁邊，有個貧窮的樵夫，和妻子與兩個孩子住在一起，兒子名叫漢斯，女兒叫葛蕾特，家裡常常三餐不繼。有一次那裡發生大饑荒，連吃麵包都成了問題。

一天晚上，擔心又焦急的樵夫在床上翻來覆去，老是睡不著，便歎了一口氣，對妻子說：「怎麼辦呢？我們自己都沒東西吃了，要拿什麼來養活這兩個可憐的孩子？」

「我說啊，」他的妻子回答說：「明天一早，把孩子們帶到密林裡，替他們把火生起來，給他們每人一塊麵包，就把他們留在森林裡，再去做自己的事。他們找不到回家的路，我們也就不用再為孩子的事傷腦筋了。」

「不，不可以！」樵夫說：「這種事我做不出來，我怎麼狠得下心把自己的孩子丟在森林裡？野獸一定會來把孩子們撕成碎片吃掉。」

「你這個傻瓜，」妻子說：「那我們四個就一起餓死好了，你去準備做棺材的木頭等死吧！」她不死心，拚命勸說，直到樵夫點頭同意為止，但嘴裡還是喃喃唸著：「我真的太對不起這兩個孩子！」

兩個小孩這天晚上也因為肚子太餓睡不著，聽到後母向父親說的話。葛蕾特傷心地流著眼淚，對哥哥說：「我們沒希望了！」漢斯說：「妹妹別煩惱，我會想辦法，不要怕。」

樵夫夫婦睡著之後，漢斯就起床，穿上他的小外套，打開後門偷溜出去。外面的月光明亮皎潔，把屋前的白色鵝卵石照得如銀子一般的閃閃發亮。漢斯蹲下來，把很多鵝卵石放到口袋裡，再回家對葛蕾特說：「你放心，親愛的妹妹，快點睡吧！老天爺不會遺棄我們的！」說完自己也躺下去睡了。

天才亮，太陽還沒升起，後母就來叫醒他們。「起床吧！你們這兩個懶骨頭，我們要一塊兒去森林裡撿柴。」然後給他們每人一小塊麵包說：「這是你們的午餐，不可以先吃掉，否則就沒得吃了。」

葛蕾特把兩塊麵包放在身上穿的圍裙裡，因為漢斯的口袋都裝滿了石頭。他們一起出發到森林裡，但每走幾步路，漢斯就停下來，回頭看看屋子。父親發現了，就問他說：「漢斯，你在看什麼？為什麼老是跟不上？小心走好，別摔跤！」漢斯回答說：「爸爸，我是在看坐在屋頂上向我說再見的小白貓。」後母罵道：「你這個傻瓜！那才不是你的小貓，是被陽光照亮的煙囪。」其實漢斯並不是在看小貓，而是把口袋裡的白色鵝卵石，一顆一顆撒在途中。

當他們來到森林中央，父親便說：「孩子們，去撿柴，撿多一點，我先替你們生火，等一下你們就不會冷了。」漢斯和葛蕾特很聽話，撿了一大堆木柴，堆得像小山丘那麼高。木柴一點著，看到火焰熊熊燃起，後母便說：「孩子啊，你們先躺在柴火邊休息，我和爸爸要去森林裡砍樹，做完之後就會來帶你們回家。」

漢斯和葛蕾特便坐在火邊，等到中午，把分到的小塊麵包吃了。他們聽到斧頭砍樹的聲音，以為父親就在附近。事實上，那根本不是斧頭發出的聲音，而是父親把樹枝綁在枯樹上，樹枝被風一吹，敲擊樹幹的響聲。兄妹倆在原地坐得累了，眼皮逐漸沉重，不知不覺地睡著，等他們醒來，夜已經深了。

葛蕾特哭著說：「我們要怎麼走出這座森林呢？」漢斯安慰她說：「再過一會兒，等月亮出來，我們一定可以找到回家的路。」

一輪明月升起，漢斯藉著月光，和妹妹手牽手，跟著地上像新鑄錢幣一樣亮晶晶的小石子往回走。走了一整夜，在天將破曉時回到家門口。

敲敲門，後母出來，看見他們吃了一驚，卻假意說：「你們太不乖了，在森林裡睡那麼久，我們還以為你們不回來了。」樵夫卻很高興，因為把孩子們丟在森林裡讓他內心很不安。

不久又來了一次大饑荒。有一天晚上，兩兄妹又聽到後母在床上對父親說：「家裡的食物又快吃完了，只剩下半條麵包，吃完後我們又要挨餓了，所以孩子們一定得趕出去。這次要把他們帶到更深的森林裡，絕不讓他們找到回家的路。否則我們連自己都活不下去。」

樵夫聽了心情很沉重，心想：「即使剩下最後一小塊麵包，能跟孩子們分享也是好的。」可是，他的妻子根本不聽丈夫的話，不斷數落他，又一再地勸說。他第一次答應她就已經開了先例，第二次就更難堅持，便無可奈何地點點頭。

孩子們還是沒睡，再次聽到他們的談話。等到兩個大人睡著後，哥哥又起床想到外面撿石頭，但門被後母緊緊鎖上，出不去。漢斯安慰妹妹說：「不要哭，葛蕾特，安心睡覺，老天爺會幫助我們的！」

第二天一大早，後母來叫醒孩子，要他們下床，再給他們比上次更小塊的麵包。漢斯邊走邊用手把口袋裡的麵包弄碎，每過幾分鐘就停下來，把麵包屑丟在地上。

父親問他說：「漢斯，你為什麼老是停下來東張西望？」漢斯說：「我是在看停在屋頂上向我說再見的小鴿子。」後母說：「別傻了，那不是你的鴿子，那是被陽光照亮的煙囪。」

其實，漢斯是在慢慢地把麵包屑丟在地上，像上次丟小石頭一樣。後母帶著他們走到森林深處，他們從來沒有過到這麼遠的地方。父親又替他們生火，接著後母說：「在這裡坐著等，累了可以躺下來睡一會兒。我們要去森林裡砍樹，傍晚做完就會來帶你們回家。」

到了中午，葛蕾特把自己的麵包和哥哥分著吃，因為他的麵包全都撒在路上，吃完就躺下來睡覺，到了晚上也沒人來找，就一直睡到半夜才醒過來。

漢斯安慰妹妹說：「等一會兒，月亮一出來，我們看到地上的麵包屑，就可以找到路回家。」

月亮出來，他們準備出發，但是半點麵包屑也找不到，原來是被森林裡飛來飛去的小鳥全部啄光了。

「不要緊，」漢斯對妹妹說：「我們還是可以找到路。」其實他們沒辦法找到回家的路。他們整夜不停地四處走著，第二天依然從早走到晚，還是走不出去。肚子餓極了，不過只找到一些野草莓來充飢。最後，兩個人疲倦不堪，雙腿再也走不動，累得躺在樹下睡著了。

離開家的第三天早上，他們再繼續往前走，但是越走越深，怎麼也出不去。他們開始絕望地想著，如果再沒有人來幫忙的話，也許很快就會死在這裡。

到了中午，有一隻像雪般美麗的小白鳥飛過來，停在樹枝上，唱著優美的歌，兄妹倆不禁停下來傾聽。

小白鳥唱完，拍拍翅膀，從他們眼前飛走了。兄妹倆跟著小鳥，來到一間小屋子，看到鳥兒停在屋頂上休息。他們走進一看，發現這間小屋竟然是用麵包做成的，屋頂鋪著餅乾，窗戶則是透明的糖果。

漢斯高興地說：「我們自己動手吧，來大吃一頓！」（他一興奮，說話就顧不得禮貌了！）「我先吃一塊屋頂，葛蕾特妳就吃點窗子，一定很甜。」

說完，他伸手剝下一小塊屋頂嚐嚐味道，妹妹也到玻璃窗邊咬了一口。

這時小屋裡傳來尖銳的叫聲：「咬！咬！小老鼠。是誰咬我的小屋？」孩子們回答說：「天上的小孩，正在胡來！」說完又繼續吃，所有的事都拋在腦後。

漢斯發現屋頂真是太好吃了，又剝下一大片，葛蕾特也把整塊玻璃窗挖出一個大洞，坐在地上痛快地享用。

忽然間門開了，一個老太婆拄著拐杖，步履蹣跚地走了出來。兄妹倆嚇得把手上東西都掉在地上。

老太婆晃著腦袋說：「喔，親愛的孩子們，誰帶你們來這裡的？快點兒進來，跟我住在一塊兒，別害怕。」老太婆牽著他們的手進屋，替他們準備豐盛的晚餐，有牛奶、甜鬆餅，還有蘋果和核桃。吃完後，還替他們鋪好兩張漂亮舒適的小床，還有白色的被單。兄妹倆躺在床上，感覺好像在天國一樣。

老太婆表面上和藹可親，其實是個專門找小孩的老巫婆，她蓋那座糖果屋的目的，就是要引誘貪吃的小朋友。孩子被她騙進來以後，就會被殺掉煮來吃，祭祭她的五臟廟。

老巫婆眼睛紅紅的，看不太清楚，但是鼻子跟野獸一樣靈敏，可以老遠就聞到有人走近。漢斯和葛蕾特一落到她手裡，她就露出奸笑，得意地說：「抓到了！這下你們逃不了了！」

第二天早上，老巫婆在孩子還沒醒來之前就起床，看到兩個小孩安詳地睡著，粉嫩的臉頰，不禁說道：「真是美味啊！」便用她瘦骨如柴的手抓住漢斯，不管漢斯怎麼哭叫，還是把他關進馬廄裡。

老巫婆再把葛蕾特搖醒，罵道：「快起來，懶惰鬼！去拿水煮點東西給你哥哥吃。我要把他養胖再吃掉他！」葛蕾特一聽嚇得大哭，但是一點辦法也沒有，只好照著巫婆的話做。

葛蕾特每天都得把最好的食物煮給哥哥吃，自己只能吃螃蟹殼。老巫婆每天早上都拄著拐杖到馬廄叫著：「漢斯，手指伸出來，讓我摸摸看你長胖了沒。」漢斯每次都伸出一根吃剩的小骨頭，老巫婆的眼睛也看不清楚，以為摸到的是漢斯的手指頭，覺得很奇怪，納悶著為什麼長得這麼慢。

過了四個星期，漢斯依然沒長胖，老巫婆已經沒有耐心，不想再等了，便向葛蕾特說：「快去打點水來，不管他是胖是瘦，明天都要把他殺了煮來吃！」

可憐的小妹妹，提著水傷心地啜泣，眼淚不停地流，哭喊著：「慈悲的神啊，請救救我們吧！我寧願在森林裡被野獸吃掉，至少我們還可以一塊兒死。」

「別吵，」老巫婆說：「說什麼都沒用了！」

一大早，葛蕾特就得起床，把裝滿水的大鍋子吊在柴堆上，準備生火。老巫婆說：「先去烤麵包，爐子我已經點好火，麵團也揉好了。」邊說邊把葛蕾特往火燒得正旺的爐子裡推。「到裡面去看看火夠不夠大，可不可以把麵包放進去烤。」巫婆其實想把葛蕾特推進火爐，把爐灶關起來，順便把她烤來吃掉。

葛蕾特很清楚巫婆在打什麼算盤，便說：「我不曉得要怎麼做；怎麼進去呢？」老巫婆說：「妳真是個傻子，爐口這麼大，妳看，連我都進得去。」說著，就爬過去，頭伸進火爐。葛蕾特趁機用力一推，把老巫婆送進去，再把鐵門關上，緊緊栓住。

天啊！爐裡傳來巫婆可怕的尖叫聲，令人聽了心驚膽戰。葛蕾特趕緊跑走，讓邪惡的巫婆自食其果，被活活燒死。

她馬上跑去找漢斯，打開馬廄的門，高聲叫道：「漢斯，我們自由了，老巫婆已經死了！」門一打開，漢斯就像從鳥籠裡獲釋的小鳥似的，高興地一躍而出。

兄妹兩人經過這場折磨，真是太高興了，緊緊抱在一起，又叫又跳，不斷地親吻對方。

他們現在再也不用害怕了，走進老巫婆的屋裡，發現每個角落都放著裝滿珠寶的箱子。漢斯說：「這些東西比鵝卵石好多了，」抓起來拚命往口袋裡塞。「那麼我也要帶一點回家，」葛蕾特也把珠寶裝滿圍裙的袋子。

漢斯說：「我們趕快逃出這個巫婆森林。」走了好幾個小時，來到一個很大的湖泊。漢斯說：「我們過不去，這裡沒有橋。」

「對啊，連一艘渡船也看不見，」葛蕾特說：「可是你看，那邊有一隻白鴨子在游泳，我來問問看牠可不可以幫忙，」便高聲唱著：「兩個可憐的小孩，沒有橋，沒有船來載；讓我們上你白色背上，遊過河，快快快！」

鴨子游過來，漢斯先在牠的背上坐好，再叫妹妹過來坐他旁邊。

「不行！」葛蕾特說：「我們太重了，鴨子游不動，還是讓牠一次載一個。」好心的鴨子把兩人安全地載到對岸。上岸走了一會兒，四周的景象漸漸熟悉，最後終於看到自己的家就在前方。他們忍不住興奮地跑過去，衝進屋裡，緊緊抱著父親。

樵夫自從把孩子丟在森林之後，一分鐘也沒有開心過，他的妻子也死了，剩下他孤零零的一個人。

葛蕾特把圍裙攤開，讓漂亮的珠寶滿屋子滾著，漢斯也從口袋裡，一把又一把地將寶石拿出來。從此以後，他們再也不用為生活煩惱，一起過著快樂的日子。

故事說完了！你們看，那裡跑來一隻老鼠，誰把牠抓起來，就可以做一頂皮帽來戴喔！

（《格林童話》）

白雪與紅玫瑰

從前有個窮寡婦，她住的小屋前面有一座花園，花園裡種著兩株玫瑰，一株開白花，一株開著紅花。她的兩個女兒長得也像玫瑰般的美麗，一個取名叫白雪，另一個叫紅玫瑰，她們是世上最甜美、最善良的小孩，而且非常勤快，時時帶著愉快的笑容。白雪比紅玫瑰文靜溫柔些。紅玫瑰喜歡在田間、草地上到處跑，摘花，抓蝴蝶；白雪通常會待在家，幫助母親做家事，或者是在空閒時唸書給母親聽。

兩姐妹花感情非常好，每次出去，不管去哪裡，都是手牽著手。有時白雪會說：「我們絕不能離開對方，」紅玫瑰也會回答：「對，只要我們活著就不會分開。」然後母親會說：「妳們要相親相愛，禍福與共。」

她們姐妹倆常常到森林裡採莓子吃，野獸不但從來不傷害她們，反而還親熱地靠過來；小

野兔會吃她們手裡拿的白菜葉，鹿群們都喜歡靠在她們身邊吃草，高興地跳上跳下，鳥兒也放心地停在枝頭盡情高歌。她們不曾遇過壞事或是壞人，有時候忘記時間，在樹林裡耽擱太久，如果天色已晚，就乾脆一塊兒躺在苔蘚上睡到天亮。母親知道女兒在樹林裡很安全，一點兒也不擔心。

有一次，姐妹倆又在樹林過夜，等到早晨的陽光灑在身上才醒來，發現一個身上穿著閃亮白袍的美少年坐在旁邊。他站起來，溫柔地看著她們，一言不發，然後就消失在森林裡。她們兩個左右一看，才赫然發現自己竟然睡在危險的懸崖旁邊，如果在黑暗中再往前走幾步的話，一定會失足掉下去。她們回去把這個奇遇告訴母親，母親說這一定是乖孩子的守護天使。

白雪和紅玫瑰把母親的小屋佈置得整齊大方，賞心悅目。夏天是紅玫瑰負責整理屋子。每天早上，在母親還沒起床之前，她會從每株玫瑰樹上各摘下一朵花，做成花束放在母親床前。在冬天，白雪負責生火，再掛起銅茶壺溫水，茶壺被她擦得晶亮，像黃金般閃閃發光。到了晚上，雪花開始飄落時，母親會說：「白雪，去把門閂好。」然後母女三人就圍坐在壁爐旁，母親戴上眼鏡，拿起一本很重的書高聲朗讀，讓姐妹倆一邊聽，一邊坐著紡紗。家裡還有一隻小羊慵懶地躺在附近，身後躲著一隻把頭埋在翅膀底下的小白鴿。

有天晚上，她們正舒服地坐在一塊兒，突然聽到敲門聲，好像有人想進來。母親說：「紅玫瑰，快去開門，一定是求宿的旅客。」紅玫瑰打開門閂，心想漆黑的門外應該會站著一個可憐的人。結果不是人，而是一頭熊，還把厚厚的熊腦袋探進門。紅玫瑰尖叫一聲，嚇得趕緊向

後退，小羊開始叫起來，鴿子也不停地撲著翅膀，白雪更是躲到母親的床後面。

這時大熊開口說：「別害怕，我不會傷害妳們，我快凍死了，只想來這裡取個暖。」

「可憐的熊，」母親說：「躺到火邊來吧，不過小心別燙到毛。」然後叫道：「白雪，紅玫瑰，出來吧！熊不會傷害你們，牠是善良溫和的動物。」姐妹兩人這才走出來，小羊和鴿子也慢慢走近，不再害怕。

熊拜託孩子把身上的雪打下來，她們便拿出刷子，替熊把全身刷得乾乾爽爽。熊在火堆旁盡情地伸展四肢，發出心滿意足的低吼。孩子們馬上就和熊熟絡起來，開始跟這個天真無助的客人玩遊戲。她們雙手扯著熊身上的毛，把小腳丫踩在熊背上，然後抓著牠滾來滾去，還拿榛木枝打著玩，等到熊叫了起來，才相視大笑。不論她們如何開牠玩笑，熊總是順從地配合，只有玩得太過火的時候，才叫道：「孩子們，饒了我！白雪與紅玫瑰，別把愛人打西歸。」

到了該上床的時候，大家都去睡了，母親便對熊說：「老天啊，你在爐邊躺著，就不會挨冷受凍了。」

天才一亮，姐妹們就把熊放出去，熊笨拙地離開，踏著雪走進樹林。從那時起，熊都會在每個夜晚的同一時間來敲門，乖乖地躺在火爐邊，讓孩子們盡情地跟牠玩，開各種玩笑。孩子們習慣牠的造訪，從來不會在黑朋友來之前關門。

春天到了，大地滿是綠意。有一天早上，熊對白雪說：「現在我必須離開，整個夏天都不會再回來。」

「你要去哪裡，親愛的熊？」白雪問。

「我要去森林裡看守我的財寶，以免被邪惡的侏儒偷走。在冬天，世界萬物都結冰，他們會乖乖待在地底下，地面上結了冰，想出來也沒辦法。現在太陽把冰雪融化了，地面也變暖和，他們就會破土而出，到處找可以偷的東西。東西一但落入他們手中，被帶進洞裡，就很難重見天日了。」

白雪聽到朋友要走很傷心，她一開門，熊往外走的時候，身體不小心卡了門環一下，扯下一撮熊毛，白雪好像在那裡看到一道金光，但是不確定看到什麼東西。熊很快就跑走，一下子就消失在樹叢中。

過了一陣子，母親要姐妹倆去樹林裡撿柴火。她們隨意地走著，發現一棵大樹倒在地上，樹幹上長滿高高的雜草，然後注意到草叢裡有個影子在跳動，看不清楚到底是什麼東西。走近

一看，是個面容乾枯的侏儒，鬍鬚足足有一碼長，鬍子尾巴卡在樹縫中動彈不得，不知如何是好，急得像被鍊住的狗，不停地跳著腳。他用那雙火紅的眼睛瞪著姐妹倆叫道：「妳們站在那裡做什麼？不會過來幫我一下嗎？」

「你在做什麼？為什麼會被卡住，小矮人？」紅玫瑰好奇地問。

「妳這個多嘴的笨蛋！」侏儒罵道：「我要把樹劈開，弄點木柴到廚房生火，那些大塊木柴是給你們這些貪吃的人煮些粗劣食物用的，會把我們美味的飯燒焦，不適合用。本來我已經把楔子打進去固定好，一切都很順利，沒想到那片可惡的楔子太滑了，突然間蹦出來，樹縫一合攏，我這把美髯來不及抽出來就被夾住，自己也走不了。妳們這兩個嘴上無毛的平凡小丫頭只會在一旁傻笑。哼，真是太壞了！」

女孩們於是使出渾身解數幫他，但是卡得太緊，怎麼樣都沒辦法把鬍子拔出來。

「我去找別人來幫忙，」紅玫瑰說。

「妳這個呆瓜！」侏儒氣急敗壞地大叫：「叫別人來有什麼用？妳們兩個已經夠了，難道想不出其他辦法嗎？」

「別慌，」白雪說：「我知道怎麼幫你，」她從口袋裡拿出剪刀，喀擦一聲就把侏儒的鬍子從下面剪斷。

侏儒爬起來之後，從樹根下拿出一個裝滿黃金的袋子，嘴裡還嘮叨著：「一群粗魯的討厭鬼，竟然把我這麼美的鬍鬚剪斷了！」說完就把袋子甩到後面，不理會姐妹倆就走人了。

又過了一些時候，白雪和紅玫瑰去釣魚。走近溪邊時，看到像隻大蚱蜢的東西在溪邊跳來跳去，彷彿要跳入水裡。一跑過去，才認出又是上次那個侏儒朋友。

「你要去哪裡？」紅玫瑰問道：「你不是要跳進溪裡吧？」

「我又不是笨蛋，」侏儒叫道：「難道妳沒看到那條該死的魚要把我拖下水嗎？」侏儒一直坐在溪邊釣魚，風一吹，不幸又把鬍子和釣魚線纏在一起。後來，一條大魚咬住餌，但嬌小玲瓏的侏儒力氣太小拉不動。魚佔了上風，把他往水中拉過去。他用全身的力量抓住旁邊的燈芯草和草稈，不過沒什麼用。魚怎麼游，他就跟著怎麼動，隨時有被拖入水中的危險。

姐妹倆來得正是時候，抓緊侏儒，想辦法把鬍子和釣魚線分開，可是纏得太緊，根本解不開。最後還是拿出剪刀來，又犧牲了一小段鬍子。

侏儒看到她們做的好事，衝著女孩子們大叫：「這是有禮貌的行為嗎？妳們這兩個壞蛋！

要把我毀容嗎？上次已經把我的鬍子剪短了，現在又剪掉最漂亮的部分，叫我怎麼去見人？還不快滾！」說完，從草叢中拿出一袋珍珠，一句話也沒說就拖著袋子消失在岩石後面。

不久，母親要她們進城去買針線、花邊和緞帶。這條路會先經過一片巨石遍布的荒地。正在吃力地走著，看見一隻大老鷹在空中緩緩盤旋，越飛越低，最後停在離她們不遠的石頭上，接著聽到了尖銳的慘叫聲。她們連忙跑過去看，驚訝地發現老鷹已經撲到她們的侏儒朋友，眼看著就要把他叼走。

兩個孩子心地很好，趕緊抓住侏儒，和老鷹開始拔河，最後終於把他搶回來。才回過神，侏儒馬上又瘋狂地大叫：「難道妳們對我不能小心一點嗎？把我的小外衣都扯破了，笨手笨腳的！」然後拿起一袋寶石，鑽進石頭下的洞穴裡頭不見了。

姐妹倆早就習慣他忘恩負義的行為，一點也不記恨，繼續上路到城裡辦事。

在回家的途中，又得經過那片荒地，侏儒正把他的寶石全部倒在空曠的地上，看到兩姐妹出現，嚇了一大跳，完全沒想到這麼晚了還會有人經過。傍晚的落日餘暉照在閃爍的寶石上，發出五彩繽紛的耀眼光芒，把孩子們看呆了，動也不動。「妳們張著嘴站在那裡做什麼？」侏儒吼道，他那張死灰的臉因為怒氣而漲紅了，眼看馬上就要開罵，突然聽到一聲咆哮，一頭黑熊從樹林裡狂奔出來。侏儒嚇得跳了起來，來不及逃走，黑熊已經近在眼前。

他用恐懼的聲音哀求道：「親愛的熊先生，請你饒了我吧！我把所有的財寶都送給你，你看地上那些寶石多麼美，請饒了我吧！殺了我這可憐的小矮人對你也沒什麼用，即使吃了我也不夠塞牙縫。你看那邊，去把那兩個壞女孩抓起來，就可以飽餐一頓，就像油滋滋的鵪鶉那麼

好吃！別吃我，去吃她們吧！」熊根本不想聽他胡言亂語，一掌就打死這個邪惡的小人，讓他永遠也動不了。

女孩們拔腿就跑，但是熊在她們身後喊道：「白雪和紅玫瑰，不要怕，等我，我和妳們一起走。」她們認出了這個聲音，馬上停下來等牠。

就在黑熊接近的時候，熊皮突然脫落，出現一位身著金裝的英俊男子。「我是一位國王的兒子，」他說：「那個侏儒施妖法把我變成野熊，又偷走我的珠寶，讓我在森林裡游蕩，只有他死我才能恢復原形。現在他已得到應有的懲罰。」

白雪長大後嫁給這位王子，紅玫瑰則嫁給王子的哥哥，他們平分了侏儒藏在洞內的大批金銀財寶。母親則和他們一起，平靜地過了許多年。她一直把那兩株玫瑰帶在身邊，放在房間的窗前，每年都開滿美麗無瑕的白玫瑰與紅玫瑰。

（《格林童話》）

牧鵝少女

從前有一位老皇后，國王已經去世多年，不過她有個漂亮的女兒。

公主長大後，跟一個住在遠方的王子訂婚。現在該結婚了，馬上要嫁到國外去。老皇后深愛著公主，為她準備很多值錢的行李和首飾，金子、銀子、各種飾品、全套皇家嫁妝，一應俱全，還安排一個侍女陪她一起去，把公主安全地交到新郎手中。她們各騎一匹馬，公主騎一隻會說人話，名叫法拉達的馬。

出發之前，老皇后到自己的臥室裡拿出一把小刀，把手指頭劃破，在一塊白布上滴了三滴血，交給公主說：「親愛的孩子，好好保管這塊布，在旅行途中也許會派上用場。」

母女倆道別之後，公主把母親給的白布放進懷裡，騎上馬，往新郎的王國出發。

騎了大約一個小時，公主覺得口渴，便對她的侍女說：「請下去到那邊的小溪，用我的金

HJF

杯子幫我舀水來，我想喝水。」

「你如果渴的話，」侍女說道：「自己下去趴在水邊喝，我不再是妳的侍女了。」公主渴得受不了，只好下馬蹲在溪邊喝水，侍女還禁止她用金杯喝水。她自言自語地說：「老天爺呀！我該怎麼辦？」

三滴血回答說：「要是你母親知道了，她的心會碎成兩塊。」

公主是逆來順受的個性，沒有對侍女的無禮行為說什麼，靜靜地上馬。

她們趕了好幾里路，天氣越來越熱，陽光熱得好像會燙傷人，公主口又渴了。經過一條河，她忘記侍女之前的回話，便說：「請下去用我的金杯替我舀水來喝。」但侍女用比上次更傲慢無禮的態度說：「想喝水就自己下馬去喝，我可不是妳的侍女。」口渴得很厲害的公主不得不下馬，蹲在潺潺流動的河水邊，哭叫著說：「老天爺呀！我該怎麼辦？」

三滴血回答說：「要是你母親知道了，她的心會碎成兩塊。」

當她彎下腰喝水的時候，沾有三滴血的布從她懷裡掉出來，隨著河水漂走了。公主心裡緊張，一點兒也沒注意到這件事。但侍女卻看見了，非常興奮，因為她知道公主沒有那三滴血，就等於失去護身符，她可以完全控制公主了。

當公主準備再跨上法拉達時，侍女叫住她說：「我要騎法拉達，換妳騎我的馬。」公主只好照辦。接著，侍女又粗暴地命令公主脫下她的皇家服飾，換上普通衣服。最後，又逼迫公主對天發誓，到了王子的皇宮後，絕不會向任何人提起發生的事，否則就馬上將她殺死。這一切都被法拉達看到了，牢牢地記在心裡。

侍女現在騎著法拉達，真正的新娘卻騎著女僕的次等馬，繼續這段旅程。最後到了皇宮。盛大的慶典正開始歡迎她們的到來。王子飛奔出來迎接，以為侍女就是自己的未婚妻，把她從馬上扶下來，帶她上樓進入王宮內室，真正的公主反而被留在庭院裡站著。

老國王正好從窗戶望出去，看到站在下面的公主，很訝異她這麼甜美溫柔，長得又很漂亮，跑進內室去問新娘，跟她一起來，正站在下面庭院裡的人是誰。

侍女新娘說：「她是我帶在路上作伴的，請給她一些事情做，別讓她閒著。」

老國王想不出有什麼事情給她做，就說：「有個少年替我牧鵝，她可以去幫忙。」這個少年名叫柯肯。於是真正的新娘就被派去牧鵝。

不久，假新娘對王子說：「親愛的丈夫，請為我做一件事。」

王子說：「當然沒問題。」

「叫屠夫把我騎來的那匹馬的頭砍下來。牠在旅途中的粗野行為令我難以忍受。」事實上她是擔心這匹馬會把她對待真公主的所作所為洩漏出來，所以才殺牠滅口。忠心的法拉達就要被殘忍的侍女害死了。當公主聽到這個消息，馬上去找屠夫，答應給他一枚金幣，請他幫忙。因為公主每天早晚，都要趕著鵝群經過城裡一個黑暗的大城門，所以請他把法拉達的頭掛在城門上，讓她可以再見到牠一次。屠夫答應了，便砍下馬頭，牢牢地釘在城門上。

第二天清早，公主和柯肯趕著鵝經過城門時，說：「喔！法拉達，法拉達，你就掛在這裡啊！」

馬頭回答說：「是妳，美麗的公主經過。要是妳母親知道了，她的心會碎成兩塊。」

H.J. Ford

他們走出城，趕著鵝群往野外走去。到了草地，放鵝吃草時，她坐下來解開黃金般的美麗秀髮。柯肯看到她的金髮在太陽下閃閃發光，忍不住跑上前去想拔幾根下來。於是她唱道：

風兒風兒輕輕吹，
吹走柯肯帽子令他追；
飛過高山和田野，
一頭秀髮別受累，
現在金絲直直垂，
待他返回早已沒。

這時果真吹來了一陣勁風，把柯肯的帽子吹走，他追著帽子跑，追遍小山和河谷。等他找到帽子回來時，公主已經把頭髮梳完盤好，他也沒機會拔頭髮了，就賭氣不跟她說話。兩人默默看著鵝群，一直到天黑才回去。

隔天早上，當他們照例趕著鵝群要過城門時，公主抬頭說：「喔！法拉達，法拉達，你就掛在這裡啊！」

馬頭回答說：「是妳啊，美麗的公主經過。要是妳母親知道了，她的心會碎成兩塊。」

她自顧自地走著，來到草地，坐在地上開始梳頭髮，柯肯又跑過來想拔她的頭髮，她趕緊又唱道：

風兒風兒輕輕吹，
吹走柯肯帽子令他追；
飛過高山和田野，
一頭秀髮別受累，
現在金絲直直垂，
待他返回早已沒。

風又起了，把他的帽子吹到很遠的地方，柯肯只好跟著追。等他回來，公主老早就把一頭金髮牢牢地盤起，他又拔不到了。他們看著鵝群一直到天黑。

那天晚上回來後，柯肯跑去找老國王說：「我再也不要那個女孩跟我一起牧鵝了。」老國王好奇地問：「為什麼呢？」

「因為她整天都不做事，只會作弄我，」柯肯回答，然後說出她那些怪異的舉動：「我們每天早上趕鵝經過黑暗的城門時，她會對著掛在城門上的馬頭說：「『喔！法拉達，法拉達，你就掛在這裡啊！』馬頭就回答她說：『是妳啊，美麗的公主經過。要是妳母親知道了，她的心會碎成兩塊。』」

柯肯又說放鵝的時候，他老是要去追被風吹走的帽子。

老國王沒說什麼，要他先回去，跟平常一樣去放鵝。不過第二天早上，他躲在黑暗的城門後面，聽到牧鵝少女跟法拉達的對話，接著又跟蹤到田裡，藏在草地旁邊的樹叢中，看兩個人牧鵝的經過、少女坐著放下一頭耀眼金髮的情景，也聽到她說：

風兒風兒輕輕吹，
吹走柯肯帽子令他追；
飛過高山和田野，
一頭秀髮別受累，
現在金絲直直垂，
待他返回早已沒。

這時吹來了一陣勁風。把柯肯的帽子吹走，他追著帽子，追遍小山和河谷。少女已經趁機把頭髮梳完盤好。老國王把一切看在眼裡，之後就悄悄地回去，沒有人看到他。到了晚上，牧鵝的少女回來，他把她叫到一邊，問她為什麼做這些事情。

「我不能告訴你的。我已經發誓，絕不把我的遭遇洩漏半個字，否則就會被殺掉。」老國王不停地追問，非要她說出來，但是少女還是不願意。最後他說：「如果妳不願意告訴我的話，那麼就把妳的遭遇說給鐵爐聽吧！」說完就離開了。她走到爐子旁，流著淚把心裡的傷悲與所有的苦難一股腦地傾訴出來：「坐在這裡的，是被全世界遺棄的可憐人。我原本是國王的女兒，但受到壞侍女的迫害，她穿了我的衣服，奪走我的新郎，又令我做低賤的牧鵝工作。唉！要是我母親知道了，她的心會碎成兩塊。」

老國王站在煙囪外面，聽到少女的每一句話，走入房間，要她離開爐子，命人給她換上王室禮服，頓時豔光照人。老國王很驚訝地召喚自己的兒子過來，告訴他現在的妻子是惡侍女假冒的，真正的新娘被委屈做牧鵝少女，就站在這裡。年輕的國王看到真公主如此漂亮，又知道她善良溫柔的美德，非常歡喜。

在一個盛大的宴會上，所有的王公大臣都受邀。新郎坐主位，一邊是公主，另一邊是侍女，她認不出眼前這位衣著華麗的美女就是公主。大家正高興地吃吃喝喝時，老國王突然要侍女幫他解決一個難題。「如果有人欺騙大家的話，該怎麼處罰？」接著就把整個故事從頭到尾說了一遍，再問：「該怎麼判罪呢？」

侍女回答：「應該把這個人全身脫光，丟進裡面釘滿尖釘子的木桶裡，再用兩匹白馬把木桶拖上街，走到讓這個人痛苦地死去為止。」

「這個人就是妳！」老國王說：「妳已經判了自己的罪，就應該受到這樣的懲罰。」侍女得到報應之後，年輕國王和真正的新娘結婚了，兩人共同治理國家，讓人民安居樂業，個個過著快樂的日子。

（《格林童話》）

蟾蜍與鑽石

從前有一位寡婦，她有兩個女兒。大女兒不但長得像母親，連個性也非常相似，每個看到她的人都以為看到母親。這兩個人都是脾氣乖戾，生性高傲，沒有人想和她們住在一起。

小女兒就截然不同，她是父親的翻版，不但個性善良，溫柔有禮，長得也非常美。人的天性都是同類相近，所以母親很自然地寵愛大女兒，對待小女兒卻很刻薄，叫她只能在廚房吃飯，還把所有的工作派給她做。

除了家事以外，可憐的小女兒每天還得拿著大水壺，到距離一里半的地方打兩次水。有一天，當她走到水泉邊時，有個窮婦人向她討水喝。

「喔，我非常樂意舀水給你，好女人，」善良的小女兒說，從水泉最乾淨的部分裝水，還把水壺拿高，讓婦人方便喝到水。

喝完後，婦人對她說：「妳真是個好心腸又有禮貌的美人，我要送妳一件禮物。」這個婦人其實是一位仙女，她假扮成鄉下來的窮婦人，來測試小女孩的心地是不是真的很善良。仙女說：「我送妳的禮物，是妳每說一個字，就會有一朵花或是一顆寶石從妳嘴裡掉出來。」

漂亮的小女兒回到家，母親馬上斥責她取水去得太久。

「母親，請您原諒，」可憐的小女兒解釋說：「我應該趕緊回來的。」

就在說話的同時，女孩的嘴裡吐出兩朵玫瑰、兩顆珍珠和兩顆鑽石。

「我的眼睛有毛病嗎？」她母親不可思議地喊著：「我好像看到珍珠和鑽石從妳的嘴巴裡吐出來！這是怎麼一回事，孩子？」這是她第一次對小女兒叫出「孩子」這兩個字。

小女兒老實地把事情的經過說出來，邊說還邊吐出無數的鑽石。

「太神奇了！」母親叫道：「我一定要讓我女兒也去。芬妮，過來！妳看妳妹妹說話時嘴巴會吐出珠寶。如果妳也得到這個禮物的話該有多好！妳現在什麼事都不要管，先去水泉那裡取水，如果看到一個窮婦人向妳要水的話，乖乖地給她。」

「要讓我去打水可是很稀奇喲！」大女兒沒大沒小地回嘴。

「妳一定要去，」母親板起臉來，「就是現在！」

她心不甘情不願地帶著家裡最好的銀水杯出門，一路上還嘮嘮叨叨地埋怨著。

走到水泉邊，看到樹林裡有一位衣著華麗的貴婦向她走過來討水喝。這個貴婦跟上次出現在小女兒面前的窮婦人，都是仙女喬裝的。她這次改變外貌，穿成公主的模樣，目的就是要看看這個女孩子到底有多麼高傲。

傲慢鹵莽的大女兒說：「我到這裡來就是要服侍妳喝水嗎？我想這個銀水杯是殿下您專用的吧？反正，妳想用銀杯的話就用吧！」

「妳根本不懂什麼叫做禮貌，」仙女克制自己不要生氣：「既然你教養這麼差，這麼野蠻，我就送給妳一個禮物，讓妳每說出一個字，就有一條蛇或一隻蟾蜍從妳嘴裡蹦出來。」

大女兒回到家中，母親連忙問道：「怎麼樣，女兒？」

「嗯，母親，」她才開口，嘴裡就跳出兩條毒蛇和兩隻蟾蜍。

「喔，天啊！」母親驚叫：「我看到的是真的嗎？這都是妳那個可惡的妹妹害的，我要她嚐嚐我的厲害。」說完，馬上拿起棍子狠狠地責打小女兒，打得她受不了，便從家裡逃走，跑到附近的森林裡躲起來。

國王的兒子正好在森林裡打完獵，遇到這個美麗的女孩，便問她一個人在這裡做什麼，為什麼哭。

「唉！是我母親把我打出來的。」

國王的兒子看到她嘴裡吐出五、六顆珍珠與鑽石，要她告訴他是怎麼回事。她便原原本本說出事情的經過，國王的兒子已經愛上這位美麗的女孩，然後又想到她這特異的功能比任何聘禮還珍貴，便把她帶回皇宮見國王，馬上娶她為妻。

大女兒因為口吐穢物，令人生厭，最後連自己的母親都不再理她，把她趕出家門。這個可憎的女孩在外面四處游蕩，沒有人願意收留她，最後在森林的一角獨自地死去。

（貝洛）

親親小王子

很久以前，有一個國王，公正而仁慈，受到全國百姓的愛戴，稱他為「好國王」。有一天，他在外面打獵時，一隻被獵狗追逐的小白兔跳到他的臂彎裡求他保護。國王撫摸著白兔說：「小兔子，既然你來找我保護，我一定不讓任何人再傷害你。」

他把兔子帶回皇宮裡，替牠蓋了一個可愛的小窩，還餵牠各種好吃的東西。

一天晚上，國王獨自在房間裡，眼前突然出現一位美女，她的長袍像雪一般潔白無瑕，頭上戴了一頂白玫瑰編成的花冠。好國王看到這個美女出現非常吃驚，因為他的門通常是緊緊關著的，不曉得她到底是從哪裡進來的。但是美女告訴他：「我是真理仙女。你在森林裡打獵時我就在附近，想知道你是不是一位真正的好國王，就變成跑到你懷裡的白兔。我知道仁慈對待動物的人，一定會加倍地對待人。如果你當時拒絕伸出援手，我就會知道你是個壞心腸的人。

為了感謝你對我的同情心，我會將你視為永久的朋友。任何你想得到的東西，我一定會給你。」

好國王說：「既然妳是仙女，一定知道我的心願。我有個寶貝兒子，我叫他親親小王子。如果妳願意照顧我幫助我的話，我求妳成為他的守護神。」

「樂意之至，」仙女欣然答應。「我可以讓你的兒子變成天底下最英俊，最富有，或是最有權勢的王子，你可以選擇其中一樣。」

「我不希望他變得英俊、富有，或是有權勢，」好國王說：「如果妳能讓他成為最善良的王子，我會非常感激妳。一個心術不正的王子，即使有相貌、財富，甚至全世界的權勢，都沒有用，也絕得不到幸福。只有真正善良的人才會知足常樂。」

「你說得一點兒沒錯，」仙女說：「不過我沒有這麼大的能耐把王子變成好人，還得要他配合，自己努力向善才行。我只能答應你，時時給他忠告，他做錯事時會提醒他，如果不改過，不知道自責的時候，會給他處罰。」

好國王得到仙女的承諾就放心了，不久後便離開人世。

深愛自己的父親過世，親親小王子非常傷心，如果可以的話，他願意用整個王國和他所有的金銀財寶來交換父親的性命，讓國王繼續待在他身邊。

國王死後第二天的晚上，親親小王子正在床上睡覺，仙女突然出現對他說：「我答應你的父親做你的守護神。為了實現諾言，我帶來一個禮物。」她把一只小金戒指戴在親親小王子的手上。

「小心保管這只戒指，」仙女說：「它比鑽石還珍貴。你做錯事，它就會刺痛你的手指。如果你不理會它的提醒，繼續作惡的話，我就不再是你的守護神，而是敵人了。」仙女說完這番話就消失，留下詫異萬分的王子。

有好一陣子，親親小王子表現得很好，戒指都沒刺他，他便洋洋得意，百姓們都叫他快樂王子。

有一天他外出打獵，但是一無所獲，懊惱萬分，騎馬時好像感覺手上的戒指在戳他，不過因為不是真的刺，所以沒怎麼留心。當他回到皇宮，走進房間時，他養的小狗比比跑出來迎接主人，高興地跳上跳下。

「走開！」王子粗暴地說：「我不想要你，別擋路。」

可憐的小狗不知道主人在說什麼，拖著他的外套想得到關心的眼神，沒想到親親小王子竟然無情地狠狠踢牠一腳。

手上的戒指馬上用力地刺了他，就像針刺一樣。王子被刺之後有所警覺，便在房間的一角坐著反省，覺得很慚愧。

「我想仙女此刻一定在笑我了！」他心想：「我只不過踢了一隻煩人的動物，應該不算什麼大錯吧！如果連踢自己的狗都不行的話，那當一個大國的統治者有什麼好處？」

此時有個聲音，回答親親小王子心中的疑惑：「我不是在看你笑話。你犯了三個錯。第一，你得不到想要的東西就發脾氣，你以為所有的人和動物都是為了你的享樂而存在，然後你又發怒，這是不對的。最後，你還殘忍地對待無辜的小動物。

「你當然比一隻小狗高出許多，但如果地位高的人虐待地位低的人是理所當然的事，那麼我現在馬上就可以打你或殺你，因為仙女比人類還高出一級。統治王國的好處，不是指可以隨心所欲做壞事，而是盡其所能做善事啊！」

王子明白自己的不對，保證以後一定會改，而且做得更好。可惜他根本做不到。

王子被一個無知的褓姆帶大，從小就嬌生慣養，被寵壞了。如果他想要什麼東西，只要哭鬧跺腳，褓姆就馬上給他，養成他任性的行為。而且，她從早到晚，老是把王子以後會當國王的事掛在嘴邊，說什麼當國王很快活，每個人都必須聽從他的命令，而且想做什麼就做什麼，沒有人敢阻止。

王子懂事以後，的確了解到驕傲、固執、自命不凡等等，都是很糟糕的，也努力想改掉這些缺點，但是這些缺點是長久以來累積的習慣，惡習是很難戒除的，並不是說他的本性不好。王子知道以前很不對，打從心裡感到後悔，就說：「我每天必須和憤怒與傲慢拔河，實在很不快樂。如果我小時候犯錯就被處罰的話，現在這些缺點就不會這麼困擾我了。」

戒指常常刺他，有時候他會馬上改正，有時候他完全不理會。很奇怪，犯一個小錯，戒指會輕輕戳，犯了很嚴重的錯誤時，手指頭還會被刺得血流如注。最後，王子覺得老是被提醒很煩，不想再事事受限制，便把戒指脫下放到一旁，心想，現在沒有老是扯後腿的戒指，是全世界最快樂的人。沒有束縛之後，王子做出各種愚昧的事，想到什麼就做什麼，還變本加厲，成為一個自私可怕、令大家厭惡的人。

有一天，他正在四處閒逛，看到一個非常美麗的少女，馬上就決定要娶她為妻。少女的名字叫西莉亞，是個心腸和臉孔一樣美的人。

親親小王子以為西莉亞聽到他的求婚，會因為即將成為皇后而感到欣喜，但是她恐懼地說：「陛下，我雖然是個貧窮的牧羊女，但是我不願意嫁給你。」

「妳不喜歡我嗎？」王子聽到這個回答心中非常不悅。

「王子，不是這樣，」她回答：「我承認你生得非常英俊，但是你給我財富、美麗的衣裳和華麗的馬車，又有什麼用？我看到你每天的所做所為，對你充滿了憎恨與鄙視。」

王子聽到這番話大為震怒，馬上叫人把西莉亞關起來，帶到宮裡去。想著她說的話，王子整天都高興不起來，但是又很愛這個女孩，不忍心處罰她。

王子有一個很要好的玩伴，是他的義兄，很信賴他。可是這個人心術不正，老是出一些很邪惡的點子，讓王子做了許多不該做的事。他看到王子失落的神情，問發生了什麼事，王子說西莉亞的批評讓他很難過，想下定決心改過，得到她的青睞。但是這個小人卻說：「你真好心，為了這個小女孩自尋煩惱。如果我是你，我馬上就會讓她聽從我的命令。要記住你是國王，一個牧羊女能做你的奴隸就很光榮了，你還想盡辦法要取悅她，真是個大笑話。把她關起來，給她麵包和水，一段時間後，如果她再說不嫁你，就把她的頭砍下來，讓別人知道不聽命令的下場就是這樣。如果連一個小女孩都可以不遵從你的旨意，那所有的百姓都會忘記他們生來就是要來服侍你的。」

「可是，」親親小王子猶豫了一下：「把一個無辜的女孩處死不會太過分了嗎？西莉亞其實沒做錯什麼事。」

他的義兄說：「不聽從你的旨意的人就得受罰。即使這樣不公平，你還是有理由這樣做，否則任何人都可以隨便來侮辱你或是反抗你。」

這番話正好說中王子的弱點。失去權勢的恐懼讓他馬上放棄想要變好的念頭，並且決心要嚇嚇牧羊女，讓她會因為害怕而答應嫁給他。

他的義兄不讓王子有改變心意的機會，找來三個佞臣和王子吃飯，不斷地灌他喝酒，再火上加油，說西莉亞一定在嘲笑王子對她的愛意。最後，被激得怒火中燒的王子跑出去找她，下令如果還不同意嫁的話，第二天就要把她賣為奴隸。

但是當他來到鎖住西莉亞的牢房時，驚訝地發現她不在裡面，可是鑰匙一直是放在他的口袋裡啊！他更加怒不可遏，發誓一定要嚴懲幫她逃走的人。他的那些損友知道這件事後，便故意把這股怒氣轉到一個德高望重的老臣身上，他還曾經擔任王子的老師。以前，他還會直接批評王子所犯的錯，因為他非常愛護王子，對他視如己出。起初親親小王子還會感謝他，但是過了一陣子就失去耐性，覺得老師故意在挑剔，當別人在讚美奉承王子時，他卻要掃興。最後王子便迫他辭官，雖然對他已經沒有任何感情，有時還是會講起這個令他尊敬的老師。圍繞王子身邊的佞臣們一直擔心他會想起這個老師，現在機會來了，正好趁這次機會除掉眼中釘。

他們告訴王子，他的老師蘇利曼到處誇口說他救了西莉亞，不但如此，還買通三個人，作證說蘇利曼的確向他們提起這件事。氣沖沖的王子馬上派他的義兄帶著一群士兵去把老師像罪犯一樣抓過來。下完命令後就回自己的房間，但是還沒進去，轟隆的雷聲，把地面都震動了，真理仙女隨即出現在他眼前。

「我答應過你父親，」仙女面色鐵青地說：「要給你指引，並且在你拒絕接受忠告時懲罰你。你不但蔑視我的勸告，還越來越邪惡，到現在你只有外面是人形，內心已經變成一個窮兇極惡、人見人怕的怪物。現在我必須實現我的諾言，開始懲罰你。我詛咒你變成和你的行徑一樣的各種動物。你讓自己像獅子一樣的暴躁，像狼一樣的貪婪，像蛇一樣的忘恩負義，誤解待你如子的老師，像公牛一樣鹵莽。所以你會變成這些動物混合起來的怪物。

仙女話還沒說完，親親小王子就知道她的詛咒已經成真了，驚恐萬分地看到身體長出獅子的頭、公牛角，還有狼腳蛇身，不但如此，他發現自己在一座大森林裡的湖泊旁邊。湖面很清澈，他清楚看到自己變成一副可怕的模樣，有個聲音說：「仔細看，看你做的壞事讓你變成什麼樣子。相信我，你的靈魂比你現在的外貌醜惡一千倍。」

親親小王子知道這是真理仙女在說話，便憤怒地轉身，想要抓住她，把她吃掉，但是他半個人影也沒看到，只聽到同樣的聲音繼續說：「你這個愛發脾氣又沒用的傢伙，真是可笑，我打算讓你落入平常人的手中，作為你心高氣傲的懲罰。」

王子心想，現在最好趕快逃離那個湖泊，逃得越遠越好，至少不會一直有人提到他醜陋的外表。他往樹林深處裡跑，但是還沒跑得很遠，就掉進捕熊的陷阱裡去了。躲在樹後面的獵人一擁而上，跳進去將他五花大綁，讓他動彈不得，再把他帶到自己國家的首都。

一路上，他把遭遇的不幸都怪罪到仙女身上，沒想到這完全是自找的，還不停地用力咬著綁住自己的鍊子。

一行人進城時，他看到周圍有什麼慶祝活動。獵人一打聽，才從別人口中得知，專門以虐待百姓為樂的王子已經被雷劈死在房裡。常常帶王子作惡的四個朝臣馬上搶著要瓜分國土，但是大家都知道他們就是把王子帶壞的佞臣，便砍下四人的頭，擁護被關在牢裡的蘇利曼為王。新王加冕和人民脫離水深火熱這兩件事，就是慶祝的理由。大家都說：「他是一個善良公正的人，我們可以再度享有和平與繁榮的日子了。」

看到這裡，王子氣憤地發出怒吼，但更令他生氣的還在後頭。他被帶到皇宮前的廣場，看到蘇利曼坐在華麗的國王寶座上，被一群人簇擁著，祝賀他萬歲，希望他能改掉王子在位時所有的惡政。

蘇利曼舉手要大家安靜下來，說道：「我接受你們要我坐上的王位，不過我只是暫攝王位而已，他並沒有像大家所想的已經死了。仙女告訴過我，有一天，你們也許會再度看到他，但是等他真的出現時，會是一位品行優良的好人。唉，他只是被那些只會阿諛奉承的小人帶壞了。我知道他的本性，而且確信如果沒有那些讒言的話，他絕對會是個愛民如子的好國王。我們都不喜歡他的缺點，但是應該同情他，並且盼他洗心革面。至於我，如果王子能夠改頭換面，再回來統治這個國家，我就是死了也安心。」

這些話句句都打動了王子的心。終於體會到老師對他的眷顧、慈愛和忠誠，而且生平第一次懊悔自己以前的種種惡行。這時，他感覺到自己氣消了一點，可以靜下來好好回想以往的生活，承認他應當受到更重的懲罰，便不再破壞關著他的籠子鐵條，表現得像羊那麼溫順。

抓他的獵人把王子送到一個巡迴馬戲團，和其他各種野獸關在一起。王子決心要為以前的行為懺悔，對看守他的人表現得溫馴順從。但是看守人卻粗暴殘忍，雖然可憐的怪獸表現得很安靜，他還是常常因為心情不佳，就不分青紅皂白地鞭打他。

有一天看守人睡著了，老虎掙脫鐵鍊，撲上來要把他吃掉。王子本來冷眼旁觀，還很高興他馬上就可以結束被迫害的日子，重獲自由，但是轉念一想，還是希望看守人不要被吃掉。

「這個守門人很不快樂，我應該以德報怨，救他的性命，」王子告訴自己。救人的念頭一出來，籠門馬上打開，他趕緊衝到看守人的身邊。看守人已經醒了，正在和老虎做殊死搏鬥，看到怪獸跑出來，以為也要來吃他，這下子必死無疑，便放棄掙扎。但是，他馬上驚喜地發現怪獸撲向老虎，把老虎咬死後，來到他腳邊蜷曲著身子坐下。

看守人很感激怪獸對他所做的事，彎下身去撫摸牠的身體時，耳邊突然聽到陌生的聲音說：「善行是值得嘉獎的。」他看到腳下的怪獸轉瞬間變成一隻可愛的小狗。

王子看到自己外貌的轉變雀躍不已，繞著看守人跳上跳下，興奮之情充分流露。看守人把小狗抱在臂彎裡，帶去獻給國王，說出這個奇妙的故事。

皇后把這隻可愛的小狗留在身邊。若不是他還記得自己不但是人，還是一國之君的話，在這裡的生活可說是過得很快活。皇后很仔細地照顧小狗，但是又擔心他長得太胖，就去請教宮

廷御醫。御醫說只要餵狗吃麵包就好了，而且連麵包也不能吃太多。可憐的王子整天餓著肚子，不過都忍耐了下來。

有一天，他得到一小條麵包，心想要到花園裡好好享受，就用嘴巴咬住，跑著碎步到離皇宮有一段距離的溪邊。可是他一到那裡，發現溪不見了，出現一幢美麗的大房子，看上去像是用黃金和珠寶蓋成的。許多衣著華麗的人正要走進去，屋裡傳來音樂聲，從窗外可以看到裡面正在舉辦盛大的宴會，很有人在跳舞。

奇怪的是，從屋裡出來的人卻臉色蒼白，身體瘦弱，衣服都破成碎片，勉強披掛在身上。有些人一出來就倒地而死，根本還來不及離開，有些人則吃力地爬著，還有人是因為飢餓而昏倒在地上，向進去屋裡的人乞討一片麵包，但這些人對地上的可憐人根本不屑一顧。

王子走到一個小女孩的前面，看到她因為太餓了，正要抓起草來吃，不禁起了憐憫心，自言自語地說：「我雖然很餓，但是在吃晚餐以前是絕不會餓死的；如果我把早餐給這個不幸的女孩，也許可以救她的命。」

所以他把麵包塞到小女孩手裡，看到她迫不及待地吃下去。

小女孩很快就恢復元氣，王子也很高興救了她，正想要回到皇宮裡，突然聽到一聲大喊，轉身竟看到西莉亞掙扎著被人抬進大屋子裡。

王子開始後悔自己現在不是可怕的怪獸，否則就可以把西莉亞救出來，現在他只能對抬著她的人高聲吠叫，想要跟在他們後面，不過馬上被人一腳踢開。

他下定決心，如果不查清楚西莉亞發生了什麼事，不會離開這個地方。另一方面也怪自己讓她受這種苦。

「唉！」他對自己說道：「我對強行押住西莉亞的人這麼生氣，但我以前不就是這樣做嗎？如果沒有人阻止我的話，我是不是會對她做出更殘忍的事？」

忽然頭上發出聲音，打斷他的思緒，原來是有人打開窗。一看，原來是西莉亞，她來到窗戶邊，往外倒了一盤看起來美味可口的食物，再把窗戶關上。王子把僅有的麵包給人了，一整天都沒吃東西，不想錯失填飽肚子的機會，便跑到食物堆前要開始吃，但是拿了他麵包的小女孩急忙叫住，把他抱起來，說道：「別碰這些東西。那個房子是糜爛之屋，從裡面出來的東西都有毒！」

這時有個聲音說：「你看，做好事必然得到回報。」

王子發現自己變成一隻美麗的白鴿。他想起白色是真理仙女最喜愛的顏色，便祈禱自己最後可以贏得她的歡心與肯定。但是，他現在最關心的是西莉亞，便飛到空中，在房屋四周不停地盤旋，直到他看到一扇開啟的窗戶，飛進去檢查所有的房間，卻看不到西莉亞的蹤影。失望的王子心想，即使找遍全世界也要把她找到。

連續飛了好幾天，他來到一個大沙漠，看到一個洞穴，驚喜地看到西莉亞就坐在裡面，正和一位老隱士分著白麵包吃。

能夠找到她真是太高興了，親親小王子飛過去停在她的肩上，親熱地表達他再見到西莉亞一面的喜悅之情。西莉亞看到這隻美麗溫馴的小白鴿也是又驚又喜，溫柔地撫摸著牠，雖然知道小動物聽不懂，還是說：「我接受你把自己獻給我做禮物，而且我會愛你一輩子。」

「說話要小心，西莉亞，」老隱士說：「妳會遵守這個誓言嗎？」

「我是多麼希望這樣啊！我可愛的牧羊女，」王子說，他在此時已經變回人形了。「妳說妳會永遠愛我，是真心真意的嗎？如果不是的話，我情願求仙女再把我變回白鴿的模樣，讓妳高興。」

「你不用擔心她會改變心意，」仙子偽裝的老隱士，現在把外衣脫掉，以真面目出現在兩人面前：「西莉亞第一眼看到你時就愛上你，只不過那時的你固執無理，她不肯告訴你罷了。現在你已經痛改前非，決心做個好人，你應該得到幸福，她也會愛你的。」

西莉亞和親親小王子跪在仙女的腳前，王子對仙女的慈悲懷著無限的感激，而西莉亞聽到王子為過去犯下的惡行懊悔不已，深感欣慰，也答應會永遠愛他。

仙女說：「孩子們，都起來吧！我會把你們送回皇宮，王子也會重新得到他失去的王位。」就在說話的同時，他們已經在蘇利曼的大廳。蘇利曼看到他親愛的小主人回來，高興得不得了，馬上把皇冠摘下，交還給王子，心甘情願做他最忠心的臣子。

西莉亞和親親小王子統治國家很多年。王子一心想做個最稱職最愛民的國王，便一直戴著戒指，只不過戒指再沒機會狠狠地刺他了。

（仙女書屋）

藍鬍子

從前有個人，在鄉下和城裡有好幾幢漂亮的房子，裡面有貴重的金銀餐具、繡花家具，還有滾金邊的躺椅。可是這個人很不幸地長了一臉嚇死人的藍色鬍鬚，沒有女人願意接近他。

他的鄰居當中有個貴婦，她的兩個女兒都長得完美無瑕，藍鬍子想娶她們其中一人為妻，希望貴婦替他挑選。但是兩個少女誰也不想答應，都推來推去。她們根本沒想到要嫁給一個長藍鬍子的人，而且，讓她們更覺噁心的，還是他曾經結過好幾次婚，而妻子個個最後都下落不明。

藍鬍子為了贏得芳心，便邀請姐妹倆、她們的貴婦母親、幾個她們認識的朋友，還有其他住在附近的年輕人，到他鄉下的別墅住一個禮拜。

鄉村的生活全被宴會、打獵、釣魚、跳舞、歡笑和盛宴排得滿滿的，整個晚上也都笑語晏

晏，沒有人要犧牲享樂時間上床睡覺。每天的活動充滿了歡樂，貴婦的小女兒也開始覺得屋子主人的藍鬍子其實沒有那麼可怕，還發現他是個彬彬有禮的紳士。

度完假回家，就舉行了婚禮。幾個月以後，藍鬍子告訴妻子說他要去鄉下處理重要的事情，至少有六個禮拜的時間不在家。為了不讓她感覺無聊，他要她邀請朋友到鄉下的別墅玩，盡情用各種佳餚美酒來招待客人。

他拿了一串鑰匙對妻子說：「這是兩個大櫥子的鑰匙，最好的傢俱都擺在裡面；這是打開金銀餐具櫃的鑰匙；這個可以打開裝著錢、黃金和白銀的箱子；這把萬能鑰匙可以開所有的房間。只有這隻最小的，是用來開樓下穿廊盡頭的小房間。妳可以到任何房間去用任何的東西，除了這個小房間之外。我嚴禁妳進去，而且絕對不准進去，如果妳打開它的話，會換來我的憤怒與憎恨。」

她答應會遵守丈夫的話，然後和藍鬍子互擁道別，目送他穿上外套出發。

鄰居和好友們根本不等女主人邀請，爭相參觀她家裡所有的漂亮傢俱。她的丈夫在家時，大家都怕他的藍鬍子，不敢來玩。現在則不放過每一個房間、櫃子和衣櫥，對裡面的豪華收藏與擺飾愛不釋手，每打開一個房間，都發現比前一間更美。

樓上的兩個大房間也都有最頂級的傢俱，裡面的掛氈、床、躺椅、衣櫃、架子、茶几和落地穿衣鏡，數量之多，品質之高貴，令人驚嘆不已。有些用品有玻璃框，有些是銀框、金框、有些是木材質，不管是什麼，都美得令人目不暇給。

每個人不停地讚美又羨慕女主人的福氣，但是她對眼前這些事物都心不在焉，因為她迫不

及待想去樓下打開那個小房間探個究竟。最後，禁不住好奇心的驅使，也忘了陪伴客人該有的禮貌，她從屋後的小樓梯匆忙下去，還差一點跌下去摔斷脖子。

來到小房間門口，她停下步來，想起丈夫的話，以及如果不聽從丈夫的命令，後果會有多慘，但是她根本無法克制擺在面前的誘惑，便拿出那支小鑰匙，顫抖著雙手打開房門。一進門看不到什麼東西，因為窗戶都緊閉著。過了一會兒，等眼睛適應黑暗，她才看到地板上竟沾滿凝結的血塊，倒在血漬上的，是好幾個早已死去的女人屍體，排列在牆邊。（這些就是和藍鬍子結婚而又一一被殺死的妻子們。）她快被嚇死了，心一慌，從鎖頭抽出來的鑰匙也抓不住，從手上掉下來。

心神稍微回復後，她把鑰匙撿起來，鎖上門，回到樓上的房間強自鎮靜下來。這幾乎是不可能的事，因為一切都太可怕了。

她看到開小房間的鑰匙沾到血跡，拼命擦了兩、三次都沒法把血跡擦掉。不管是沖水，還是用力拿肥皂搓都沒用，血漬仍然清楚可見。原來這支鑰匙具有魔力，怎麼洗也沒用，一面洗乾淨了，血跡又出現在另一面。

當天晚上，藍鬍子就回家了，他說在路上接到信息，原本緊急的事情已經圓滿結束。他的妻子盡量表現出很高興丈夫這麼快就回家的神情。

第二天早上，藍鬍子向妻子要回鑰匙，她是把鑰匙交出來了，可是一雙手不聽使喚，抖個不停，讓藍鬍子猜出發生了什麼事。

「我那支小房間的鑰匙在哪裡？」他問。

「啊！我一定是把它放在桌上了。」

「馬上拿過來給我，」藍鬍子說。

來來回回故意找了好幾次，她還是得把鑰匙交出。藍鬍子仔細檢查後，對他的妻子說道：「為什麼鑰匙上有血？」

「我不知道，」可憐的妻子回答，她的臉已經一片死灰。

「妳不知道！」藍鬍子反問：「我知道。妳終究還是進去小房間了，是不是？很好，夫人，那妳也進去，加入妳在那裡看到的女人吧。」

聽到這裡，她哭倒在丈夫的腳邊，懇求他的原諒，表示懊悔，發誓她以後一定會聽話。她悲戚的神色和楚楚可憐的模樣簡直可以融化頑石，但是藍鬍子的心比石頭還堅硬！

「夫人，妳必須死，」他說：「而且馬上得死。」

「既然我難逃一死，」她用盈滿淚水的雙眼看著他說：「給我一點時間讓我禱告。」

「好，我給妳七分半鐘，多一分也不行。」

當藍鬍子留下她獨處時，她趕緊呼喚住在隔壁的姐姐安妮，告訴她說：「安妮！我求妳，到塔頂看哥哥們來了沒；他們說今天要來的。如果妳看到的話，讓他們馬上進來。」

姐姐安妮來到塔頂，在下面的妹妹哭著一直叫：「安妮，姐姐！有沒有看到人來？」

安妮說：「我只看到太陽照著大地，地面上的青草看起來綠油油的。」

這時，藍鬍子手裡握著軍刀，大聲叫著他的妻子：「馬上下來，否則我會上去找妳。」

「再等一下，求求你，」他的妻子說，又輕輕地喊著：「安妮，姐姐，有沒有看到人來？」

安妮說：「我只看到太陽照著大地，地面上的青草看起來綠油油的。」

「快點給我下來，」藍鬍子又在催，「還是要我上去找妳。」

「我來了，」他的妻子回答，又朝著姐姐問：「安妮，姐姐！妳沒看到人來嗎？」

「我看到，」安妮說：「一團塵土朝這裡吹過來。」

「是哥哥們嗎？」

「喔！不是，妹妹，我看到一群綿羊。」

「妳還不給我下來！」藍鬍子又喊。

「馬上就來了，」他的妻子回答，然後又叫著：「安妮，姐姐！都沒看到人來嗎？」

「我看到，」安妮說：「兩個騎馬的人，但是他們還很遠。」

「感謝上蒼，」可憐的妻子鬆了一口氣，「那是我的兄弟。我要馬上做個手勢，讓他們用最快的速度趕來。」

藍鬍子大喊要妻子下樓的聲音震動了整間屋子。惶恐萬分的妻子下來，哭倒在他的腳邊，流著淚水，頭髮披在肩膀上。

「再怎麼哭都沒用，妳必須死，」藍鬍子說著，一手抓住她的頭髮，另一手舉起軍刀，正準

備對著她的頭砍下去。可憐的女人這時轉頭對著丈夫，用垂死的眼神盯著他，向他要一刻鐘讓自己鎮定下來。

「不！去向上帝要吧！」然後就要下手。

說時遲，那時快，一陣猛力的敲門聲讓藍鬍子停了下來。門被打開，兩個人騎著馬進來，手拿著劍向藍鬍子筆直衝過來，他知道那是妻子的兄弟，其中一個是龍騎兵，另外一個是步兵，他想一走了之，但是兩兄弟緊緊地追著，在他還沒踏進門廊前就逮到他，用劍刺穿他的身體，把他殺死了。可憐的妻子幾乎沒命，早已魂飛魄散，連站起來歡迎哥哥的力氣也使不出來。

藍鬍子沒有繼承人，所以他的妻子得到全部的財產，她把其中小部分送給姐姐作嫁妝，姐姐嫁給一位早已仰慕她許久的年輕紳士；另一部分替哥哥們買了上尉的官職，自己則嫁給一位門當戶對的紳士，他幫助她忘掉和藍鬍子相處時所有不愉快的往事。

（貝洛）

忠實的約翰

很久以前，有位老國王生了重病，知道自己來日不多，即將與世長辭，便下令說：「叫忠實的約翰來見我。」忠實的約翰是他最喜愛的僕人，國王這樣稱呼他，是因為他一直忠心耿耿地服侍著國王。

約翰來到床前，國王對他說：「最忠實的約翰，我的生命已走到盡頭。我最放不下心的是我的兒子。他年紀還太小，所有的事都沒辦法自己作主。如果你不答應幫我教他該懂的事，像親生父親一樣地待他，我死也不瞑目。」聽到這些話，約翰說道：「我絕不會離他而去，而且會忠心服侍他，即使犧牲自己的生命也在所不惜。」老國王確定約翰會替他照顧王子之後，便說：「現在我可以平靜地走了。」又接著說：「我死後，你帶他去巡視皇宮所有的房間和庫房，以及裡面的財寶，但是千萬別帶他去長廊盡頭的那個房間，因為裡面藏著金屋公主的畫

像。如果讓他看到畫像，一定會瘋狂愛上她，到了神魂顛倒的地步，王子會為了她而遭到不幸。所以，一定要看好他，別讓這件事發生。」忠實的約翰再一次答應老主人，國王便安詳地躺在枕頭上死去。

老國王安葬之後，忠實的約翰把老國王臨終前的交代都告訴年輕的新國王，並說：「我一定會遵守諾言，服侍你就像對你的父親一樣忠貞不二，即使犧牲性命也願意。」

葬禮結束以後，忠實的約翰告訴國王：「現在你該看看你所繼承的財產，我帶你巡視祖宗留下來的城堡。」他帶領著國王巡遍整座皇宮，給他看過所有的金銀財寶和豪華的廳房，除了那個掛著畫像的房間。畫像掛的地方，讓任何人只要一打開房門就可以直視畫中人。這張畫實在太美，裡面的人栩栩如生，簡直是世上最美麗的女人。年輕的國王注意到忠實的約翰總是略過這個房間，就問道：「為什麼你從來不替我打開這個房間呢？」

「因為裡面有可怕的東西，會把你嚇壞。」

但是國王說：「我已經看過整個城堡，我一定要知道裡面是什麼。」說完，就走上去想用力把門打開。忠實的約翰從背後拉著他說：「我在你父親臨終前答應過他，無論如何絕不會讓你看到裡面的東西，否則我倆都會大難臨頭。」

年輕的國王還是不願讓步。「如果不讓我進去看，才是毀了我的一生，只要一天沒有親眼看到這房間，我就日夜不得安寧。我會待在這裡不走，直到你打開門為止。」

忠實的約翰知道他勸不動國王，內心不斷歎息，從一大串鑰匙中拿出鑰匙，打開門。門一打開，他一腳先跨進去，想擋住畫像不讓國王看到，但是沒有用。國王踮起腳尖，從他的肩頭望過去，一下子就看到公主的畫像，戴著黃金珠寶的少女是如此美麗動人，他被迷住了，倒在地上昏了過去。

忠實的約翰趕緊把他扶起來，帶他回到床上，絕望地想著：「詛咒已經降臨了，老天啊！該怎麼辦呢？」

他把葡萄酒灌進國王的喉嚨裡，讓國王恢復意識。但國王醒來第一句話就問道：「那畫像上的美女是誰呀？」

「她是金屋國王的女兒，」忠實的約翰回答。

國王又說：「我太愛她了，即使樹上的葉子都長出舌頭也無法言喻。我一定要得到她，不然我也活不下去。你是最忠實的約翰，要站在我這邊。」

忠實的僕人為這件事想了很久，他聽說要見公主一面比登天還難，最後想到一個辦法，對國王說：「公主所用的東西，桌子、椅子、盤子、杯碗，和屋子裡所有的東西全是黃金做的。你的金庫裡有五噸黃金，把國內的工匠都找來，要他們將所有的黃金打造成各種器皿和珍禽異獸，這樣應該可以討她的歡心。我們就帶著這些東西去找她，碰碰運氣吧！」

於是國王召來所有的金匠，令他們日以繼夜地工作，終於用黃金打造出最美的藝術品，忠實的約翰便把東西裝上船，然後把自己和國王喬裝成商人，讓別人認不出來。接著就揚帆出海，開始海上旅程，直到抵達金屋公主所在的城市。

忠實的約翰讓國王先待在船上等他回來，告訴他說：「或許我可以把金屋公主帶來這裡，所以你先把東西準備好，船上要擺出所有的黃金物品，整條船也都要用黃金裝飾。」

他自己則拿了一些黃金製品，裝入身上穿的圍裙裡，上岸朝皇宮走去。

當他來到皇宮的庭院時，看見一個漂亮的女孩站在井邊用兩個金桶在提水。女孩挑著金光閃閃的水桶轉過頭來，看到這個陌生人，問他是誰。

陌生人回答：「我是商人。」說完就打開圍裙，讓她瞄一下裡面的東西。

女孩一看，驚奇地叫道：「哇！真漂亮的金飾！」便放下水桶，一件一件地看過，然後說：「這些東西一定要給公主看，她最喜歡金飾，一定會把你的東西全都買下來。」說完，就牽著他的手把他帶進皇宮，她是公主身邊的侍女，可以自由進出。

公主看完商人帶的金飾後，興奮不已地說道：「做得真是太美了，你的每一件金飾我都要全部買下。」

不過忠實的約翰說：「我只是一位富商的僕人，我帶的這些東西，和他船上的貨相比，根本不算什麼，那裡有天底下做得最精美最昂貴的金製品。」

公主聽了，想讓約翰把東西都帶來給她，但他說：「我們的貨太多了，要花很多天才搬得上來，而且會佔很大的空間，妳這裡沒有地方放。」

被他一說，公主忍不住越來越強烈的好奇心和欲望，最後說：「那帶我到你們的船上吧，我要親自看看你主人的黃金財寶。」

忠實的約翰非常高興，將公主帶到船上。國王看見朝思暮想的心上人，比畫像裡還要美上百倍，覺得自己的心臟快要蹦出來了，公主一上船就引她進到艙裡。忠實的約翰在船尾，令令舵手馬上起航。「張滿風帆，讓我們的船如同飛鳥在天空飛翔一般，在海上全速前進。」

這時候，國王在船艙裡把船上每一件金製品，如碟子、杯碗，小玩意兒，和各種珍禽異獸，一一拿給公主過目。

幾個小時過去，公主興奮得完全沒察覺船已經起航了。

看完最後一樣東西後，她對商人道過謝，準備要回家，但是來到船邊，發現船已經遠遠駛離陸地，張滿風帆在海上航行著。

「天啊！」公主嚇得大喊：「我被騙了，被商人的奸計陷害了。我還不如死去。」

國王卻拉著她的手說：「我不是商人，我是一個國王，出身和妳一樣高尚。我愛妳太深了，才不得已用這種方法把妳騙出來。我第一次看到妳的畫像時，就因為愛得發狂而昏倒了。」

金屋公主聽了稍感安心，同時也愛上國王，同意嫁給他做他的妻子。

有一天，他們還在大海上航行，忠實的約翰坐在船頭拉著提琴，看到三隻烏鴉在天空中向他飛過來。約翰聽懂得鳥語，就停下來聽聽烏鴉們在說些什麼。

第一隻烏鴉說：「哈！哈！他現在要把金屋公主帶回家了。」

第二隻烏鴉說：「是啊！不過他不算真正得到她。」

第三隻烏鴉說：「為什麼不算？他們兩人不就在船上並肩坐著嗎？」

第一隻烏鴉又開口說：「那是沒用的。當他們上岸時，會有一匹栗色的馬跑出來迎接。國王一定會想騎上那匹馬，如果他真的上馬的話，馬就會載著他飛上天，消失在空氣裡，他就再也看不到他的新娘了。」

第二隻烏鴉馬上問：「有辦法救他嗎？」

「有！如果有人迅速騎上馬，拔出放在馬鞍皮套裡的手槍把馬射死，年輕國王才有救。但是誰會知道？即使有人知道，說出來的話，他的腿從腳趾到膝蓋會馬上變成石頭。」

第二隻烏鴉說：「我還知道別的。即使馬被射死，年輕國王還是娶不到新娘。因為當他們一起走進皇宮時，會看到衣櫥有一件做好的婚禮襯衫，看上去好像用金線和銀絲織成的，其實全是硫磺和瀝青。國王一旦穿上襯衫，馬上會連皮帶骨被活生生燒死。」

第三隻烏鴉又問：「難道沒有解救的辦法嗎？」

第二隻烏鴉回答說：「如果有人戴著手套把衣服搶下，扔進火爐裡把它燒掉，年輕國王就有得救了。但這有什麼用？即使有人知道，說出來的話，他的下半身，從膝蓋到心臟會變成石頭。」

第三隻烏鴉再說：「我還知道更多！即使衣服被燒掉，國王仍是結不成婚。當舞會在婚禮後開始，年輕皇后要跳舞時，她會突然昏倒在地，臉色變得像死人一樣蒼白。除非有人把她扶起，從她右胸吸出三滴血，再吐出來，否則她就沒救了。但如果有人知道其中原委說出來，那他全身從頭到腳都會變成石頭。」說完三隻烏鴉又繼續往飛。

忠實的約翰全聽到了，從那時起就開始煩惱起來，不過他沒有把聽到的事情告訴主人。如果他都不說的話，就會害國王遭遇最大的不幸；如果說出來，自己也活不了。最後他決定，「我要保護主人，即使失去生命也在所不惜。」

他們接近岸邊時，烏鴉的預言應驗了。一匹健壯的栗色駿馬飛奔而來，國王喊道：「太棒了！這匹馬會把我載回王宮。」作勢要上馬。沒想到忠實的約翰動作比他快，跳上去從皮套裡拿出手槍把馬射死了。國王的其他僕人一直嫉妒約翰受到寵愛，趁機叫道：「他竟敢殺掉要載國王回宮的馬！」國王卻說：「別吵！讓他去吧，他永遠是我忠實的約翰，搞不好這樣做是為

了我。」

他們繼續走，進到皇宮，看見一座衣櫥立在大廳當中，掛了一件婚禮用的襯衫，好像用全世界最美的金絲銀線織成。年輕國王走過去準備要拿起來穿上，但忠實的約翰推了國王一把，迅雷不及掩耳地把衣服扔進火裡燒掉。其他僕人又挑撥說：「看看，現在他把國王的結婚衣服燒掉了。」但是國王還是說：「誰知道他這麼做不是為我好？別說他，他是我最忠實的約翰。」

結婚典禮過後，舞會開始，新娘也進來跳舞，約翰小心地看著她的臉，果然沒多久，新娘臉色蒼白，倒在地上像死了一樣。他連忙跑向公主，把她扶起來抱到房間裡，讓她躺下，再跪在她身旁，從右胸吸出三滴血後吐出來。新娘總算開始呼吸，恢復正常。

年輕國王看在眼裡，不知道忠實的約翰為什麼要這樣做，非常生氣，便喊著：「把他丟到牢裡去關起來。」

第二天上午，忠實的約翰被判絞刑。上絞首台之前，他說：「每個被判死刑的人都有權在死前說話，我可以嗎？」

國王回答說：「可以，我答應你。」

約翰說：「把我判罪是不公平的，因為我對你一直是忠心耿耿。」就把他在海上聽到烏鴉的對話，以及他必須做那些事來救自己的主人，一五一十地說出來。

國王聽完不禁大喊：「喔！我最忠實的約翰！原諒我！請你原諒我！來人，快把他放下來！」但就在他說完最後一句話時，已經變成一塊沒有生命的石頭倒下去了。

國王和皇后悲痛不已，國王說道：「唉！我竟用這種方式來回報你的忠誠！」他派人把石像扶起，放在臥室的床邊，每次看到石像，就難過地流淚哭泣，對他說：「我最忠實的約翰，但願我能讓你復活！」

不久，皇后生下一對雙胞胎男孩，他們長得很好，是皇后最大的安慰。有一天，皇后去教堂，兩個兒子留在皇宮裡和國王玩。國王面對石像，心中又充滿悲傷，嘆氣哭著說：「我最忠實的約翰，但願我能讓你復活！」

突然間，石像竟說起話來：「你可以的。只要你願意為我犧牲最親愛的人，就可以讓我復活。」

國王馬上說：「我願放棄世上的任何東西換回你的生命。」

石像繼續說：「只要你砍下兩個孩子的頭，將他們的血灑在我身上，我就會死而復生。」

國王聽到他要親手把小孩殺死，完全嚇呆了，但是想到約翰的忠心不貳，以及他是如何為自己而死，便拔出劍，親手把孩子的頭砍下，把血灑在石像上，忠實的約翰復活，果然活生生地出現在國王的面前。

他對國王說：「你的真心誠意會有回報，」便拿起孩子的頭，放到他們的身上，用血塗一塗傷口，不到一分鐘，兩個小孩子就沒事了，還是一樣活蹦亂跳，好像什麼也沒有發生過。

國王滿心歡喜，正好皇后回來，他趕快把忠實的約翰和兩個兒子藏進一個大衣櫥裡。

她一走進房間，國王便問：「你在教堂有祈禱嗎？」

「有，」皇后回答說：「不過我老是想著忠實的約翰，和他為了我們所受的苦。」國王便說：「親愛的皇后，我們能夠使約翰復活，但代價是要我們用兩個小兒子來換。我們必須做這個犧牲。」

皇后聽了臉上馬上失去血色，內心沉重無比，但還是說：「這是我們欠他的，他的忠誠沒有什麼比得上。」國王知道皇后的想法和他不謀而合，歡喜地跑去打開衣櫥，讓兩個孩子和忠實的約翰走出來，說道：「讚美上帝！忠實的約翰回到我們身邊，又讓我們留住兒子。」接著他把全部的經過告訴皇后，從此一起過著幸福快樂的生活。

（《格林童話》）

勇敢的小裁縫

在一個夏天的早晨，小裁縫坐在窗前的工作檯旁，精神奕奕地做著針線活。這時，街上走來一個農家婦女，邊走邊吆喝著：「賣果醬！好吃的果醬！」小裁縫覺得叫賣聲很好聽，就將頭伸出窗外，叫道：「這裡，老闆娘，你有客人要買了！」

農婦提著沉甸甸的籃子，爬了三段樓梯來到小裁縫的房間，照他的吩咐把所有的罐子排成一列給他選。小裁縫每個仔細檢查，還拿起來聞，最後才說：「老闆娘，這罐不錯，幫我秤四盎司，四分之一磅也可以。」

農婦還以為找到大買家，沒想到小裁縫才買這麼點果醬，把他要的給他之後，沒好氣地嘟噥著走了。

「願上帝保佑這些果醬，」小裁縫說：「讓我吃下它精神百倍。」他從櫃子裡拿出麵包來切下一片，把果醬塗抹在麵包上說：「嚐起來一定美味可口，不過我先把那件西裝背心做完再吃。」把蕉果醬的麵包放在一旁，繼續縫了起來，心裡想著麵包的美妙滋味，不知不覺縫得一針比一針大。

果醬的香氣往上飄，傳到一群停在天花板上的蒼蠅，牠們被香味吸引，一窩蜂地飛過來。「哈！是誰請你們來的？」小裁縫把這群不速之客趕走，但蒼蠅聽不懂人話，根本不理會他說了什麼，怎麼也不肯離開，數目還越來越多。

這下子，小裁縫再也受不了，走到煙囪的角落，拿出撣子，叫道：「走著瞧，嚐嚐我的厲害！」說完就狠狠地打下去。數一數，被打死的蒼蠅整整七隻，個個都六腳朝天。

「哇！太猛了！」小裁縫對自己的英勇行為感到洋洋得意：「這件事應該讓全城的人都知道。」三兩下就剪了一條腰帶，縫好滾邊，繡上幾個大字：「一掌打死七個！」「我剛才說什麼？全城？不，這得讓全世界的人都知道！」說到這裡，他的心興奮地砰砰跳，就像小綿羊尾巴搖個不停。

小裁縫覺得他有這身好本領，不應該窩在這小小的工作坊裡，便把腰帶繫起來，打算出去闖天下。出發前，他四下環顧，看看有沒有可以帶在身上的東西，結果只有一塊陳年乳酪，就塞進口袋裡。走到門口，看到草叢中有一隻小鳥被絆住了，也捉起來放進裝乳酪的口袋裡，快樂地上路。他個子小，身輕如燕，走得非常輕鬆，一點兒也不感覺累。

沿著路，小裁縫來到一座小丘。到了山頂，看到一個大力士巨人坐在那裡欣賞山下的風景。小裁縫走過去，滿面笑容地跟他打招呼：「你好啊，朋友。你坐在這兒悠閒地觀賞下面的世界，我也正要去闖一闖呢。要不要跟我一塊走？」

巨人輕蔑地瞟了小裁縫一眼，說：「你這個不知天高地厚的小可憐蟲！」

「你真幽默！」小裁縫回答，然後解開上衣，給巨人看他的腰帶：「你唸唸上面寫的字，就知道我是何方神聖。」

巨人一唸：「一掌打死七個。」以為這個裁縫一下子可以打死七個人，心裡不禁產生幾分敬意。

不過，他想試試小裁縫有多少能耐，就撿起一塊石頭，用手一捏，捏到石頭滴出水來。「現在換你，」巨人說：「如果要我相信你力大無窮，就表演一下吧！」

「就這樣嗎？對我來講，簡直是小孩的玩意兒，」小裁縫邊說，邊把手伸進口袋裡，掏出乳酪來，把乳酪捏成漿流出來，還自誇：「承認吧，我捏得比你厲害！」

巨人不知該說什麼好，還是不相信這個小人兒真的那麼厲害，決定再試一次。又撿起一塊石頭，朝空中一丟，把石頭拋得遠遠的，到眼睛幾乎看不見的高度。「喏，小矮人，換你來讓我見識一下，」巨人說。

「丟得好，」小裁縫回答：「不過你丟的那顆石頭會掉下來，讓我丟的話，可是掉不下來了。」他伸進口袋裡，把小鳥抓在手上，朝空中一丟，重獲自由的小鳥歡喜地高高飛上天，再也不回來了。

「你看了之後覺得怎樣呢？」小裁縫問道。

「你的確很會扔東西，」巨人回答說：「現在我要看看你能不能舉重。」他帶小裁縫到一棵倒在地上的大橡樹旁說：「如果你真的是大力士，那就幫我把這樹抬到樹林外。」

「當然！」小裁縫說：「你把樹幹扛在肩膀上，我扛最重的樹枝部分。」

巨人便扛起樹幹，小裁縫卻輕鬆地坐在樹枝上。巨人其實是自個兒扛著樹，再加上坐在上面的小裁縫，不過他肩膀上有東西，沒辦法轉頭看身後。

小裁縫愉快地坐在後面，嘴裡還吹著口哨，聽起來好像抬樹是很好玩的事。

巨人拖著沉重的樹走了一大段路累得半死，再也走不動了，便叫著：「喂！我要把樹放下來了。」小裁縫聽到，馬上跳下來，用兩隻手抓著樹，裝出一副路上都有在抬樹的樣子，還對巨人說：「虧你這麼大個兒，連棵樹也扛不了！」

他們又繼續向前走，來到一棵櫻桃樹前，巨人抓著櫻桃長得最好的樹頂樹枝往下拉，讓小裁縫吃得到櫻桃。可是小裁縫沒有力氣抓住樹枝，等巨人手一放，他便被彈回去的樹枝一拋，飛過了樹，再跌到地上。

巨人說：「什麼！你不會告訴我你連抓這根小樹枝的力氣也沒有吧？」

「這和力氣無關，」小裁縫回答說：「這對一個一掌打死七個的大力士，根本是雕蟲小技。是因為樹林裡有獵人在附近的樹叢裡開槍，所以我才跳過樹頂。如果你夠厲害的話，跳給我看看。」

巨人試著跳，可是跳不過去，還被卡在樹枝裡，小裁縫又贏了一回。

「你的確很厲害，」巨人說：「到我們的山洞裡過夜吧。」

小裁縫很高興地答應他的邀請，就跟著巨人來到一個洞穴，只見裡面還有一些巨人圍坐在火堆旁，每人手裡都拿著一隻烤羊津津有味地吃著。小裁縫看看四周，心想：「這裡比我的工作坊大多了，至少多了轉身的地方。」巨人給他一張床，請他躺下好好睡一覺。不過這張床對小裁縫來說太大了，不好睡，便爬到一個角落裡。到了半夜，巨人以為小裁縫睡著了，拿起粗鐵杖一擊，床被砍成兩截，心想這個討厭的小蚱蜢大概沒命了。

第二天清晨，巨人們動身到樹林裡，完全忘了小裁縫的事，沒想到興高采烈的小裁縫竟跟了上來。巨人們以為小裁縫變成鬼，要來找他們復仇，個個嚇得屁滾尿流，拔腿就跑了。

小裁縫繼續他的旅程，走了很久，來到皇宮的庭院，覺得累極了，便躺在地上睡著了。很多人經過，看到他腰帶上繡的字：「一掌打死七個！」

「哇！」他們都說：「這位了不起的英雄來到我們這麼和平的國家做什麼呢？他一定是個英勇無比的人。」他們便去向報告國王這件事，說一旦戰爭爆發，可以用得上這個人，無論如何也該把他留下來。

國王覺得這個提議很好，便派大臣去找小裁縫，等他醒來，任命他帶領軍隊。大臣站在熟睡的小裁縫身邊，一直等到他伸了懶腰，睜開眼，才向他說明來意。「這正是我來此地的原因，」小裁縫回答：「我非常樂意加入軍隊，為國王效勞！」

國王賞給他的各項殊榮，包括一間專用的房子。其他軍官十分眼紅，巴不得他早點兒滾蛋。「如果我們跟他打起來，他一下子就能把我們抓起來，一掌就把我們七個打死。」最後，他們決定一起去見國王，全體要求辭職。

他們告訴國王說：「我們敵不過一掌就能打死七個人的大人物。」

國王想，因為一個人而失去所有忠心的軍官太可惜，後悔找來這個小裁縫，希望快點把他打發走。可是國王害怕小裁縫把他和所有的百姓打死，搶了他的王位，根本提不起勇氣把他趕走。他絞盡腦汁，反覆思考，終於想出一個主意。

他派人去告訴小裁縫，說他這麼一位偉大的勇士，應該聽聽國王的提議。

在大森林裡住著兩個兇惡的巨人，燒殺擄掠無惡不作，到現在沒有人敢冒生命危險去對抗他們，如果小裁縫能殺死這兩個巨人，國王會把獨生女許配給他，並賜給他半個王國。他可以帶一百名騎兵一起去。

「這真是最適合我的差事，」小裁縫心想：「有人願意讓美麗的公主嫁給我，和半個王國作禮物，真是難得的好機會。」

「那就這麼說定了，」他回答說：「我去制服那兩個巨人，一百名騎兵就不用了。我是一掌打死七個的大英雄，現在只有兩個，根本不怕。」

小裁縫出發，一百名騎兵在後面跟著。要進入森林之前，他對這些隨從說：「你們在這裡等，讓我去收拾那兩個傢伙就行了。」說完就獨自進入森林，邊走邊用銳利的雙眼左右察看。一會兒，就看到兩個巨人躺在一棵樹下睡覺，鼾聲如雷，連樹枝都被他們呼出來的氣息吹彎了。小裁縫急忙著把口袋裝滿石頭，爬上巨人睡覺的那棵樹。到了樹中間，他選了巨人上方的樹枝坐下，開始把石頭接二連三往其中一個巨人身上扔。丟了很多顆石頭，巨人好像一點感覺也沒有，後來終於醒了，搡了一下身邊的同伴說：「你為什麼打我？」

「我沒有打你，」另一個說：「你在作夢吧？」他們倆又躺下去睡著了。

小裁縫這次把石頭朝第二個巨人的身上丟，他跳起來大叫：「你幹什麼？為什麼拿石頭打我？」

「我根本沒動手啊，」第一個巨人咆哮著。

他們爭吵一下，覺得累了，彼此說和後又開始睡。

小裁縫故技重施，從口袋裡找出最大的石頭，朝第一個巨人的胸口，用全身的力氣砸下去。

「你玩笑開得太過分了！」第一個巨人大吼，瘋狂地跳腳，拉著他的同伴去撞樹，撞得樹都搖晃了，另一個巨人也不甘示弱，打還回去，兩個人怒不可遏，把旁邊的樹連根拔起，互相攻擊，直到兩敗俱傷，倒在地上死了。

小裁縫從樹上跳下來，說道：「幸好他們沒有拔掉我坐的那棵樹，不然我可能要像松鼠一樣跳到另一棵樹，那對我可就太吃力了。」說完就拔出劍，在兩個巨人的胸口上各刺了幾劍，走到騎兵隊面前對他們說：「事情辦完了，那兩個巨人都被我解決了。我告訴你們，這可不是什麼簡單的任務。他們還把樹木拔起來自衛呢。不過，要對抗我這個一掌打死七個的勇士，那是沒有用的。」

「難道你都沒受傷嗎？」騎兵們問。

「沒什麼好怕！」小裁縫說：「我是毫髮無傷。」他們一直等到進了森林，看到兩個巨人躺在血泊和被拔起的大樹之間，才肯相信他說的話。

現在小裁縫要求國王把承諾過的獎賞賜給他，但是國王想反悔，又絞盡腦汁想把小裁縫攆走。

「在你得到我的女兒和半個王國之前，」國王對他說：「你必須再做一件英勇的事。在森林裡有一隻害人的獨角獸，你要先把牠捉住才行。」

「兩個巨人我都不怕，一隻獨角獸更嚇不了我。別忘記我常說的：一掌打死七個！」小裁縫說。

小裁縫帶著一根繩索和一把斧頭動身前往森林，同樣要國王派來支援他的人在外面等。他沒花太多時間，就發現獨角獸的蹤影，怪獸看到生人，馬上向他衝了過來，好像要將他一舉刺死。

「別急，別急，」他說：「慢慢來。」然後站在那裡不跑也不動，等獨角獸逼近了，再迅速地跳到樹後。獨角獸全速撞了過來，結果把頭上的角牢牢地戳進樹幹裡去，戳得太深了，再也拔不出來，被小裁縫輕易捉住。

「讓我抓到了吧！」小裁縫從樹後出現，先用繩索綁住獨角獸的脖子，然後用斧頭劈開樹幹，鬆開獸角，再把獨角獸帶回去見國王。

國王還是不願意把答應過的獎賞賜給他，提出了第三個要求。小裁縫要再去森林一趟，抓一頭害人不淺的野豬，國王會派獵人去幫他。

「樂意之至，」小裁縫回答：「那是小孩子的伎倆。」他沒有帶獵人進森林，他們也都很想待在外面，因為大家常常碰上野豬，都害怕牠的兇猛，能不進去就不進去。

野豬一看到小裁縫，就口吐白沫，露出磨得發亮的獠牙，朝他跑了過來，要把他撞倒。機警的小裁縫跑進附近的小教堂，又從窗口跳出去。野豬追進去，小裁縫從教堂後繞到前面，把門關住。被激怒的野豬又重又笨，跳不過窗戶，就這樣被活捉了。

小裁縫把獵人叫來，要他們自己去看被捉住的野豬，然後就去見國王，告訴他不管願不願意，這次必須遵守諾言，把女兒和半個王國交給他。要是國王知道面前是個小裁縫，根本不是什麼戰士英雄，他會更懊惱。

不管怎樣，婚禮還是盛大舉行，但歡笑卻很少，小裁縫終於變成國王。

隔了沒多久，一天夜裡，皇后聽見丈夫在睡夢中說的話：「小子，快把那件背心做好，再來補這條褲子，不然我就賞你耳光！」她聽了便馬上明白丈夫的出身。第二天一早跑到國王身邊，傾訴她的不幸，竟然嫁給一個什麼都不是的裁縫，哀求他想辦法讓她擺脫掉這個丈夫。

國王安慰她說：「今天晚上房門不要鎖，我會派侍衛在外面，等他睡著了，侍衛就會進去把他綁起來，然後放上船，將他送進大海裡。」

皇后聽了這個計畫很高興，但小裁縫一個忠心的僕人聽見他們說的每句話，就向主人報告整個陰謀。「我會阻止他們耍花樣，」他說。

到了晚上，小裁縫像往常一樣按時上床就寢。皇后以為他睡著了，就爬起來打開房門，然後又躺回床上。假裝睡著的小裁縫，開始用清楚的聲音喊著：「小子，快把那件背心做好，再來補這條褲子，不然我就賞你耳光！我一掌打死七個，殺死兩個巨人，捉住一隻獨角獸，還活捉一頭大野豬，我怎麼會怕門外那幾個不要命的人？」那些人聽到小裁縫的話，都嚇得要死，好像後面有追兵似的，拔腿就跑，再也不敢走近他。

勇敢的小裁縫，在有生之年都安安心心地當他的國王。

小人國遊記

我的父親在英國諾丁罕郡有點房產，家裡四個兄弟當中，我排行第三。父親在我十四歲時送我到劍橋唸了三年書，後來我前往倫敦，在著名的外科醫師貝茲先生那裡當學徒。家裡有時會寄點錢來，我幾乎都用在學習航海和其他旅行時派得上用場的技術，也一直相信學這些東西會很有幫助。

三年後，我離開貝茲先生，他是一位好老師，推薦我到「燕子號」擔任船醫。我隨著燕子號出海，過了三年海上航行的日子。接著，回到倫敦定居，買了一棟小房子，並和商人艾德蒙・伯頓先生的女兒瑪麗結婚。

我的良師兼益友貝茲先生兩年後去世，除了他，我可以數出來的朋友寥寥無幾，生意便開始下滑，最後下定決心回到海上工作。幾次航行下來，我接受「羚羊號」皮里查船長的邀請，

到他的船上工作，羚羊號正準備要前往南海。我們在一六九九年五月四日從布里斯托港啟航，航程在開始的時候十分平順。

但是到了西印度群島時，碰上強烈的暴風雨，把我們吹到西北邊的范帝門島。船員當中有十二個人因為苦工和吃壞肚子而死，其他人的身體狀況也非常虛弱。十一月五日，海上起了濃霧，瞭望員看到距船一百二十碼的地方有礁石，但是海風太強了，把我們的船筆直吹往礁石，正中要害，船身一下子就裂掉了。我們六個人把救生船放下，離開母船，划了大約三里格（一里格大約三英里），大家已經精疲力盡，只有把命交給汪洋大海。半個小時之後，我們的船不幸又被突如其來的狂風吹翻。船上的同伴以及其他搭小船逃生的人下落如何，或是有沒有人還留在船上，我都無從得知，但推測他們都不幸罹難了。我自己在這時只能讓上蒼指引，跟著海風與浪潮的方向，胡亂地在海上泅游。到後來已經沒有一絲力氣再掙扎活命，心想大概快死了。不過暴風雨的威力減弱了許多，我最後游到岸邊，時間可能是在晚上八點左右，往內陸走大約半英里的路，都沒發現有人居住的跡象。因為疲累不堪，加上天氣又很熱，我感覺很睏，便躺在草地上睡著了。草長得不是很長，地上睡起來也很軟，讓我睡了足足九個小時，是生平最舒服的一覺。

天剛亮時睜開眼，一想要起身，但是怎麼也起不來！因為我是面朝天躺著，看到我的手腳竟被繩索綁起來固定在地上，連一頭濃密的長髮也被牢牢釘住。太陽光越來越強，照得我很刺眼，非常不舒服。接著，聽到四周有混亂的聲音，但是除了天空，什麼都看不到。過了一會兒，我感覺有東西在我的左腿上移動，慢慢移到胸前，來到我的下巴。我把眼光往下移，看到一個人，但絕對不是六呎高，他手上拿著弓箭，背後還有箭袋。我太驚訝了，發出一聲大吼，把他們都嚇得趕緊退後，甚至有些人因為害怕，從我身上緊急往下跳，還摔傷了。不過，他們回來的速度實在很快，其中有一個人費了好大的工夫才來把我整個臉都看清楚，還把手舉起來讚賞一番。我一直躺在地上感到很不舒服，努力掙脫，終於扯斷了綁在我左手臂上的繩索，不過扯的時候感覺到一陣劇痛。綁住我頭髮的繩索也被我弄鬆了一點兒，讓頭可以轉動個兩英吋。那些小人們在我抓住他們之前，又跑上來，接著聽到一聲令下，萬箭齊發射向我的左手，就好像數百隻針同時向我扎過來。除了這個，他們更厲害的一招是對空發射，讓箭落在我的臉上，我只好趕快舉起左手來擋住。箭如雨下的攻勢讓我痛得不住呻吟，很想要再逃脫，小人們便再度發射弓箭，比第一次的攻擊還要猛烈，有人甚至還想要用矛來刺我。幸好我身上穿了皮夾克，矛沒辦法刺穿。

這時候，我想還是謹慎為妙，最好在原地躺別動，反正左手已經沒再被綁住，到晚上可以輕易把繩子弄鬆再起來。其實，島上的人如果都是這麼嬌小的話，他們把我視為最強大的敵人是可想而知的。這些人看我安靜不動，就不再朝我射箭。可是我從越來越吵雜的聲音當中，可以辨別他們人數一直在增加。接下來的一個多小時之內，距離我大概四碼的地方發出敲打聲，好像在蓋什麼東西的樣子。然後他們移動綁住我頭髮的木栓和繩索，讓我的頭轉向一邊，看到他們架好的一個離地一吋半的檯子，旁邊有兩、三把梯子可以爬上去。其中一個看起來像是頗有分量的人物，爬著梯子上台，對我發表長篇大論，我一個字也聽不懂，不過可以從他的手勢知道說話內容有時帶點威脅，有時又表現出同情和憐憫的樣子。我用最謙卑的口吻簡略地回答，然後因為實在快餓昏了，根本沒耐心聽他講完，只好不停地用手指頭指著嘴巴，表示說我想吃東西。他馬上了解我的意思，便走下演講台，命人搬了好幾把梯子靠在我身上，一百多個人於是拿了一籃籃的食物朝著我的嘴巴走過來。籃子裡有像羊腿和羊肩肉的東西，不過都小了一號，比一隻鳥的翅膀還小。兩、三籃肉和三條麵包，只夠我吃一口。他們用最快的速度補充，對我的大食量驚嘆不已。我又做出喝東西的手勢，他們猜我大概也喝得不少，便想出一個絕妙好計，把最大的水桶吊起來，滾向我的手再放下來，我當然是一口就喝光了，因為這桶水還不到半品脫。他們給我第二桶喝，我喝完了又再要一次，不過他們卻不再給我了。

我滿佩服他們的膽量，看到像我這樣比他們大了不知幾倍的人，又在一隻手沒被綁住的情形，還可以不發抖地爬到我身上走來走去。過了一會兒，有一個看起來也是高官顯要之類的大人，受到國王的指派，帶著十二個隨員來到我面前，從我右腿爬上來，走到我的臉上，說了大約十分鐘的話，不斷指著前方，我慢慢才明白，他是在指他們的首都，大約在半英里外，國王陛下命令將我送去那裡。我用沒被綁住的左手指指右手（我特別小心地越過這個高官和隨從的頭，生怕一不小心傷到任何人），表示將我鬆綁。他似乎完全了解我的意思，因為他還搖搖頭，但是又做了其他手勢，讓我知道他會好好待我，讓我吃肉吃到飽，喝水喝到夠。我本來是要逃跑，但是想起他們的箭落在我手上和臉上的劇痛，又觀察到他們的人數有增無減，就打了手勢，讓他們知道我願意任憑他們處置。他們用一種聞起來有甜味的香膏來搽我的臉和手受傷的部位，幾分鐘後疼痛感就消失了。既然不痛也不餓，我頓時覺得很睏，終於睡著了。事後聽說睡了大概八個小時。當然啦，這是因為國王讓御醫把安眠藥摻在給我喝的美酒裡面。

當我剛被發現睡在岸邊時，國王就接到報告了。他決定把我綁起來，就像前段敘述的那樣（這都是在晚上我睡著時進行的），然後又準備大量的酒肉供我吃，再下令召來五百名木匠和工程師，趕製一台可以把我抬到首都的輪車。這台輪車是木製的，離地約三吋高，五呎長四呎寬，下面有二十二個輪子。要如何把我抬上去是最困難的部分，因此他們豎起八十根有滑輪的木桿子，在我的脖子、手、身體和雙腿綁上絞繩，接上堅韌的繩索，再用九百個壯漢藉著固定在木桿上的滑輪來拉繩，不到三個鐘頭，我就被吊了起來，上了車，又被緊緊地綁住。國王選出一千五百隻駿馬，每隻大約四吋半高，把我拉進城。在這當中我都是睡著的，啟程四個小時之後才醒過來。

抵達首都時，國王和所有的王公大臣都出來看，但是幾個大臣都不贊成國王陛下親自冒險爬上我的身體。輪車停在一個古老的神殿前面，我想這應該是全國最大的建築物，這裡就是他們讓我住的地方，我可以輕易地從大門口爬進去。他們已經做好九十一條鎊鍊，看起來像仕女的錶帶一樣，用三十六個扣鎖鎖住我的左腳。當工人確定我沒辦法把銬鍊弄鬆後，才把綁住我的繩索切斷。我起來的時候，覺得一輩子沒像此刻這麼悲哀過，但是人們看到我站起來走動，所發出的驚嘆聲是難以形容的。銬住我左腳的鍊子約有兩碼長，讓我可以前後走大概半圓的範圍，不過要全身進到神殿躺著，還是得用爬的。

國王從一群身著華服的朝臣當中走出來，用讚賞的眼神盯著我看，但站的地方還是在我碰得到的範圍之外。國王比他的臣子們還高，大約有我指甲寬的差別，頗有鶴立雞群、玉樹臨風的王者風範。我側邊躺，臉和他齊高，讓站在三碼外的國王能夠看清楚一點。他的衣著簡單，但頭上戴了頂用珠寶和羽毛裝飾的金冠，手拿著劍，以防我掙脫時，可以用來自衛。這把劍約有三吋長，劍柄是黃金做的，還鑲了鑽石。國王的聲音有點尖銳，不過十分清晰。他一直跟我說話，我也認真回答，只是我們都不瞭解對方的內容。

兩個小時後，所有的朝臣回宮，留下一隊身強力壯的衛兵幫我擋開圍觀的群眾。我坐在神殿外面時，有幾個比較鹵莽的人拿起弓箭射我。結果在一旁的軍官把六個人綁起來交到我手中。我把其中五個放進外套口袋裡，然後對著第六個作出要把他吃掉的樣子。這個可憐人嚇得連聲尖叫，軍官和他的手下們都非常苦惱，尤其又看到我把小刀拿出來時，更是不知所措。不過，我很快就讓大家放下心來，切斷綁著他的繩子，再輕輕地將人放到地上，他一溜煙地跑走了。其他人也是如此，一個一個從口袋裡拿出來。我看到衛兵隊和民眾對我釋出的善意都很高興。

晚上進屋裡睡覺時，有點小問題，因為我睡在地上不是很舒服，這個情形持續了兩個禮拜，等到他們做了一個比一般尺寸大六百倍的床給我，才改善許多。

我有六百個僕人，另外還有三百個裁縫幫我做了一套西裝。更棒的是國王還派六位國內最有學問的老師來教我說他們的話，所以我很快就學會國王說話的腔調和他聊天，他也常常來找我。我學的第一句話就是請他放我自由，而且真的是每天都跪在他面前求他。不過他總是說時間還沒到，而且我必須先承諾要對他以及這個國家友好。他說根據國家法律，我必須讓兩名軍官來搜身，這沒有我的配合的話是辦不到的。國王會把這兩個軍官交到我的手中，說不管從我身上搜到什麼東西，當我離開時都會歸還給我。我當然照辦，讓兩位軍官站到手裡，再放入我的外套口袋。他們手中拿了紙筆和墨水，把看到的每件物品造冊，我後來把這個清冊翻成英文，內容如下：

「在『人山』的右邊口袋裡只有一塊大尺寸粗布，足以蓋住國王陛下整個大廳的地毯。在左邊口袋有個大銀箱，上面有銀蓋，不過抬不動。我們要他把箱子打開，派一個人進去。進去檢查的人發現裡面有深及膝，像粉末一樣的東西，有些飛到我們臉上，害我們兩個打了一陣噴涕。西裝背心的右邊口袋有很多白色細薄的東西，一張接著一張摺

疊起來，大概有三個人大，有繩子牢牢繫住，還有很多黑色的記號，我們大膽猜測是書寫的記錄。左邊口袋裡有一個機器，從後面伸出十二支長長的棍子，我們想這大概是『人山』拿來梳頭髮用的。右邊還有個小口袋，裡面有幾片圓圓扁扁，紅色和白色，大小不一的金屬片。白色的那些看起來像是銀製品，又大又重，我們兩個都拿不動。在另一個口袋裡，吊著一條銀鍊子，繫著一個機器，一邊是銀的，另一邊是某種透明的金屬；透明的那一邊，我們看到奇怪的記號，以為可以伸手摸到，但是去摸的時候，卻發現手指頭被一個亮亮的東西擋住。這個機器不斷發出一種聲音，就像水車一樣，我們猜那不是一種不知名的動物，就是這個人所崇拜的神祇，神祇的可能性比較大，因為『人山』說他做什麼事都要先問它。以上就是我們在『人山』身上搜索後發現的物品清單，他對我們很有禮貌。」

我還有一個暗袋逃過他們的搜索，裡面是一副眼鏡和一個小型望遠鏡。既然對國王沒什麼用，我

也就不必主動交出來。

我所表現出的溫和舉止和善意行為，到現在為止已經給國王、大臣和一般人民好印象，所以我開始期待能早日重獲自由。百姓也不再那麼怕我。我有時候會躺下來，讓五、六個人在我手上跳舞，最後連小男孩小女孩也會跑到我的頭髮裡玩起捉迷藏。

軍隊和皇家馬廄裡的馬也不再怕生，每天都會被軍官牽來我這裡，其中一個獵官會騎著一匹高大的駿馬，把我穿上鞋子的腳當成練習跳躍的高難度障礙物。有一次，國王來我這裡，也被我發明的遊戲逗得很開心。我把九支棍子排成四方形固定在地面上，然後再拿另外四支棍子，平行固在四個角落，離地面約有二呎高。接著，把手帕鋪在九支豎起的棍子上，整面攤平後就變成緊實的鼓面；我請國王派他最勇猛的二十四匹馬隊在這個平台上演習。國王答應後，我便一隻一隻地將馬和負責駕馬的軍官放上來。他們就定位後，分成二隊，開始向對方發射沒有箭頭的箭，舉起劍大玩攻防戰，儼然是一場我所見過最有紀律的軍隊演習。有四邊的棍子保護，馬兒就不會從演習台上掉下來。國王龍心大悅，下令讓這個好玩的娛興節目連演上好幾天，還說服皇后同意讓我托住她的座椅，在距離演習台兩碼的地方觀看整個表演。幸好一切順利，沒發生什麼意外。只有一隻特別激動的馬，前蹄把我的手帕踩出一個洞，把自己和騎士過肩摔。我馬上就把他們兩個救出來，一隻手蓋住那個洞，用另一隻手再把台上的人馬拿下來，就像把他們拿上台一樣。跌倒的馬只有肩部扭傷，騎士沒有受傷。我想辦法把手帕補好，不過再也不敢讓手帕承受風險這麼高的遊戲了。

我屢次要求還我自由，最後國王召開一次內閣會議來討論這件事。會議中所有人都贊成，除了海軍上將波哥藍，他是我在小人國裡不共戴天的敵人。不過他終究還是同意了，但是要由他來草擬交換我自由的條件。他們把條件唸給我聽，要求我必須依照法律規定的方式來發誓，就是左手托住右腳，把右手中指放在頭頂上，把大拇指放在右耳上方。我把他們開出來的條件翻譯，現在公諸於世。

「高巴斯地，摩馬仁，伊拉米，哥達耳，雪弗音，木利烏利歸。小人國至高無上的國王，對宇宙充滿喜樂與敬畏，國王的領土廣達世界盡頭，為王中之王，為世間尊，人上之人，雙腳踏地，頭頂太陽，一點頭地球的子民便得屈膝下跪，有如春之和煦，夏之舒暢，秋之豐盛，冬之威嚴；最卓越的國王對近日來到天朝的『人山』提出以下要求，『人山』必須宣誓服從並遵守：

「第一條、『人山』在收到密封之離境許可前，不得擅自離開國土。

「第二條、若未得到明確的指令，不得進入都市裡。進城前，城民在兩個小時之前必須得到警告，以便回家關上門。

「第三條、『人山』必須走主要道路，而且不得要求在草地或田地上走動或躺下。

「第四條、當人山在上述路段行走時，必須極力避免踩到本國國民、馬匹或馬車，若沒有得到同意，不得將任何人或物放在手中。

「第五條、若特使急需快遞消息，『人山』將義務用口袋載送使者與馬匹，進行六日的旅行，再將使者（如有需要）安全送返皇宮。

「第六條、『人山』必須與我國結為盟友，共同抵抗島國伯萊福斯居，並盡全力摧毀正準備對我國進行侵略的敵國軍隊。

「最後，在宣誓遵守上述條款後，『人山』每日可得足夠一千七百二十四名我國人民食用的肉品，可自由接觸皇家成員，以及其他獎賞。

「本約訂於我國第九十一月第二十日。」

我歡歡喜喜地宣誓服從，然後捆綁住我的鎖鍊馬上被解開，我終於恢復自由之身了！

在獲釋兩個禮拜後的一個早晨，國王的私人秘書瑞歐德索來找我，身邊只跟著一名隨從。他讓馬車在遠遠的地方等著，要我給他一個小時。我說我可以躺著聽他說話，這樣對他比較方便，不過他要我把他放在手上跟他談話。他先祝賀我重獲自由，然後說如果不是因為目前是非常時期，我也許不會那麼快得到自由。

「雖然我們的國家讓外人看起來非常的富庶豐足，但我們正面臨伯萊福斯居這個國家入侵的威脅。這個國家，是宇宙裡面國力足以與我們抗衡的另一個大國。雖然聽你說到世界上還有其他國家，住著和你一樣大的人類，我們的哲學家都持懷疑的態度，寧可相信你是從月亮上或是天上其中某顆星星掉下來的。因為假如有一百個像你這樣的龐然大物存在，鐵定一下子就把國王領土裡的生物消滅殆盡。此外，我們六千月的歷史中，除了小人國和伯萊福斯居這兩個偉大帝國之外，不曾提到其他的地方。這兩個國家一直處在敵對狀態；事情的開端是這樣的：早期大家在打蛋時，都從比較圓的那一端打，但是國王的祖父小時候，有一次在打蛋時，遵循古法卻不小心切斷了一根手指頭。當時的國王，也就是他的父親，便頒下一道新法，規定全國百姓都要從蛋比較尖的地方來打蛋。人們都不喜歡這道法律，以致於引發了六場反叛暴動，導致國王喪命，繼任的國王也丟了王位。根據估計，約有一千一百人在這段時期因為不願意從較尖的部分打蛋而喪失性命。叛徒得到伯萊福斯居國王的鼓勵，總是逃到那裡尋求庇護，因此，兩個國家的衝突就從這時候開始，已經長達六百三十個月了。伯萊福斯居人已經集結了大批軍隊，準備要上岸來攻擊。國王非常看重你的勇氣與力量，因此命我來把這整件事的來龍去脈告訴你。」

我請秘書向國王轉達，隨時願意犧牲性命，抵抗所有的入侵者，來捍衛國王與他的領土。

不久之後，我就把如何擊退敵軍的辦法提出來和國王討論。伯萊福斯居這個島國和小人國，僅隔約八百碼寬的海峽。我請教最有經驗的水手海峽的深度，他們說海峽中間在海水最高點時是七十噶里（以歐洲的度量換算，大約是六呎）。我走到海岸，躺在小山後面，拿出小型望遠鏡，觀察敵軍艦隊正在下錨，共約有五十艘船艦。我回到家，下令準備大量堅固的繩索，以及裁縫針大小的鐵條。為了讓武器更牢固，我將繩索絞成三倍粗，每三根鐵條綁在一塊兒，在尾端拗成鉤狀。最後用五十個鐵鉤鉤住繩索，回到海邊，脫下外套和鞋襪，穿著皮夾克走了半個小時，先是在海裡涉水快走，然後在中段時游了約三十碼，直到腳再度接觸到地，再半個小時後就抵達敵軍艦隊的前方。敵人看到我都嚇壞了，紛紛從船上跳入海中，拚命游上岸，人數約有三萬多人。

我用鐵鉤鉤住每艘船的船首，再把手裡握住的繩索另一端全綁在一起。這時敵軍發箭了上千發弓箭，很多都刺到我的手和臉。我最怕眼睛被射中，如果不是突然想到那副逃過國王搜索兵的眼鏡，趕快拿出來戴在鼻樑上，可能會被刺瞎。箭繼續向我射來，落在眼鏡上，只造成一點微震，不影響我的工作。我抓住手裡已經打結的繩索用力拉，沒想到被鉤住的船竟文風不動，原來是錨下得太牢了。我的冒險精神當然不僅止於此，便放下繩索，即使同時有上百隻箭往我的手臉飛過來，也毫不猶豫地拿出小刀切斷所有的錨鍊，然後再抓住鉤住船的繩索，輕易地把敵軍最強大的五十艘戰艦拉在身後。

伯萊福斯居人看到整個船艦被我拉著全體移動，發出難以形容的悲慟且絕望的慘叫聲。等到脫離險境時，我停下來把刺進手和臉上的箭拔下來，用上次小人國用的香膏塗抹傷處，把眼鏡摘下，等了一個小時海水稍稍退潮後，才穿越海峽，進入小人國的港口。

國王和所有大臣站在岸邊等我，看到大批船艦呈半圓形往前移動，但是沒察覺頸部以下還

HJF

在海面下的我。國王以為我淹死了，當然也判斷這群船艦是前來攻擊的。海水越來越淺，我一步步走近海岸，他們的憂慮就消失了。走到可以彼此聽見聲音的距離，他們終於知道船其實是被我用繩索拉住，我大喊著：「小人國偉大的國王萬歲！」國王在我登陸時，用最興奮的神情歡迎我，立即頒給我「拿達」的頭銜，這是小人國裡最尊貴的職稱。

小人國的國王要我乘勝追擊，把敵國其他船艦一舉拖回來，而且似乎想要征服整個伯萊福斯居，成為世上唯一的君王。不過我明白表示，絕不會主動把自由與勇敢的人抓過來成為奴隸。雖然這個想法得到宮廷裡有智慧的大臣的贊同，但是我公開反對國王的野心，讓他一直懷恨在心，無法原諒我。從那時起，他和那些反對我的大臣們都就集體密謀，差點把我害死。

打退敵軍的三個禮拜後，伯萊福斯居派外交使團前來謙卑地求和，接著就簽訂條約，所有的條款都對小人國有利。使團裡共有六位大使和隨員五百來名，全都是衣著華麗，頗有氣派。有人私下對他們說我很照顧他們國家的人民，於是大使就來拜訪我，不停讚美我的勇氣與寬宏大量，也代表國王邀請我前往伯萊福斯居做客。我也要他們代為傳達我對他們國王的敬意，在我回到英國之前，一定會去拜訪。後來見到小人國國王時，我希望得到他的許可讓我去，他雖然答應了，可是態度非常冷漠，我後來才知道為什麼。

當我正準備要去伯萊福斯居時，一個宮裡地位崇高的大臣突然在晚上偷偷來找我，我以前曾經幫過他一次大忙。他沒有先遞名片就進來了。我請他到我的外套口袋裡，然後命令一個信得過的僕人把風，別讓任何人進來，把門關緊，再把這位夜半訪客請到桌子上，我就在桌旁坐下。他的臉上寫滿憂慮，要我耐心聽他說一件有關我的榮譽、甚至是性命的重大消息。

「你一定知道，」他說：「波哥藍從你踏上這個國家開始，始終對你充滿敵意。你打贏伯萊福斯居之後，他這個海軍上將的光環因為你的關係逐漸黯淡，對你的恨意越來越深，便和其他人指控你犯下叛國罪，宮廷裡也因此召開好幾次秘密會議來商量如何處置你。我非常感激你的恩惠，所以冒著生命危險把整個過程查明白來告訴你。你的罪名是這樣的：『第一、你把伯萊福斯居的皇家艦隊帶回後，國王任命你把其他的船抓回來，殺掉所有流亡該國的叛徒以及願從蛋尖處打蛋的人。但是你表現得像個虛假的叛徒，藉口不願違背良知與道德，迫害無辜的自由百姓生命，違背了國王的命令。再者，當伯萊福斯居的使節來訪時，你就像個虛假的叛徒，協助並招待他們，完全無視於我國近日才和他們交戰，而這些人也只配做國王的奴僕。更有甚者，你還準備要前往伯萊斯福居旅行，這根本不是一個忠君愛國的百姓應有的行為。』

「當大家在為這些罪名辯論時，國王一直提起你的貢獻，而海軍上將和財務大臣則堅稱必須把你處死。不過國王的私人秘書瑞歐德索，他一直是你的朋友，建議國王饒了你的命，只要下令挖去你的雙眼，就可以達到懲罰的目的。這時，波哥藍氣憤地站了起來，指責瑞歐德索竟敢饒叛國徒的命。財務大臣指出把你留下來的高額花費，也要求處死。不過仁慈的國王高興地說，既然大家都認為挖你的眼睛罰責太輕，以後還可以再罰。瑞歐德索又請求發言，說提供給你的食物可以逐漸減少，你會因為吃的東西不夠而日漸瘦弱，繼而失去意識，只要幾個月的時間就會死亡，那時國王的子民就可以切下你身上的肉埋起來，把骨頭留給後世子孫崇拜。

「最後，秘書瑞歐德索的友誼提議被接受了，國王命令饑餓計畫要保密，但是挖眼睛的部分被列入記錄。三天後，你的秘書朋友會來到這裡，把你的罪行唸出來，說明國王法外開恩，只讓你失去雙眼，這點，他相信你一定會感激涕零地服從。二十位御醫也會奉派到場，監督整個行刑過程，在你躺下去時，親眼看銳利的箭鋒刺穿你的眼睛。

「我的朋友，你自己好好想出該如何應對。為了避嫌，我必須馬上回家。就當成從來沒來過這裡。」

在他回去之後，我陷入極端的困惑與茫然之中。起初我很想反抗。我是自由之身，用石頭就可輕易地把首都徹底毀滅，但是想起我曾經對國王宣誓效忠，以及他對我的諸多恩惠，便馬上打消這個念頭。最後，我的決定是，既然國王已經允許我前往伯萊福斯居，現在正好利用這個機會。三天的期間還沒到，我先寫信給我的秘書朋友，告訴他我的決定，然後沒等他回信就到了海邊，半走半游地進入海峽，抵達伯萊福斯居的海邊，那裡的人早就期待我的到來，馬上把我帶到他們的首都。

國王率領著王室全員和高級大臣出來迎接我，以上賓之禮熱忱且慷慨地招待我。我沒有提起在小人國發生的不愉快事件，心想我不在小人國的勢力範圍內，國王應該不會把這個秘密公開出來。不過，我很快就發現我錯了。

三天之後，我好奇地在北邊的海岸走走看看，發現到不遠的海上好像有一艘翻掉的小船。我把鞋襪脫下，在水裡走了大概有二、三百碼，發現那真的是一條船，大概是被暴風雨從大船上吹過來的。我馬上回去請求幫忙，找了一大堆人來才把這艘小船拖回港，那裡已經聚集了大批圍觀的人，看到這艘巨船都發出不可置信的驚嘆。我告訴國王，這艘船也許會為我帶來好運，載我到某個地方，讓我可以回到祖國，然後求他提供我需要的材料，把船修理一番，我就可以搭船回去。在我不斷地請求之後，他欣然同意。

此時，小人國的國王對我的出走感到很不安（他絕對想不到我已經得知他的計謀），便派了一個高官來伯萊福斯居，把關於我不名譽的事告訴這裡的國王，還說他慈悲為懷，只要挖我的雙眼，希望他在伯萊福斯居的兄弟把我五花大綁送回小人國，接受叛國者的處罰。國王非常有禮地回答說，要將把我綁回去是不可能的，他雖然損失海軍艦隊，但是很感激我為了兩國和平所做的努力。更何況，我在岸邊發現一艘大船，可以把我載出海，他也下命幫忙修補，希望在幾個星期後就可以擺脫我這個麻煩，兩國的國王可以很快地高枕無憂了。

使節帶著這個口信回到小人國（雖然伯萊福斯居國王私下告訴我，如果我答應留在他身邊，他願意提供庇護），我則加緊離開的工作，因為我已經不再信賴任何國王了。

大約一個月後，我準備好要離開。伯萊福斯居國王帶著皇后與全體王室成員跟著我離開皇宮走出來，我低下頭低吻他們伸出來的手，表達感謝與道別。國王送給我五十袋石普（這是他們面額最大的金幣）還有一張全身畫像做紀念。我馬上放進一隻手套裡，以免沾溼受損。他們也為我舉辦很多場餞別的宴會。

小船裡裝滿食物與飲水，我又帶了六隻活母牛、兩隻公牛，還有很多公綿羊與母綿羊，希望能好好地帶回去英國。為了要讓這些動物在船上活下來，我也準備乾草與玉米。如果可以的話，我其實更想帶幾個小人，不過這件事國王絕對不會答應，他把我全身上下搜得徹徹底底，要我保證絕對不會帶走他任何子民，即使有人同意，希望跟著我也不行。

我把能帶的都帶齊之後，就起帆出航。從伯萊福斯居出發，大約航行了二十四里格之後，

看到一艘帆船駛向東北方，我開始高呼，但沒有回應。不過因為海風減弱，我終究還是趕上這條船，半小時之後，船上的人看到我，射了一槍作為回應。我在西元一七〇一年九月二十六日晚上五點到六點之間獲救，一看到船上的英國國徽，心就好像要跳了出來。我把牛羊放在外套口袋裡，帶著這些小牲口上了船。船長好心來慰問我，問我最近旅行到哪個地方。聽到我的回答，他以為我在胡言亂語，不過，當我把小牛和小羊從口袋裡掏出時，他臉上露出不可置信的表情，不得不相信我。

一七〇二年四月十三日，我回到英格蘭，和妻子與家人共處了兩個月。不過，到外面世界去探險的強烈慾望，讓我無法久留。待在英國的期間，我把這些小動物給有身分地位的人們觀賞，賺了不少錢。再度出海探險前把牠們賣了，又賺了六百英磅。我留一千五百英磅給我的妻子，幫她安置在舒適的屋子，然後流著淚，向她和我的一對兒女告別，登上「冒險號」出海，繼續我的旅程。

（史威夫特《格列佛遊記》）

玻璃山上的公主

很久以前，山邊有個牧場主人，在牧場上蓋了一個存放乾草的穀倉。不過，最近這兩年，裡面一直沒辦法存太多乾草，原因是連續兩年的聖約翰夜，當牧草快要收割的時候，竟在一夜之間被吃得乾乾淨淨，好像是一群羊在前晚啃過一樣。怪事發生了一次，今年又是如此。牧場主人不想坐以待斃，承受巨大的損失，就告訴他三個兒子，最小的名叫小灰弟，要他們其中一個在聖約翰夜裡，去睡在穀倉裡，今年無論如何再也不能讓草像前兩年一樣被吃光光。負責看守的人一定得提高警覺，仔細察看。

大兒子說他願意去，緊守著那些牧草，不管是人或動物，即使是惡魔來了，也不會讓他碰一下。他在傍晚進了穀倉後，便躺下睡覺。夜越來越深，忽然間，一陣地動天搖，四周轟隆作響，穀倉的牆壁和屋頂不停地晃動，大兒子嚇得跳了起來，頭也不敢回就拔腿狂奔，於是穀倉跟前兩年一樣被洗劫一空。

接下來的聖約翰夜，牧場主人抱怨牧草年年損失不是辦法。要有個兒子去好好看守。二兒子說他願意去，便和大哥一樣，傍晚時分就到穀倉裡躺下來睡，等到夜深人靜，又是天崩地裂，比上次的聖約翰夜還要猛烈。二兒子聽到這麼恐怖的聲音，嚇得不成人形，好像愛賭博的人聽到開賭似的，跑得比誰都快。

又過了一年，輪到小灰弟去看守。當他準備好要出發時，哥哥們都嘲笑他說：「你最適合去看牧草了！什麼都不會，只知道坐在灰燼裡把自己烤熟，哈哈哈！」

小灰弟不理會他們，等傍晚來時，才慢慢走進穀倉躺下來。過了將近一個小時，傳來任何人聽到都會怕得發抖的轟隆巨響和嘎吱聲。

「嗯，如果只是這樣，我應該可以忍受，」小灰弟告訴自己。

過了一會兒，嘎吱聲又開始，地面更猛烈地搖晃，所有的乾草都掉下來打到他身上。「如果沒有越來越厲害的話，我還是會忍住，」他心想。

巨響和地震第三次又來了，劇烈到牆壁和頭上屋頂好像就要塌了下來。不過等到聲音消失，一切歸於平靜，四周籠罩著死寂。「我確信聲音會再出現，」小灰弟推測，不過巨響再也沒出現了。在連續的寂靜當中，他躺下來睡覺，但這會兒卻聽到門外面似乎有馬在吃草的聲音。他悄悄走到門口，開了個小縫向外一望，看到一匹馬正站著吃草。這匹馬高大肥美，小灰弟以前從來沒見過這樣子的好馬，背上還配了馬鞍，馬勒和一套騎士盔甲，全是由亮閃閃的黃銅做成的。

「哈！原來就是你把我們的草吃掉了，」小灰弟心想：「我馬上就要阻止這件事再度發生，」然後迅速拿起撥火棒，朝那匹馬扔過去，牠便停在那裡動也不動，變得十分溫馴，任憑小灰弟處置。他跨上馬，騎到一個沒人知道的地方把牠綁起來。等到他回家時，哥哥們等著看他笑話，問看守的工作進行的如何。「你雖然去了牧場，但沒有在穀倉裡待太久吧！」

「我在那裡躺到天亮，不過什麼都沒看見，也沒聽到，」小灰弟說：「天知道你們兩個在怕什麼！」

「好，那我們就去看看你到底有沒有在做事！」說著，就往牧場走過去，沒想到地面上那片又高又茂盛的牧草，跟前一天一樣，一根也沒少。

又過了一年，聖約翰夜到了，兩個哥哥都不敢到牧場看守，只有小灰弟去了，發生的事跟去年相比沒什麼兩樣。起先來了巨響和地震，然後過了第二次和第三次之後，就再也沒有了。等到一切趨於平靜，聽到穀倉門外的吃草聲，小灰弟輕輕地走到門邊，開了一道細縫，看見一匹馬站在房邊啃著草，比去年那一匹更高大健壯，配備的馬鞍、馬勒和騎士盔甲全都是亮晶晶的銀製品，平常難得一見。

「喝！就是你趁晚上來把我們的草吃光的嗎？我現在就要阻止你。」他想著，伸手拿出撥火棒，向馬鬃的部位扔過去，馬當場就變得像綿羊一樣乖巧，小灰弟便騎著馬到上次去的那個地方，把馬綁在那裡就回家了。

「你是不是要說，你把牧草看管得好好的？」哥哥們嘲諷著。

「是啊！」小灰弟說，他們又再去看，牧草的確跟前一天一樣，長得好好的，又高又濃密。雖然如此，哥哥們對小灰弟還是同樣的刻薄。

到了第三個聖約翰夜，兩個哥哥還是無法克服之前睡在那裡的恐怖印象，打死也不去睡在穀倉看守牧草，這對小灰弟卻不是難事，他又去了。接下來所發生的事就好像是前兩年的夜晚重演，來了三次地震，只是一次比一次強，把他從穀倉這邊震到另一邊，最後夜晚一片死寂。才躺下去一會兒，聽到門外嚼食的聲音，他輕輕地走到門邊，開了一道細縫，看到一匹馬站在房外，比前兩匹更高大健壯。背上的馬鞍、馬勒和騎士盔甲全都是黃澄澄的純金做成。「喝！這次是你要趁晚上來把我們的草吃光嗎？我現在就要阻止你。」他拿出撥火棒向馬扔過去，馬當場就好像被釘在地上一樣，動彈不得，任憑小灰弟處置。他騎著馬再到老地方，綁好後就回家了。

回到家，還是被兩個哥哥像以前一樣地嘲笑，說他們一看弟弟邊走邊睡覺的樣子，就知道牧草一定沒有被吃掉。小灰弟沒有浪費唇舌，只是要他們自己去牧場看。他們去了，牧草果然還是跟以前一樣長。

在小灰弟一家人住的地方有個國王，他要把公主嫁給能爬上玻璃山的人。這座高聳的玻璃山就位於皇宮附近，像冰一樣滑。公主坐在山頂上，膝上放著三顆金蘋果，能爬到山頂，拿到三顆金蘋果的男人就可以娶她為妻，並得到半個王國。國王把命令頒給全國各地的教堂，甚至傳到其他國家。公主美若天仙，看到她的人無不瘋狂墜入愛河。不用說，所有王子和勇敢的騎士得知這個消息，都不遠千里而來，想得到美麗的公主和半個王國。這些求婚者來時，穿著最華麗的服飾，在陽光底下閃著高傲的光芒，座騎也是光鮮亮麗，動作優雅，像是在跳舞。來求婚的王公貴族，沒有一個不是自信滿滿，要抱得美人歸。

當國王指定的日子來臨，大批的王子和騎士蜂擁而至，聚集在玻璃山下，所有能走會爬的人也都來了，大家都想看看誰可以娶到公主。小灰弟的兩個哥哥也在行列裡，但是他們無論如何也不願讓弟弟跟來，因為他老是髒兮兮的，又黑又睏的樣子，還喜歡在煤灰裡打滾，活像個大笨蛋，如果和他們走在一起，準會被看到的人笑掉大牙。

「沒關係，我會自己去，」小灰弟說。

兩兄弟來到玻璃山時，看到所有的王子和騎士正在拚命往上爬，他們的馬已經累得滿身大汗。不過再怎麼試都沒用，馬蹄只要一踏上坡就滑下來了，沒有人可以爬上幾碼。原因很明顯，因為玻璃山就像窗戶上的玻璃一樣平滑，又像房屋的牆一樣陡峭。但是想到公主和半個王

國，沒有人願意認輸，便不斷地爬，又一直溜下來。到最後所有的馬匹都累極了，再也動不了，熱得汗水直滴，馬主人也不得不被迫放棄。國王心裡還在想，宣布明天重新開始，也許會看到比較好的表現。在這時，一位騎士突然騎著一匹沒有人見過的駿馬出現，身上披著黃銅盔甲，連馬勒也是黃銅做的，身上所有裝備都亮得發光。在場的騎士對著他叫說玻璃山很難上，別白費力氣了。不過他完全不理會旁人的話，自顧自地朝玻璃山騎上去，如入無人之境。騎了很長的一段路，大概已走到三分之一，但是騎到這裡他竟調轉馬頭下山了。坐在山頂上的公主從來沒見過如此英俊的騎士，看著他往上騎過來，心裡想：「啊！我多希望他上得來！」見到他回頭往下騎時，便向他身後丟了一顆蘋果，蘋果滾著滾著，掉進他的鞋裡。一回到山下，神秘的騎士便絕塵而去。

國王在當晚要求所有的王子與騎士集合起來，要那位騎得最遠的人把公主扔下的金蘋果拿出來看。可是沒有人拿得出任何東西。國王一個一個問，結果還是一樣，沒人拿得出蘋果。

晚上在小灰弟的家裡，哥哥們告訴他騎士與王子上玻璃山的經過，他們說，剛開始沒有人能夠上得去，但是後來出現一位身著黃銅盔甲、手拉黃銅馬勒的騎士，全身上下的馬飾即使在很遠的地方都看得到亮光。光看他騎馬就是不同凡響，本來已經騎了三分之一，可以輕易跑到山頂。不過他大概覺得這次騎到這裡就夠了，便調轉回頭。

「喔！我也想看他的英姿。我應該去的，」小灰弟說，他還是跟平常一樣，窩在煙囪滿是煤渣的老地方。

「你嗎？」哥哥們嗤之以鼻：「你以為你可以和那些偉大高貴的人在一起嗎？那裡是你這麼髒的小東西應該坐的地方嗎？」

第二天，哥哥們又出去看熱鬧，小灰弟也再哀求讓他跟著去，看看那個出風頭的騎士。

「不！」他們回答說，他又醜又髒，根本不適合去到那裡。

「沒關係，我就自己去，」小灰弟心想。

哥哥們去了玻璃山，看到所有的王子和騎士又開始往上騎。這次他們都把馬腳套上粗糙的馬蹄鐵，結果一點用也沒有，騎上去依然又溜了下來，和第一天的情況完全一樣，沒有人走得了一碼。馬匹還是跑得精疲力盡，直到跑不動，全部都停了下來。正當國王心想再給大家機會，宣布明天進行最後一天的考驗時，突然想到可以再等一下，也許那個黃銅盔甲騎士今天會來。不過等了一會兒，沒看到人影，就在大家四下張望時，一位騎著駿馬、身穿銀盔甲、手拉銀馬勒的騎士出現了。他騎的馬比昨天的黃銅騎士還要健壯許多，身上的銀馬飾從很遠的地方就閃著耀眼的光芒。其他人也叫他不要白費力氣，說騎上玻璃山簡直比登天還難。不過騎士照樣不理會旁人的勸告，筆直地朝著玻璃山騎過去，比昨天的黃銅騎士還遠。不過騎了三分之二的路程，他又調轉馬頭往山下走。公主覺得她比較喜歡今天這個騎士，坐在上面盼望著他騎上來。當她看到騎士回轉下山，便把第二顆蘋果丟給他，掉進他的鞋子裡。騎士下山後便策馬離去，沒有人知道他後來到底去哪裡。

到了晚上，所有人被召集到國王與公主面前，看看是誰拿了蘋果。但是每位騎士和王子都問遍了，就是沒人拿得出那顆蘋果。

晚上哥哥們回到家，說起現場發生的情況，提到每個人都拚命騎，卻沒有半個可以爬上去的，「最後出現了一個銀盔甲、銀馬勒、銀馬鞍的騎士，他的騎術多麼的高明啊！可惜騎了三分之二就下來。」他們手舞足蹈地形容：「而且公主還把第二顆蘋果丟給他喔！」

「唉！我真希望可以看到他，」小灰弟說。

「是啊，他比你打滾的那些煤灰還要乾淨一點，你這個小黑鬼！」哥哥們說。

第三天跟前兩天一樣，小灰弟想要和他們一塊兒看大家騎玻璃山，不過哥哥們都不願意帶他去。等他們到玻璃山的時候，依然沒半個人騎超過一碼以上，大家都在等待銀騎士，不過一直都沒見到或是聽到他的蹤影。等了很久，最後來了一位騎士，騎著一匹前所未見的寶馬，世上再也找不到這樣稀有的馬了。他身披金盔甲，馬配金鞍與金勒，璀璨奪目，人還沒到，就亮得大家得把眼睛瞇起來！其他王子和騎士被這個壯觀的景象迷住了，都忘記開口勸他別浪費力氣爬這座山。只見他朝玻璃山頂飛奔而去，一點障礙也沒有，快得連公主還沒時間想他到底會不會爬上山頂，他就過來了，從她的膝上拿走第三顆金蘋果，再把馬頭調轉騎下山去，然後失去蹤影，沒有人能跟他說到一句話。

哥哥們晚上回到家，口沫橫飛地聊起這天的騎馬比試，最後說到金騎士。「他真是偉大極了。這麼高貴的騎士在世上再也找不到了，」他們異口同聲地說。

「我也想看到他！」小灰弟說。

「哈！他就像你老是靠著的舊煤堆一樣亮喔，你這個小灰弟！」他們一如往常地笑著。

第二天，所有的騎士與王子都集合在國王公主面前（因為昨天太晚了，沒辦法集合），看看是誰拿了公主的金蘋果。但是從王子到騎士，沒有人拿出金蘋果。

「可是一定有人拿走了，」國王說：「我們大家都親眼看到有個人騎上去拿走蘋果。」於是下令全國的人都要到皇宮裡來，看看是誰拿了蘋果。全國上下一個接著一個來報到，卻沒有人有蘋果。過了很久，輪到小灰弟的兩個哥哥，他們是最後來的人，國王問他們家裡是否還有人沒來過。

「是的！我們還有一個弟弟，」他們回答：「不過他從來沒拿過什麼金蘋果！他在那三天裡面都沒有離開過家裡的煤堆。」

「沒關係，」國王說：「每個人都要來皇宮一趟，讓他來吧！」

所以小灰弟被迫前往國王的宮殿。

「你有拿金蘋果嗎？」國王問。

「是的，這是第一顆，這是第二顆，然後這是第三顆，」小灰弟說，把全部的蘋果從口袋裡拿出來，然後脫下身上穿的煤灰破布衣，露出金盔甲，在他身上閃著耀眼光芒。

「你可以娶我的女兒為妻，得到一半的王國，這一切都是你靠自己贏來的，」國王說，接著馬上為小灰弟和公主舉辦結婚典禮，雖然其他人沒辦法征服玻璃山，還是在婚禮上盡情高歌作樂。如果有人玩得太高興停不下來，現在一定還在那裡。

（阿斯彪昂生和莫埃）

阿默王子

從前有位蘇丹，他有三個兒子和一個姪女。大王子名叫哈山，二王子名叫阿里，小王子名叫阿默，他的姪女是諾容妮哈公主。

諾容妮哈公主是蘇丹弟弟的女兒，很小的時候父親就去世了，蘇丹便負起照顧她的責任，給她教育，在皇宮裡和三個王子一起長大，打算等她將來長大成人許配給鄰國的王子，進行兩國聯姻，趁機結交盟國。

不過，當他發現三個王子都深深愛上她時，只好重新考慮諾容妮哈公主的婚事。他很擔心沒辦法讓三位王子都心服，尤其是如何使兩個小王子同意割愛，讓給大王子。他知道王子們都很倔強固執，因此便把他們召來，對他們說：「孩子們，我不能阻止你們對表妹諾容妮哈公主的愛慕，所以想到一個公平的辦法，讓你們分別到不同國家去旅行，各自走各自的路。你們知

道我有強烈的好奇心，喜愛獨一無二的珍奇事物。我答應公主，誰能夠幫我帶回最罕見奇特的寶物，我就把她許配給誰。我會給你們一筆錢，作為採買寶物的費用以及旅費。」

三位王子一向乖巧，也很聽蘇丹的話，每個人都相信自己的好運氣，便欣然同意。王子們拿到蘇丹承諾的錢，就命僕役為遠行做準備，然後稟告蘇丹，說他們在第二天早晨，會從城門口一起出發，而且都做商人裝扮，各帶一名心腹扮成奴僕，所有的裝備也安排得齊全妥當。

第一天旅行，三兄弟走在一起，在一間位於三叉路口的旅店稍作休息。晚上一塊兒吃過飯後，約好要用一年的時間去探險，一年後大家在這裡會合。既然是同時離開宮殿，也要同時回宮，因此第一個到的人要等其他人。第二天破曉，兄弟們擁抱互祝好運後，就分別騎上馬，各走各的路了。

大哥哈山王子來到比斯那卡城，這是比斯那卡國的首都，國王也住在這裡。他來到一家為外國商旅服務的旅店投宿，得知城裡有四個主要商業區，所有商人會在此開店交易貨物。城的正中央是城堡，也就是國王的宮殿。第二天他就來到其中一個商業區。

這裡的東西沒有一樣不讓哈山王子讚嘆不已。光是一個區就很大，裡面有好幾條街道，設有圓頂遮陽棚，但裡面採光非常良好，完全不會因為遮蓋而太暗。店鋪大小一致，整條街只賣同類商品。工匠師傅的店，是在比較小的街道上。

店鋪陳列了各式各樣的商品，有從印度各地運來的上好亞麻布，印著最鮮活的色彩，畫出鳥獸、花草樹木各種圖案；有從波斯、中國和其他地區運來的絲緞；有來自中國與日本的瓷器，還有繡花地毯，精緻得讓他不敢相信自己的眼睛。他來到金匠與珠寶商開的店鋪時，看到

無數作工精細的金銀飾品時，又不禁目眩神迷，看到珍珠、鑽石、紅寶、翡翠，和其他待價而沽的寶石，更是大呼驚奇。

另一件讓哈山王子特別喜愛的，就是街上大批賣玫瑰花的小販。印度人非常鍾愛這種花，出門一定要拿把花束在手上，或是頭上戴頂花圈。商人們把花放在店裡的瓶中，使街上的空氣充滿著濃郁的花香。

哈山王子逛過這個區的每一條街後，思緒被這裡豐富多樣的貨品佔滿，覺得有點累。一個細心的商人看到他臉上的疲態，禮貌地邀請他進來店裡坐，他也欣然同意。沒坐多久，一個叫賣的小販經過，手裡拿著一條約六呎見方的掛毯，喊著要賣三十塊金幣。王子想看這塊毯子有什麼值錢的地方，便叫住他，但是看過之後，認為價錢開得太高了，不但尺寸小，整條毯子也不是很高級，便對小販說，他不懂為什麼這條不起眼的小毯子要賣這麼貴。

小販以為他是個真的商人，回答說：「這個價錢對你來說也許太誇張，但是如果我告訴你有人要用四十塊金幣買，不到四十塊我還不賣，你一定更不會相信。」

「那是當然，」哈山王子說：「裡面一定有不為人所知的奇特之處。」

「你猜對了，先生，」小販說：「如果你可以坐在毯子上，心裡想去什麼地方，馬上就把你載到，而且不會遇上任何阻礙，你一定會想要得到它。」

小販的話讓哈山王子想起他出來旅行的主要目的，就是帶給他的父親蘇丹一件寶物，便決定除了這樣東西，再也沒有其他寶物比這個更讓他滿意了。「如果這條毯子像你說的，有這種奇異功能，四十塊錢當然不貴，我還會額外給你小費做為謝禮。」

「先生，」小販說：「我已經把毯子的秘密說了，要讓你相信很容易。你若願意付四十塊金幣來買，我可以試給你看。不過，我猜想你身上大概沒有帶這麼多錢，為了要收到錢，我必須跟你回到你住的旅店，得到店老闆的同意後，我們可以到後院裡，兩個人都坐在毯子上面，然後你心裡想著，要到你住的房間。如果我們沒有回到房間的話，交易就不算，我也不會糾纏你。至於你要給我的禮物，雖然毯子的賣家已經付我工錢，我還是會收下你的禮物當成恩惠，並且心存感激。」

王子覺得小販的話可信，就答應他提的條件，同意這個買賣。得到旅店老闆的允許之後，兩人就走到後院，坐在毯子上，王子許願要去他在旅店的房間，人馬上就在房裡了！對這條地毯的魔力深信不疑的王子，立即數了四十塊金幣給他，又給了他二十元小費。

哈山王子剛到比斯那加就得到這麼稀奇的寶物，信心滿滿，高興地自認可以得到公主。弟弟們絕對找不到像魔毯這樣的稀奇東西。

哈山王子可以坐在毯子上，馬上就回到約定的地方。可是他們說好要大家到齊才能回去，他必須遵守約定。此外，他也很想見見比斯納加國王和他的宮殿，瞭解這個國家的國力、法令、習俗和信仰，便決定在這裡多待上幾個月，滿足心中無限的好奇。如果不是想接近諾容妮哈公主，哈山王子真的會在此地久待。沒多久，就和隨從坐上毯子，許願回到三兄弟約好見面的旅站，在那裡繼續扮著商人，等著其他人回來。

二王子阿里到波斯旅行。與兄弟道別後，在路上走了三天，和商隊結伴同行，四天後抵達當時波斯的首都西拉茲，在這裡他扮成珠寶商人。

第二天早上，阿里王子穿好衣服，隨身帶了點必需品，就出去隨意逛逛，來到城裡的商業區。來來去去的小販帶著各式各樣的貨品在街上穿梭，不停地向王子兜售。有個人手裡拿著一支約莫一呎長、拇指寬的象牙望遠鏡，叫著要賣三十塊金幣，王子心想這個人大概瘋了，走進一間店鋪，向站在店門口的主人打聽，指著那個小販說：「先生，你看那個人是不是有問題？如果他沒瘋的話，一定是在騙人。」店主人回答：「先生，你說的有理，不過他昨天還是個神志正常的人。我可以告訴你，這個人在我們這裡經驗最老到，專門賣價值不菲的珍貴東西。如果那個望遠鏡他賣三十塊，這個東西一定有超過三十塊金幣的價值。他等一下就會過來，我們可以叫住他，解決你心中的疑惑。請你先坐在沙發上，休息一會兒吧。」

阿里王子接受店家的好意坐下。那個小販一走過來，店主人立即叫他的名字，指著王子說：「那位紳士問我你是不是瘋了，一支看來不起眼的象牙望遠鏡竟然要賣三十塊。如果我不是認識你很久的話，也會很吃驚的。」那個小販便直接向阿里王子說：「先生，你不是第一個懷疑我的人，很多人也是如此。不過，等我告訴你這件東西具備的特色，你可以判斷我到底是不是瘋了。我希望你可以和那些聽我解釋過的客人一樣，明白它的無價。」

「首先，」小販把象牙管拿給王子：「這個管子兩端都鑲了玻璃，當你從往裡面看進去時，可以看到任何你想見到的景象。」

王子說：「如果你說的是真的，我一定會用最豐厚的報酬來補償之前對你的無理批評，」說完就拿起象牙管，對著兩端的鏡片，問道：「要從哪一邊看，才可以看到想看的東西。」得到滿意的答覆後，他望進去，期盼看見父親蘇丹。心裡才在想，馬上就見到蘇丹身體無恙，坐在寶座上和群臣們在一起。接著，想到他最親愛的諾容妮哈公主，看到她被侍女簇擁著，興高采烈地在梳妝打扮。

阿里王子不需要其他證明，馬上認定這個望遠鏡是世上最稀有的寶貝，如果現在不馬上買下來的話，絕不會再碰上另一件更妙的寶貝了。於是他把小販帶回投宿的旅店，錢付給他，成為望遠鏡的主人。

阿里王子買到這個東西之後雀躍萬分，確信他的兄弟無法找到比這個望遠鏡更稀奇更棒的東西。只要能贏到公主，這一切的疲累和辛苦就有回報了。

正事辦完後，阿里王子化名去拜訪波斯王宮，在西拉茲城內欣賞新奇的事物。等到和他一起來的商隊要回國時，他已經準備好加入他們的隊伍，一路順利平安地回到印度，長途旅行的辛苦更是拋在腦後。回到約好的旅站，大王子哈山早就在那裡了，他們便一起等阿默王子。

阿默王子選擇前往撒馬爾罕的路。抵達這個城市的隔天，就和兩個哥哥一樣，到商業區尋找寶物。沒走多久就聽到一個小販，手裡拿著一顆人工蘋果，叫著要賣三十五塊金幣。他一聽到便擱下小販說：「讓我看看那顆蘋果，告訴我這是什麼寶物要賣這麼貴。」

「先生，」小販把蘋果遞到王子手裡說：「如果你光看蘋果的外觀，的確是不值錢。不過如果你知道這顆蘋果真正的妙處，以及對人類的貢獻，絕對不會嫌貴，得到它的人就等於擁有最珍貴的寶藏。告訴你，它可以治百病，不管生的是多麼嚴重的病。如果病人快死了，也會立即起死回生，讓病人恢復健康。使用方法更是簡單，只要讓生病的人聞一下就可見效。」

「如果你說的是真的，」阿默王子說：「這顆蘋果的功效是很神奇。不過你要證明，讓我相信蘋果的確有你說的神效。」

「先生，」小販回答：「蘋果的神效全城皆知，你不用到別的地方，只要問問附近的商人，聽聽他們說的，你會發現有好幾個人會告訴你，如果不是靠著這顆百解果，他們活不到今天。為了讓你對這顆蘋果有更深入的瞭解，我可以告訴你，它是城裡一個傑出的哲學家多年研究與實驗的心血結晶。他用一生的時間來鑽研植物與礦物的特性，最後配製了這顆蘋果，奇蹟般地治好城裡無數的病患，沒有人會忘記他的功德。可是他有天竟然發病，快到根本來不及聞他自己的發明就死了，留下妻子和很多小孩，過著悲慘的生活。為了要養活一家大小，家人才忍痛賣掉蘋果。」

小販向王子說出蘋果的神奇時，很多人圍過來，都說這是真的。其中有人說，他的朋友病入膏肓，已經快死了，可以趁這個機會讓阿默王子親眼見識。王子告訴小販，如果那個病人治得好的話，他願意付出四十塊金幣來買。

小販當然願意賣四十塊，便告訴阿默王子：「先生，那麼我們就去做個實驗吧，到時候蘋果就是你的了。我可以告訴你，這顆蘋果的效力不會消失。」

真人測試果然奇蹟似地治好病人，於是王子數好金幣，拿到蘋果，耐心等著下一批回到印度的商隊，安然無恙地抵達哈山王子與阿里王子在等他的地方。

王子們見了面，彼此展示他們得到的寶物，從望遠鏡裡一看，竟發現公主快要病死了，便一起坐上魔毯，許願要回到她身邊，一眨眼就到了。

阿默王子知道已經來到諾容妮哈公主的房間，便走下魔毯，後面跟著兩位王子，一起到她的床邊，把蘋果放在她鼻下。不一會兒，公主張開眼，左右張望著，看看站在床邊的人，趕緊下床要求梳妝穿衣，好像剛睡醒的樣子。侍女們無不驚喜交集地向公主報告，她的病能夠在迅速康復，都要感謝三位王子，尤其是阿默王子。她立刻對王子們表達再見面的喜悅，也衷心感謝他們，又再特別向阿默王子道謝。

公主開始穿衣打扮，王子們就到父親蘇丹的面前跪安，他們發現蘇丹已經知道王子們回到宮裡。原來是服侍公主的太監來通知，也將公主康復的事情一一稟告。蘇丹高興地擁抱著兒子的歸來，也為公主的康復而感到欣慰。諾容妮哈公主雖然是他的姪女，但是他愛她如同親生女兒一般，得知宮裡的御醫束手無策時，還悲傷不已。慶祝活動完畢，王子們一個個呈上寶貝：哈山王子拿出毯子，他沒把這條魔毯留在公主的房間；阿里王子拿出象牙望遠鏡，而阿默王子拿出他的蘋果。他們說明寶物的特性之後，交到國王的手中，盼望他能夠遵守諾言，宣布誰的東西最稀奇，可以娶諾容妮哈公主為妻。

印度蘇丹沒有插話，仔細聽著三位王子費盡唇舌誇耀各自帶回來的東西，又知道他們的寶貝和幫助公主復原的關係，停頓了一下，好像是在想該如何回答。最後，他打破沉默，對三個人說：「孩子們，如果我可以做到公正無私的話，我非常想宣布你們其中一個是最好的，可是我沒辦法。沒錯，阿默王子用他的蘋果把公主治好了。可是，我想問你，如果沒有阿里王子的望遠鏡，知道公主身陷險境，如果沒有哈山王子的毯子在短時間就把你帶回來的話，你的蘋果是否能派上用場？阿里王子，你的望遠鏡讓三個人得知將要失去你們的表妹諾容妮哈公主，這是你最大的貢獻，可是你也必須承認，若不是蘋果和毯子發揮功效，即使你知道這件事也沒有用。最後，哈山王子，公主若不感謝你的毯子及時趕到才撿回一條命，那就是忘恩負義了。話說回來，如果阿里王子的望遠鏡沒有告訴你公主生重病，如果沒有阿默王子用蘋果治病的話，那條毯子也起不了作用。總而言之，毯子、象牙望遠鏡和蘋果，沒有一個比另外一個更優秀，但卻一樣的完美。我沒辦法把公主許配給你們任何一個人。不過，你們從旅行當中得到最大的收穫，是共同救了公主的性命。」

「我相信我說的有理，」蘇丹接著說：「所以我必須再想別的辦法，決定到底要選擇哪一個。現在離晚上還有一段時間，我們就今天解決吧。你們各自去拿弓箭，到跑馬的草原上等我，我要看看誰可以射箭射最遠，就把諾容妮哈公主許配給他。」

三位王子對蘇丹的決定都沒有異議，在他離開後就去準備弓和箭，交給貼身侍衛拿著，再帶著大批隨員到草原上指定的地點等蘇丹。

蘇丹沒有讓王子等太久。他一到場，哈山王子身為大哥，首先拉弓射箭；阿里王子第二，射得比哈山王子還遠。最後是阿默王子，箭一射出，儘管每個人都聚精會神地看著，還是沒看

見箭到底落在哪裡，派人到處找也一樣徒勞無功。雖然大家都認為他射得最遠，最有資格娶到公主。不過，沒找到箭落地的地方，不足以讓大家信服。蘇丹不理會阿默王子的要求，做出對阿里王子有利的決定，下令開始籌備婚禮。幾天後，阿里王子與諾容妮哈公主就在一片盛大熱鬧的慶典當中完婚。

哈山王子沒有出席婚禮。他受到的打擊太大，無法再忍受下去，便離開宮廷，放棄繼承王位的權利，決定去做個隱士。

阿默王子也哥哥哈山一樣，沒有出席阿里王子與諾容妮哈公主的婚禮，不過沒有去當隱士。他想不出自己會把箭射到哪裡，就偷偷從人群中溜出來，決心把它找出來，至少這樣不會對不起自己。想到這裡，便走向哈山王子與阿里王子之前會合的地方，從這裡做為起點往前走，左右兩旁不斷地仔細察看，走了相當遠的距離，直到他開始覺得再怎麼找也不會有任何發現。即便如此，阿默王子還是忍不住繼續往前走，走到面前出現許多尖峭的大石塊，原來已經走到一個草木不生、岩石嶙峋的荒地，沒法再走下去。這裡離出發的地方，大約有四里遠。

阿默王子在岩石間看到一支箭，撿起來仔細地察看之後，居然發現那就是他射出來的箭。「任何人，包括我自己在內，」他自言自語：「都不可能把箭射得這麼遠。」箭是平放在地上，不是插進地面，也許是彈到石頭上再掉下來的。「這其中一定有鬼，」王子說：「不過也許對我有好處。也許會帶給我好運，補償我以為已經失去的幸福，或者會帶來更大的慰藉。」

石地上到處是洞穴，有些還相當深。王子走進其中一個洞，四下環顧，看到一扇鐵門，門上沒有鎖，不過他想也許是緊閉著的。推推看，鐵門倏地開啟，出現一道沒有台階的緩坡，他走了下去，手還拿著箭。本來以為會越走越黑，不料有一道很特別的光線跟著他的腳步移動。最後進入一處廣闊的地方，距離五、六十步之外，有一座富麗堂皇的宮殿，還沒來得及仔細欣賞，就有一位舉止帶有王者風采的美女出現在宮門口，被眾多身穿高貴服飾的侍女簇擁著，和主人的華服不分軒輊。

阿默王子見到美女，一個箭步上前向她道安。貴婦看到他衝了過來，好像不讓他先開口，馬上說：「過來一點兒，阿默王子，歡迎你。」

對王子來說，這個地方雖然離父親的宮殿不遠，卻是全然陌生的地方，而且他根本不知道為什麼這位素昧平生的美女會叫得出他的名字，感覺很訝異。不過他還是屈膝在她面前，抬起頭來說：「夫人，萬分感謝您的歡迎，我還擔心我因為過度的好奇心，闖入這個地方，是個無

禮的行為。不過，我並無冒犯之意，請原諒我大膽問，您是如何知道我的名字？還有您住在離我這麼這的地方，為什麼我一點都不知道？」

「王子，」美女說：「我們先進大廳吧，我會回答你的問題。」說完就帶領王子進入大廳，她先在沙發上坐下，再邀請王子坐在旁邊，開始說：「你說你很訝異我知道你而你竟不認識我嗎？等我告訴你之後，相信你就不會再疑惑了。你的宗教老師一定教過你，世界上除了人類之外，還有精靈。我是一位法力高強、名聲顯赫的精靈的女兒，名字叫做白麗奴。我只想告訴你，你可以得到的幸福，遠比娶到諾容妮哈公主還要多得多。你射箭時我正好在場，已經預見不可能超越哈山王子的成績，所以我讓箭繼續在空中飛著，掉在你會找到的岩石堆裡。我認為，以你的力量，絕對可以善用眼前的機會，贏得更多的幸福。」

當精靈白麗奴說最後這段話時，聲調轉變，眼神溫柔地看著阿默王子，臉頰泛起一抹淡淡的紅暈，王子看出她在說這話時，心裡有無限的喜悅。他已經接受永遠也得不到諾容妮哈公主的事實，而且精靈白麗奴遠比公主還美麗，性情和智慧都在公主之上，而且從她所住的豪華宮殿看來，更是富可敵國。他開始明白出來找箭真的做對了，情不自禁對她說：「夫人，如果我能終其一生跟隨在您身邊，成為您最忠心的仰慕者，藉此豐富我的靈魂，那我將是天底下最幸運的人了。請原諒我大膽把心裡想的說出來，也請您別拒絕我進入您的宮裡，做個全心奉獻給你的王子。」

「王子，」精靈回答：「你對我如此立誓效忠，我怎麼能不回報你呢？」

「是的，夫人，」王子聽了狂喜：「這是我最大的榮幸。我的王后，我已把自己的心獻給妳了，完全沒有任何保留。」

「那麼，你就是我的丈夫，我就是你的妻子。我想你今天還沒吃過吧！小菜待會兒就會端上來，我們今晚就舉行婚禮，現在已經在準備了。我會帶你參觀我的宮殿，你會知道這間不過是一小部分而已。」

跟在精靈身後進大廳的侍女深知主人的心意，便馬上出去，不一會兒就端回豐盛的佳餚與美酒進來。

當阿默王子盡情吃喝後，白麗奴就帶他到宮殿裡各個廳房參觀，裡面全是鑽石、紅寶石、翡翠，以及各種精美的寶石，還摻雜了珍珠瑪瑙、碧玉、珍貴的大理石。更別提精緻的傢俱擺飾，價值幾乎難以估計。王子在看過這麼多前所未見的藝術品之後，覺得世上大概沒有比得上這裡所收藏的一切了。

「王子，」精靈說：「你這麼欣賞我的宮殿。沒錯，它的確是很美。可是你想想，精靈首領的宮殿難道不會比這裡更華麗、更寬敞、更絢爛呢？我也可以帶你到花園裡，讓你再讚嘆一次。不過我們下次再去，現在時間已經晚了，我們先去吃晚餐。」

精靈帶王子進去的大廳裡，準備了婚禮用的衣服。這裡是王子最後一個看到的地方，一點都不比其他遜色。一進來，就不禁被無數發出琥珀香味的燭台座深深吸引住。燭台排列的方式十分繁複，卻不令人眼花撩亂，反而可以領會到排列與對稱之美，形成一幅美不勝收的景象。餐桌旁邊的副桌上，擺滿了各種黃金餐具，全都是製作精美的藝術品，本身甚至比黃金還要珍貴。由美麗女子組成的合唱隊，唱出來的聲音有如天籟，伴奏的樂團，演奏出最和諧美妙的樂音。當他們入座後，精靈白麗奴替阿默王子取了最美味的菜餚，報出菜名再請他享用，王子品嚐了之後，發現這些食物簡直是人間美味，便用盡所有的形容詞來讚美，說這種款待，是人間少有。這裡的酒也是香醇順口，不遑多讓。王子和精靈等到點心端上來後，再以美酒配著精選的甜點和水果。

婚禮的饗宴持續到第二天。事實上，接下來的日子簡直是永遠不散的饗宴。

待了六個月之後，深愛父親蘇丹的阿默王子很想知道父親的近況，無論如何也要親自回去一趟，便把這個想法告訴精靈，請她讓他回家探望。

「王子，」精靈說：「你想去就去吧。不過在你回去之前，我想給你一點建議，請你別見

怪。第一，我認為你不要告訴蘇丹我們已經結婚的事，不用提到我是精靈，也別說你去了哪裡。讓他知道你很快樂，其他什麼都不求就好了，請他別追問，說你這次拜訪純粹是要讓他安心，簡單告訴他你遇到的事情就好了。」

她指定二十個隨從一路上照顧王子。當阿默王子準備就緒時，向精靈擁抱道別，保證他一定會儘快回來。他的馬是一匹穿著華麗的馬衣，連印度國王的馬廄裡都找不出足以匹配的駿馬。王子優雅地跨上馬，向妻子最後一次道別就開始回家的旅程。

到蘇丹宮殿的路程並不遠，阿默王子一下子就回到家了。老百姓們都很高興再度看到他，歡欣鼓舞地迎接，又跟著他來到蘇丹的住處。蘇丹出來，無限歡喜地抱著兒子，用慈父的口吻抱怨他長期離家讓他非常傷心。雖然命運之神眷顧阿里王子，可是他還是深恐自己做出了輕率的決定。

王子向父親述說著他的經歷，不過沒提到精靈，告訴他有一小部分是他不能透露的，最後說：「我只請求您允許我常常回來向您請安，看您過得好不好。」

「兒啊！」蘇丹回答：「我不能強迫你待在這裡，可是我還是希望你可以和我住在一起，如果你讓我知道你住在哪裡，至少當我需要你的時候，或者是你太久沒來的話，我至少還知道要派人去那裡找你。」

「父親，」王子說：「你要我說的，正是我想保密的部分。請求您成全我，別逼我說出來，我一定會常常回來，次數多到你會嫌我煩呢！」

蘇丹聽了便不再勉強，只說：「孩子，我不會再探問你的秘密了，你有完全的自由。我只能說，你回來看我就是最好的禮物了，我也不會像之前那樣老是悶悶不樂。不管你何時來，我都歡迎你，也不會阻礙你在做的事或是你在享的福。」

阿默王子在父親宮裡待了三天，第四天就回去找精靈。白麗奴也沒料到王子這麼快就回來。

王子從蘇丹那裡回來之後的一個月，精靈白麗奴注意到，王子雖然跟她說和父親見面的經過，也說要常回去看父親，卻不再談起蘇丹，好像世上沒有這個人存在似的，不像以前老是提到蘇丹，便在某日對他說：「王子，你是不是忘記你父親了呢？難道你不記得你說過要常去看他的嗎？我可是沒忘記你在剛回來時說的話，請你還是要注意，承諾過的事就要去實現。」

於是阿默王子在第二天帶著同一批隨從出發，他們全身上下的裝扮，比上次更華麗。蘇丹看到兒子，也是一樣地快樂又滿足。連續好幾個月，王子都經常回宮，而且排場一次比一次還要豪華。

到後來，有些大臣看到阿默王子表現出來的氣派與威嚴，心裡很不是滋味，便向蘇丹挑撥，說阿默王子只會騙取百姓的歡心，甚至會推翻蘇丹的王位，取而代之的種種話語，離間蘇丹和自己的兒子的感情。

印度王朝的蘇丹根本不認為阿默王子會像這些大臣所說的一樣，想得出如此惡毒的計謀，告訴他們：「你們錯了，我的兒子對我又敬又愛，他的真誠與忠心是無庸置疑的。再說，我也沒有做錯什麼事，會讓他這麼做。」

可是這些平常受到寵信的大臣還是不死心，老是說阿默王子的壞話，直到蘇丹說：「別再擔心了。我不相信我兒子阿默像你們形容的那樣邪惡；不過，還是謝謝你們提出的建議，我知道你們是出於好意。」

蘇丹嘴裡說歸說，大臣的話已經對他發生影響，讓他產生高度的警覺心，便瞞著宮廷的宰相，去查探王子的行蹤。他偷偷找來一名女巫師對她說：「現在馬上去跟蹤王子，找出他居住的地方，再回來告訴我。」

女巫用法力得知阿默王子找到箭的地方，也到那裡藏身在一顆別人看不到的岩石後面。隔天清晨，阿默王子依照慣例，沒向蘇丹或是宮廷的人辭別就從皇宮出發。女巫看到他接近，專注地盯著他走哪條路，直到他和隨從忽然在她面前消失。

這個地方的石塊，又陡又險峻，是天然的屏障，絕對不可能穿過，因此女巫相信只有兩個可能，王子不是進到某個洞穴裡，就是去某個精靈或仙人居住的地方。她從藏身的地方走出來，直接去王子走的那條路和最後消失的地方仔細地找尋。可是不管怎麼努力找，都看不到阿默王子當初發現的那道鐵門。原因是那道門只有男人才看得到，而且還得精靈白麗奴願意，否則沒人會發現。

女巫知道此行功敗垂成，但是得到這個發現已經足夠了，便回去向蘇丹報告她跟蹤的結果。

蘇丹很滿意女巫的調查，便說：「該做的你就去做。我會耐心地等著聽到事情的進展。」為了答謝和鼓勵她，還送給她一顆價值不菲的鑽石。

阿默王子幾乎每個月都會離開精靈白麗奴，去探視父親蘇丹一次。女巫算出他出門的日子，便在兩天前就到上次王子消失的地點去等。

出發的那天，阿默王子還是跟以前一樣，帶著同一批隨從從鐵門出來，經過女巫的身邊。王子不知道她的真實身分，只看到一個婦女頭靠著岩石，大聲地痛苦呻吟。王子起了憐憫之心，把馬頭調轉，走向她身邊，問她怎麼回事，要怎麼樣才可以幫上忙。

善於偽裝的女巫頭也沒抬，窺視王子充滿同情的神色，用微弱的聲音回答說她要進城去，可是在路上發高燒，全身的力氣都沒了，只好躺在這個前不著村，後不著店，似乎是求助無門的地方。

「好女人，」阿默王子說：「這裡沒有妳想的那麼糟，我願意幫妳，把妳帶到可以最快看病的地方。現在就起來吧，我讓隨從帶著妳。」

假裝生病的女巫，只想查出王子住的地方和他在做什麼，不想跟他進城，裝成病得爬不起來的樣子。於是，王子讓兩個隨從下馬將她扶起，抬到馬背上，跟著王子回到鐵門前，命人把門打開。進去後，直接進入宮殿的外院，馬還沒下就命人請白麗奴出來，他有話要說。

精靈白麗奴迅速趕了過來，心裡還在疑惑王子為什麼現在就回來。不過王子沒有多加解釋，只是指著被兩個隨從扶著的女巫說：「公主，請妳照顧這個生病的女人。她生重病，我答應要照顧她。我知道妳很仁慈，也想替她求情，相信妳不會棄她於不顧。」

精靈白麗奴在王子說話的時候，目不轉睛地看著裝病的女巫，要兩個侍女把女巫從王子的隨從手上接過來，帶她去宮殿的房間裡，盡心盡力地照顧她。

正當兩個侍女帶著女巫進房時，白麗奴走向阿默王子，在他耳邊說道：「王子，這個女人的病，沒有她表現的那麼嚴重。我確信她是個騙子，會對你不利。不過別擔心，不管有什麼陷阱，或是發生任何事，再怎麼困難我都會幫你救你的。現在你放心地出發吧。」

王子對精靈的話一點都沒有起戒心，還說：「我不記得我曾經傷害或是惡意設計過任何人，所以我不相信誰會這樣做。但即使有人想對我不利，我還是不會錯過可以行善的機會。」說完就轉往蘇丹的宮殿。

就在同時，兩名侍女把女巫扶進裝飾華麗的房間。先讓她坐下，在她背後放了金絲繡枕，等她們去把床鋪好。金絲棉上是精細的刺繡，床單是上等亞麻布，用黃金布罩蓋著。兩個侍女把女巫抬上床（她假裝高燒得沒力氣自己上床）後，其中一個從外面拿進一個盛有某種液體的瓷杯，走到女巫床邊，幫她坐起來，對她說：「把這個喝下去，這是獅泉水，可以治所有的高

燒症狀。喝完一個小時後妳就會知道它的效力了。」

女巫為了不被識破，只好接起瓷杯，頭一仰，把裡面的液體一飲而盡。然後侍女再扶她躺下，替她蓋好被子，拿泉水的侍女對她說：「好好地躺著休息吧，睡個覺，我們先離開，一個小時後會再過來，希望已經看到妳生龍活虎了。」

兩個侍女依時間回來時，看到女巫已經起床穿好衣，坐在沙發上，直說：「那個藥真有效，不到一個小時就完全恢復健康了，現在我可以上路了。」

兩個侍女和她們的主人一樣都是精靈，也為女巫的康復而高興，走在前面，帶領她走過好幾間富麗堂皇、美不勝收的廳房，最後進到大廳，對她來說，這裡簡直是天底下絕無僅有，完美無瑕，最氣派的一個地方。

白麗奴已經坐在她的黃金寶座上等著。這張黃金寶座鑲滿超大型的鑽石、紅寶石和珍珠，兩旁眾多的侍女也是身穿華服，令人驚豔的美麗精靈。看到這個場面，女巫真是看傻了，跪在王座前，本來想好要說的感謝辭全忘光了，驚訝地連嘴巴都張不開。不過，白麗奴沒讓她為難，先開口說：「好女人，我很高興有機會替妳服務，也知道妳可以自己回家。我不會耽誤妳的時間，不過也許妳會想參觀一下我的宮殿，我讓侍女帶妳四處走走吧。」

女巫回去之後，把發生的一切原原本本地告訴蘇丹，還說阿默王子和精靈結婚之後變得多麼富有，財力比全世界的國王還要雄厚，蘇丹要小心，王子一定會來奪取父親的王位。

雖然印度蘇丹深信王子的本性很好，可是女巫說的話讓他不得不煩惱起來，便說：

「謝謝妳費心為我做的事和妳的忠告。我知道這件事的重要性，會在內閣會議中和大臣們討論。」

宮內的寵臣都建議把王子殺掉，永除後患，不過女巫有不同的看法：「向阿默王子要各種寶貝，他一定會求助於精靈，等到精靈厭倦時，一定會拋棄他。比如說，當陛下您要出門巡視的時候，都得自掏腰包，除了要安排行館，隨從要紮營，也要帶大批的驢子和駱駝來馱行李不是嗎？現在，您不如利用精靈對他的支持，要他幫你找到一個可以讓人用一隻手就拿得起的帳篷，但是打開後可以為所有的部隊擋風遮雨？」

女巫說完後，蘇丹問其他大臣是否有更好的提議。在場的人都沒說話，於是決定照女巫的建議行事，這個主意合情合理，正好符合蘇丹治理國家一貫的溫和風格。

第二天，蘇丹照著女巫教他的方法，開口要了大帳篷。

阿默王子完全沒料到父親竟會要這個東西，雖然不敢說不可能，可是乍聽之下，覺得是件很難辦的事。他不知道精靈與仙子的力量到底有多大，其實心裡也很懷疑，父親要的這種帳篷也許不是他們能力所及，最後只好說：「雖然我萬般無奈，也不敢違背父親的要求。我會回家請我的妻子幫忙。只是現在無法承諾一定會做到。如果我沒有再來向您請安的話，就表示我的任務失敗了。希望您原諒我，並且知道我是被您逼入絕境的。」

「兒子，」蘇丹說：「如果我因此無法再和你見面，一定會極度悲傷。我發現你沒有做丈夫的魄力，無法駕馭你的妻子。你應該讓她知道，她身為精靈，如果真心愛你的話，絕對不會拒絕幫你這點小忙。更何況這是你為我而要求的東西。」

王子神色悲傷地回到洞穴內的宮殿，擔心這件事會讓精靈不高興。她不斷地追問，到底是什麼事，最後他才說：「夫人，妳一定知道我和妳生活在一起非常快樂，沒做過任何的要求。可是我的父親蘇丹很鹵莽地向你要一頂可以遮蓋住他、內閣大臣和所有士兵的大帳篷，不受任何天候的影響，但必須收得起來，小到可以用一隻手拿住。請別怪我，這是蘇丹的要求。」

「王子，」滿臉笑容的精靈回答道：「看你為這點小事而煩惱不安，讓我很捨不得呢！」精靈請她的財務大臣過來：「娜吉韓，請把我寶庫裡最大的帳篷拿來。」娜吉韓馬上去把帳篷取出，走了進來，不但可以拿在手上，即使握住拳也還綽綽有餘。送到主人面前，白麗奴再拿給阿默王子看。

王子看到這個精靈口中所說的最大的帳篷，心想她大概是在開玩笑，露出一臉驚訝與懷疑；白麗奴猜出他的心意，樂不可支地說：「難道你以為我在作弄你嗎？你會知道我是再認真不過了。娜吉韓，」她把帳篷從王子手中拿過來說：「去把帳篷搭起來，讓王子自己看看是不是夠大，會合蘇丹的心意。」

財務大臣立刻帶著帳篷到宮殿外，走了一大段距離之後，才把帳篷攤開，另一端可以觸及宮殿。一開始以為尺寸太小的王子，發現它大到可以容納兩倍蘇丹的人馬，便向白麗奴說：「請你原諒我對妳的懷疑，我現在相信妳是無所不能的。」

「你看，」精靈說：「這個帳篷比你父親要求的還大得多。不過我告訴你，這個帳篷還有一個神奇之處，它可以根據人數的多寡而改變攤開來的面積。」

財務大臣收起帳篷，交到王子手中。他等不及待到第二天，就上馬帶著隨從前往蘇丹的宮

殿。

沒料到世界上會有這種帳篷的蘇丹，看到王子在短時間內就回來，在驚訝之餘，把帳篷接過來，大讚它折疊的精巧。當帳篷在大草原上攤開後，的確可以遮蔽超過他所有人馬的兩倍。

不過蘇丹還不滿意：「兒子啊，得到你送我的帳篷，我真是大感欣慰，這可說是宮廷寶庫裡最珍貴的東西了。不過你必須再做一件更能得到我歡心的事。聽說你的精靈妻子有一種可以治百病的獅泉水。我知道你非常關心我的健康，所以你一定願意向她要一瓶這種水，帶來給我，在需要的時候使用。再為我做這件事情吧，你也該對慈愛的父親盡盡好兒子的義務。」

王子回去把父親的要求告訴精靈，她聽了之後回答：「這是個惡毒的要求，你聽我說就會明白。獅泉位在一個大城堡的中庭裡，入口處有四隻兇猛的獅子看守著，每兩隻輪流看守和休息。不過你不用怕，我會告訴你怎麼樣安全過去。」

精靈白麗奴手裡正好有好幾圈線球，她把其中一圈交給阿默王子說：「拿著這顆線球，我會告訴你怎麼用。接下來，你要備兩匹馬，一匹載你，另一匹背著一隻今天宰殺切成四塊的羊肉；第三步，我會給你一個水瓶裝泉水。你明天清晨就啟程，當你走出鐵門時，把線球往前扔，它會往前滾，你跟著線走就可以到達城堡的門口，等到大門開啟，看到四隻獅子時，其中兩隻醒著看到生人會吼叫，把另外兩隻也一塊兒叫醒。你不用害怕，把羊肉一隻一塊，丟給牠們，再用馬刺讓馬兒往前跑到泉水旁，水瓶裝滿了之後再沿著原路回來，那些獅子忙著吃，不會阻攔你。」

阿默王子根據精靈說的時間，第二天一大早就出發，也一一按照她的指示，來到城門口，把四塊羊肉丟給獅子，勇敢地穿過牠們，到泉邊把水瓶裝滿，最後安然無恙地折返，就像來時那麼順利。離開城堡後，他回頭發現兩隻獅子竟然在身後跟著，他馬上拿起軍刀準備防衛。作勢要攻擊時，獅子卻避開了，用頭和尾巴表示不會傷害王子，然後一隻走在他前面，一隻隨後跟著，王子才把刀放回刀鞘。雄獅一路護送他，進入皇宮所在的印度首都，直到抵達蘇丹皇宮的大門口才回去，獅子雖然平和而溫馴，路上還是嚇壞了不少人。

大批侍衛前來迎接王子，幫助他下馬，再將他領往蘇丹的房間，他正被一群寵臣包圍著。王子把泉水呈到蘇丹跟前，親吻蓋在他腳上的小毯子，說道：「父王，我已將您希望得到的健康之水帶來，讓您的寶庫再添加一項稀有品。不過，我祝您長保健康，永遠不會用到這泉水。」

獅泉

聽王子把讚美的話說完之後，蘇丹親熱地拉著他的手說：「兒子啊，你替我帶來這麼寶貴的禮物，令我無限喜悅。我知道你為了滿足我的心願而身陷險境，巫師已經告訴我獅泉的情況。不過，我想知道你是如何得到這麼奇特的神力。」

「父王，」阿默王子說：「我不配接受您這些讚美，事實上，這全部要歸功於我的精靈妻子，是她想出來的好辦法才讓我成功的。」然後就把精靈的交代和事情的經過，毫不保留地告訴蘇丹。說完之後，蘇丹表現出欣慰的樣子，可是私底下卻更妒忌了，便回到內室，召見女巫。

女巫不用蘇丹轉述，在覲見之前，就已把阿默王子冒險的過程打聽得一清二楚，也想好了萬無一失的方法來對付他。第二天蘇丹就依計，在群臣當中，公開要求王子：「兒子，我還要向你要一個東西，這是證明你對我確實順從的最後一個要求。你要帶給我一個人，身高不滿一呎半，鬍子有三十呎長，肩膀扛著一隻重達五百磅的狼牙鐵棒。」

王子壓根兒不相信天底下會有蘇丹描述的這號人物，想馬上拒絕。可是蘇丹一直堅持，說精靈什麼事都辦得到。

隔天，王子回到心愛的白麗奴身邊，告訴她蘇丹最新的要求，還說這個要求比前兩項還不可能達到，「我不相信世間有這種人。我看，父親一定是要看我的笑話，不然就是想把我殺掉。而且，如果真的有的話，他怎麼會認為我有能力控制這個子雖小，卻拿著可怕武器的人呢？我拿什麼去征服他呢？如果妳有辦法的話，求妳告訴我，讓我得到這個榮耀。」

「別長他人志氣，滅自己威風，王子，」精靈回答：「你冒著極大的危險去獅泉替你父親取回泉水，就已經很勇敢了。要找這個人可是一點風險也沒有，他就是我的哥哥史凱巴。我們兩人雖然是同一個父親所生，可是他和我截然不同，性情很暴躁，有人不小心冒犯了他，就會氣得暴跳如雷。不過，他對喜歡的人可是願意做任何事。蘇丹的形容，正好就和他一模一樣，而且也是什麼武器也沒有，只帶了一根五百磅的鐵棒子。沒有這根棒子他就不會亂來，其他人也很敬畏這根棒子的威力。我會去把他請來，你可以看看他是不是你要的人。不過，你要先有心理準備，看到他奇怪的形貌時，千萬不要露出害怕的神情。」

「我真不敢相信！」阿默王子大喊：「史凱巴是妳的哥哥？不管他有多醜，還是什麼三頭六臂，是我們的哥哥，我一定會敬愛他，怎麼會害怕？」

精靈拿了一個金鍋走到宮廷外的走廊上，在裡面點火，再從金盒子裡面取出香水，灑在燃燒中的火焰中，一股濃煙飄入空中。

過了一會兒，精靈告訴阿默王子：「你看，我哥哥來了！」王子立即看到史凱巴和他肩上那根狼牙棒，踏著沉重的腳步走了過來。長長的鬍鬚垂在面前，嘴巴上還有兩撮長長的鬍子，塞在耳朵後面，幾乎把整個臉都蓋住了。他頭上戴了頂軍帽，雙眼很小，深陷臉部，幾乎快看不到。除了特異的外表，他還是個駝子。

如果不是事前知道史凱巴是白麗奴的哥哥，阿默王子根本不敢正眼看他。現在他站在白麗奴身邊，表現出若無其事的樣子。

史凱巴走過來，直鉤鉤地看著王子，凌厲的眼神讓他不寒而慄，血管裡面的血似乎要凝結了。他問白麗奴這個男人是誰。她回答說：「哥哥，這是我的丈夫，他的名字是阿默，印度蘇丹的兒子。我沒有邀請你來參加婚禮的原因，是不想打斷你在外地冒險的樂趣。後來我聽到你凱旋歸來，替你感到高興，現在才敢請你來。」

史凱巴聽了，才用比較親切和藹的態度看著阿默王子，又說：「妹妹，有什麼是我可以替他做的嗎？既然是妳的丈夫，做什麼我一定義不容辭。」

「他的父親蘇丹，」白麗奴回答說：「很想見你一面，我希望王子可以帶你到蘇丹的宮裡去。」

「沒問題，我馬上跟著他去。」

「哥哥，」白麗奴說：「今天太晚了，明天再出發。我先告訴你我們結婚之後，王子和蘇丹之間所發生的一些事情。」

隔天清晨，史凱巴已經得知事情的始末，就和阿默王子一起前往蘇丹的皇宮。才到城門，人們一看到史凱巴可怕的尊容，嚇得馬上躲起來，有些人還關上店門跑回家，緊鎖著門不敢出去，其他人則是邊跑邊一路警告旁人別往後看，早點躲起來為妙。史凱巴和王子好像走進空城裡一樣，四下無人。到了宮門口，守城門的人也不見人影，所以他們沒遇上任何阻礙就進入大

殿，看到蘇丹坐在王位上，正在下達命令。禮官也一樣，看到史凱巴走近，顧不得自己的工作，事情丟下就跑了，讓他們自由進去。

史凱巴不等阿默王子引介，就大剌剌地上前向蘇丹打招呼說：「你要求見我，現在我來了，你要我做什麼呢？」

蘇丹不但沒有回答他，反而舉起手遮住眼睛，不敢直視站在前面的人，這個無禮的動作把千里迢迢特地趕來的史凱巴惹毛了，馬上就舉起狼牙棒把蘇丹殺了，動作快得讓大家措手不及，連王子也救不了，他只能阻止史凱巴別殺離他不遠的宰相，說宰相總是為蘇丹進諫忠言。

「那麼就是這些人在蘇丹身旁嚼舌根，把他教壞了，」說著就把老是與王子作對的小人和寵臣殺了。他每次一出手總能殺死幾個人，只有那些沒有露出害怕表情和先逃跑的人，才躲過他的棒擊。

壞人都一掃而空後，史凱巴走出大殿，來到庭院中央，肩上依然扛著鐵棒，瞪著被阿默王子救了一命的宰相說：「我知道這裡有一個女巫，她是我內弟最大的敵人，比被我殺死的那些奸臣還要可惡，馬上把她帶過來。」宰相立即照辦，當女巫被帶到史凱巴面前時，他也舉起鐵棒用力一擊，「這是妳壞心腸的下場，現在再學學怎麼裝病吧！」女巫當場斃命。

他接著又說：「這還不夠，城裡的人誰不立刻擁戴阿默王子為印度蘇丹的話，我就要找那些不配合的人算帳。」聽到這話的人，無不立刻高喊：「蘇丹阿默萬歲！」再把這個消息公告給全城。史凱巴讓他穿上皇袍，扶他坐上蘇丹的寶座，要每個人來覲見蘇丹並宣誓效忠，最後再把一身高貴裝扮的妹妹白麗奴帶來，成為印度的蘇丹王后。

至於完全不知道宮裡陰謀對付阿默王子的阿里王子與諾容妮哈公主，則得到一個大省分的賞賜，搬到那裡的首府，快樂地過完一生。阿默王子又派人找到大王子哈山，告訴他最近發生的事情，也提議分給他一個喜歡的省分來管理，不過哈山王子現在很滿意隱居的生活，要使者回去轉告蘇丹，感謝他的好意，說他絕對效忠現任蘇丹，他最想得到的賞賜，是能夠繼續在原地隱居。

（《天方夜譚》）

巨人殺手傑克

在著名的亞瑟王時代，英國的康瓦爾郡有個名叫傑克的少年，從小就勇敢過人，喜歡聽魔術師、巨人和精靈的故事，也常常懷著熱切的心，聽著亞瑟王的圓桌武士的種種事蹟。

那時，離康瓦爾不遠的聖麥克山，住著一個身形十八呎高、九呎寬、名叫柯莫藍的大巨人，兇惡粗暴的外表，讓每個見到他的人都嚇得不寒而慄。

巨人住在山頂上陰暗的洞穴裡，常常下山來尋找獵物。他可以一次背起六頭牛，腰間再綁著十八隻綿羊和野豬，一路大步走回家。

巨人這樣子過了很多年，但傑克決定要征服他，便準備牛角、鐵鍬、鶴嘴鋤、盔甲和一把很輕的提燈，在一個冬夜裡朝山上去了。

他先在地上挖個二十二呎深、二十呎寬的陷阱，再把洞口蓋住，看起來與一般堅實的平地

無異。然後吹起號角，被驚醒的巨人跑出洞來，氣憤地叫著：「是誰這麼可惡在作弄我？我絕不會善罷干休，要把你抓起來做早餐的烤肉。」

說才說完，往前一踏，一頭栽進挖好的陷阱裡面，這時傑克飛奔出來，用鶴嘴鋤往他頭上用力一擊，巨人立刻一命嗚呼。傑克回到家裡，把這個好消息告訴朋友們。

另外一個叫做布朗德伯的巨人知道這件事，發誓如果傑克落在他手裡的話，一定要報仇。布朗德伯住的魔法城堡，位在人煙罕至的森林裡。不巧，在殺了巨人柯莫藍之後不久，傑克正好經過這個森林，因為走得很累，就坐下來睡著了。

巨人布朗德伯也經過這裡，看到傑克，便帶他回城堡，把他鎖在一個很大的牢房，裡面到處都是死去男女的屍體、頭顱和散落的骨頭。

巨人把哥哥找來，兩人打算吃傑克的肉飽餐一頓。傑克從牢房鐵欄杆的間隙，看到兩個大巨人走過來，心中非常地害怕。牢房的角落裡有一條粗繩，他便鼓起勇氣，在兩端各打個活結，往巨人的頭一套，另一端綁在鐵欄杆上，再緊緊地勒住套在兩人脖子上的繩子，直到他們臉色發黑快要窒息，才把繩子放下，拿出小刀狠狠地刺向他們的胸膛，結束巨人的性命。

傑克從布朗德伯的口袋裡拿出一串鑰匙，走進城堡裡四處察看。所有的房間都一一巡視過後，在其中一間發現三個頭髮被互相綁住的女人，幾乎快餓死了。她們告訴傑克，丈夫被巨人殺死了，還強迫吃自己丈夫的肉，被她們拒絕後，便什麼也不給，打算把她們活活餓死。

「女士們，」傑克說：「我已經除掉巨人和他可惡的哥哥。現在我把城堡和裡面所有的財富都給妳們，希望可以多少補償妳們失去丈夫的痛苦心情。」說完就把城堡鑰匙交出來，然後繼續朝下一個探險目標威爾斯前進。

傑克身上帶的錢不多，所以他全力趕路。這天，他來到一個很氣派的房屋前，敲了敲門，應門的是一個威爾斯巨人。巨人聽到傑克自稱是迷路的旅人，便歡迎他進來借宿，帶他進房休息，裡面有張舒適的大床。

雖然傑克累壞了，一進房馬上就脫下衣服準備睡覺，可是不曉得怎麼搞的，一直無法入睡。接著，聽到巨人在隔壁房裡來來回回踱步，自言自語地說：「雖然今晚此地待，不見明日太陽白；棍棒一敲，腦漿榨出來！」

「你竟然這樣說？」傑克心想：「這就是你收留出門旅客的目的啊！不過我會讓你知道，我也不是省油的燈。」他跳下床，在房裡找到一根粗木頭，放在床上原來睡覺的地方，自己跑到角落裡躲起來。

午夜一到，巨人進入房間，舉起狼牙棒朝床上傑克放木頭的位置拚命捶打，心想他的骨頭一定被打碎了，才滿意地回到自己房裡。

一大清早，傑克鼓起勇氣走到巨人的房裡，向他的慷慨留宿道謝。巨人看到傑克，馬上跳下床，嚇得不知道要說什麼，最後才結結巴巴地問：「喔，是你啊！你昨晚是怎麼睡的？夜裡有沒有聽到，還是看到什麼東西？」

「沒有什麼值得一提的事啊，」傑克擺出一副不在乎的樣子：「有一隻老鼠吧！我想大概是牠的尾巴不小心掃了我三四下，不痛不癢，我一下子又睡著了。」

巨人絞盡腦汁，怎麼也猜不透到底是怎麼回事，不過沒有說什麼，就去裝了兩大碗布丁當早餐。傑克想讓巨人相信他的食量和巨人一樣大，便把提燈袋扣在外套裡，假裝在吃布丁，其實全都倒進提燈袋裡。

吃完後，他對巨人說：「現在我給你看一樣厲害的伎倆。只要我輕輕一碰，任何傷口都可以復原。比如說，我把頭在一秒鐘內砍下來，再放回肩膀上，一點傷也沒有。現在讓你看。」他拿了一把刀，把提燈袋割破，裡面裝的布丁好像全吐出來了，濺得地板都是。

「哇！你這是什麼魔術？」威爾斯巨人大喊，他被小個子傑克唬住了，不想被比下去，也拿起刀來說：「我也會！」朝自已的肚子一刺，砰的一聲倒地而死。

到目前為止，傑克殺巨人的事業都很順利，他決心再接再厲，準備了一匹馬、一頂聰明帽、一把鋒利劍、一雙快跑鞋，和一件隱形外衣，以便未來會有更好的表現。

他在山上繼續走了三天，最後走入一座廣大的森林，就看到一個長相醜惡的巨人揪住一名英俊騎士和他妻子的頭髮，在路上拖著走。傑克下馬，把馬繫在橡樹幹上，披上隱形外衣，外衣裡面的手，緊抓著鋒利劍，準備隨時攻擊。

他來到巨人身邊，向他連刺好幾劍，可是只傷了大腿幾處，還搆不到他的身體。最後用雙手使盡全力，把巨人的兩腿一齊切斷，等巨人倒下時，把腳踩在他脖子上，再使劍刺向他的龐大身軀，聽到他痛苦地大喊一聲就沒命了。

騎士和他的妻子感謝傑克的救命之恩，邀請他到家裡作客。「不了，」傑克說：「我沒找到這個巨人住的地方，就無法安心。」便依照騎士的指示，騎上馬走了。沒多久便碰上另一個巨人，正坐在木頭上等待哥哥回家。

傑克再度下馬披上隱形外衣，慢慢走近，舉起劍往他的頭上砍，不過這一劍下得不準，把巨人的鼻子切了下來。巨人趕緊抓了木棒，瘋狂地四下亂揮亂砍。

「既然這樣的話，」傑克說：「我只好趕快把你解決掉！」就跳到木頭上，從背後向巨人一捅，他就筆直倒地而死。

傑克繼續前進，穿過無數的高山和深谷，有一天來到一座山的山腳下，在一幢孤獨小屋門前敲了幾下，一位老隱士開門讓他進去。

傑克坐下之後，老隱士告訴他：「年輕人啊，山頂上有一座施了魔法的城堡，被一個名叫加利甘特的巨人和一個無恥下流的巫師佔據了。公爵的女兒有一天正要到花園時，不幸被抓來

這裡，變成一隻鹿，我真替她感到難過。」

傑克答應他，即使冒著生命危險，也會在第二天去破除邪惡的魔法。一夜安睡後，他清早起床，披上隱形外衣，準備開始行動。

爬到山頂時，他看到兩隻兇猛的大禿鷲，不過因為穿了隱形外衣，一點兒都不怕，輕鬆地從牠們中間走過，來到城堡大門口。傑克看到一隻金喇叭，喇叭下方寫著幾行字：「誰可以吹動喇叭，就能推翻巨人。」

看到這些字，他立即拿起喇叭用力一吹，發出一聲尖銳的響聲，把大門吹開，連城堡本身也被震得搖晃起來。

巨人和巫師知道他們的惡行已經到了盡頭，手足無措，只能站著咬著自己的大拇指，嚇得渾身發抖。傑克拿著鋒利劍，一出手就把巨人殺死，而巫師也被一陣旋風吹得不知去向。變成鳥和野獸的騎士與美麗貴婦們在此時都恢復原貌。城堡在也瞬間化成輕煙，消失於無形。傑克把巨人加利甘特的頭被砍下來，準備獻給亞瑟王。

所有的騎士與貴婦當晚就在老隱士的茅屋裡過夜，第二天就出發前往皇宮。傑克也跟著去覲見國王，向他報告殺死巨人的英勇事蹟。

傑克的名聲很快就傳遍全國。亞瑟王作主把公爵的女兒許配給傑克，全國上下都高興地慶祝這件喜事。之後，國王給傑克一塊很大的封地做為賞賜，於是他和妻子就封地裡，過著快樂而滿足的生活。

（《舊版小冊子》）

挪威黑牛

他們高唱多首獵歌，
還有競技與狂歡之歌；
然後吐出無限傷悲，
「屬於蘇格蘭的壯闊山川。」
在下次迴轉時迷惑他們，
「黑牛，挪威的黑牛！」
當微光不再亮，
當吟遊詩人停止演出。

——萊登〈基爾達的代價〉

從前在挪威，有一名婦人和三個女兒住在一起。有一天，大女兒對母親說：「母親，請為我烤個麵包，烤一片肉，讓我去外面去闖天下。」母親照她的要求，把東西準備好給她。女兒找到一個老婦人，告訴她離家的目的。老婦人留她住在家裡，然後要她從後門看出去，看看有什麼動靜。第一天她什麼也沒看到，第二天又再看一次，也沒有任何狀況；第三天，看到六匹馬拉的馬車，往屋子的方向跑過來。她趕緊進屋，告訴老婦人她看到的東西。「太好了！那是為妳而來的。」便把她帶進馬車裡，讓馬車把她載走了。

二女兒有天也和母親說：「母親，請為我烤個麵包，烤一片肉，我要去外面闖天下。」她的母親也照做。二女兒來到到老婦人家裡，和姐姐一樣，第三天當她從後門往外看，看到一輛四匹馬拉的馬車往屋子的方向跑過來。老婦人說：「太好了！那是為妳而來的。」便把她帶進馬車裡，讓馬車把她載走。

小女兒最後也說：「母親，請為我烤個麵包，烤一片肉，我要到外面闖闖。」她的母親依然照做。小女兒來到老婦人的家裡，老婦人要她從後門看出去，看看有什麼動靜。她乖乖地去了，回來時說什麼也沒看到。第二天又去看，也是一樣。到了第三天又再看，對老婦人說，只有一隻黑牛朝這裡過來，還一邊發出吼叫聲。老婦人說：「太好了！那正是為妳而來的。」聽到這裡她就嚇哭了，可是還是被抬到牛背上，隨著黑牛走了。

他們走了很遠的一段路，小女兒快餓昏了，於是黑牛說：「從我的右耳拿東西吃，從左耳喝水。」她照著黑牛說的話做，吃喝完畢，馬上覺得精神百倍。接著又繼續行走，直到眼前出現一座大城堡。「我們今晚要在這兒過夜，」黑牛說：「我哥哥住在這裡。」走進城堡，有人

過來把女孩從牛背上扶下來帶她進去，黑牛則被帶去庭院休息。

早上時，黑牛被帶回來，城堡裡的人請女孩來到美麗明亮的走廊，送她一顆鮮艷欲滴的蘋果，告訴她，碰到一生中最大的困境時才能咬開，蘋果會救她。接著，她被扶上牛背繼續前進。又走了很長很長的路，看到一座更大更雄偉的城堡。黑牛說：「我們今晚要住在這兒，我的二哥在這裡。」然後就直接走進去。裡面的人出來幫女孩下牛背，請她進城堡，再把黑牛帶到外面的草地上過夜。第二天清早，城堡裡的人請女孩到美麗高雅的房間裡，送給她一顆梨子，叫她等到身處險境時再咬，梨子會救她。之後，她再上牛背，又和黑牛繼續往前走。

走了很長的一段路，遠遠就看到一座世界上最富麗堂皇的大城堡。「我們今晚要在這兒過夜，」黑牛說：「我的弟弟住在這裡。」說完就進了城堡。裡面的人出來幫女孩下牛背，請她進去，再把黑牛帶到外面的草地上過夜。第二天清晨，她被請到美麗無比的房間裡，得到一顆梅子，也必須等身處險境時再咬開，梅子便會解救她。這時黑牛也回來了，女孩騎上牛背，又繼續走。

走著走著，來到一個陰暗奇特的峽谷，黑牛才停下來，讓女孩下來休息。黑牛對她說：「你在這裡待著，我去和惡魔決鬥。這裡有顆石頭可以坐下，記住，在我回來之前手和腳都不要動，否則我就再也找不到你。如果你發現四周的事物都變成藍色的話，就表示我打敗惡魔；但如果全變成紅色時，就表示惡魔贏了我。」她聽黑牛的話坐在石頭上，然後，看到四周的一切漸漸地變成藍色，一時高興，忘記黑牛的交代，便把一隻腳蹺起來，心裡只想到同伴獲勝的好消息。黑牛回來，遍尋不著女孩，從此便再也找不到她。

女孩坐了很久等不到黑牛，感到很疲倦，最後站起來離開了，不知要往哪裡走，只好漫無目的閒逛，來到一座高聳的玻璃山，她想往上爬，卻怎麼也爬不上去。她在山腳下四處張望，想找到一條可以走的路，最後來到鐵匠的房子。鐵匠承諾，如果願意替他工作七年，會替她打一雙鐵鞋，讓她爬過玻璃山。

時間過得很快，七年到了，女孩得到鐵鞋，爬過玻璃山，借住在一個老洗衣婦的家裡。她聽說有位年輕英俊的騎士拿了幾隻沾血的襪子，誰能把血漬洗乾淨，他就會娶她為妻。老婦人洗到累得動不了，又叫她的女兒也來洗，想得到年輕騎士的青睞，可是洗來洗去，就是無法把上面的污點洗掉。最後她們要新來的陌生女孩來試試，沒想到她手一碰，襪子馬上變得潔白無瑕。可是老婦人用計，騙騎士相信襪子是她女兒洗乾淨的。

騎士與老婦人的女兒馬上就要結婚了，把深深愛上騎士的女孩拋在一旁。她想到那顆蘋果，咬開一看，裡面裝滿了從來沒見過的黃金和珍貴的珠寶。

「這些珠寶，」她對老婦人的女兒說：「我會全部送給你，條件是婚禮延後一天，讓我在晚上單獨進入騎士的房裡。」她答應了，可是老婦人偷偷準備安眠藥，放在給騎士喝的水裡，讓他喝了之後，昏睡到第二天早上才醒來。整個晚上，女孩哭著唱著歌：「我為你工作七年，我為你爬過玻璃山，我替你洗淨衣衫，為何你不醒來對我看？」

第二天她還是悲傷不已，便咬開梨子，裡面裝的金銀財寶比蘋果裡面的更多更美麗。利用這些珠寶，她交換到第二晚再去騎士房間的機會。可是老婦人又在水裡下藥，騎士仍是昏睡不醒。她整晚不停地嘆息，唱著歌：「我為你工作七年……」可惜他在夢中，仍是渾然不覺，女孩幾乎要絕望了。

正好那一天，騎士外出打獵，有人問他，前一個晚上他的臥房裡傳來悲泣聲是怎麼回事。他回答說沒聽到半點聲音。可是他們一再地告訴他，的確有聲音從他房裡傳出來。當晚，女孩陷入希望與絕望的兩難，最後咬開梅子，裡面是世間罕見的珠寶，比前兩天的還要珍貴。她又拿這些珠寶，換到與騎士相處最後一夜。老婦人還是一樣，把摻有安眠藥的水拿到年輕騎士的房間，不過騎士說他今晚要喝甜味水，等老婦人去拿蜂蜜時，他趁機把水倒掉，蜂蜜拿來時，他假裝已經喝完了。夜晚，全部的人都已上床時，女孩開始唱起歌來：「我為你工作七年，我為你爬過玻璃山，我替你洗淨衣衫，為何你不醒來對我看？」

騎士終於聽到了，轉過頭來看她。女孩把事情的真相告訴他，他也說出前兩晚是怎麼回事，然後下令把老婦人和她的女兒活活燒死。最後兩人結為夫妻，永遠過著幸福快樂的日子。

（錢柏斯《蘇格蘭民間傳說》）

紅艾汀

從前，有兩個寡婦一塊兒住在向農夫租來的小屋子裡。其中一位有兩個兒子，另一位只有一個獨生子。

該讓兩個兒子出去闖天下了。有一天，他們的母親叫大兒子拿桶子到井邊打水，她要烤蛋糕。大兒子打回來的水多寡，會決定烤出來的蛋糕是大還是小，而且這個蛋糕是她送兒子遠行的唯一禮物。

大兒子拿著桶子走到井邊，把水裝滿後回家，但是桶子破了個大洞，等他回到家時，水幾乎都漏光了，所以做出來的蛋糕非常小。蛋糕雖小，他的母親問他，願不願意只拿走半個，可以得到母親的祝福，又說如果他選擇把整個蛋糕都帶走的話，會得到她的詛咒。年輕人心想，他也許要走很遠的路，一旦出門，不知道何時會再有得吃，便說他要全部的蛋糕，母親怎麼說

都沒關係。於是她把整塊蛋糕和詛咒一起給了兒子。接著，他把弟弟帶到一邊，交給他一把刀子，要他好好保管，等他回家。每天早上都要去檢查刀子，看有沒有發出亮光，如果有，表示刀的主人平安無事，如果變得黯淡無光，還生銹，那就是說刀主人已離開人世。

年輕人出發去闖天下。他一直走，過了一天、兩天，到第三天下午，碰到一個牧羊人，正坐在綿羊群旁邊。他走過去問這些羊是誰的，牧羊人用歌聲回答他：

愛爾蘭的紅艾汀
曾住過貝里干，
拐走馬爾康國王之女，
美麗蘇格蘭之王。
鞭打她，捆綁她，
將她上了枷鎖。
每日戳她，
用一根閃亮的銀棒。
如同羅馬凱撒大帝，

他誰也不怕。
傳說命中註定，
他會遇到生平大敵，
但是那人還未降臨，
也許還要再等待。

年輕人又上路，走了沒多久，看見一位白髮老翁趕著一群豬，他上前去問這些豬是誰的，於是老翁唱起歌來：「愛爾蘭的紅艾汀……」

他又往前走，碰到另一位老翁趕著山羊，當他問羊群是誰的，回答仍是：「愛爾蘭的紅艾汀……」

老翁警告他，待會兒將遇到一批奇怪的獸群，要提高警覺。

他再走下去，果真看到一群外形駭人、長著兩個頭、頭上還有四隻角的野獸。年輕人非常害怕，趕緊拔腿就跑。跑到一個城堡前面，心裡總算踏實一點。這座城堡位在小山丘上，城門大開，他走進去想借個地方休息一下，碰到一位坐在火堆旁的老婦人，問她是否可以在此休息一晚，他在路上走很多天，已經非常疲憊了。

老婦人說可以，但這不是個適合休息的好地方，因為城堡是紅艾汀所有，他是一隻非常可怕的三頭獸，任何活人被他抓到都沒辦法活著走出去。年輕人聽了很想馬上離開，可是想到城堡外頭也有其他野獸，便央求老婦人把他藏起來，不要讓紅艾汀發現就好了。他想，如果能過得了這一晚，等到第二天早上再走，也許不會碰上紅艾汀。

不過，他在藏身洞裡躲了沒多久，可怕的紅艾汀就進來了，馬上大喊著：

左聞聞，右聞聞，
我聞到生人的味兒；
不管是活是死，
今晚他的心是我配麵包的佐料。

怪獸紅艾汀很快就發現年輕人躲在裡面，硬生生把他拉了出來，告訴他，如果能回答紅艾汀三個問題就能夠活命。第一個問題：哪裡先有人居住，愛爾蘭或是蘇格蘭？第二個問題是，男人為女人而生，還是女人為男人而存在？第三個問題：先有人還是先有動物？

年輕人一個問題都回答不出來，紅艾汀便拿出狼牙棒往他頭上一敲，把他變成一根石柱。

早晨，當家裡的弟弟去檢查刀子的時候，看到上面已經生滿鐵銹，非常傷心，便告訴母親，該輪到他外出試試運氣了。母親也要他拿桶子去取水，替他做個蛋糕。小弟像哥哥一樣，也用破了洞的水桶帶回來一點水，做出來的蛋糕很小。母親問他，要帶半個蛋糕和她的祝福，還是拿走整個蛋糕和她的詛咒。他想了一下，覺得還是帶整個蛋糕比較好，母親愛怎樣就怎樣好了。他離開之後，遇到的一切事情和結果，和哥哥完全一樣！

另一位寡婦和她的兒子從一個精靈那裡，聽到兩兄弟發生的事，於是這個年輕人也決定要外出旅行，想盡全力去救他那兩個好朋友。他的母親也給他桶子叫他去打水，等他帶水回家，要為兒子做個蛋糕。他打完水走回家時，一隻烏鴉飛到他頭上，要他看看水桶，這才發現水快流光了。聰明的年輕人看到這個情形，拿了黏土把破洞補起來，所以帶回去的水足以做出一塊大蛋糕。他的母親給他一半的蛋糕和祝福，但是他選擇拿走全部的蛋糕和母親的詛咒。事實上，半塊蛋糕已經比前兩個兄弟所拿的加起來還要大塊。

他踏上旅程，走了很遠很遠，遇到一位老婦人，向他乞討一點東西吃。年輕人很大方地答應，分給她一片蛋糕。老婦人於是送給他一根仙棒，說這根仙棒如果使用得當，可以幫大忙。其實老婦人是精靈變成的，她告訴年輕人接下來會遇到什麼事，以及在什麼情況下應該如何做，說完後就消失在他眼前了。

年輕人接著走，看到一位牧羊的老翁，當他問這群綿羊是誰的，老翁唱著：

愛爾蘭的紅艾汀
曾住過貝里干，
拐走馬爾康國王之女，
美麗蘇格蘭之王。
鞭打她，捆綁她，
將她上了枷鎖。
每日戳她，

用一根閃亮的銀棒。
如同羅馬凱撒大帝，
他誰也不怕。
如今我得知他的末日已近，
他的毀滅就快來臨；
你就是那個人，我明白，
這片廣大土地的繼承人。

（接下來發生的事，就是遇上養豬人，牧羊人，問同樣的問題，也得到相同的回答。）

當他遇到那群野獸，不但沒有跑走，反而大膽地走進獸群。其中一隻張開嘴發出巨大的吼聲，想一口把他吃掉，這時年輕人用仙棒點了一下，那隻野獸便站著死了。他很快地來到紅艾汀的城堡，敲了門之後，老婦人讓他進去，警告他紅艾汀的可怕之處，以及之前兩兄弟不幸的命運，不過他一點兒也不畏懼。過了一會兒，三頭獸走進來，說道：

左聞聞，右聞聞，
我聞到生人的味；
不管是活是死，
今晚他的心是我配麵包的佐料。

紅艾汀馬上發現他，要他過來回答三個問題。年輕人經過善良的精靈指點，正確回答所有的問題，紅艾汀這時知道他的生命馬上就要結束了。年輕人拿起斧頭，把怪獸三個頭全部砍下來，然後問老婦人，國王的女兒被關在哪裡。老婦人帶他上樓，打開一道又一道門，每一道門後，都有一位被紅艾汀抓來的美麗女人，其中一位便是國王的女兒。

老婦人也帶他下樓，地下室裡有一間房間，立著兩根石柱，用仙棒一點，兩兄弟又變回活生生的人。所有被關著的人都放出來了，無不興高采烈，把一切歸功於這位英勇聰明的年輕人。

第二天，一群重獲自由的人，一塊兒前往國王的宮廷，國王把女兒許配給救她的年輕人，又替兩兄弟作媒，讓他們娶貴族的女兒為妻，所有的人於是快快樂樂地過完一生。

（錢柏斯《蘇格蘭民間傳說》）

國家圖書館出版品預行編目資料

藍色童話／安德魯．蘭格（Andrew Lang）編著；曾育慧譯.——初版.——台北市：商周出版：城邦文化發行, 2004〔民93〕

面： 公分.--（蘭格世界童話全集；1）

譯自：The blue fairy book

ISBN 986-124-164-7（平裝）

815.9　　93004315

蘭格世界童話全集 1

藍色童話

編　　者／安德魯．蘭格（Andrew Lang）
譯　　者／曾育慧
責任編輯／林宏濤

發 行 人／何飛鵬
法律顧問／中天國際法律事務所周奇杉律師
出　　版／商周出版
台北市 104 民生東路二段141號9樓
電話：(02) 2500-7008　傳眞：(02) 2500-7759
E-mail：bwp.service@cite.com.tw
發　　行／城邦文化事業股份有限公司
台北市 104 民生東路二段141號2樓
電話：(02) 2500-0888　傳眞：(02) 2500-1938
劃撥：1896600-4 城邦文化事業股份有限公司
城邦讀書花園網址：www.cite.com.tw
讀者服務 email: service@cite.com.tw　讀者服務專線：(02) 2500-7397
香港發行所／城邦（香港）出版集團
香港北角英皇道310號雲華大廈4/F, 504室
電話：(852) 2508-6231　傳眞：(852) 2578-9337
新馬發行所／城邦（馬新）出版集團　Cite (M) Sdn. Bhd. (458372 U)
11, Jalan 30D/146, Desa Tasik, Sungai Besi, 57000 Kuala Lumpur, Malaysia.
電話：(603) 9056-3833　傳眞：(603) 9056-2833

封面繪圖／Anna Kosanova
封面設計／張士勇
電腦排版／極翔企業有限公司
印　　刷／韋懋印刷事業股份有限公司
總 經 銷／農學社
電話：(02) 2917-8022　傳眞：(02) 2915-6275

■2004年4月1日 初版
定價280元

Printed in Taiwan

　ISBN 986-124-164-7

商周出版

廣　告　回　函
北區郵政管理登記證
北臺字第10158號
郵資已付，免貼郵票

104 台北市民生東路二段141號2樓

城邦文化事業（股）公司　收

請沿虛線對摺，謝謝！

商周出版

書號：BL6001　　書名：藍色童話　　編碼：

請於此處用膠水黏貼

商周出版

讀者回函卡

謝謝您購買我們出版的書籍！請費心填寫此回函卡，我們將不定期寄上城邦集團最新的出版訊息。

姓名：______

性別：□男　□女

生日：西元______月______日______

地址：______

聯絡電話：______ 傳真：______

E-mail：______

職業：□1.學生 □2.軍公教 □3.服務 □4.金融 □5.製造 □6.資訊
□7.傳播 □8.自由業 □9.農漁牧 □10.家管 □11.退休
□12.其他______

您從何種方式得知本書消息？

□1.書店□2.網路□3.報紙□4.雜誌□5.廣播 □6.電視 □7.親友推薦
□8.其他______

您通常以何種方式購書？

□1.書店□2.網路□3.傳真訂購□4.郵局劃撥 □5.其他______

您喜歡閱讀哪些類別的書籍？

□1.財經商業□2.自然科學 □3.歷史□4.法律□5.文學□6.休閒旅遊
□7.小說□8.人物傳記□9.生活、勵志□10.其他______

對我們的建議：______

______

______

______

請於此處用膠水黏貼